OS CANTOS DE MALDOROR

OS CANTOS DE MALDOROR

LAUTRÉAMONT

POESIAS, CARTAS

TRADUÇÃO, PREFÁCIO E NOTAS CLAUDIO WILLER

ILUMINURAS

Capa
Eder Cardoso / Iluminuras
sobre instalação *Bandeira Branca* de Nuno Ramos
foto: Edouard Fraipont

Revisão
Ana Paula Cardoso
Bruno Silva D'Abruzzo

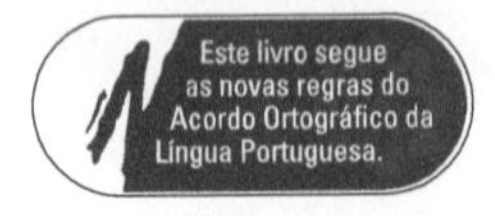

Dados Internacionais de Catalogação na Publicação (CIP)
(Câmara Brasileira do Livro, SP, Brasil)

Lautréamont, Conde de, 1846-1870.
Os cantos de Maldoror : poesias : cartas : obra completa / Conde de Lautréamont ; tradução, prefácio e notas Claudio Willer. — 2. ed. rev. e ampl. — São Paulo : Iluminuras, 2008, – (4. reimpr.) 2015.

Título original: Les chants de Maldoror, lettres, poésies.
ISBN 85-7321-231-4

1. Cartas francesas 2. Poesia francesa
3. Monólogos com música (Orquestra) - Partituras
I. Título.

05-6645 CDD-840

Índice para catálogo sistemático:
1. Literatura francesa 840

2018
EDITORA ILUMINURAS LTDA.
Rua Inácio Pereira da Rocha, 389 - 05432-011 - São Paulo - SP - Brasil
Tel./Fax: 55 11 3031-6161
iluminuras@iluminuras.com.br
www.iluminuras.com.br

ÍNDICE

CANTO SEXTO

POESIAS

CARTAS

UM DEPOIMENTO

NOTA SOBRE A TRADUÇÃO E A EDIÇÃO

Para a tradução e boa parte das notas de *Lautréamont — Obra Completa*, havia utilizado duas edições comentadas:

Lautréamont — Germain Nouveau, Œuvres Complètes, textos preparados, prefaciados e anotados por Pierre-Olivier Walzer, Bibliothèque de la Pléiade, Gallimard, Paris, 1970;

Isidore Ducasse, Comte de Lautréamont, Œuvres complètes: Les Chants de Maldoror, Lettres, Poésies I et II, prefácio de J.M.G. Le Clézio, edição preparada, prefaciada e anotada por Hubert Juin, coleção *Poésie*, Gallimard, Paris, 1973.

Contudo, esta segunda edição recebe alterações e acréscimos, o principal deles sendo a carta de Lautréamont a Victor Hugo, conforme outra edição comentada:

Isidore Ducasse, le Comte de Lautréamont, Les Chants de Maldoror, Poésies I e II, Correspondance, edição preparada e prefaciada por Jean-Luc Steinmetz, Paris, GF-Flammarion, 1990.

Assim como em traduções anteriores de *Os cantos de Maldoror* (Vertente, 1970, pelo centenário da morte de Lautréamont, apresentação de Lívio Xavier, ilustrações de Maninha; Max Limonad, 1986), o *Canto primeiro* segue o texto da primeira versão, publicada como volume isolado em agosto de 1868. Utilizei:

Les chants de Maldoror, par Le Comte de Lautréamont, prefácio de Philippe Soupault, Le Livre Club du Libraire, Paris, 1958.

As alterações na edição definitiva, de 1869, estão como variantes, no rodapé. Escolhi a primeira versão por achar que a supressão, na edição definitiva, das referências a seu ex-colega Dazet, atenuando o homossexualismo de Lautréamont, deve ter sido por conveniência, diante das consequências judiciais de uma coisa dessas, declarar amor a alguém identificável. Além disso, a substituição das menções a Dazet por ácaros, sapos, piolhos, urso boreal, rinólofo, polvo, imitando procedimentos utilizados adiante, deixa menos evidente a progressão, ao longo das suas estrofes. A ideia de progressão, dos *Cantos* e *Poesias* como texto em movimento, é exposta no prefácio a seguir.

A numeração das estrofes dos *Cantos* inexiste no original. Mas foi adotada nas edições Gallimard-Pléiade e Flammarion. Permite que o leitor encontre a passagem que quiser nesta obra não linear, para ser lida e relida. Facilita a localização do que é citado ou mencionado no prefácio. Pela mesma razão, juntei o índice detalhado, estrofe por estrofe.

Poesias perde substância sem os trechos de autores "corrigidos", transcritos e adulterados por Lautréamont. Segui as notas das edições citadas acima, com acréscimos. Por serem indispensáveis, estão no rodapé de cada página, e não, como habitualmente, no final do volume.

Nesta edição, no ensaio, notas e títulos, refiro-me a Lautréamont, e não a Isidore Ducasse, seu verdadeiro nome. Assim é feito em parte da bibliografia (por exemplo, o título da edição Gallimard--Pléiade é *Lautréamont*, e não *Isidore Ducasse*). Também é comum ensaístas e comentaristas se referirem a *Os cantos de Maldoror* de forma abreviada, chamando-o de *Cantos*, como faço aqui. Devido à quantidade de citações, utilizo abreviaturas no prefácio e notas: C para Canto e E para estrofe. C1, E14 é a décima quarta estrofe do *Canto Primeiro*, e assim por diante. O mesmo para citações de *Poesias*: como entendo que suas duas partes têm autonomia, designo-as como P1 e P2.

Pretendia, ao preparar *Lautréamont — Obra completa*, apenas atualizar prefácios das edições brasileiras já citadas de *Os cantos de Maldoror*, completando-os e indicando a bibliografia. Contudo, o novo prefácio acabou por tornar-se quase um livro. Contribuíram para isso décadas de convivência com a obra de Lautréamont. Também houve uma transfusão de temas desenvolvidos em outras ocasiões, como o da rebelião romântica, e o da genealogia de autores heréticos, formada por Lautréamont, Jarry e Artaud, de que tratei em uma narrativa em prosa, *Volta* (Iluminuras, 1996), assim como a questão das relações entre texto e biografia, literatura e vida, criação e loucura.

A tradução procurou preservar anacronismos. De modo paródico e satírico, Lautréamont imita a retórica tradicional, o estilo rebuscado dos discursos acadêmicos, pregações de oradores religiosos etc. É evidente que a linguagem para traduzi-lo seria diferente daquela para contemporâneos seus como Zola ou Maupassant. Daí o uso sistemático dos arcaicos (no português brasileiro) *vós* e *tu*, e expressões como *eis que* e *dir-se-ia.* Mas com modulações, pois a ironia lautreamontiana o levou a alternar frases com uma impostação mais solene e outras coloquiais. Segui, até onde foi possível, sua pontuação. Lautréamont exagerava e inventava na pontuação, como se pode ver pela comparação (entre outras possíveis) de um original de Vauvenargues e sua transcrição em *Poesias. La raison et le sentiment se conseillent et se supléent tour à tour* transforma-se em: *La raison, le sentiment se conseillent, se supléent.*

A primeira das traduções dos *Cantos* foi sugerida pelo crítico e jornalista Inácio Araújo a mim e a Wladir Nader, da Editora Vertente. Inácio cedeu-me, entre outros textos, o importante ensaio, então recente, de Marcelin Pleynet. Roberto Piva, bibliófilo além de poeta, passou-me, entre outras contribuições, *Lautréamont, documenti d'arte contemporanea*, excelente coletânea da bibliografia crítica então disponível (tenho esses livros até hoje; espero que nenhum dos dois os peça de volta). A sugestão de traduzir *Poesias*, que acabou evoluindo para uma edição comentada da obra completa, foi de Samuel Leon (que também me passou bibliografia relevante), na época da segunda edição pela Max Limonad. A presente tradução se beneficiou com a troca de ideias com os intelectuais franceses Alain Mangin e Jean--Yves Mérian. A eles, e a muitos outros interlocutores e leitores das traduções anteriores e de originais desta edição, meus agradecimentos.

Claudio Willer
junho de 2002

PREFÁCIO
O ASTRO NEGRO

A história da poesia moderna é a de um descomedimento. (...) O Astro Negro de Lautréamont preside o destino de nossos maiores poetas.

Octavio Paz, *O Arco e a Lira*

1 - DA OBSCURIDADE AO MITO

Assim como há autores, celebridades em vida, cujo prestígio decresce com a saída de cena, outros, desconhecidos ou menosprezados em sua época, têm destino inverso. São os casos literários; os inovadores, transgressores, marginais, poetas malditos; os William Blake, Poe, Rimbaud, Jarry, Artaud. Nenhum escritor representou tanto a noção de caso literário como Lautréamont, que morreu desconhecido aos 24 anos e cuja obra esperou dezessete anos para ter leitores. Depois de despertar o interesse de simbolistas, ser admirado por vanguardistas do começo do século XX e adotado por surrealistas na década de 1920, acabou por tornar-se emblema da rebeldia. Antecipando esse destino, afirmou, nos *Cantos,* que *O final do século dezenove verá seu poeta* (C1, E14), e *somente mais tarde, quando certos romances tiverem saído, compreendereis melhor o prefácio do renegado, de rosto fuliginoso* (C6, E1).

A ausência quase total de biografia acrescentou o mistério ao espanto provocado pela obra. É mínima a informação documental a seu respeito: quase nada, além da certidão de nascimento, o atestado

Retrato de Lautréamont, *por Maninha Cavalcante para a primeira edição brasileira de* Os Cantos de Maldoror, *Vertente, 1970.*

de óbito, algumas cartas e o depoimento de um colega de liceu, Paul Lespés, publicado nesta edição.

Sabe-se que Isidore Lucien Ducasse nasceu no Uruguai em 4 de abril de 1846, filho de François Ducasse, funcionário do consulado francês em Montevidéu, e Célestine Jacquette Davezac, com quem François se casou a dois meses do nascimento de Isidore, e que morreria daí a um ano e oito meses. Em 1859, foi mandado para a França, e matriculado como aluno interno na "sexta" série[1] do liceu de Tarbes, nos Pirineus, região de onde vinham os pais. Em 1863, transferiu-se para o liceu de Pau, cidade vizinha, onde estudou até 1865. Terminado o colégio, há um vazio biográfico, sem registro, de

Montevidéu, no início do século XIX.

[1] A numeração no sistema educacional francês é inversa. *Sexta série* significa que faltam seis séries, seis anos para completar o liceu, equivalente ao que eram os ciclos ginasial e colegial. A observação vale para todas as demais ocasiões, nesta edição, em que aparecem graus curriculares franceses.

dois anos. Supõe-se que continuou em Tarbes até 1867, voltando ao Uruguai na viagem mencionada na estrofe sobre o mar: *Há pouco tempo revi o mar e calquei o passadiço dos navios* (C1, E9).[2] No mesmo ano, de volta à França, instala-se em Paris, talvez para exames preparatórios à universidade.

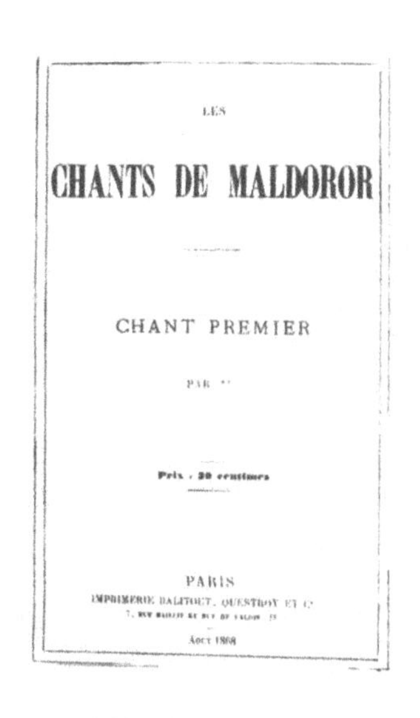
LES

CHANTS DE MALDOROR

CHANT PREMIER

PAR ***

PARIS

Em agosto de 1868, entrega à Imprimerie Balitout, Questroi et Cie., o *Canto primeiro* de *Os cantos de Maldoror*. Em janeiro de 1869, o mesmo *Canto primeiro* é publicado em Bordeaux.[3] Em meados desse ano, sai, pelos editores belgas Lacroix e Verboekchoven, a versão completa de *Os cantos de Maldoror*, sob o pseudônimo de Conde de Lautréamont. Esse nome é calcado em um título e um personagem, Latréaumont, de Eugène Sue,[4] autor de *Os mistérios de Paris* e outros folhetins. A alteração, deslocando a vogal, pode

[2] Há provas de que ele tirou passaporte e visto para a viagem de 1867.

[3] Na coletânea *Parfums de L'âme* da série *Littérature Contemporaine*, dirigida por Evariste Carrance.

[4] Sobre Eugène Sue, ver nota 9 de *Poesias*.

ter sido proposital ou por erro tipográfico. Se proposital, foi para introduzir *l'autre*, o outro, no pseudônimo.[5]

Lacroix, mesmo recebendo um sinal de 400 francos pela impressão, não distribuiu o livro, escondendo-o. Isso, apesar de Lautréamont ter atenuado o homossexualismo do *Canto primeiro*. Vale lembrar que o processo em que Baudelaire foi condenado pela publicação de *As flores do mal* era recente, de 1857, assim como o de Flaubert por causa de *Madame Bovary*. A escolha de um editor belga por Lautréamont deve ter sido para evitar os tribunais franceses. Lacroix e Verboekchoven, editores importantes (publicavam o então exilado político Victor Hugo), estão associados a outro fracasso. Foi a quem Baudelaire procurou inutilmente, em sua malsucedida viagem à Bélgica em 1864, três anos antes de sua morte. Esse não é o único cruzamento de caminhos entre Lautréamont e Baudelaire: Poulet-Malassis, o editor de *As flores do mal*, que, depois de ir à falência e ser preso por dívidas em 1863, também se radicou na Bélgica, noticiou *Os cantos de Maldoror* já em 1869, além de guardar três cartas de Lautréamont.

Em fevereiro e março de 1870, anuncia, em duas de suas cartas, *Poesias*, a obra onde substituiria a melancolia pela coragem, a dúvida pela certeza etc. *Poesias* foi publicado sem pseudônimo, sob seu verdadeiro nome, em duas partes, em maio e agosto do mesmo ano, anunciando que seria uma *publicação permanente*, e ainda viriam novos fascículos.

O único registro sobre Lautréamont após a publicação de *Poesias I* e *II* é o atestado de óbito preparado por um delegado de polícia, declarando o falecimento, às oito horas da manhã de 24 de novembro de 1870. Não é mencionada a causa, estimulando especulações.[6] Pode ter-se suicidado, conforme anunciado

[5] Quanto ao nome do personagem-título, *Maldoror*, para alguns comentaristas corresponde, foneticamente, a *Mal d'Aurore*, expressando a noturnidade e a recusa do dia. Contudo, pode haver outra interpretação, como *Mal de Horror*, levando em conta que Lautréamont, nascido no Uruguai, dominava o castelhano. Traço importante para sua compreensão, o bilinguismo será comentado no final deste prefácio.

[6] Nem mesmo seu túmulo e restos mortais permaneceram, pois foi exumado e transferido para local desconhecido em 1871.

neste trecho: *Ao despertar, minha navalha, abrindo um caminho através da garganta, provará que nada era, efetivamente, mais real* (C1, E10). Ou intoxicou-se com uma *overdose*, hipótese que encontraria fundamento em outra passagem (C2, E1): *Por onde terá passado esse primeiro canto de Maldoror, desde que sua boca, cheia de folhas de beladona, o deixou escapar...*[7] Também é permitido supor que tivesse uma saúde fraca — suas dores de cabeça são mencionadas em uma das cartas a Darasse e no depoimento de Lespés — e sofresse de uma doença fatal: *Escrevo isto em meu leito de morte* (C1, E10). É certo que tais passagens são expressões de uma morbidez romântica que Lautréamont satirizou e parodiou. Mas sua recorrência é significativa. Pode ter havido relação entre sua morte, por doença ou suicídio, e o cenário de miséria em que Paris, cercada pelos alemães, assolada por epidemias, se transformara com a derrota na guerra franco-prussiana de 1870, a queda do império de Napoleão III e as primeiras manifestações em favor da Comuna, a colossal sublevação do início de 1871, que resultaria em um massacre com mais de 30 mil mortos. Permanecendo vivo, corria o risco de ser convocado para a guerra. É uma circunstância muito significativa que seu nascimento e morte acontecessem em países em guerra e cidades sitiadas.[8]

[7] Maurice Heine, autor de um importante estudo sobre o Marquês de Sade, perguntou *se o quadro da intoxicação beladonal não oferece certa semelhança com as fantasmagorias das quais* Os cantos de Maldoror *compõem o maravilhoso espetáculo*, observando que a beladona era, na época, de uso médico corrente e podia ter sido utilizada para tratar de suas dores de cabeça. Acrescentou, contudo, que *todos podem tomar beladona, mas ninguém escreverá por isso* Os cantos de Maldoror. O texto de Heine, publicado em 1939 na revista *Minotaure*, foi republicado em *Lautréamont, documenti d'arte contemporanea*, org. Ferdinando Giolli; Rosa e Ballo, Milão, 1945.

[8] Nasceu durante a guerra entre Uruguai e Argentina (1843-1851), quando Montevidéu foi cercada: *na embocadura do Prata*, entre *dois povos outrora rivais* (C1, E14), *quando uma guerra terrível ameaçava cravar seu arpão no peito de dois países inimigos* (C3, E1). Sustentando a hipótese plausível da doença (surto de cólera), e descrevendo o contexto de sua morte, *Lautréamont*, de Leyla Perrone-Moisés, Brasiliense, Coleção Encanto Radical, 1984. Na capa desse livro, a reprodução do retrato descoberto em 1977, que poderia ser de Lautréamont. Mas, conforme reconhece a autora, não há prova de que o seja.

Hubert Juin[9] comenta que sua descoberta póstuma e transformação, a nossos olhos, em um dos mais importantes autores de sua época é quase um milagre. Seus esforços para tornar-se um escritor conhecido haviam desembocado na ocultação total. Sobravam, quando morreu, uns vinte exemplares dos *Cantos*, e um único de *Poesias*, o da Biblioteca Nacional parisiense. Em 1874, o estoque de Lacroix foi vendido para outro editor, Rozez. Este deu um exemplar, já em 1885, a Max Waller, jovem escritor belga, membro de um grupo literário que fez o livro chegar às mãos de autores franceses de prestígio, como J.-K. Huysmans e Léon Bloy.[10] Impressionado, Bloy publicou um artigo em 1890, onde afirma que Lautréamont era louco, *o mais deplorável, o mais dilacerante dos alienados.* Mas reconheceu, chamando os *Cantos* de *monstro de livro*, que *as litanias satânicas de* As flores do mal *assumem repentinamente, em comparação, um certo ar de anódina carolice.*

No mesmo ano, os *Cantos* ganham uma reedição, preparada por Léon Genonceaux, que descobriu duas das cartas e verificou dados biográficos, acrescentando-lhes fantasias e informações não comprovadas, iniciando sua mitificação. Acertou a data da morte, reclamando por não ter conseguido informações da administração pública parisiense sobre a causa, mas errou em quatro anos a do nascimento, datando-o de 1850, inventando um poeta-adolescente, um Rimbaud II. Delineou um perfil, provavelmente baseado em informações de Lacroix e Poulet--Malassis, que pode conter alguma

Retrato imaginário de Lautréamont por Valloton.

[9] Na edição das *Œuvres complètes* pela coleção *Poésie* — Gallimard, op. cit. na nota introdutória.

[10] Léon Bloy (1846-1917), escritor católico, apocalíptico e visionário, de grande influência, inclusive na conversão de J.-K. Huysmans e Jacques Maritain. Seu artigo foi reproduzido em *Lautréamont, documenti d'arte contemporanea*, op. cit., entre outras obras.

verdade: *Era um grande moço moreno, imberbe, nervoso, organizado e trabalhador. Só escrevia à noite, sentado junto a seu piano. Declamava, forjava suas frases, acentuando suas prosopopeias com acordes. Esse método de trabalho deixava desesperados os locatários da mansão, que, frequentemente despertados em sobressalto, não podiam desconfiar que um espantoso músico do verbo, um raro sinfonista da frase, buscava, batendo em seu teclado, os ritmos de sua orquestração literária.*[11]

Rémy de Gourmont,[12] que também achou que fosse obra de um louco — *Sente-se*, escreveu em 1891, *à medida que se prossegue na leitura do volume, que a consciência vai indo embora, vai indo embora...* — fez chegar um exemplar dessa edição a Alfred Jarry. A afinidade entre Lautréamont e o autor do *Ubu* é notória, em imagens e temas, em seu vocabulário, no uso subversivo de termos científicos, e na lógica da metamorfose que rege sua obra. Jarry, por sua vez, o passou a Léon Paul Fargue, e este a Valery Larbaud,[13] que publica, já em 1914, um artigo sobre Lautréamont. Assim, o importante circuito

Retrato imaginário de Lautréamont por Pastor.

[11] O texto de Genonceaux está em *Lautréamont — Germain Nouveau, Œuvres complètes*, Bibliothèque de la Pléiade, citado na nota introdutória. Quanto às invenções e mitificações, foram praticadas por autores de peso. A versão de que Lautréamont teria combatido na Comuna de 1871 foi endossada inicialmente por Philippe Soupault e mais tarde por Neruda. Uma biografia inventada, com ecos do que Genonceaux havia escrito, é de Ramon Gómez de la Serna, ao prefaciar a tradução de Julio Gómez de la Serna, *Isidore Ducasse, Conde de Lautréamont, Los cantos de Maldoror*, de 1924 (Labor, Barcelona, 1970).

[12] Rémy de Gourmont (1858-1915), crítico, poeta, dramaturgo e romancista, contribuiu para a difusão do Simbolismo. O artigo, de *Le livre des masques*, é reproduzido em *Lautréamont, documenti*, op. cit.

[13] Valery Larbaud (1881-1957), romancista, contista, crítico, tradutor, desempenhou importante papel na descoberta e divulgação de obras inovadoras. Foi dos primeiros a perceber a importância de James Joyce.

formado por simbolistas, decadentistas e vanguardistas conheceu os *Cantos*.

Um novo ciclo da leitura de Lautréamont começa após a Primeira Guerra Mundial. Nele desempenham papel central os surrealistas. Já não é mais excentricidade, anomalia merecedora de interesse, porém autor fundamental. André Breton, em sua revisão da história da literatura na perspectiva surrealista, proclama-o, no primeiro *Manifesto do Surrealismo*, o principal precursor, e, no segundo *Manifesto*, o único escritor íntegro, insuspeito, que não teria feito concessões.[14] Insiste, em outras passagens, que *Os cantos de Maldoror e Poesias brilham com um fulgor incomparável: são a expressão de uma revelação total, que parece exceder as possibilidades humanas*,[15] chamando-os de *Apocalipse definitivo*. Acentua que, *com ele, o famoso "tudo é permitido" de Nietzsche não permaneceu platônico, pretendendo significar que a melhor regra aplicável ao espírito ainda é a orgia*.[16]

Em um texto de 1967, *Lautréamont et nous*,[17] Louis Aragon justificou o modo como os surrealistas o reivindicaram. Remontou à época de serviço militar em trincheiras e hospitais na guerra de 1914-1918: *Todo mundo, inclusive Paul Fort, o encarava naquele tempo como uma curiosidade literária que vinha acrescentar-se ao número desses excêntricos da escrita sobre os quais Nerval havia escrito um livro. Era perfeitamente inútil ligar o lirismo de Lautréamont a qualquer outra coisa a não ser à loucura.* (...) *permanecemos aqueles que, em primeiro lugar, foram os seus defensores* líricos (...) *quando nem os* Cantos, *nem as* Poésies *ainda podiam ser focalizados como uma linguagem. Porém, muito mais, como um grito das entranhas.* Para não deixar dúvidas, narra como ele e Breton o liam em

[14] *Manifestes du Surréalisme*, Jean-Jacques Pauvert Éditeur, 1962; *Manifestos do Surrealismo*, Brasiliense, São Paulo, 1985, tradução de Jorge Forbes; e Nau, Rio de Janeiro, 2001, tradução de Sérgio Pachá.

[15] No prefácio às *Œuvres complètes* de Lautréamont, Gallimard, 1938, republicado em sua *Anthologie de l'humour noir*, ed. Jean-Jacques Pauvert, 1966 (o livro é de 1940), e em outras obras.

[16] Em *Les pas perdus*, Gallimard, 1924, e sucessivas reedições.

[17] Originariamente artigo na revista *Lettres Françaises* em 1967, *Lautréamont et nous* foi publicado em livro pela Editora Sables, 1992.

1917. Revezavam-se a vocalizar o exemplar único dos *Cantos* que tinham em mãos, pertencente a Soupault, *em um cenário inverossimilmente maldororiano*: à noite, no quarto andar do hospital militar onde serviam como estagiários na ala daqueles sob tratamento psiquiátrico. Enquanto recitavam blasfêmias, *Eu fiz um pacto com a prostituição a fim de semear a desordem entre as famílias* (C1, E7), ou alguma passagem mais lírica como *Toda noite, mergulhando a envergadura das minhas asas em minha memória agonizante, eu evocava a lembrança de Falmer... toda noite* (C4, E8), os internados entravam em surto: *Às vezes, por detrás das portas trancadas a cadeado, os loucos urravam, nos insultavam, batendo na parede com seus punhos. Isso dava ao texto um comentário obsceno e surpreendente.* (...) *Os bruscos buracos de silêncio eram mais impressionantes ainda que o alarido demencial.* Silêncio decorrente do pavor partilhado por todos diante dos alarmes de bombardeios aos quais Paris era submetida.

Lautréamont et nous não é apenas uma crônica da época, oferecendo mais uma ilustração das conexões surrealistas entre literatura e vida. Aragon demonstrou que, sem precisarem recorrer à mediação de teorias então inexistentes, através de uma apreensão poética, uma *revelação*, diz, resultado de uma *cumplicidade ativa*, o foco já se dirigia para seu valor como *linguagem*. Imediatamente viram aquelas características de sua escrita, ou "escritura", que tornaram Lautréamont algo além de um adepto do mal na trilha de Baudelaire, ou um profeta da perversão associada ao Marquês de Sade.

Além da contribuição à bibliografia lautreamontiana por Breton, Aragon, Soupault e Éluard, há uma iconografia, uma extensa galeria de obras criadas pelos grandes nomes da pintura surrealista, Max Ernst, Dali, Matta, Miró, entre outros, ilustrando cenas de *Os cantos de Maldoror*, ou criando retratos imaginários de Lautréamont. Tais obras não são meramente ilustrativas: incorporam aspectos fundamentais de seu modo de criação e expressão; principalmente, a ideia da colagem, da justaposição aparentemente arbitrária de objetos e conceitos distintos cujo modelo é a série dos *belos como* nos *Cantos.*

O exemplar único de *Poesias* da Biblioteca Nacional, copiado por Breton, foi publicado na revista *Littérature*, nas edições de abril e maio de 1919, e, logo a seguir, em 1920, em livro. No mesmo ano, sai nova edição dos *Cantos*, e André Malraux indica as diferenças entre a primeira versão, isolada, do *Canto primeiro*, e a edição integral por Lacroix.

Daí em diante, é o prestígio crescente. André Gide comenta que *sua influência ao longo do século XIX foi nula, porém ele é como Rimbaud, talvez mais que Rimbaud, o padrão para aqueles que surgirão na literatura de amanhã.*[18] Maurice Blanchot, em *Lautréamont et Sade*,[19] afirma que *a leitura de Lautréamont é uma vertigem, na qual o círculo de fogo em cujo centro nos encontramos produz a impressão de um vazio em chamas ou de uma inerte e sombria plenitude.* Georges Bataille, em uma obra capital, *A literatura e o mal*,[20] justifica a ausência de um capítulo sobre *Os cantos de Maldoror*, dizendo que *ele seria tão evidente que a rigor é supérfluo*, tomando-o como paradigma do compromisso da literatura com o mal. Octavio Paz[21] chama Lautréamont de *águia real, a águia negra da poesia universal.* J.G.M. Le Clézio[22] fala de *obra primitiva e única, que não tem paralelos em nossa tradição literária, e só apresenta semelhanças com o caos da literatura oral, por exemplo no fluxo bestial dos cantos em que as imagens ainda não foram fixadas pela linguagem escrita.* Para Marcelin Pleynet,[23] *é o livro mais radical de toda a literatura ocidental; sem a obra de Lautréamont, nossa cultura*

[18] Essa e outras declarações de vários autores sobre Lautréamont fizeram parte de uma edição da revista *Le Disque Vert*, de 1925. Depois foram incorporadas a outras fontes.

[19] Minuit, Paris, 1963.

[20] L&PM, Porto Alegre, 1989; a edição francesa, da Gallimard, é de 1957.

[21] *El Arco y la Lira*, Fondo de Cultura Economica, Cidade do México-Buenos Aires, 1956; *O Arco e a Lira*, Nova Fronteira, 1983, tradução de Olga Savary.

[22] No prefácio da edição de Lautréamont preparada por Hubert Juin. O paralelo com o arcaico e primitivo será retomado adiante.

[23] Em *Lautréamont par lui-même*, Seuil, Paris, 1967.

permanece incompleta e como que inacabada. Julia Kristeva[24] o vê entre *os grandes autores de romances polifônicos de todas as épocas*, pois seus dois livros apresentam *uma polivalência manifesta, única na literatura moderna.*

Essa acolhida resultou em um número crescente de reedições. Só entre 1950 e 1970, foram oito edições completas na França, por diferentes editoras, com diferentes organizadores, inclusive as de bolso, de grande tiragem. Sua repercussão não se restringiu ao ambiente literário francês. Elogiado por Rubén Darío já em 1896, foi traduzido para o espanhol em 1924, adotado pela geração de Lorca e Alberti, e mitificado por Neruda, que o transformou em gaúcho que escrevia a cavalo no Uruguai e mártir da comuna de 1871.[25]

Mas por que a obra de Lautréamont tem tamanha importância e provocou tanto entusiasmo? Qual é sua atualidade, ao ser publicada mais de cento e cinquenta anos após seu nascimento? Em um percurso que começa pelos *Cantos*, passa pelas *Poesias* e tenta chegar a seu autor, aqui são citados, além de alguns textos de uma bibliografia que hoje é gigantesca, muitas passagens do próprio Lautréamont, utilizando-o como testemunho de si mesmo, permitindo que ele fale, se expresse. Isso, com a consciência de que cada trecho citado pode ser objeto de outras interpretações, por sua riqueza simbólica. Contudo, a recorrência de alguns temas e modos de expressar-se, mostrada ao se destacar trechos dos *Cantos* e de *Poesias*, permite enxergá-lo melhor em sua coerência e integridade.

[24] Em *Introdução à Semanálise*, Perspectiva, 1974 — a edição francesa é de 1969.
[25] No poema *Lautréamont reconquistado*, dos *Cantos ceremoniales*, 1961.

COMTE DE LAUTRÉAMONT

LES CHANTS
DE
Maldoror

CHANTS I, II, III, IV, V, VI

Frontispice de José Roy

PARIS, L. GENONCEAUX, ÉDITEUR, 1890

2 - LAUTRÉAMONT E OS CANTOS

Lidas como série de relatos ficcionais, as estrofes dos *Cantos* já impressionam pela sucessão de violências, crueldades e perversões: *Quanto a mim, faço que meu gênio sirva para pintar as delícias da crueldade!* (C1, E4). São histórias como a do adolescente dilacerado (C1, E6), a menina estripada depois de ser estuprada por Maldoror e por seu buldogue (C3, E2), a criança induzida ao crime (C2, E6), o Deus no prostíbulo que esfola um rapaz (C3, E4), o tiro ao alvo praticado contra náufragos (C2, E13), o adolescente escalpado (C4, E8), e por aí afora. À medida que avançam os cantos e suas estrofes, os enredos se tornam ainda mais absurdos, e a linguagem utilizada se enriquece, até a aventura folhetinesca do *Canto sexto*, com enormidades como o arcanjo--caranguejo, a viga traidora, o rabo de peixe mensageiro (o que deve ter levado Rémy de Gourmont a achar que a loucura aumentava à medida que ele escrevia).

Nos trechos narrativos, e em outros semelhantes a reflexões filosóficas, é reiterada, como uma obsessão, sua adesão ao mal, e, por decorrência, o combate a Deus e à humanidade: *Minha poesia não consistirá em outra coisa senão em atacar, por todos os meios, o homem, essa besta-fera, e o Criador, que não deveria ter engendrado semelhante inseto. Volumes se amontoarão sobre volumes, até o fim da minha vida, e, no entanto, nada mais encontrarão neles, a não ser esta única ideia, sempre presente em minha consciência!* (C1, E4). Para Gaston Bachelard, em um ensaio especialmente importante,[26] a obra de Lautréamont nos aparece como *uma verdadeira fenomenologia da agressão. Ela é agressão pura, assim como se pode falar de poesia pura. No instante em que for possível criar uma poesia de violência pura, uma poesia encantada pelas liberdades totais da vontade, dever-se-á ler Lautréamont como precursor.*

Restrições às violências lautreamontianas decorrem de uma leitura literal, ingênua. Não levam em conta sua dimensão

[26] Gaston Bachelard, *Lautréamont*, José Corti, Paris, 1963.

simbólica, alegórica ou metafórica, e que seu exagero as converte em humor negro. Sugerem transpor para ele as observações sobre o Marquês de Sade por Roland Barthes, em *Sade, Fourier e Loyola*,[27] mostrando que as perversidades e façanhas sexuais da obra sadiana são, em *seu irrealismo preparado*, impossíveis, fisicamente impraticáveis. Consistem em uma celebração do infinito sígnico: nela, *as impossibilidades do referente são convertidas em possibilidades do discurso*. As dificuldades que essas e tantas outras obras enfrentaram são manifestações do medo diante do que permitem descortinar. A censura não é dirigida à violência física, mas à violência literária, lida equivocadamente como representação e mímese. Índices de criminalidade, violência totalitária e câmaras de tortura não receberam acréscimos por causa de obras como *Justine*, ou os *Cantos*, ou as de Swift, De Quincey e William Burroughs. Não foi por isso que a repressão sempre procurou cercear o exercício de liberdade de imaginação por elas representado.

Além da violência física propriamente dita, faz parte dos *Cantos* a agressão contra a ordem natural. É o acasalamento com a fêmea do tubarão (C2, E13), a bruxa transformada em bola de esterco, vítima dos amantes a quem havia transformado em animais (C5, E2), o homem-peixe desiludido com a humanidade (C4, E7), o par de adolescentes-tarântula (C5, E7). Lautréamont descreve um mundo que se metamorfoseia, onde sempre se observa *um desvio das leis da natureza* (C4, E7), regido por uma lógica semelhante à do sonho.

Também é mutante o próprio Maldoror, *um homem que se recorda de haver vivido durante meio século sob a forma de tubarão, nas correntes submarinas que margeiam as costas da África* (C4, E5). Ora jovem, ora de cabelos brancos, aqui moribundo, ali capaz de façanhas atléticas, transformado em águia para combater a esperança (C3, E3), polvo para melhor lutar com Deus (C6, E15), porco em seus sonhos, pois *a metamorfose nunca apareceu a meus olhos senão como*

[27] Edições 70, Lisboa, 1979.

elevada e magnânima ressonância de uma felicidade perfeita (C5, E6), coisa informe, misturada à natureza (C4, E4), objeto de identidade indefinida (C4, E1): *É um homem ou uma pedra ou uma árvore quem vai começar o Quarto canto.* Disfarça-se no combate ao bem: *Tinha uma faculdade especial para tomar formas irreconhecíveis aos olhos mais treinados* (C6, E2). Mas não é apenas o protagonista que se metamorfoseia. Partilha essa propriedade o autor, que troca de máscara. Em muitos trechos, quem conta uma história ou faz uma reflexão é Maldoror. Em outros, há um narrador impessoal, a *persona* Lautréamont, e Maldoror é tratado na terceira pessoa. Esse é um dos aspectos de uma aparente desordem formal dos *Cantos*, acentuada em *Poesias*, que, conforme será visto adiante, é consistente.

Ilustração de Max Ernest para Os Cantos de Maldoror.

Assim como a idade, fisionomia e identidade do narrador--protagonista são mutantes, o tempo é objeto de metamorfose. Na maior parte dos relatos, especialmente a novela do C6, a ação é no presente, a época em que Lautréamont viveu, com vários signos da modernidade de então: lojas, bulevares, ônibus, para simular realismo, conferir-lhe a impossível verossimilhança. Em outros, há cenários que poderiam ser de qualquer época, ou acontecimentos em uma Idade Média de castelos e combates de cavalaria, ambiente do gênero intitulado romance gótico ou horror gótico, como no episódio dos adolescentes-aranha (C5, E7).

Acertadamente, Bachelard mostra (op. cit.), em um paralelo com Kafka, que a metamorfose em Lautréamont é o resultado da afirmação vital, pela intervenção ativa do sujeito: *A metamorfose em Kafka aparece nitidamente como um estranho decréscimo da vida e da ação (...). As formas se empobrecem em Kafka porque o querer-viver se esgota; elas se multiplicam em Lautréamont porque o querer-viver se exalta.* Portanto, é expressão da rebelião, a revolta individual. Coerentemente, em várias passagens Maldoror se identifica a Lúcifer, mais importante símbolo da rebelião na tradição ocidental.

Como modalidade de metamorfose, de modo recorrente, como variações sobre o mesmo tema, aparece o homossexualismo. A preferência do narrador-protagonista por rapazes é tratada de modo elegíaco na despedida de Dazet (C1, E13) e no combate com a esperança (C3, E3); como apologia ambivalente na estrofe dos *pederastas incompreensíveis* (C5, E5) e na história da cabeleira de Falmer (C4, E8). Tais trechos são, para a época, uma ousadia notável, pois o homossexualismo esteve proscrito da literatura desde a Roma do *Satiricon* (e também da vida: a condenação de Oscar Wilde aconteceria em 1895). Nesse interregno, aparece de forma velada, à exceção de obras isoladas de literatura licenciosa, e dos autores libertinos como Sade. Mas nesses, o que se encontra é a sodomia como prática sexual perversa, e não a relação homossexual plena (entre homens — lésbicas haviam sido homenageadas por Baudelaire). Obras em que o autor se declara, falando abertamente de inclinações pederásticas, fora da estante pornográfica e da venda clandestina, são algo contemporâneo.

A pederastia em Lautréamont é, presumivelmente, expressão de inclinações do autor: *Eu sempre experimentei uma atração infame pela juventude pálida dos colégios, e pelas crianças estioladas das fábricas!* (C5, E5). P.O. Walzer comete um engano, ao sugerir que esses episódios homossexuais podem ter o mesmo estatuto que o acasalamento com a fêmea do tubarão.[28] Ninguém faz sexo com fêmeas de tubarão. É algo impossível, enquanto

[28] Em uma das notas da edição Pléiade (op. cit.), comentando a estrofe dos pederastas (C5, E5): *O respeito que o autor lhes testemunha* (aos pederastas) *não nos autoriza, de modo algum, a concluir que ele se tenha entregue à homossexualidade, assim como não se tira conclusão da narrativa do acasalamento com a fêmea do tubarão.*

o homossexualismo é real. E é tratado como tal: alternadas a trechos de puro delírio, há descrições de situações de sedução e flerte entre rapazes, feitas por alguém que, se não o praticou, ao menos chegou perto disto: *Foi preciso que eu abrisse vossas pernas para vos conhecer, e que minha boca se pendurasse às insígnias do vosso pudor.*[29] Declara que a própria criação da obra é uma sublimação do *amor esfaimado, que se devoraria a si mesmo, se não buscasse o alimento nas ficções celestiais* (C3, E1). Reforça essa suposição o papel reservado às mulheres nos *Cantos*, como figurantes abstratas, alegóricas. Elogios e adesões às prostitutas, como o pacto de C1, E7, têm fontes literárias identificáveis, baudelairianas em especial. Fazem parte do ambiente e temática da literatura do século XIX (como na *Dama das Camélias* de Dumas Filho, mencionada em P1).

Isso não impede que a pederastia lautreamontiana seja interpretada como símbolo da exclusão e exceção, tanto quanto a prostituição. E como signo da própria obra: o desvio da norma sexual é uma metáfora do desvio das normas da literatura e da lógica, praticado no texto. Além disso, a linguagem para falar dos sentimentos por seu colega de liceu Georges Dazet — também metamorfoseado, desdobrando-se em personagens: Mario, Falmer, Lohengrin, Lombano, Holzer, Tremdall, Réginald, Mervyn — apresenta correspondência, em passagens como a cavalgada do C3, E1, com a relação de companheirismo dos romances de cavalaria, as giestas heroicas, e da própria poesia romântica,[30] agora exposta como relação amorosa. Tais trechos podem ser lidos como paródia do discurso amoroso do Romantismo, da idealização da mulher, trocada por rapazes. Semelhante idealização já havia sido negada por Baudelaire, no texto e na vida, ao eleger como companheira e musa a prostituta mulata Jeanne Duval.[31]

[29] Até mesmo, entrando no terreno da especulação biográfica, alguns nomes, jamais identificados, na dedicatória que abre *Poesias*, podem ter pertencido a objetos dessa atração, ou de encontros dessa natureza. Quem teriam sido Louis Durcour, Pedro Zurmaran, Joseph Bleumstein e Joseph Durand?

[30] Por exemplo, em Byron; ver nota 9 dos *Cantos* (C1, E9).

[31] A *Vênus hotentote*, conforme Lautréamont se refere a ela em *P1*.

Mas o espanto e fascinação ao ler os *Cantos* não são provocados apenas pelo plano narrativo, os enredos de cada estrofe, nem por suas reflexões delirantes, mas pela linguagem utilizada. Seu estilo para *atacar a humanidade, que se acreditava invulnerável, pela brecha de absurdas tiradas filantrópicas* (C2, E1), é rebuscado e ornamentado. Apropria-se, em longos parágrafos feitos de longas frases, de uma forma existente, da tradição de retórica e beletrismo em que a grandiloquência é associada ao valor literário. Imita um orador arengando a sua plateia, ou um pregador religioso em seu púlpito:[32] *Tempestades, irmãs dos furacões; firmamento azulado, cuja beleza não admito; mar hipócrita, imagem do meu coração; terra, com o seio misterioso; habitantes das esferas; universo inteiro; Deus, que o criaste com magnificência, é a ti que invoco: mostra-me um homem que seja bom*! (C1, E5). Reduz o beletrismo ao absurdo através do exagero, das digressões que interrompem seu fluxo, das histórias fantásticas às quais semelhante estilo passa a servir, e de elipses, frases breves, que interrompem e negam suas hipérboles.

Assim, a matéria do texto — vocabulário, fórmulas e figuras de retórica, demais recursos de estilo — é coerente com as histórias e reflexões nele contidas. São um correlato do conteúdo explícito as invenções, os símiles paradoxais, contrastantes, como estes, semelhantes a oximoros, locuções internamente contraditórias, já no primeiro canto: *pois tens uma aparência sobre-humana; triste como o universo, belo como o suicídio.* (C1, E13); *É mais triste que os sentimentos inspirados pela visão de uma criança em seu berço* (C1, E12). Seguem-se imagens cada vez mais extravagantes: *Há horas na vida em que o homem de cabeleira piolhenta lança, o olhar fixo, miradas ferozes para as membranas verdes do espaço* (C2, E15); *É tempo de pôr um freio a minha inspiração, e parar, por um instante, no caminho, como quando se olha a vagina de uma mulher* (C3, E16).

Em uma progressão, caracterizada pela expansão vocabular e imagética que acompanha o crescente desvario das histórias, a

[32] A menção a figuras como Lacordaire, pregador religioso, em *P2*, elimina dúvidas quanto à imitação de oradores eclesiásticos. Ver nota 28 de *Poesias II*.

exploração das possibilidades do contraste se abre em um leque de possibilidades, até chegar às séries de *belo como* dos dois cantos finais. Em um duplo absurdo, pois se refere a um homem com cabeça de pelicano (C5, E2), diz que parece *belo como os dois longos filamentos tentaculiformes de um inseto* (...) *como uma inumação precipitada* (...) *como a lei da reconstituição dos órgãos mutilados* (...) *como o tremor das mãos no alcoolismo* (...) *como um líquido eminentemente putrescível!* Na descrição de Mervyn, o adolescente que irá sequestrar (C6, E2), vai do *belo como a retratibilidade das garras nas aves de rapina* até sua imagem mais famosa, o belo como *o encontro fortuito de uma máquina de costura e um guarda-chuva sobre uma mesa de dissecção*. Esse pseudossímile, logo utilizado por Jarry,[33] precedeu a noção de imagem poética de Pierre Reverdy (*aproximação de realidades diferentes*, sendo *tanto mais forte quanto mais distantes forem essas realidades*), em seguida adotada pelo surrealismo.

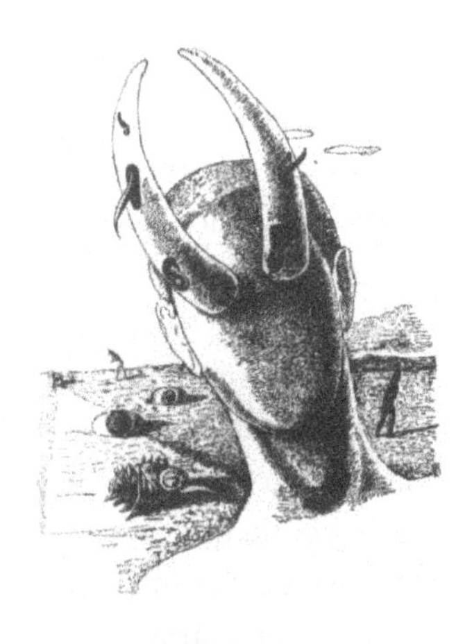

Ilustração de Victor Brauner para o Canto V.

Uma característica essencial dos *Cantos*, acentuada em *Poesias*, é o modo como são descritos outros autores, adulterando-os. Um exemplo é a subida de Maldoror ao céu, onde encontra um Deus devorador de homens, réprobos que nadam em um charco de sangue (C2, E8). Trata-se de roubo da *Divina comédia*, com Deus ocupando o lugar que, em Dante, é do diabo em seus círculos infernais. Com uma inversão dessas, Lautréamont reapresenta o pensamento da heresia gnóstica dos primórdios da era cristã. O

[33] Levando Philippe Audoin, no prefácio de *Les minutes de sable mémorial* e *César-Antechrist* (Coleção Poésie, Gallimard, 1977), a comentar que *os belo-como-ou-antes-como ornamentam o texto de Minutes aos quatro ventos, para quem quiser ouvir*, além de indicar citações e alusões aos *Cantos* (ou seja, Jarry aplicava a Lautréamont o procedimento que este havia aplicado a tantos outros autores). A conexão Lautréamont-Jarry voltará a ser examinada neste prefácio.

Deus retratado nesse trecho é o Demiurgo, perverso criador do mundo que se interpõe como obstáculo à gnose, o conhecimento da verdadeira divindade. A descrição do Deus-ogro vem empacotada em outro absurdo, pois a passagem faz parte da história de como Maldoror se curou da surdez, ao soltar um grito diante dessa visão horrenda. Semelhante "cura", simbolicamente, representa a conquista do entendimento (da audição) diante de uma revelação: uma gnose.[34] O Deus decaído, demiúrgico, o *horrível Eterno com cara de víbora* (C2, E2), é uma constante: bêbedo, cuspido e chutado à beira da estrada (C3, E4), flagrado no prostíbulo (C3, E5), humilhado na derrota final (C6).

Outros trechos, como a invectiva contra o sono (C5, E3), com a ideia da consciência invadida e obscurecida por Deus, também sugerem paralelos com o pensamento gnóstico. Mas isso não permite supor que Lautréamont fosse adepto ou tivesse formação nas doutrinas gnósticas, a não ser de segunda mão, através de influências mais literárias que doutrinárias, como a de Baudelaire.[35] Sua discussão sobre a relação entre o bem e o mal fundamenta-se em pensadores cristãos, invertendo-os ou adulterando-os.[36] Desde o século XVIII, ideias que caracterizaram a heresia gnóstica vão reaparecendo na literatura (notadamente em William Blake), mas como signos da rebelião, independentemente da adesão intencional. Considerando que a investigação do oculto e do sobrenatural compunha uma espécie de caldo de cultura da época, exemplificado pelo diálogo entre Baudelaire e Éliphas Lévi,[37] entre os simbolistas e figuras como Papus, Péladan e Guaita, e, logo depois, entre Yeats e Madame Blavatsky, Lautréamont até se manteve alheio

[34] Ainda mais em francês, em que o verbo *entendre*, entender, significa ouvir.

[35] Em Jarry, por sua vez, o tema do Deus-demiurgo é uma constante. Decorre de sua formação hermética.

[36] É o que parece, pela importância atribuída, em uma das cartas, a Ernest Naville, autor de *Le Problème du mal*, e por todos os Pascal e Vauvenargues fartamente adulterados nas *Poesias*. Ver nota 1 das *Cartas*.

[37] Sobre a base ocultista de Baudelaire e seu diálogo com Éliphas Lévi, *Anotações de uma bibliógrafa: Baudelaire e o esoterismo*, de Maria Lúcia Dal Farra, em *Remate de males*, Universidade Estadual de Campinas, Instituto de Estudos da Linguagem, 1984.

à fascinação iniciática. Temas do hermetismo, assim como de doutrinas místicas e seitas heréticas, aparecem nos *Cantos* por sua universalidade como símbolos e, possivelmente, imagens do inconsciente. Ou como objeto de paródia, como o elogio ao pitagorismo no hino às *matemáticas severas* (C2, E10).

Há mais roubos de textos alheios nos *Cantos*. A cena em que uma criança é morta diante dos pais (C1, E11) é plágio de um poema de Goethe, *O Rei dos Olmos*, mas com Maldoror desempenhando o papel do gênio da floresta de Goethe e da mitologia germânica. Isso, quanto a reelaborações, em mais uma modalidade de metamorfose, que hoje poderia ser vista como devoração antropofágica. Também há alusões, como o diálogo com um coveiro, com reflexões sobre a morte e a vida em um cemitério (C1, E12), de inspiração shakespeariana, decalque da cena de *Hamlet*.[38] A utilização de outros autores é de tamanha variedade que fez muitos estudos e edições comentadas não chegarem a lugar algum, perdendo-se nas zonas cinzentas onde não é possível identificar o que é apropriação proposital, coincidência ou repetição de chavões e convenções. Temas como o mar homenageado em uma estrofe (C1, E9), ou a tempestade que precede o acasalamento com o tubarão-fêmea (C2, E13) estão em inumeráveis lugares da literatura romântica e clássica.

Em uma obra que, desde o início, se notabiliza pela originalidade, Lautréamont deixa claro que sabe estar repetindo autores, bem como convenções e figuras de retórica. Daí a desconsideração da autoria e propriedade individual do texto, declarada em *Poesias*: *o plágio é necessário. O progresso o implica* (P2). A famosa máxima, *A poesia deve ser feita por todos, não por um* (P2), antecipa a atenção moderna ao que Octavio Paz denomina de *supremacia do texto sobre o autor-leitor*, em seus importantes paralelos entre criação, leitura e tradução.[39] É o deslocamento da

[38] Filosofia em cemitérios é outro chavão, presente em vários autores. Mas Lautréamont ter localizado a cena na Dinamarca (as Ilhas Foeroé), em uma alusão dentro da alusão, elimina dúvidas quanto ao vínculo hamletiano.

[39] No final de *Los hijos del limo*, Seix Barral, 1974; *Os filhos do barro*, Nova Fronteira, tradução de Olga Savary.

intersubjetividade para a intertextualidade, pensando a obra não apenas como diálogo entre pessoas, mas entre textos. Isso levou Julia Kristeva (op. cit) a invocar os *Cantos* e *Poesias* como modelo de sua teoria da intertextualidade e dos *gramas escriturais*, ao afirmar que o texto literário *é uma escritura-réplica (função ou negação) de um outro (dos outros) texto(s)*, enquanto *leituras de outras escrituras: sua comunicação é comunicação com outra escritura.*

Tratar das leituras de Lautréamont não é análise das fontes de inspiração, a cuja maneira alguém escreve. Há, entre o que ele leu e a presença do que foi lido em sua obra, relações complexas, que podem ser representadas por uma matriz, cruzando modos de utilização — transcrição, citação, alusão, adoção, falsificação, inversão — com uma multiplicidade de autores, gêneros e modalidades. Não interessa apenas elencar autores: o importante é especificar relações. É o caso do trecho citado de Dante: ao se inspirar nele, Lautréamont o copia, altera e subverte seu sentido. *Poesias*, que apresenta, como será visto adiante, relação de complementaridade com os *Cantos,* oferece interesse adicional para sua melhor interpretação, ao utilizar explicitamente, mencionando-os ou transcrevendo-os, como objeto de sarcasmo, transcrição e adulteração, autores antes implícitos. Assim, sabemos que o pelicano de C2, E5 pertence a Alfred de Musset, pelos comentários satíricos do final de P1. Esse rastreamento contribui para mostrar a quantidade de alusões, sentidos ocultos, níveis de significado e interpretação possível, enfim, sua enorme riqueza.

Comprova-se, comparando seus dois livros, que Lautréamont foi um leitor voraz. Recorreu a boa parte da tradição literária ocidental, a começar pela Bíblia, a épica de Homero a Camões, e as fundações literárias representadas pela *Divina comédia* e pela dramaturgia e poesia de Shakespeare; a poesia, prosa e dramaturgia romântica, de Byron, Musset, Chateaubriand, Victor Hugo, Minkiewicz, Lermontov etc.; o principal da narrativa do século XIX, inclusive Balzac e Flaubert; o restante da enorme bagagem literária pedida pelo currículo francês da época, especialmente seus clássicos; a alta literatura extracurricular, a começar por Baudelaire e Poe; esse importante ramo do Romantismo que é o horror gótico,[40] de cujo estilo, temas e clima se apropriou; tratados e enciclopédias sobre os mais variados assuntos, curriculares ou não; e a literatura em seus modos menores, de consumo, como o folhetim de Eugène Sue, Ponson du Terrail e Gaboriau,[41] além do epigonal, periférico e subliterário, excentricidades como Gagne e outros autores prolixos e torrenciais, e mais os pregadores religiosos, como Lacordaire.[42]

O Marquês de Sade é frequentemente associado a Lautréamont, pela crueldade. Também poderia sê-lo pelo furor na defesa de teses antideus e antirreligião. Contudo, indícios da sua presença como fonte direta são inconclusivos, pois não há transcrição ou menção evidente.[43] E o Romantismo apresentou inúmeras narrativas com protagonistas de extrema crueldade, subordinados ao Mal, como o Corsário e Lara de Byron, citados em P1, assim como as narrativas de horror gótico e os folhetins de Sue ou Gaboriau, modelos diretos para a feitura de passagens dos *Cantos*.

Talvez haja influência indireta, pelo modo como Sade impressionou a românticos e a Baudelaire. Além disso, sabe-se hoje que Sade foi um representante, certamente o mais denso e radical, da literatura libertina nos séculos XVIII, à sombra do Iluminismo, e XIX.[44] Lautréamont possivelmente teve acesso a essa produção, que circulava clandestinamente sob forma de "catecismos" pornográficos. Há diferenças fundamentais entre Lautréamont e Sade: os *Cantos* não contém cenas de sexo, exceto a violentação da menina (C3, E2) e os acasalamentos com o tubarão-fêmea (C2, E13) e o piolho-fêmea (C2, E9), nem vocabulário explícito, a não ser os *humanos*

[40] Quanto ao horror gótico, ver notas 59 e 60 de *Poesias*.

[41] Sobre a conexão entre literatura de folhetim e os *Cantos*, o ensaio *Modos menores de literatura*, de Marlyse Meyer, Companhia das Letras, São Paulo, 1996.

[42] Sobre esses personagens menores e outros, ver notas 92 a 110 de *Poesias*.

[43] É o que se depreende de um levantamento minucioso, como o feito por P.O. Walzer (op. cit.), por sua vez utilizando outros estudos, como o de Pierre Capretz, o mais exaustivo sobre influências e possíveis leituras de Lautréamont.

[44] Literatura libertina tem sido objeto de estudos contextualizando o Marquês de Sade. Entre outros, *O Marquês de Sade: um libertino no salão dos filósofos*, de Eliane Robert de Morais, Educ, São Paulo, 1992.

de vara vermelha (C2, E12). E as três cenas de sexo nos *Cantos* são de zoofilia, com sinal trocado: a menina violentada pelo buldogue, o peixe e o piolho possuídos por Maldoror. São caso particular da lógica da metamorfose, aspectos do *mundo zoomorfo* assinalado por Bachelard (op. cit.), do trânsito entre o mundo humano e animal, tanto quanto o sonho da transformação em porco (C5, E6).

A associação de Lautréamont ao barroco literário também deve ser examinada com cuidado. É preferível considerar o barroco como manifestação circunscrita a um contexto. Muito do que lhe é atribuído como característica é comum a uma tradição que vem desde a épica da Antiguidade, inclusive Homero e Virgílio, por sua vez constitutiva de uma retórica e um beletrismo especificamente franceses, que Lautréamont estudou no colégio. Por isso, o que parece presença do barroco, especialmente do gongorismo — riqueza vocabular, excessos de ornamentação, invenções nas metáforas — pode ser associado a leituras mais claramente identificáveis.[45] O mesmo vale para uma variante do barroco, o *concettismo* italiano de Marini e outros, notável pelo abuso virtuosístico de oximoros, as locuções contraditórias em cujo uso Lautréamont se especializou.

Contudo, a descoberta de que ele efetivamente leu um manual espanhol de retórica, *Arte de Hablar*, de José Lopez Hermosilla, mostra que conheceu essa literatura, nem que fosse indiretamente, através das críticas daquele autor, fartamente exemplificadas, contra o barroco.[46] Lautréamont teria escrito do modo que Hermosilla condenava, utilizando seus exemplos

[45] Adoto a demonstração de E.R. Curtius, em *Literatura europeia e Idade Média latina* (Hucitec/Edusp, São Paulo, 1996), de que características do barroco podem estar presentes nos clássicos. Diferindo de autores contemporâneos extremamente respeitáveis (entre outros, Severo Sarduy em seu posfácio a *Lautréamont austral* e outros momentos de sua obra), acho preferível ver como neobarrocos apenas os que assumiram declaradamente esse vínculo, como Lezama Lima. Outras modalidades de criação exuberante e delirante, inclusive a imagética surrealista, têm um sentido e intenções que podem ser obscurecidos pela filiação ao barroco em geral, e ao gongorismo em especial, confundindo a exacerbação do beletrismo com a crítica ao beletrismo, a apoteose do naturalismo com sua subversão.

[46] Conforme *Lautréamont austral*, de Emir Rodrigues Monegal e Leyla Perrone-Moisés, Brecha, Uruguai, 1995. Essa obra voltará a ser citada adiante.

ao contrário, assim como seu estilo exaltado de criticar, por sarcasmos, pode ter influenciado *Poesias I*. Mas é preciso considerar a enorme quantidade de outras obras também lidas por Lautréamont, sobre cuja influência não temos documentação. O conhecimento negativo do barroco também pode ter ocorrido nas aulas de seu professor de retórica, Hinstin (mencionado no depoimento de Lespés e na dedicatória de *Poesias*), igualmente "neoclássico".

O inventário das características temáticas e estilísticas dos *Cantos* não pode deixar de incluir o uso paradoxal da terminologia das ciências naturais. Assim como as figuras de retórica e citações não declaradas de outros autores, termos científicos são objeto da metamorfose, pois foram recontextualizados, arrancados de seu lugar e sentido. Em relatos de peripécias fora de qualquer parâmetro da realidade, com homens-peixe, amantes-escaravelho, arcanjos-viga, comparecem como se lhes conferissem veracidade, e até concretude: *Voltei a esconder-me atrás da moita, e fiquei quieto, como o acantophorus serraticornis, que só mostra a cabeça para fora do seu ninho* (C4, E3); *Tocareis com as mãos os ramos ascendentes da aorta e as cápsulas suprarrenais* (C6, E1). Chega à nomeação de espécies inexistentes — pigargos vermelhos, pannoccos, anarkaks groenlandeses — e afirmações falsas, de pseudociência: *Ora essa, já não chegaram a enxertar nas costas de um rato vivo a cauda arrancada ao corpo de outro rato?* (C5, E1).

Ilustração de André Masson para o Canto IV.

São enormes o alcance e conteúdo crítico desse procedimento, cujo resultado mais espetacular é a metonímia da estrofe dos pederastas, C5, E5: *não serei eu quem irá lançar o desprezo contra vosso ânus infundibuliforme.* Acontece em uma época de cientificismo triunfante, que justificou uma importante corrente literária, a narrativa naturalista, e do consequente apogeu do pensamento mecanicista e positivista. Tratados e enciclopédias como as de Buffon e Littré, utilizadas e até transcritas nos *Cantos*,[47] são suas expressões.

O depoimento de Paul Lespés informa que Lautréamont gostava das leituras de história natural, mas não apreciava a matemática. Isso não impediu que álgebra e geometria fossem invocadas na homenagem às *matemáticas severas* (C2, E10). E que propusesse ao leitor uma *lógica rigorosa* desde seu primeiro parágrafo, em um texto notável pela desordem. Simula exatidão: *Sei-me capaz de ler a idade nas linhas fisiognômicas do rosto: ele tem dezesseis anos e quatro meses!* (C6, E3). Como um professor dando aula de física, descreve a trajetória do corpo de Mervyn, transportado, no final, em um *saco icosaédrico*, e arremessado do obelisco da Praça Vendôme até a cúpula do Panteon: *Os teoremas da mecânica permitem que eu fale assim; desgraça! sabe-se que uma força, somada a outra força, gera uma resultante composta pelas duas forças primitivas!* (C6, E10). Anuncia que vai falar de coisas concretas, na abertura da história mais delirante (C6, E1): *É preferível demonstrar com fatos as proposições que adianto.* Portanto, essa *lógica rigorosa* pode ser qualquer outra coisa, exceto a lógica, tal como codificada na cultura ocidental. O rigor não está em sua aplicação, mas em sua transgressão sistemática.

Pratica o mesmo jogo, do contraste entre exatidão e fantástico, com referências geográficas: *O antigo templo de Denderá está situado a uma hora e meia da margem esquerda do Nilo* (C4, E1). Nomeia a cidade, a Paris que é seu cenário. Imitando um procedimento da narrativa folhetinesca, designa com precisão o lugar onde o absurdo acontece, na história da lâmpada-anjo derrotada por Maldoror (C2, E11) que, jogada ao Sena, segue da ponte

[47] Além de *Encyclopédie d'histoire naturelle*, do Dr. Chenu, da qual há citações não declaradas nos *Cantos*, bem como *Zoologie classique* de F.A. Pouchet.

Napoleão, *sob os arcos da ponte da Gare e da ponte de Austerlitz,* até a ponte de Alma. Ou na referência à Rua Vivienne onde chegou a morar, e na descrição do caminho tomado por Mervyn ao voltar para casa (C6, E3) — bulevar Poissonière, Bonne-Nouvelle, rua do Faubourg-Saint-Denis, estação Strasbourg, rua Lafayette — e no encontro final com Maldoror — bulevar Sébastopol, fonte Saint-Michel, cais Conti (C6, E10). Subverte o discurso formado pelos signos da cidade, em uma operação análoga à feita em outros níveis. Promove o confronto entre a banalidade do cotidiano, representada por marcos urbanos, e a irrupção do insólito e inesperado.

A ironia e o sarcasmo, componentes da sátira, caracterizam os *Cantos.* No final do C5, E3, em um metaexagero — pois a história da feiticeira transformada em bola de esterco, que havia metamorfoseado seus amantes em escaravelho, abutre e pelicano, não podia ser mais exagerada — Maldoror arranca *um músculo inteiro do braço esquerdo, pois não sabia mais o que fazia, tão comovido fiquei diante do quádruplo infortúnio.* Autorreferente, corta as descrições e metáforas dessa passagem, hiperbólicas, com duas frases curtas e secas, elípticas: *E eu, que acreditava serem matérias excremenciais. Grande besta que sou, vá.*

O objeto da sátira é o *corpus* da literatura, o conjunto dos *tiques, tiques e tiques* mencionados em P1 (logo após a declaração de que a *poesia deve ser feita por todos*) e, por decorrência, o processo de criação literária, e sua própria escrita. Por isso, faz metalinguagem a seu modo, ironicamente, dirigindo-se ao leitor: *Se o leitor achou esta frase demasiada longa, que aceite minhas desculpas* (C4, E2). Abusa da exortação e autolegitimação: *Se não acreditais, vinde ver-me; verificareis, por vossa própria experiência, não a verossimilhança, mas, além disso, a própria verdade da minha afirmação* (C4, E6); *ide ver pessoalmente, se não quereis acreditar* (a frase que encerra o livro, C6, E10). Nas digressões, acentua a relação reflexiva entre autor e texto: *Quando deposito sobre meu coração essa interrogação delirante e muda, é menos pela majestade de forma que pelo quadro de realidade que a sobriedade do estilo se conduz desse modo* (C4, E5).[48]

Daí resultam orações com múltipla enunciação: *Sua destreza, que consistia em golpear as partes mais sensíveis, como o rosto e o baixo-ventre, não será mencionada por mim, a não ser por aspirar à ambição de contar a total verdade!* (C4, E3). Aqui ele diz algo, diz seu oposto (que não dirá o que está dizendo), e, contrariando-se, abre uma exceção ao que acabou de negar. A frase exemplifica uma característica fundamental de Lautréamont: a tensão entre negações em série, de modo que tudo implica seu oposto e pode ser *outra* coisa. Então, além da tematização da metamorfose, há uma *lógica* da metamorfose, que constitui a estrutura dos *Cantos* e rege seu processo de criação. Essa característica, de a obra ter uma estrutura coerente com seu sentido, e que *produz* sentido, havia sido observada por Breton: *Um princípio de mutação perpétua se apoderou dos objetos, como das ideias, tendendo a sua libertação total, que implica aquela do homem.*[49]

Chega a descrever-se diante do espelho, metáfora perfeita da relação especular, reflexiva e crítica, em literatura. Nesse trecho dialógico, multívoco, ponto de encontro de uma rede de relações textuais, mobiliza seu instrumental de paradoxos, ironias, "belos como", pseudoleis científicas, terminologia fora do lugar, entrelaçados e embutidos: *espectador impassível das monstruosidades adquiridas ou naturais, que decoram as aponevroses e o intelecto de quem vos fala, lanço um prolongado olhar de satisfação à dualidade que me compõe... e me acho belo! Belo como o vício de conformação congênita dos órgãos sexuais do homem, que consiste na brevidade relativa do canal da uretra e na divisão ou ausência da parede inferior, de forma que o canal se abra a uma distância variável da glande e abaixo do pênis; ou ainda, como a verruga carnuda, de forma cônica, sulcada por rugas transversais bem profundas, que se ergue na base*

[48] A relação autor-leitor foi analisada em um ensaio de Laymert Garcia dos Santos, "Lautréamont e a agonia do leitor", *Folha de S.Paulo*, "Folhetim", 1 maio 1983. Mostra, entre outras coisas, como Lautréamont procura estabelecer uma espécie de parceria ou de cumplicidade com seu leitor para levá-lo além da literatura, ou seja, em direção à vida.

[49] Na *Anthologie de l'humour noir*, op. cit.

do bico superior do peru; ou melhor, como a seguinte verdade: "O sistema de gamas, modos e encadeamentos harmônicos não repousa em leis naturais invariáveis, mas é, ao contrário, consequência de princípios estéticos que variam com o desenvolvimento progressivo da humanidade e que continuarão variando!"; e, principalmente, como uma corveta encouraçada com torreões! (C6, E6). Uma passagem dessas justifica hipóteses sobre seu modo de escrever, o *desenvolvimento excessivamente rápido das minhas frases* (C5, E7), que Breton associou à escrita automática. Pode não ter chegado a tanto, mas é evidente que procedeu, com frequência, por associações livres e improvisação.

Tanto a relação de espelho quanto recontextualizações de autores, palavras e convenções permitem falar de paródia em Lautréamont. Pode-se dizer que, além de satírico, é multiplamente paródico: parodia a literatura, ao apropriar-se de textos alheios, e a si mesmo, ao escrever de modo autorreferente.[50] Seria estreito, contudo, vê-lo apenas como um comentarista, irônico, satírico e paródico, de uma herança literária. Sua transgressão vai além disso, e classificar os *Cantos* e *Poesias* como paródia é atribuir-lhes alcance menor. A paródia é subversiva, sem dúvida. Mas está entre suas características ser uma subversão consentida, em certa medida legitimadora do original parodiado.[51] Toma-o como modelo, partilhando seu código. Justamente isso, partilhar códigos, foi o que Lautréamont não fez, a não ser, quando muito, em sua relação, de evidente influência, com a poesia de Baudelaire. Daí o tempo passado até que seu livro fosse lido e entendido.

[50] Essas duas definições do que vem a ser paródia — recontextualização e comentário — estão em *Uma teoria da paródia*, de Linda Hutcheon, Edições 70, Lisboa, s/d. (a edição original, *A Theory of Parody*, é de 1985). Para a autora, o prefixo *para* significa contracanto, e tem dois sentidos: de *oposição* entre dois textos, onde um ridiculariza o outro, e de *ao longo de*, assim *sugerindo acordo ou intimidade, em vez de contraste*. Portanto, são paródicas as autorreferências, os comentários e intervenções metalinguísticas do próprio autor, assim como as utilizações de textos alheios, recontextualizando-os. Adoto sua distinção entre sátira, que tem um referente externo e uma intenção crítica, e paródia, uma operação do texto não necessariamente ridicularizadora.

[51] Essa característica da paródia é comentada por Hutcheon, na obra citada na nota anterior.

É mais próprio enxergá-lo como autor *perverso*, criador de uma escrita do avesso. A perversão se expressa no conteúdo manifesto, nos temas, na criação de um personagem maníaco, cujo "eu" desconhece limites, e em sua maneira de construir o texto, por solapar radicalmente todos os códigos: literário, científico, toponímico, da fala comum e do bom senso. Cada elemento constitutivo — palavras, frases, figuras de retórica, relatos, reflexões — é transformado em *outra* coisa. A adesão ao avesso o leva a chamar de *comparação judiciosa* à relativização geral, na estrofe sobre a equivalência de baobás, pilares e alfinetes (C4, E2). Ou de *texto seráfico* a uma passagem escabrosa, em que recomenda a repugnante *poção lenitiva* (C5, E1), que o leitor deverá tomar para fortalecer-se e prosseguir na leitura: *arrancarás inicialmente os braços da tua mãe,* picando-os e acrescentando-lhes pus blenorrágico, um quisto piloso, um cancro, um prepúcio inflamado, três lesmas vermelhas...

Há uma imagem, da série de "belos como" suscitados pelo encontro com Mervyn — *essa ratoeira perpétua, que sempre é armada de novo pelo animal capturado, que pode pegar sozinha os roedores, infinitamente, e funcionar até mesmo escondida sob a palha* (C6, E3) — que serve como metáfora, de um lado, da repetição que caracteriza o sintoma da loucura, e, de outro, do funcionamento dos *Cantos* como *máquina infernal*, dispositivo em perpétuo movimento. Lautréamont avisa que não pretende parar, que irá até o fim: *Pretendeis, então, que, por ter insultado, como por brincadeira, ao homem, ao Criador a mim mesmo, nas minhas explicáveis hipérboles, que minha missão esteja encerrada?* (C6, E1). A recorrência aliada à progressão também é representada pelos pássaros em revoada, apresentados como símbolo de seu processo de criação (e que podem ser o símbolo da sua criação como processo), que dão voltas em torno de um eixo, girando em turbilhão, ao mesmo tempo que avançam em bando, movendo-se para a frente (C5, E1).

Sua dinâmica, que consiste no movimento no interior do texto, pode ser ilustrada pela estrofe dos *pederastas incompreensíveis* (C5, E5). Inicialmente, uma lírica declaração de solidariedade a essas *cristalizações de uma beleza moral superior*. Mas, na sequência, Maldoror bebe o sangue de pederastas, e os atrai em massa, provocando hecatombes: *Eles vêm das margens do Amazonas, eles atravessam os vales que irriga o Ganges, eles abandonam o líquen polar, para empreender longas viagens a minha procura*. Sua intenção se revela: não é apenas seduzir, porém, através do poder de sedução, exterminar aos poucos a humanidade. Em outro trecho, na cena sadomasoquista em que um adolescente é dilacerado (C1, E6, que começa com o célebre *Deve-se deixar crescer as unhas durante quinze dias*), a sequência sedução-destruição também aparece, mas invertida, com sinal trocado: primeiro a criança é fisicamente destruída, depois, já moribunda, é seduzida. A ambivalência na relação com os parceiros juvenis, amados e vítimas, também se estende ao leitor, seduzido e repelido, como na estrofe da *poção lenitiva* (C5, E1): *Que o leitor não se zangue comigo, se minha prosa não tem a felicidade de agradar-lhe* (...) *eu te amo*.

A destruição do objeto do desejo decorre deste ser irrealizável, conforme é admitido em passagens abissais: *Mas por que me surpreendo a lamentar-me por um estado de coisas imaginário, que nunca receberá a recompensa da sua realização ulterior?* (C5, E5). Sua ambivalência[52] interessa não só pela singularidade, como sintoma, mas pela *universalidade*. Expressa a contradição, fundamental e insolúvel entre sujeito e objeto, signo e realidade, imaginação e realização, que pertencem a mundos separados e irreconciliáveis: *Sinto que é inútil insistir; a opacidade, notável por mais de um motivo, desta folha de papel, é um empecilho dos mais consideráveis à operação da nossa completa junção* (C5, E5).

Essa lógica especial tem semelhanças com modos de pensar orientais e arcaicos, também presentes em vertentes do misticismo.

[52] O termo *ambivalência* também é utilizado por Kristeva (op. cit.), baseando-se em Bakhtin, a propósito de Lautréamont, porém apenas como propriedade do texto, e não no sentido mais corrente, como sintoma e atributo do sujeito. Kristeva, autora de ensaios de elevado interesse, contudo, ao propor a *semanálise*, ciência abrangente do signo, cita o que Lautréamont diz sobre lógica, rigor etc., em apoio a um modelo de orientação formalista, praticando uma leitura literal, esquecendo a ambivalência e o caráter dialógico apontados por ela mesma.

Neles não prevalece o princípio da identidade e não contradição, alicerce do pensamento e da cultura ocidental.[53] A noção de substância é abolida, substituída pela relação. Nada é fixo, cada termo contém seu oposto, e cada coisa ou acontecimento implica o contrário, aquilo que não é: *Talvez, ao afirmar isso, eu me engane; mas talvez eu também diga a verdade* (C4, E1). A consagração do pensamento analógico, oposto à razão dualista, é exposta na estrofe em que dois pilares são dois baobás ou dois alfinetes, é equivalente matar moscas ou rinocerontes, gracejos podem ser importantes verdades, o asno pode comer o figo ou o figo comer o asno (C4, E2). Tanto faz; tudo tem que ver com tudo, pois são acontecimentos igualmente absurdos ou igualmente naturais; por isso, nesse trecho, ele acaba renegando todo e qualquer dualismo, até o próprio número dois, *as duas unidades do multiplicando.* O hermafrodita (C2, E7), tão rico simbolicamente, inclusive na alquimia, também é signo da obra: representa, ao ser dois em um, condensando a polaridade masculino-feminino, a característica de uma coisa ser outra.

Por isso, quando Octavio Paz afirma[54] que Lautréamont *destrói para sempre a prosa francesa como discurso e demonstração*, e que, *ao minar os fundamentos da prosa — levando até o limite a razão da sem razão e a sem razão da razão — o poeta adolescente destrói as bases do nosso universo moral e racional,* deve-se grifar o final da frase: destruição da *moral* e da *razão*. Não se trata apenas de reflexão crítica sobre a literatura, mas de rebelião extrema contra a sociedade e o mundo. Daí ter provocado tamanha admiração em pensadores de

[53] A menção ao Oriente deve ser cercada de cuidados, pois inexiste o "pensamento oriental" unitário. Trata-se de uma alteridade criada pelo Ocidente. O Oriente é plural, composto por culturas distintas. Feita a ressalva, pode-se invocar como modelo de obra regida pela lógica ideográfica o *I Ching*, vinculável ao taoísmo, onde cada hexagrama termina com uma linha que diz o contrário da sua mensagem, e, além disso, remete ao ideograma seguinte, que é seu inverso. Mas o *I Ching* é organizado, metódico, enquanto os *Cantos* são uma produção anárquica e desordenada, embora coerente. A representação do perpétuo movimento, onde nada é fixo, pode ser relacionado, igualmente, ao pensamento de Heráclito, oposto ao de Parmênides, que formulou o princípio da identidade e não contradição, pilar da lógica.

[54] No trecho já citado de *O arco e a lira*.

formação hegeliana, para os quais a negação tem valor fundamental, como Bataille e Breton. Para este, *o "mal", para Lautréamont (como para Hegel) sendo a forma sob a qual se apresenta a força motriz do desenvolvimento histórico, importa fortificá-lo em sua razão de ser, o que não pode ser feito de modo melhor do que fundamentando-o sobre os desejos sexuais proibidos, inerentes à atividade sexual primitiva, tais como os manifesta, em particular, o sadismo.*[55]

Observações sobre seu caráter selvagem, como a feita por J.G.M. Le Clézio (citada anteriormente), são corroboradas pelo próprio Lautréamont: *Para o enxugamento de minhas frases, utilizarei obrigatoriamente o método natural, retroagindo até os selvagens, para que eles me deem lições* (C6, E2). Os *Cantos* são mesmo uma construção monstruosa e aberrante. Um monumento feito de escombros da alta e baixa literatura e dos demais códigos disponíveis, desde as banalidades e chavões da fala comum, passando por impropriedades não só estilísticas como sintáticas, até termos especializados, de uso restrito. Feito a golpes de marreta contra o "corpus", não só literário, porém de todos os campos, e dos valores e ideologia que os sustentam, procura atingir a ideia do bem e, por extensão, qualquer positividade. O prodigioso é sua verticalidade, uma coisa dessas sustentar-se, manter-se como conjunto, e ter caráter precursor. Deve-se à consistência, aliada à imaginação desenfreada e transbordante. Da concepção geral, passando pelos relatos e reflexões, até a matéria constitutiva, vocabulário e figuras de retórica, tudo, em seus detalhes, está amarrado, costurado, ajustado à lógica do delírio e da negação.

3 - ISIDORE DUCASSE E AS POESIAS

Embora o impacto maior tenha sido provocado pelos *Cantos*, Lautréamont deve ser lido em sua integridade, como autor de dois livros. *Poesias* é menos espetacular, porém mais estranho

[55] Na *Anthologie de l'humour noir*, op. cit.

ISIDORE DUCASSE

POESIES

— II —

PRIX : UN FRANC

PARIS
JOURNAUX POLITIQUES ET LITTÉRAIRES
LIBRAIRIE GABRIE
Passage Verdeau, 25

1870

ainda. Levou Marcelin Pleynet a dizer que suas páginas são *as mais complexas da nossa literatura, sobre as quais, há quase um século, críticos e comentaristas discutem, sem conseguir chegar a um acordo.*[56] É obra enigmática. Em alguns trechos, cifrada. Um exemplo é a famosa passagem do *pato da dúvida com lábios de vermute* (P1). Aparente exercício de criação livre de imagens, tem, contudo, um alvo preciso, os jornalistas.[57]

Seu propósito é declarado na epígrafe: substituir *a melancolia pela coragem, a dúvida pela certeza, a desesperança pela esperança, a maldade pelo bem*, etc. A mesma intenção se manifesta na última das cartas que foram recolhidas ao "banqueiro" ou procurador do pai, Darasse. Nela, renega a *poesia da dúvida*, dizendo que *os gemidos poéticos deste século não passam de sofismas horrendos*, e se propõe a *cantar exclusivamente* a esperança, *A CALMA*, a felicidade, *O DEVER*. Questionando Lamartine, Hugo, Musset e, de quebra, Voltaire e Rousseau, diz que irá reatar com a vertente clássica de Corneille e Racine, assim contraposta aos românticos e seus precursores do Iluminismo.

Poesias aparenta um surto de moralismo, ao *proclamar o belo com uma lira de ouro*, e querer *que minha poesia possa ser lida por uma moça de catorze anos* (P1 — moça de catorze anos: podia ser a mesma a quem, nos *Cantos*, em C2, E5, sente vontade de destruir...). Elogia as instituições: *Os melhores autores de romances e de dramas desnaturariam, com o passar do tempo, a famosa ideia do bem, se os corpos docentes, conservatórios do justo, não retivessem as gerações, novas e velhas, na via da honestidade e do trabalho* (P1). Parece um completo reacionário: *Não renegai a imortalidade da alma, a sabedoria de Deus, a grandeza da vida, a ordem que se manifesta no universo, a beleza corporal, o amor da família, o casamento, as instituições sociais* (P1 — tudo o que ele renega nos *Cantos*). Onde exagera, nos *Cantos*, no sentido do mal, aqui exagera no sentido oposto. Como crítica ao mito do gênio criador, defende a banalidade e elogia o chavão: *Uma verdade banal encerra mais gênio que as obras de Dickens, de Gustave*

[56] Em *Lautréamont par lui-même*, op. cit.
[57] Ver nota 40 de *Poesias 1*.

Aymard, de Victor Hugo, de Landelle (P2). *As obras-primas da língua francesa são os discursos de entrega de prêmios dos liceus, e os discursos acadêmicos* (P1). Há apologias de escritores menores e subliteratos, Pradon, Rotrou, Laharpe, Marmontel, Turquéty, contrapostos aos autores maiores.

Muitos tomaram as afirmações de *Poesias* ao pé da letra, acreditando em seu sentido manifesto, interpretando-o como abdicação. O caso mais notório é o de Albert Camus e suas observações[58] sobre a adesão de Lautréamont à banalidade e ao conformismo. A transformação de um luciferiano Lautréamont em um piedoso Ducasse não teria sido algo incomum: houve muitas conversões como a de Huysmans, desafiando convenções em *Às avessas*, autor católico em *L'oblat*. Mas a relação *Cantos-Poesias*, Lautréamont-Ducasse, é mais complexa. Não se resume à reversão de marcha.[59] Pelo tom das críticas em P1, feitas como se discursasse e até invectivasse aos brados,[60] Lautréamont encarnou um personagem, vestindo a máscara de algum de seus professores ou de um orador religioso, ridicularizando-o. Encenou a sátira do convertido: sua exaltação desenfreada o reduz ao absurdo, tanto quanto o exagero luciferiano de Maldoror o torna burlesco.

Breton, ao resgatar *Poesias*, propôs uma interpretação dialética: *há muito tempo, já, Baudelaire reivindicou o direito de contradizer-se: admito que as* Poesias *de Isidore Ducasse sigam e refutem* Os cantos

[58] Em *L'Homme révolté*, Gallimard, 1951 (edição brasileira, Record, 1996). Parece-me claro que as generalizações feitas por Camus, não só a propósito de Lautréamont, mas de Rimbaud e do surrealismo, foram para justificar sua tese pela superação do niilismo por ele atribuído às rebeliões individuais, românticas.

[59] Há uma interpretação alternativa de Raoul Vaneigen (*Isidore Ducasse e o Conde de Lautréamont nas Poesias*, Antígona, Lisboa, 1980 — a publicação original, belga, é de 1956), chamando a atenção para sua possível adesão ao ideário pela *renovação moral* do grupo que publicava as revistas *La Jeunesse* e *L'Avenir*, cujos diretores eram Alfred Sircos e Fréderic Damé. De fato, ambos estão na dedicatória de *Poesias*. Sircos resenhou, em primeira mão, os *Cantos*. É uma pena que ninguém houvesse pesquisado em tempo o relacionamento de Lautréamont com esse grupo. Teria obtido bons subsídios biográficos. Contudo, interpretar *Poesias* assim também é ler de modo unívoco uma obra em cuja raiz estão a contradição e a ambivalência.

[60] Essa característica, evidente nas séries de apóstrofes de P1, pode conferir veracidade à afirmação de Génonceaux de que Lautréamont escrevia em voz alta, declamando seu texto.

de Maldoror.[61] Acentuou que *a revolta de Maldoror nunca seria a Revolta se devesse poupar indefinidamente uma forma de pensamento à custa de uma outra; é, pois, necessário que, com* Poesias, *ela se precipite em seu próprio jogo dialético.* De fato, *Poesias* seguem os *Cantos* justamente por refutá-los. Tornando absoluta a escrita da negação, levando-a às últimas consequências, não sobra pedra sobre pedra. Se os *Cantos* são escrita do avesso, então este é o avesso do avesso. Novas negações sucedem-se às anteriores, que, por sua vez, devem ser interpretadas negativamente, lidas como dizendo seu contrário.

Assim, em um texto em que ideias se sucedem em desordem, sem encadeamento lógico e continuidade entre parágrafos, afirma: *Escreverei meus pensamentos com ordem, por um objetivo sem confusão. Se forem justos, o primeiro que vier será a consequência dos outros* (P2). Onde princípios são abolidos, a começar pelo princípio básico da identidade, de uma coisa não ser outra, proclama: *Os primeiros princípios devem estar fora de discussão* (P1). E, ainda: *Se é ridículo atacar os princípios primeiros, é mais ridículo ainda defendê-los desses mesmos ataques. Eu não os defenderei.* (P2)

É inegável o achatamento em comparação aos *Cantos*, resultando em um antilivro, a destruição da literariedade, especialmente em P2, onde o texto deixa de existir como argumentação e discurso, pois não há mais sequência de parágrafos ou encadeamento de ideias. É como se, completamente maníaco, fosse disparando em todas as direções, até chegar aos trechos em que corta de vez o vínculo com a referência externa: *Através do timão que dirige todo pensamento poético, os professores de bilhar distinguirão o desenvolvimento das teses sentimentais* (P2). A supressão do sentido é proposital: *É preciso que a crítica ataque a forma, nunca o fundo de vossas ideias, de vossas frases. Arranjem-se.* (P1) *Como se a clareza não valesse o mesmo que o vago, a propósito de pontos!* (P2)

Nas afirmações pseudomoralistas, e nos elogios a personagens literariamente inexpressivos ou ridículos, a imitação da

[61] Na revista *Littérature*, década de 1920, depois reproduzido em outras obras.

imitação, simulação do simulacro, corresponderia à restauração da originalidade: *Se os sofismas fossem corrigidos no sentido das verdades correspondentes a esses sofismas, só a correção seria verdadeira; assim, a peça retocada desse modo teria o direito de não mais se intitular falsa* (P1). Aplica a lógica do avesso à criação: *Um peão poderia conseguir uma bagagem literária, dizendo o contrário do que disseram os poetas deste século. Substituiria suas afirmações por negações. Reciprocamente.* (P2)

Além das contradições internas, ao negar o que afirma, *Poesias* também é contraditório com relação ao propósito declarado na epígrafe, na carta a Darasse e na última carta a Poulet-Malassis (ou a Verboeckhoven?), onde anuncia *correções, no sentido da esperança, das mais belas poesias de Lamartine, Victor Hugo, Alfred de Musset, Byron, Baudelaire...* Não o cumpre, pois no lugar das poesias "corrigidas" há, na primeira parte, declarações de princípios e invectivas. Na segunda, sim, estão *correções*, transcrições adulteradas. Porém não mais de poetas românticos, mas de Pascal, Vauvenargues e La Rochefoucauld.

O significado de *Poesias* ser composto de duas partes distintas, publicadas separadamente, ainda não foi, parece-me, suficientemente examinado. Ao menos na bibliografia aqui invocada, deixou-se de observar o quanto a obra muda de um fascículo para o outro. Os propósitos expostos nas cartas, bem como as invectivas contra o Romantismo e a defesa do chavão e da moral em P1, são uma coisa. As falsificações de filósofos em P2, outra. Impressionados pela dimensão intertextual, a relação de *Cantos* e *Poesias* com outros textos, talvez seus estudiosos não tivessem dado suficiente atenção à intratextualidade, às relações internas, entre passagens da própria obra. De certo modo, P2 está para P1 assim como P1 está para *Cantos*. Comentaristas e editores acrescentaram a *Poesias*, por sua conta, o subtítulo *Prefácio a um livro futuro*,[62] entendendo, com base na carta a Darasse, tratar-se do prólogo ao que Lautréamont ainda viria a escrever, realizando

[62] Hubert Juin, op. cit. O subtítulo, presente em outras edições, não consta, contudo, nas duas edições comentadas aqui utilizadas.

as "correções" anunciadas. Mas isso também é leitura literal. Mais provavelmente, foi modificando o projeto à medida que escrevia. Seguindo sua lógica negativa, à qual não escapava a ideia de unidade da obra, resolveu dedicar a atenção aos filósofos, no lugar do alvo inicial, os poetas românticos.

De fato, em P1 os românticos são *escritores degradados, perigosos palhaços, farsantes aos montes, sinistros mistificadores*, entre outros impropérios. A crítica é pela adesão ao mal — sendo por isso comparados a criminosos célebres como Troppman e Papavoine[63] — e pela conduta pessoal, a *pose*, a exibição do *mal du siècle*, melancolia e tédio, coexistindo com naturalidade com o sucesso e a consagração, como aconteceu com Musset, Lamartine e Vigny. Mas a crítica vai se ampliando e se estendendo a todo o século XIX literário, aos *escrevinhadores funestos: Sand, Balzac, Alexandre Dumas, Musset, Du Terrail, Féval, Flaubert, Baudelaire, Leconte...* Em contraposição, a *poesia impessoal* do classicismo: *Desde Racine, a poesia não progrediu um milímetro.*

Já em P2, o jogo é outro: as *correções* de filósofos-moralistas, até então intocados, são um ataque a *ideias*, e não só a autores e correntes literárias, feito de diversos modos. Há inversões totais, como na frase de Vauvenargues, *O desespero é o maior dos nossos erros*, transformada em *O desespero é o menor dos nossos erros.* Ou nesta inversão teológica: *Elohim é feito à imagem do homem.*[64] Em outras passagens, corrobora a máxima adulterada, notadamente quando *é uma coisa horrível sentir escorrer tudo aquilo que se possui*, de Pascal, se transforma em um confessional *é uma coisa horrível sentir escorrer aquilo que se possui. Só nos apegamos pela vontade de buscar se não há algo permanente.* Em outras, ainda, nem uma coisa nem outra; as alterações não contradizem e nem confirmam o original, apenas lhe destroem o sentido.

[63] Ver notas 18 e 19 de *Poesias I*.

[64] Permanecendo como enigma a designação de Deus, em *Poesias*, por um de seus nomes hebraicos, que substitui Iaveh ou Jeová, palavra interdita na Cabala.

A discussão da literatura e dos escritores não é abandonada em P2. Mas deixa de ser dirigida apenas a românticos, apesar do trecho com o inventário dos seus chavões, lagos lamartinianos, cemitérios, paisagens noturnas. Agora, o ataque é contra *toda* criação literária: *Pobre Hugo! Pobre Racine! Pobre Coppée! Pobre Corneille! Pobre Boileau! Pobre Scarron! Tiques, tiques e tiques.* Há, ainda, o elogio do pensamento abstrato, ao dizer que os filósofos seriam superiores aos poetas, e afirmar que *a ciência que empreendo é uma ciência distinta da poesia.* Mas isso coexiste com contradições extraordinárias. Basta comparar duas séries de afirmações, separadas por poucas páginas. Uma delas: *Os juízos sobre a poesia têm mais valor que a poesia. São a filosofia da poesia. A filosofia, assim entendida, engloba a poesia. A poesia não poderá prescindir da filosofia. A filosofia poderá prescindir da poesia.* A outra: *Uma filosofia para as ciências existe. Não existe uma para a poesia.* Isso quer dizer que em P2 a metalinguagem, *filosofia da poesia*, existe e não existe, é e não é.

A menção, na dedicatória de *Poesias*, aos *prosaicos trechos que escreverei através dos tempos*, transmite, novamente, a ideia de processo animado por um movimento incessante. Até onde iria, se houvesse podido continuar? Ou melhor, haveria aonde chegar? Talvez P2 seja o limite, fim da linha. A impressão é reforçada pela análise da troca de nomes de autor, a passagem de Lautréamont para Ducasse. Nos *Cantos*, sendo o autor declarado o fictício Conde de Lautréamont, a escrita de Ducasse é obra do *outro*, *l'autre* (confirmando a hipótese da alteração proposital do nome criado por Eugène Sue), que escreve um texto original, pessoal, por mais que parodie outros escritores. Em *Poesias I* e *II*, é Isidore Ducasse quem se apresenta como autor. Em P1, enfaticamente, na primeira pessoa, com opiniões assumidas como próprias. Texto *dele*, agora, e não mais do *outro*, apesar da declaração de que *a poesia pessoal terminou sua época de malabarismos relativos e contorções contingentes*. Em P2, nova mudança: o autor é *ele*, o *mesmo* Ducasse, mas agora a maior parte do texto é de *outro*: Pascal, Vauvenargues etc.

Paralelamente ao jogo de mudanças — a) o outro com texto dele, b) ele com seu próprio texto, c) ele com um texto do outro — muda o alvo do ataque. Os *Cantos* pregam a morte do Criador, o pai, instituidor do código e da humanidade. Em P1, o ataque explícito é, nas passagens mais veementes, ao código em sua exteriorização através da literatura e seus autores. O tratamento recebido por Deus nos *Cantos* passa a ser dado a Musset, Hugo, Voltaire, Byron, Baudelaire etc. Em P2, o ataque é contra o sentido, tamanhas são suas contradições, e contra o lugar onde residem o código e a linguagem, o sujeito. Suprimido do texto nas transcrições-adulterações, é substituído pelos *outros*, matando a autoria, matando o autor.

Como se respondesse à famosa constatação de Rimbaud, de que a identidade é algo exterior, *Je est un autre*, comenta (C5, E3): *Se existo, não sou um outro. Não admito em mim essa equívoca pluralidade. Quero residir só em meu íntimo raciocínio. Autonomia... ou então, que me transformem em hipopótamo.* (...) *Minha subjetividade e o Criador, é muito para um cérebro.*[65] De modo isomorfo à manifestação, no plano do texto, de uma crise do princípio da identidade da lógica, a obra de Lautréamont pode ser entendida como expressão de crise da identidade pessoal, do sujeito. Matando o Criador, o pai, em suas instâncias simbólicas e exteriorizações, Deus, mestre-escola, códigos morais e linguísticos, em um gesto final matou-o em si mesmo. Matou-se, promovendo o que havia anunciado, o fim simultâneo dele e de sua publicação.[66]

[65] A ideia da formação do sujeito como uma espécie de invasão por uma alteridade estaria, parece-me, em Lacan. Contudo, ver a linguagem como constitutiva da percepção do real, da consciência e, por decorrência, do sujeito, é comum a um grande número de teóricos e correntes da linguística, semiologia e disciplinas afins, notadamente a partir da tese de Whorf-Sapir.

[66] Pleynet (op. cit) também trabalha com o contraste dos pares Lautréamont-Ducasse e *Cantos-Poesias*. Interpreta a escolha do pseudônimo nos *Cantos* como recusa do nome do pai. E a reintrodução de Ducasse como tornando-o *filho de suas obras*, vendo-o como alguém que se autoproduz, cria sua própria identidade, assim como o faço adiante. Mas não examina a dualidade ou diferença P1-P2. E não chega até a hipótese de autodestruição, simbólica ou real, do autor, suponho que por uma questão de método, de coerência com a abordagem formalista, que não permite extrapolações para a esfera do biográfico. Em *A falência da crítica* (Perspectiva, 1973 — ver comentário adiante, nota 75), Leyla Perrone-

Tal raciocínio não chega a demonstrar que Lautréamont se houvesse suicidado. Dizer que a morte simbólica do sujeito equivale à morte física do autor também seria literalidade, projeção linear de símbolos na realidade. Outras causas, doença ou acidente, podem ter uma superdeterminação, equivalendo a um suicídio, ao assassinato do adolescente Lautréamont pelo já adulto Ducasse. O acaso pode ter contribuído para a sincronia entre vida e obra, realizando esta passagem: *surpreendo-me a acalentar o vivo pesar de provavelmente não viver o bastante, para vos explicar bem isso que já não tenho a pretensão, nem eu, de entender* (C5, E6). Não se pode afirmar que houvesse posto a corda no pescoço, vestindo *a gravata de Gérard de Nerval* (P2).[67] Mas é significativo que, depois de mencionar e atacar, em P1, a escritores conspícuos, de grande notoriedade, apareçam em P2, como fundo sombrio das transcrições de pensadores, o comentário sobre o suicídio de Nerval, e a lista dos *poetas-miséria* ou *poetas-lágrima*, os derrotados, que tiveram um fim trágico e prematuro.[68] Mais ainda, partindo de quem, nos *Cantos*, promove não só um constante confronto, mas um trânsito entre morte e vida, Eros e Tanatos. A ponto de, no trecho que acaba de ser citado C5, E6, a estrofe do *cortejo fúnebre*, em que há especial riqueza de invenção literária, inverter esses polos: no final do enterro de uma criança, o *padre das religiões* comenta que ela é *o indubitável vivente*, enquanto Maldoror *é o único morto verdadeiro*. O adulto, morto porque, para enquadrar-se nessa nova identidade, foi obrigado a matar sua adolescência, ato simbolizado pelo morticínio de rapazes e crianças dos *Cantos*.

4 - DUCASSE E LAUTRÉAMONT: O HOMEM, A OBRA, O TEMPO

Avançar na interpretação de *Cantos* e *Poesias* requer que se chegue perto de Isidore Ducasse, essa sombra de um texto, fantasma

-Moisés, baseando-se nos comentários de Philippe Sollers sobre o livro de Pleynet, vê *a escritura de Lautréamont como uma tanatografia (desenunciação e morte do sujeito).*

[67] Ver nota 48 de *Poesias II*.

[68] Ver notas 123 a 126 de *Poesias*.

cujo contorno é desenhado por muitas hipóteses e poucos fatos. Para tal, é necessário examiná-lo como homem de seu tempo, por mais divergente e marginal que fosse. E discuti-lo considerando não só o que ele leu, fontes de inspiração ou alvo de paródia, mas um sistema de relações, sincrônicas e diacrônicas, que não se reduzem à influência. São as afinidades e complementaridades com os contemporâneos, sua geração, e com antecessores e sucessores, possibilitando vê-lo no que tinha não só de diferente, mas em comum com outros autores, relacionando-o ao contexto formado pela história da literatura, e pela literatura em sua historicidade.

Nessa ótica, pouco importa que Lautréamont tivesse ou não oportunidade de conhecer contemporâneos seus (não os conheceu): os poetas Rimbaud, Verlaine, Mallarmé, Jules Laforgue, Germain Nouveau, Charles Cros e Tristan Corbière, e os prosadores J.-K. Huysmans e Villiers de L'Isle Adam. Integram a mesma galeria de personagens de um período fascinante, das últimas décadas do século XIX, quando a literatura francesa enlouqueceu, em uma espécie de explosão. O culto ao artificial aproximou poetas simbolistas e prosadores classificados como esteticistas ou decadentistas. Seus manifestos, declarações de recusa do realismo e da realidade, são *Às avessas* de Huysmans e *Axel* de Villiers. O artificialismo não é antagônico com relação à metamorfose do natural em Lautréamont, através dos *artifícios* que são as convenções e fórmulas literárias.

Esses poetas e prosadores do fim de século francês combateram o realismo e o naturalismo, por não suportarem a realidade que os cercava e não admitirem que o mundo em que viviam lhes fosse dado como natural. Produziram uma literatura em estado de rebelião, resistindo à consolidação da sociedade burguesa, reagindo à catástrofe da queda do Segundo Império. Praticaram uma ruptura, o corte dos vínculos entre o signo e seu referente, utilizando duas estratégias: uma, a operação com o significante, transformando a palavra em entidade sonora, aquém do sentido; outra, o exagero, o transbordamento do texto, indo além do sentido e multiplicando-o.[69]

[69] Isso pode ser bem demonstrado pela poesia de Laforgue (também uruguaio francófono como Lautréamont, também morto jovem, também estudante em Tarbes). Em *Litanias*

Huysmans dedica dois capítulos de *Às avessas* a um ilustrativo "paideuma" do seu protagonista, o aristocrático Des Esseintes. Formado pelos autores *de obras doentias, consumidas e irritadas pela febre*, mais caros a ele *pelo desprezo em que os tinha um público incapaz de compreendê-los*, inclui Verlaine, Mallarmé, Corbière, Villiers.[70] Em páginas repletas de superlativos, aponta Baudelaire como mestre, seu e de todos esses autores: foi quem *havia ido mais longe*, ao experimentar *os tétanos místicos*, a *ardente febre da luxúria*, os *tifos e vômitos do crime*, os *amores híbridos, incubados sob a morna redoma do tédio*, e *as chagas mais incuráveis* (...) *nas almas em ruínas a quem o presente tortura, o passado repugna, e o porvir atemoriza e desespera.*

Pelos mesmos motivos, Baudelaire é o grande precursor de Lautréamont. Blanchot (op. cit.) já havia mostrado o intertexto, os comentários e paráfrases de poemas das *Flores do Mal* na estrofe marítima (C1, E9), na história do homem pendurado (C4, E3, baseado no poema *Viagem a Citera*), na subida ao céu-inferno (C2, E8), e outras passagens. Comentou que: *Quem tem vinte anos por volta de 1865, e sente planar acima de si o sonho do todo-poder do mal deve, necessariamente, aproximar-se da obra de Baudelaire, onde respira a densidade satânica mais forte da nossa literatura.*

Contudo, a importância de Baudelaire não é só pela adesão ao mal, o mergulho no horror em poemas como *A carniça*, e a crítica ao realismo. A extensão da sua subversão dos parâmetros do gosto,

da Lua (Iluminuras, 1989, trad. e prefácio de Régis Bonvicino), há poemas em versos curtos, melopeias onde o sentido da palavra é subordinado a seu valor prosódico, e poemas em frases longas, como *Clima, fauna e flora da Lua*, de linguagem exuberante, com um mundo zoomorfo de afinidades lautreamontianas. Além do Rimbaud de inúmeros poemas e de *Uma temporada no Inferno* e *Iluminuras*. E em Mallarmé, que deve ser lembrado como autor, não apenas do *Lance de Dados*, e de boa parte da melhor poesia simbolista, mas de textos hiperbólicos como *Igitur* e *O demônio da analogia*. Este último, chave para interpretações: ninguém foi tão possuído por semelhante demônio quanto Lautréamont, mais que pelo demônio da tradição cristã. O polo irônico e autorreflexivo dos poemas da geração "simbolista" exerceu influência em um modernismo anglo-americano; e o polo analógico, no surrealismo e autores afins.

[70] *Às Avessas* (*A Rebours*), de J.-K. Huysmans, Companhia das Letras, 1987. Seu tradutor, José Paulo Paes, observa acertadamente, no prefácio, que *a defesa e ilustração da decadência*, em Huysmans, é um modo de *contestar o mito do progresso cultivado pela burguesia.*

do permitido em literatura, pode ser exemplificada por um poema como *A tampa*, onde o Céu é o *cenário ébrio de luz para uma ópera bufa/ de cujo palco ensanguentado o histrião se serve,* concluindo com: *O Céu! tampa sombria da imensa marmita/ Onde indivisa a vasta Humanidade ferve.*[71] Uma coisa dessas, comparar o céu a uma tampa de marmita, escancara o campo do possível, do que poderia caber em um poema. Antecipa os *belo como* e as metáforas aberrantes dos *Cantos.*

Baudelaire também precede a Lautréamont, e à modernização que o sucedeu, na ampliação da noção de gênero literário, ao chamar de *Pequenos poemas em prosa* uma série de crônicas, reflexões e narrativas curtas, assim como Lautréamont intitulou suas reflexões e narrativas de cantos, divididos em estrofes, e suas máximas de poesias. E na escrita fragmentária, sem preocupação com o nexo entre ideias, de seus *Escritos íntimos.*[72] Mais importante ainda é sua contribuição como crítico e pensador, ao formular a estética das correspondências, fundada no pensamento analógico contraposto à razão prosaica: a mesma que Lautréamont praticou, da qual os *Cantos* são o expressivo monumento.

Além disso, examinando tanto os poemas quanto a parte mais confessional da obra de Baudelaire, os trechos em que é comentarista de si mesmo, vê-se a ambivalência no tratamento da questão do bem e do mal, e uma espécie de doutrina postulando a comutatividade entre esses dois polos, um implicando o outro. Sua *reversibilidade*, conforme o título de um dos poemas das *Flores do mal*, que apresenta semelhança com as justificativas apresentadas por Lautréamont, em sua primeira carta a Poulet-Malassis, quando se apresenta e dá sua interpretação do culto ao mal nos *Cantos*

[71] *Charles Baudelaire, poesia e prosa*, Nova Aguilar, Rio de Janeiro, 1995, org. Ivo Barroso; *As flores do mal* na tradução de Ivan Junqueira. *A tampa* faz parte do suplemento das *Flores do mal* de 1869, encomendado por Lautréamont, na carta presumivelmente a Poulet-Malassis, posterior à publicação dos *Cantos.* Mas esse poema havia saído antes em revistas literárias, e no *Parnasse contemporain* de 1866, onde Lautréamont o pode ter lido. De qualquer modo, exemplifica a imagética baudelairiana.

[72] Publicados postumamente, em janeiro de 1869, os *Escritos íntimos* podem ter inspirado e influenciado diretamente *Poesias.*

como um modo menos ingênuo de celebrar o bem. Ou com esta reflexão, na estrofe do adolescente dilacerado (C1, E6): *Ai de nós! o que vêm a ser, pois, o bem e o mal! Serão uma mesma coisa, pela qual testemunhamos com raiva nossa impotência, e a paixão de alcançar o infinito, mesmo pelos meios mais insensatos? Ou então, serão duas coisas diferentes? Sim... que sejam antes a mesma coisa... pois senão, o que será de mim no dia do juízo?*

Os sucessores da geração de escritores do fim de século francês, que inclui os agrupados como *poetas malditos* por Verlaine, são, como herdeiro direto, Alfred Jarry, assim como Apollinaire e Reverdy, Dada e o surrealismo. Quem vê o surrealismo exclusivamente como apologia do delírio, criticando-o pelo irracionalismo, comete um equívoco: a loucura havia campeado nas décadas precedentes, no período que medeia entre o Simbolismo e o modernismo vanguardista, e que, mais apropriadamente, pode ser visto como exacerbação do Romantismo. Os surrealistas lhe deram, é certo, continuidade; mas tentaram conferir-lhe uma dimensão política, resumida na proposta bretoniana de tornar um só o *transformar a sociedade* de Marx e o *mudar a vida* de Rimbaud.[73] E a sistematizaram na revisão da história da literatura proposta, com especial clareza, no *Segundo Manifesto do Surrealismo*. Depois de referir-se a *um pequeno número de obras*, de Baudelaire, Rimbaud, Huysmans e Lautréamont, nas quais *o ar é particularmente insalubre* (aqui ele parafraseia Huysmans, autor de sua predileção), Breton afirma que o centenário do Romantismo é sua *juventude, que isso, que se chama erradamente de sua época heroica não pode mais, honestamente, passar senão pelo vagido de um ser que mal começa a dar conhecimento de seu desejo através de nós, e que, admitindo-se que aquilo que foi pensado antes dele — "classicamente" — era o bem, quer, incontestavelmente, todo o mal.*

Octavio Paz prossegue a mesma revisão da história da literatura, entendendo o Romantismo não como período circunscrito,

[73] Em *Position politique du surréalisme*, conjunto de textos agregado à edição Pauvert dos *Manifestes*, op. cit.

delimitado por algumas datas do final do século XVIII e meados do XIX, mas como processo, uma vertente marcada pela rebelião e ruptura. Por isso, em *Os filhos do barro* (op. cit.), fala em *revolução romântica*, manifestação da *tradição da ruptura*, contraposta ao classicismo. E distingue o romantismo oficial dos manuais de literatura, de um verdadeiro romantismo francês: *A poesia francesa da segunda metade do século passado — chamá-la de simbolista seria mutilá-la — é indissociável do romantismo alemão e inglês: é seu prolongamento, mas também é sua metáfora.* Nessa ótica, a relação de Lautréamont com a poesia romântica é mesmo dialética: ao criticá-la, ele a radicaliza; nega-a, mas a incorpora, tornando-se seu continuador e expoente.

Autor mais importante para o surrealismo, Lautréamont tornou-se, depois, paradigmático para teóricos de orientação formalista, como Pleynet e Kristeva. Ver tais modos de ler e decodificar Lautréamont como opostos e excludentes é paroquial. Projetá-lo na história, mostrar a dimensão política de sua rebelião e suas invenções, como o fizeram os surrealistas, e examiná-lo em sua espessura, valendo-se de métodos e conceitos derivados da linguística, semiótica etc., é evidentemente complementar. Ele convida à heterodoxia, ao uso do instrumental crítico disponível. Inclusive às análises que enfrentam o desafio representado pelas lacunas biográficas, agravado pela irônica ambiguidade e ambivalência com que expressou seus propósitos. Desconhecer o que hipóteses biográficas podem trazer de conhecimento adicional, em nome da autonomia do texto, é desumanizar e burocratizar a crítica. Ambos, pessoa e texto, são expressões da identidade. Mesmo quando escondido, insuficientemente biografado, por trás de cada obra há um autor, que faz parte dela como dado contextual e signo do texto. A obscuridade do homem Isidore Ducasse torna mais instigante o exame do sentido que ele pode dar à obra.

Contribuiu para a falta de informações o fato de a obra, inicialmente, não ter recebido atenção. Por isso, ninguém deu atenção ao autor. Mas o que ele tem de misterioso deve-se também a um propósito declarado: *Não deixarei Memórias* (P1). O retraimento é uma crítica, no plano da conduta pessoal, à consagração literária. No fundo, a mesma crítica que se manifestou através de extroversões, como o dandismo e demais provocações de Baudelaire, com seu péssimo comportamento e seu cabelo tingido de verde, bem como as excentricidades de seu contemporâneo, tão próximo a ele, Gérard de Nerval, e os subsequentes escândalos promovidos por Rimbaud, Verlaine e tantos outros.

O paroxismo da provocação e exibicionismo foi representado por Jarry. Além de andar armado, disparando seu revólver em público, parafraseou Baudelaire ao pintar as mãos e rosto de verde. Encarnando Ubu, aventurou-se em uma confusão delirante entre obra e vida, regida pelo pensamento mágico. A exteriorização exacerbada não é mera curiosidade, matéria do folclore literário, pois mostra o escritor apresentando suas ideias e símbolos nos dois planos, do texto e da vida. Para Breton, que interpretou seus tiros de revólver como tentativa simbólica de suprimir a distância entre o mundo exterior e interior, entre sujeito e objeto, *a partir de Jarry, muito mais que de Wilde, a diferenciação entre vida e arte, tida por muito tempo como necessária, vai se encontrar contestada, para acabar sendo aniquilada em seu princípio.*[74]

Isso vale para Lautréamont, que também acreditou na correspondência entre signo literário e vida. O autor escandalosamente presente e o misteriosamente ausente traduzem, ambos, a ideia do poeta como *outro*, ser de exceção, criatura à parte. Alteridade que se expressa como provocação pública, ou como fuga e isolamento, a exemplo do autoexílio de Tristan Corbière (que também se escondeu atrás de um pseudônimo). Sendo a literatura vista como expressão do sujeito, o "eu" romântico em confronto com a sociedade, seus autores apresentaram um comportamento comprometido com essa concepção.

Interpretar Lautréamont não é traí-lo, como o pretendem Pleynet e outros (que fazem tal afirmação e a seguir oferecem sua

[74] Na *Anthologie de l'humour noir*, op. cit., no capítulo sobre Jarry.

própria interpretação). Em especial, sua loucura, ou não, ocupou suficiente espaço na bibliografia crítica, assim como na crítica dessa bibliografia,[75] para não se poder deixar de examiná-la. Tal atribuição pode ser suscitada pela confusão entre características do texto e do autor, outro modo de leitura ingênua, literal. A correlação — se o texto é delirante, o autor também deve sê-lo — é falsa pelos dois lados: *Finnegans Wake* não é o resultado de um surto; e Guy de Maupassant criou um texto formalmente "normal", mas isso não o impediu de suicidar-se depois de crises e internamentos. Há, contudo, ocasiões em que loucura do texto e do autor, talento e delírio, se encontram e confundem, sinergicamente: na fase final de Höelderlin, em *Aurélia* de Nerval (obra também conduzida pela lógica da metamorfose), em Jarry, em Artaud. Pela natureza não discursiva do delírio que as impulsionou, tais obras, com o passar do tempo, se destacaram pela modernidade.

Ver *Cantos* e *Poesias* como sintoma, acreditar que Lautréamont foi tomado pelo *turbilhão das faculdades inconscientes* (C3, E2), mostrando que em seu texto há traços da psicose, ou do esquizoidismo (ver comentários adiante), não é converter quadros clínicos em valor, nem confundir sintoma e criação.[76] Reciprocamente, pretender que não delirasse é recuperá-lo, como se tal processo de criação pudesse ser uma comportada especulação de gabinete.[77] A coerência e extrema consistência também estão presentes, a seu modo, na loucura, até de modo mais exacerbado. O que ele escreveu sobre rigor, concisão, lógica etc., não exclui o delírio: muito ao contrário, se pensarmos

[75] Como em *A falência da crítica*, op. cit., com um capítulo sobre *A crítica psicológica e psicanalítica*. A autora, Leyla Perrone-Moisés, publicou ensaios, desde a década de 1960, que a qualificam com destaque na bibliografia lautreamontiana (adiante, comentários sobre *Lautréamont austral*). *A falência da crítica*, exame da bibliografia disponível até então, interessa pela ideia da crítica da própria crítica, pelo exame minucioso dessa bibliografia. Mas trata a contribuição surrealista de um modo idiossincrático.

[76] Lívio Xavier, no texto de orelha da primeira edição brasileira dos *Cantos* (Vertente, São Paulo, 1970, tradução minha), deu por estabelecida a loucura de Lautréamont, comparando-o a Lucrécio, poeta latino também tido como louco.

[77] Kristeva, op. cit., promove esse tipo de recuperação ao afirmar que ele *foi um dos primeiros a praticar conscientemente esse teorema*, ao propor sua formalização da lógica negativa de Lautréamont.

no desregramento dos sentidos proposto por Rimbaud, *raisonné*, calculado, mas que nem por isso deixa de ser desregramento.

Conforme observou Blanchot (op. cit.), o personagem histórico, o Isidore Ducasse de carne e osso, se infiltra e intromete nos relatos do mítico Maldoror pelo fictício Lautréamont, por mais que vá sendo sublimado ao longo da obra. Dele, do Ducasse concreto, são as manifestações de paixão por Georges Dazet, filho de seu tutor na França; as declarações da sua nacionalidade uruguaia; e os impropérios contra a autoridade em todas as suas exteriorizações. Entendendo que haja não uma relação de dependência causal entre vida e obra, mas de *isomorfismo*,[78] é decisivo o que Bachelard (op. cit.) chamou de *drama de cultura*, nascido em aulas de retórica. Nos *Cantos*, fala o escolar revoltado: *Quando o aluno interno, em um liceu, é governado, por anos que são séculos, do amanhecer até a noite e da noite até o dia seguinte, por um pária da civilização, que não tira os olhos dele, sente as ondas tumultuosas de um ódio vivaz, a subir como uma fumarada espessa até seu cérebro, que lhe parece a ponto de estourar.* (...) *De dia, seu pensamento se lança por sobre as muralhas da morada do embrutecimento, até o momento em que escapa, ou em que o expulsam, como a um empestado, desse claustro eterno* (C1, E12). Impulsionada por esse *ódio vivaz*, nas fugas diurnas da *morada do embrutecimento*, sua imaginação foi construindo o que viriam a ser os *Cantos*.

Mesmo contaminado pelo conhecimento do mito Lautréamont, o testemunho de Lespés, ao mostrar o antagonismo Ducasse-Hinstin, aluno-professor, confirma o trecho acima como depoimento. Mas não permite sua redução, como o fez Camus, ao *escolar quase genial*. O talento de Lautréamont consistiu em radicalizar e amplificar esse conflito, ao estendê-lo às demais instituições, à literatura e à linguagem, ao mundo, ao universo todo. O mecanismo de amplificação foi assinalado por Blanchot (op. cit.), ao mostrar como ele transformou seus *tormentos pessoais*

[78] Kristeva, op. cit., também usa o termo isomorfismo, inicialmente empregado pelos teóricos da Gestalt, mas em um sentido mais restrito, como *isomorfismo das práticas significantes*, só no plano do signo.

em *expressão da luta universal.* Sem o *pathos* do ódio à opressão, determinando o vigor e intensidade do texto, os *Cantos* não teriam tamanha grandeza.

O professor que cresce e se identifica ao pai e a Deus está igualmente na gênese da obra de Jarry. Em vez de Hinstin, professor de retórica, é Hébert, o ridículo professor de física, satirizado na primeira versão de Ubu, quando Jarry ainda estava no colégio. O ditador burlesco da peça teatral também foi sendo amplificado, através de versões e variantes, até chegar, em *O amor absoluto*, à morte de Deus-Pai. Procurando, através do teatro, a escrita em ação, o texto em movimento, Jarry criou igualmente seu sistema de negações em série, através da mesma dialética do avesso, fazendo que a última peça do ciclo dos Ubu, *Ubu acorrentado*, fosse o oposto diametral de *Ubu Rei*.

É impossível não estranhar como algumas das melhores cabeças pensantes do século XX, ao escrever sobre Lautréamont, puderam olhar tão pouco para sua pederastia. A atração por Georges Dazet corresponde à dimensão lírica dos *Cantos*, elegíaca pela perda e impossibilidade da realização do desejo. O sentimento de ser exceção, criatura à parte, que se traduz na temática homossexual, e, reciprocamente, a perversão particular que se expressou através do texto estruturalmente perverso, justificam falar em correspondência e isomorfismo entre vida e obra. Assim como os *Cantos* são a declaração enfática da pederastia, as *Poesias* podem ser sua derrota, a desistência até de sublimá-la criativamente, a substituição definitiva do rapaz andrógino pelo adulto.

A pederastia de Lautréamont-Maldoror é por ele associada a algo traumático, uma transgressão, culpa por um ato de extrema crueldade na infância ou juventude. Ambos se encontram na bela estrofe em prosa poética da cabeleira de Falmer (C4, E8), no episódio dos adolescentes-aranha (C5, E7), e nesta passagem: *Alguns, ainda, acham que o amor o reduziu a esse estado; ou que esses gritos testemunham o arrependimento por algum crime sepultado na noite de seu passado misterioso.* (C1, E11). Homossexualismo e culpa insinuada são fases do mesmo movimento, etapas da sublimação. Transgressão da norma sexual e da integridade física sucedem-se nas sequências reversíveis, anulando seus polos através da comutação, do desejo-violência, sedução-destruição, amor e morte, na estrofe dos pederastas e em muitas outras passagens. Se em C4, E8, Maldoror destrói Falmer a quem ama, em C2, E14, Holzer já está morto, completamente afogado, quando Maldoror o faz reviver e o leva consigo.

Antes de ir parar nos colégios internos de Tarbes e Pau, Lautréamont formou, ou melhor, foi formando sua identidade e subjetividade em um mundo confuso e tumultuado: o país natal assolado por uma guerra, e sua singular e inconclusa constelação familiar. A mãe, que morreu um ano e oito meses após seu nascimento, pode ter-se suicidado.[79] Consta que morava na casa, antes de casar-se com François Ducasse. Seria uma doméstica? Uma figura apagada, vaga reminiscência ou nem isso, assim como são figurantes as personagens femininas dos *Cantos*. Seu pai foi, então, um personagem hiperpaterno: francófono no Uruguai, avatar do código, da norma culta, e autoridade pública, promovido, em 1856, a "chanceler" de primeira classe da embaixada.

A condição de estrangeiro, de estranho,[80] é declarada nos *Cantos*: *Não é o espírito de Deus que passa: é apenas o suspiro agudo da prostituição, unido aos gemidos graves do montevideano* (C1, E7). Essa frase é significativa: quem passa não é o pai (o *espírito de Deus*), mas um novo ser, resultado da associação entre a prostituta e o estrangeiro, duas modalidades de exclusão, pelo sexo e pela nacionalidade, que se expressam por suspiros agudos e gemidos graves. A outra nacionalidade é uma metáfora da alteridade, de ser um estranho onde quer que estivesse.

[79] Conforme o resumo biográfico apresentado por Walzer na edição *Pléiade*. Nem a morte da mãe nem a do filho tiveram a causa atestada. Teria havido uma sequência, série de suicídios?

[80] É interessante como em francês os dois conceitos se confundem: *étranger*, estrangeiro, seria quem é *étrange*, estranho. Essa língua não tem palavras como o inglês *foreigner*, diferente de *stranger*, ou o alemão *auslaender*.

Seu bilinguismo, componente da experiência de alteridade, é o tema do já citado *Lautréamont austral*. Foi comprovado pela descoberta do exemplar da tradução da *Ilíada* por Hermosilla com a seguinte anotação manuscrita, autêntica: *Propriedad del señor Isidoro Ducasse nacido en Montevideo (Uruguay) — Tengo tambiem, del mismo autor Arte de hablar. 14 de abril 1863.*[81] Portanto, apesar dos erros ortográficos,[82] o castelhano era língua de uso normal, mesmo estando na França havia quatro anos quando fez a anotação. Acertadamente, seu *duplo estatuto cultural* é associado (op. cit.) a uma *obra de caráter metalinguístico*, com uma *escrita dialogística, em que o interlocutor é um outro suspeitamente parecido ao interpelador, em que as fronteiras entre o eu e o tu resultam abolidas; uma escrita do solilóquio polêmico, da reiteração de pesadelo de temas e motivos, masturbatória no sentido mais preciso da palavra*. Não há como deixar de endossar as observações, nessa obra, sobre a pouca atenção dada ao bilinguismo e naturalidade uruguaia, presumivelmente por um viés eurocêntrico. Portanto, traços biográficos obliterados pela crítica, por preconceito ou rigidez metodológica, assim como também foi deixada de lado a pederastia.[83]

[81] Os autores de *Lautréamont austral* observam também que, na tradução da *Ilíada* por Hermosilla, a pederastia grega foi menos censurada que nas traduções francesas então utilizadas, entendendo que isso pode ter contribuído para a pederastia explícita dos *Cantos*.

[82] Deveria ter grafado *propiedad* em vez de *propriedad* e *tanbién* em vez de *tambiem*. Lautréamont errava igualmente em francês. Erros evidentes nos *Cantos*, indicados nas edições francesas, são, para Monegal e Perrone-Moisés, transposições da sintaxe ou de modos de expressar-se do castelhano. Por exemplo, na primeira frase de C1, E2, *no começo desta obra*, no original é *dans le commencement de cet ouvrage*, e não, como seria correto em francês, *au commencement*. Em castelhano, *en el comienzo*. Os mesmos autores mostram que impropriedades de estilo e cacoetes, estranhos em francês, são normais em espanhol, como a preposição do adjetivo qualificativo. Se a contaminação do uso de um idioma por outro chegou a tal ponto, pode ser que Lautréamont houvesse lido muito mais literatura de língua castelhana, além dos dois livros de Hermosilla.

[83] *Lautréamont austral* é sugestivo, pois uma análise do estranhamento e percepção da língua provocada pela convivência com dois contextos linguísticos poderia ser utilizada para outros grandes bilíngues, verificando o que isso tem a ver com seus desvios do código e da norma: Laforgue, é claro, e Kafka, ou Joyce, que notoriamente escolheu entre o inglês e o irlandês; e nossa ucraniana Clarice Lispector.

O próprio Lautréamont-Maldoror indaga-se sobre sua identidade. São duas as passagens dos *Cantos* em que se olha no espelho, perguntando-se quem é. Em uma, já citada, é-lhe revelada a criatura dúplice, monstruosa e bela — *lanço um prolongado olhar de satisfação à dualidade que me compõe... e me acho belo!* (C6, E6). Na outra, mais abissal ainda, vê um outro destruidor, que vai exterminando tudo, e que se revela como ele mesmo, um resultado da perda da memória e da consciência: *O que me resta a fazer é quebrar este espelho em estilhaços, com o auxílio de uma pedra... Esta não é a primeira vez que o pesadelo da perda momentânea da memória fixa sua morada em minha imaginação, quando, pelas inflexíveis leis da ótica, acontece-me de estar diante do desconhecimento da minha própria imagem!* (C4, E6)

Assim, a pergunta sobre a identidade mostra um duplo fantasmagórico, e tais trechos podem endossar a visão da obra de Lautréamont em *Lautréamont austral* como marcada por um *sentimento de duplicidade e cisão da personalidade*, que vem a ser o esquizoidismo. Mas este não pode ser atribuído unicamente, como parece ser feito neste livro, ao bilinguismo, pois, nesse caso, tal característica acompanharia uma quantidade enorme de pessoas. Por marcante que tenha sido a convivência, desde o início, com várias línguas, a constelação familiar deve pesar mais na gênese desse traço. Contudo, em Lautréamont podem-se enxergar correspondências entre o peso ontológico por ele atribuído à dualidade, aos pares de polos opostos, a começar pelo bem e o mal, e *dois* pares de antinomias: língua do Uruguai e da França; e o código da mãe ausente e do pai presente. Formam não apenas um duplo, mas um tríplice contexto linguístico (uma *Babel linguística*, op. cit.): o francês culto, o castelhano, e mais o dialeto dos Pirineus, de uso corrente na época, que pode ter sido a língua mais propriamente materna. Pois, pelo que sabemos de François Ducasse e sua mulher Célestine, chega-se também a mais essa dualidade, com o *patois* pirinaico, provavelmente utilizado por ela e outras pessoas "da casa". Talvez Lautréamont nem mesmo soubesse qual era sua língua, quando estaria se expressando em um idioma natal ou de adoção.

Por isso, por todas essas razões, *atravessando o Atlântico, Isidore Ducasse empreendeu a conquista de uma identidade cultural que, à diferença daquela de seus colegas franceses do liceu, não era evidente* (op. cit.). Os *Cantos* representam o trabalho de recriar a língua e reconstruir a origem: *Sou filho do homem e da mulher, ao que me dizem. Isso me espanta... acreditava ser mais! De resto, que me importa de onde venho?* (C1, E8). São a criação de um mundo e uma identidade próprios, assim demarcando sua diferença com relação ao restante da humanidade: *Alguns desconfiam que eu amo a humanidade como se eu fosse sua própria mãe, e a houvesse carregado por nove meses em meu ventre perfumado; eis por que não passo mais pelo vale onde se erguem as duas unidades do multiplicando!* (C4, E2, a enigmática estrofe dos baobás e dos pilares). O texto singular, com imagens e temas particulares, manifesta a escolha de ser, não Isidore Lucien Ducasse ou o *señor Isidoro*, mas um sujeito em processo,[84] que se refaz permanentemente, manifestando-se inicialmente como o Conde de Lautréamont, negado em seguida em *Poesias I*, para acabar devorado por uma alteridade informe, indiferenciada, em *Poesias II*.

A loucura de Lautréamont, sua perversão, assim como seus erros ortográficos e impropriedades estilísticas, mais o plágio e a repetição de fórmulas e convenções, foram, algumas vezes, invocados *contra* ele, em ensaios que questionaram seu valor e originalidade. Contudo, o notável é justamente ele ter procedido rigorosamente às avessas, ao contrário do que era determinado em aulas de retórica e pelo ditame paterno, a ponto de se pôr a escrever textos alucinados, amplificando seus solilóquios e devaneios de adolescente, quando deveria estar se preparando para o vestibular. Isso invadiu seu cotidiano, como se vê em sua primeira carta ao procurador--tesoureiro Darasse, uma torrente de sarcasmos, também dirigidos ao pai, em estilo lautreamontiano (levando a indagar quantos documentos desse gênero não foram obliterados ou incinerados, em uma das prováveis causas da falta de informação a seu respeito).

[84] A expressão *sujeito em processo* é de Kristeva, em seu estudo sobre Artaud, com esse título.

A dimensão universal da singularidade é especialmente bem examinada por Bataille em seu ensaio sobre Baudelaire,[85] outro personagem que foi pura exceção. Argumenta, rebatendo sua *condenação* por Sartre, que a destrutiva busca da *impossível unidade*, movida pelo *desejo insensato de unir objetivamente o ser e a existência*, invadindo *o reino do impossível, da insaciabilidade*, através *da fusão do sujeito e do objeto, do homem e do mundo*, não é apenas algo representado por Baudelaire, mas sim, o desejo de *todo* poeta. A poesia é o modo de escapar à condição de *mero reflexo das coisas*; por isso, *quer o impossível*. Semelhante busca da impossível síntese de contradições profundas e insolúveis — *do imutável e do perecível, do ser e da existência, do objeto e do sujeito* (op. cit.) — também é exemplarmente representada por Lautréamont, que, por acréscimo de paradoxo, não foi poeta no sentido estrito da palavra, pois sequer escreveu versos, mas uma prosa que fez a escrita chegar a um novo patamar da liberdade de criação.

Atravessou o século XX uma enorme e importante discussão, que não se restringiu à atribuição do valor literário, sobre o sentido e alcance do eixo formado por Baudelaire, por Lautréamont e Rimbaud, e pelos surrealistas. Recebeu condenações e ataques, pela impossibilidade, infantilidade e caráter regressivo, pelo niilismo, por seu irracionalismo, de autores tão diversos e até divergentes como Sartre, Camus e Lukács. E foi valorizado como crítica e subversão, entre outros, por Walter Benjamin, Bataille e Octavio Paz. Assim, os dois polos, revolução social e rebelião individual, o *transformar a sociedade* e o *mudar a vida*, ora foram vistos como antagônicos, ora como complementares. Um deles, o da revolução, empalidece ou desaparece de vista no horizonte. Não é por isso que se deve descartar o outro, deixando à vista apenas uma paisagem de marasmo conformista. Dizer que é superestrutural e que só existe no plano simbólico não o diminui, pois a superestrutura é produtiva e constitutiva do real: esse, para estar presente, tem de ter sentido e existir simbolicamente. Lautréamont entendeu, como poucos,

[85] Em *A literatura e o mal*, op. cit.

que fazer literatura era escrever *contra* o que está aí, utilizando a palavra como instrumento de combate em sua escrita do avesso. Traduzi-lo e divulgá-lo, neste novo século, significa confiar na validade e contemporaneidade da sua revolta, no caráter subversivo e libertador de sua obra, e na capacidade que a rebelião romântica ainda tem de mover a história.

CONDE DE
LAUTRÉAMONT
OS CANTOS DE MALDOROR

CANTO PRIMEIRO

(1) Praza ao céu que o leitor, audacioso e tornado momentaneamente feroz como isto que lê, encontre, sem se desorientar, seu caminho abrupto e selvagem, através dos pântanos desolados destas páginas sombrias e cheias de veneno; pois, a não ser que invista em sua leitura uma lógica rigorosa, e uma tensão de espírito pelo menos igual a sua desconfiança, as emanações mortais deste livro embeberão sua alma, assim como a água ao açúcar. Não convém que qualquer um leia as páginas que vêm a seguir; somente alguns saborearão este fruto amargo sem perigo. Por conseguinte, alma tímida, antes de penetrar mais longe em tais extensões inexploradas de terra, dirige teus calcanhares para trás e não para a frente. Escuta bem o que te digo: dirige teus calcanhares para trás e não para a frente, como os olhos de um filho que se desviam respeitosamente da contemplação augusta do rosto materno; ou melhor, como um ângulo a perder de vista de grous[1] friorentos meditando muito, que, durante o inverno, voa poderosamente através do silêncio, todas as velas enfunadas, na direção de um ponto determinado no horizonte, de onde, subitamente, parte um vento estranho e forte, precursor da tempestade. O mais velho dos grous, que forma, solitário, a vanguarda, sacode a cabeça como uma pessoa sensata, consequentemente também seu bico, que ele faz estalar, e não fica satisfeito (tampouco eu, em seu lugar), enquanto seu velho pescoço, desguarnecido de plumas e contemporâneo de três gerações de

[1] Ave migratória, pernalta; Steimetz observa que o Sudoeste da França, inclusive Tarbes e Pau, é região de passagem dessas aves.

grous, se agita em ondulações irritadas que pressagiam a tempestade cada vez mais próxima. Depois de, com sangue-frio, haver olhado para todos os lados, repetidas vezes, com olhos que encerram a experiência, prudentemente, em primeiro lugar (pois é dele o privilégio de mostrar as plumas de sua cauda aos demais grous, inferiores em inteligência), com seu grito vigilante de melancólica sentinela, para rechaçar o inimigo comum, desvia com flexibilidade a ponta da figura geométrica (talvez seja um triângulo, mas não se vê o terceiro lado formado no espaço por essas curiosas aves migratórias), ora a bombordo, ora a estibordo, como um habilidoso capitão; e, manobrando com asas que não parecem maiores que as de um pardal, por não ser bobo, segue então por um outro caminho, filosófico e mais seguro.

* * *

(2) Leitor, talvez queiras que eu invoque o ódio no começo desta obra! Quem te diz que não aspirarás, banhado em inumeráveis volúpias, o quanto quiseres, com tuas narinas orgulhosas, grandes e esguias, girando sobre teu ventre, como um tubarão, no ar belo e negro, como se compreendesses a importância desse ato e a importância não menor de teu apetite legítimo, lenta e majestosamente, as rubras emanações? Eu te garanto, elas alegrarão os dois buracos informes do teu horripilante focinho, ó monstro, desde que tenhas te exercitado antes a respirar três mil vezes seguidas a consciência maldita do Eterno! Tuas narinas, que ficarão desmedidamente dilatadas de contentamento inefável, de êxtase imóvel, não pedirão coisa melhor ao espaço, subitamente embalsamado, como por perfumes e incensos; pois serão saciadas através de uma felicidade completa, como a dos anjos que habitam a magnificência e a paz dos agradáveis céus.

* * *

(3) Darei por assentado, em poucas linhas, que Maldoror foi bom durante seus primeiros anos de vida, em que viveu feliz; pronto. Logo reparou que havia nascido mau: fatalidade extraordinária! Escondeu seu caráter o quanto pôde, por um grande número de anos; mas, finalmente, por causa dessa concentração que não lhe era natural, todo dia o sangue lhe subia à cabeça; até que, não podendo mais suportar uma vida dessas, lançou-se resolutamente na carreira do mal... atmosfera doce! Quem diria! ao abraçar uma criança pequena, de rosto rosado, teria desejado arrancar-lhe as bochechas com uma navalha, e o teria feito com frequência, se a Justiça, com seu longo cortejo de castigos, não o houvesse impedido a cada vez. Não era mentiroso, confessava a verdade e dizia que era cruel. Humanos, ouvistes? ele ousa repeti-lo com esta pluma que treme! Assim pois, há um poder mais forte que a vontade... Maldição! A pedra queria subtrair-se às leis da gravidade? Impossível. Impossível, se o mal quisesse aliar-se ao bem. É o que eu dizia acima.

* * *

(4) Há quem escreva em busca dos aplausos humanos, por meio das nobres qualidades do coração que a imaginação inventa ou que eles podem ter. Quanto a mim, faço que meu gênio sirva para pintar as delícias da crueldade! Delícias não passageiras, artificiais; mas que começaram com o homem, e terminarão com ele. Não pode o gênio aliar-se à crueldade nas resoluções secretas da Providência? ou, por ser cruel, não se pode ter gênio? A prova será vista em minhas palavras; basta que me escuteis, se quiserdes... Perdão, pareceu-me que meus cabelos se haviam arrepiado sobre minha cabeça; mas não foi nada, pois, com minha mão, consegui facilmente recolocá-los na posição original. Este que canta não pretende que suas cavatinas sejam uma coisa desconhecida; ao contrário, orgulha-se que os pensamentos altivos e maldosos de Maldoror[2] estejam em todos os homens.

[2] Na edição final, completa, de 1869, de Lacroix e Verboekchoven, com os seis cantos, foi modificado para ... *os pensamentos altivos e maldosos de seu herói...*

* * *

(5) Eu vi, durante toda a minha vida, sem excetuar um só, os homens de ombros estreitos praticarem atos estúpidos e numerosos, embrutecerem seus semelhantes, enfiarem o dinheiro dos outros no bolso,[3] e perverterem as almas por todos os meios. Assim chamam eles o motivo de suas ações: a glória. Vendo esses espetáculos, eu quis rir como os outros; mas isso, estranha imitação, era impossível. Peguei um canivete cuja lâmina tinha um gume afiado, e rasguei minhas carnes nos lugares onde se reúnem os lábios. Por um instante, acreditei haver alcançado meu objetivo. Examinei em um espelho essa boca ferida por minha própria vontade! Havia sido um erro! O sangue, que corria em abundância dos dois ferimentos, não permitia distinguir, aliás, se esse era verdadeiramente o riso dos outros. Mas, após alguns instantes de comparação, vi muito bem que meu riso não se assemelhava ao dos humanos, ou seja, eu não ria. Eu vi os homens, de cabeça feia e olhos terríveis enfiados na órbita obscura, ultrapassarem a dureza da rocha, a rigidez do aço fundido, a crueldade do tubarão, a insolência da juventude, o furor insensato dos criminosos, as traições do hipócrita, os mais extraordinários atores, a força de caráter dos padres, e os seres os mais fechados por fora, os mais frios dos mundos e do céu; cansarem os moralistas na tentativa de descobrir seu coração, e fazerem recair sobre si a cólera implacável do alto. Eu os vi a todos, ora o punho o mais robusto dirigido na direção do céu, como aquele de uma criança já pervertida contra sua mãe, provavelmente excitados por algum espírito do inferno, os olhos possuídos por um remorso ardente e ao mesmo tempo enfurecido, em um silêncio glacial, não ousarem emitir as meditações vastas e ingratas encerradas em seus corações, a tal ponto estavam cheias de injustiça e de horror, e entristecerem de compaixão o Deus da misericórdia; ora, a cada momento do dia, desde o início da infância até o fim da velhice, distribuírem anátemas incríveis,

[3] Na edição final, de 1869, sai esta frase, *enfiarem o dinheiro dos outros no bolso.*

que não tinham o sentido comum, contra tudo o que respira, contra eles mesmos e contra a Providência, a prostituírem as mulheres e as crianças, e assim desonrarem as partes do corpo consagradas ao pudor. Então, os mares sublevam suas águas, engolem as tábuas em seus abismos; os furacões, os terremotos viram as casas pelo avesso; as pestes, as doenças diversas dizimam as famílias suplicantes. Mas os homens não prestam atenção. Eu os vi também enrubescerem, empalidecerem de vergonha por seu comportamento sobre esta terra; raramente. Tempestades, irmãs dos furacões; firmamento azulado, cuja beleza não admito; mar hipócrita, imagem do meu coração; terra, com o seio misterioso; habitantes das esferas; universo inteiro; Deus, que o criaste com magnificência, é a ti que invoco: mostra-me um homem que seja bom!... Mas que tua graça decuplique minhas forças naturais; pois, diante do espetáculo desse monstro, posso morrer de espanto: morre-se por menos. O que foi que eu disse contra os homens? Quem sou eu para recriminá-los por alguma coisa? Sou mais cruel que eles.[4]

* * *

(6) Deve-se deixar crescer as unhas durante quinze dias. Ah! como é doce deitar-se com uma criança que nada tem ainda sobre seu lábio superior, e passar suavemente a mão por seu rosto, inclinando para trás seus lindos cabelos![5] Depois, de repente, quando ele menos espera, cravar as unhas longas em seu peito macio, de tal modo que não morra; pois, se morresse, não teríamos mais tarde o espetáculo de suas misérias! Em seguida, bebe-se o sangue, lambendo as feridas; e, durante esse tempo, que deve durar tanto quanto dura a eternidade, a criança chora. Nada é tão bom como seu sangue, extraído do modo como acabo de dizer, bem quente ainda, a não ser suas lágrimas, amargas como o sal. Homem, nunca provaste teu

[4] Não existem, na edição final, as frases que vêm depois de *morre-se por menos*.

[5] Na versão final, há modificações e acréscimos. Em vez de deitar-se com a criança, Lautréamont-Maldoror a arranca da cama: *Ah! como é doce arrancar brutalmente de seu leito uma criança que nada tem ainda sobre seu lábio superior, e, com os olhos muito abertos, fingir passar suavemente a mão por seu rosto, inclinando para trás seus belos cabelos!*

sangue, ao cortar teu dedo por acaso? Como é gostoso, não é? pois não tem sabor algum. Além disso, não te lembras de um dia, em tuas lúgubres reflexões, teres levado a mão, côncava no fundo, a teu rosto doentio, molhado pelo que caía dos olhos; mão essa que em seguida se dirigiu fatalmente para a boca, que sorveu a longos tragos, nessa taça trêmula como os dentes do aluno que encara, obliquamente, aquele que nasceu para oprimi-lo, as lágrimas? Como são gostosas, não é? pois têm o sabor do vinagre. Dir-se-ia as lágrimas de quem mais se ama; as lágrimas da criança, no entanto, são melhores ao paladar. Essa não trai, ainda não conhece o mal; quem ama trai, mais cedo ou mais tarde. Eu sei.[6] Assim, pois, já que teu sangue e tuas lágrimas não te enojam, alimenta-te, alimenta-te confiante das lágrimas e do sangue do adolescente. Deixa seus olhos vendados, enquanto dilaceras suas carnes palpitantes; e, após teres ouvido, por longas horas, seus gritos sublimes, semelhantes aos estertores penetrantes que emitem durante a batalha as goelas dos feridos agonizantes, então, depois de teres saído como uma avalancha, tu te precipitarás, vindo do quarto ao lado, e fingirás vir em seu socorro. Soltarás suas mãos, com nervos e veias inchados, devolverás a visão a seus olhos desvairados, pondo-te a lamber suas lágrimas e seu sangue. Ó! como então o arrependimento é verdadeiro! A faísca divina que existe em nós, e tão raramente aparece, mostra-se; tarde demais! Como o coração se derrama ao consolar o adolescente a quem se fez o mal. "Adolescente que acabas de sofrer dores cruéis, quem ousou cometer um crime contra ti que não sei como qualificar? Desgraçado que és! Como deves sofrer! E se tua mãe soubesse disso, não estaria mais próxima da morte, tão horripilada pelos culpados quanto eu o estou agora. Ai de nós! o que vêm a ser, pois, o bem e o mal! Serão uma mesma coisa, pela qual testemunhamos com raiva nossa impotência, e a paixão de alcançar o infinito, mesmo pelos meios mais insensatos? Ou então, serão duas coisas diferentes? Sim... que sejam antes a mesma coisa... pois senão, o que será de mim no dia do juízo? Adolescente, perdoa-me;

[6] Na versão final, a frase é substituída por: ... *adivinho por analogia, pois ignoro o que sejam a amizade e o amor (é provável que nunca os aceite, ao menos, de parte da raça humana).*

é este, que está diante de teu rosto nobre e sagrado, quem quebrou teus ossos e dilacerou tuas carnes, que pendem de diferentes lugares do teu corpo. Será um delírio da minha mente doentia, será um instinto secreto que não depende do meu raciocínio, igual ao da águia despedaçando sua presa, que me levou a cometer esse crime; e, contudo, tanto quanto minha vítima, eu sofri! Adolescente, perdoa-me. Uma vez saídos desta vida passageira, quero que estejamos entrelaçados pela eternidade; que formemos um único ser, minha boca colada a tua boca. Mesmo assim, minha expiação não será completa. Então, tu me dilacerarás sem parar, com as unhas e os dentes alternadamente. Deixarei que o faças,[7] e sofreremos juntos, eu por ser dilacerado, tu por me dilacerares... minha boca colada a tua boca. Ó adolescente de cabelos loiros, de olhos tão doces, farás agora o que te aconselho? Apesar de ti, quero que o faças, pois tornarás feliz minha consciência." Após ter assim falado, ao mesmo tempo terás praticado o mal contra um ser humano, e serás amado por esse mesmo ser: é a maior felicidade que se possa imaginar. Mais tarde, poderás levá-lo ao hospital, pois o entrevado não recobrará a vida. Chamar-te-ão de bondoso, e coroas de louro e medalhas de ouro esconderão teus pés descalços, espalhadas sobre o grande túmulo de aparência antiga. Ó tu, cujo nome não ouso escrever sobre esta página que consagra a santidade do crime, sei que teu perdão foi imenso como o universo. Mas eu, eu ainda existo!

* * *

(7) Eu fiz um pacto com a prostituição, afim de semear a desordem entre as famílias. Recordo-me da noite que precedeu essa perigosa ligação. Vi à minha frente um túmulo. Escutei um vaga-lume, do tamanho de uma casa, dizer-me: "Vou te iluminar. Lê a inscrição. Não é de mim que vem essa ordem suprema." Uma vasta luz cor de sangue, ante cujo aspecto meus maxilares bateram e meus braços tombaram inertes, derramou-se pelos ares até o horizonte.

[7] Esse começo de frase é substituído por: *Adornarei meu corpo com grinaldas perfumadas para esse holocausto expiatório.*

Apoiei-me a um muro em ruínas, pois ia cair, e li: "Aqui jaz um adolescente que morreu tuberculoso: sabeis por quê. Não orai por ele." Muitos homens talvez não tivessem tanta coragem quanto eu. Enquanto isso, uma bela mulher nua veio deitar-se a meus pés. Eu para ela, com uma expressão triste: "Podes te erguer". Estendi-lhe a mão com a qual o fratricida degola sua irmã. O vaga-lume, para mim: "Tu, pega uma pedra e mata-a. — Por quê? disse-lhe eu." Ele, para mim: "Toma cuidado, tu, o mais fraco, pois sou o mais forte. Essa aí se chama a *Prostituição*." As lágrimas nos olhos, a raiva no coração, senti nascer em mim uma força desconhecida. Peguei uma grande pedra; depois de muitos esforços, levantei-a com dificuldade até a altura do meu peito; coloquei-a sobre o ombro com o braço, escalei uma elevada montanha até o topo; dali, esmaguei o vaga--lume. Sua cabeça se enterrou no chão até uma profundidade igual à altura de um homem; a pedra ricocheteou até a altura de seis igrejas. Foi despencar em um lago, cujas águas baixaram por um instante, revoltas, cavando um imenso cone invertido. A calma voltou à superfície; a luz de sangue não brilhou mais. "Ai de mim! Ai de mim! exclamou a bela mulher nua; que fizeste?" Eu, para ela: "Prefiro-te a ele; pois tenho piedade dos infelizes. Não é tua culpa se a justiça eterna te criou." Ela, para mim: "Um dia, os homens me farão justiça; não te digo mais nada. Deixa-me partir, para esconder no fundo do mar minha tristeza infinita. Ninguém, a não ser tu e os monstros horrendos que fervilham nesses negros abismos, não me despreza. És bom. Adeus, ó tu que me amaste!" Eu, para ela: "Adeus! Mais uma vez: adeus! Eu te amarei para sempre!... A partir de hoje, abandono a virtude." É por isso, ó povos, ao ouvirdes o vento do inverno gemer sobre o mar e junto a suas margens, ou por sobre as grandes cidades, que, há muito, se cobriram de luto por mim, ou através das frias regiões polares, dizeis: " Não é o espírito de Deus que passa: é apenas o suspiro agudo da prostituição, unido aos gemidos graves do montevideano." Crianças, sou eu quem o diz. Então, ajoelhai-vos, cheios de misericórdia; e que os homens, mais numerosos que os piolhos, façam longas orações.

* * *

(8) Ao clarão da lua, junto ao mar, nos recantos isolados do campo, vê-se, mergulhado em amargas reflexões, todas as coisas se revestirem de formas amarelas, indecisas, fantásticas. A sombra das árvores, ora com rapidez, ora com lentidão, corre, vai, volta, sob diversas formas, achatando-se, colando-se à terra. Naquele tempo, quando eu era carregado pelas asas da juventude, isso me fazia sonhar, parecia-me estranho; agora, estou acostumado. O vento geme suas notas langorosas através das folhas, e a coruja canta sua grave queixa, que arrepia os cabelos de quem a ouve. Então, os cães, enfurecidos, rompem suas correntes, escapam das fazendas distantes; correm pelos campos, aqui e ali, presas da loucura. De repente, eles se detêm, olham para todos os lados com uma inquietação feroz, o olho em chamas: e, assim como os elefantes, antes de morrer, lançam no deserto um último olhar ao céu, erguendo desesperadamente sua tromba, deixando cair suas orelhas inertes, assim também os cães deixam cair suas orelhas inertes, erguem a cabeça, inflam o pescoço terrível, e se põem a uivar, um por vez, seja como uma criança que chora de fome, seja como um gato ferido no ventre sobre um telhado, seja como uma mulher que vai dar à luz, seja como um moribundo atacado pela peste no hospital, seja como uma moça que canta uma ária sublime, contra as estrelas ao norte, contra as estrelas a leste, contra as estrelas ao sul, contra as estrelas a oeste; contra a lua; contra as montanhas, semelhantes ao longe a rochedos gigantes que jazem na escuridão; contra o ar frio que aspiram a plenos pulmões, a tornar o interior de suas narinas vermelho, ardente; contra o silêncio da noite; contra as corujas, cujo voo oblíquo passa de raspão por seu focinho, carregando um rato ou uma rã no bico, alimento vivo, doce para seus filhotes; contra as lebres, que desaparecem em um piscar de olhos; contra o ladrão que foge a galope em seu cavalo, após ter cometido um crime; contra as serpentes, remexendo as moitas, que lhes fazem tremer a pele e ranger os dentes; contra seus

próprios uivos, que lhes metem medo; contra os sapos, a quem partem com um golpe seco de maxilar (porque se afastaram eles do brejo?); contra as árvores, cujas folhas, suavemente embaladas, são outros tantos mistérios que não entendem, que querem descobrir com seus olhos fixos, inteligentes; contra as aranhas, suspensas entre suas longas patas, que sobem nas árvores para se salvar; contra os corvos, que não acharam o que comer durante o dia, e que voltam para o ninho com suas asas cansadas; contra os rochedos do litoral; contra os fogos que surgem nos mastros de navios invisíveis; contra o rumor surdo das ondas; contra os grandes peixes que, nadando, mostram seu dorso negro, e depois afundam no abismo; e contra o homem que os torna escravos. Em seguida, põe-se de novo a correr pelos campos, saltando, com suas patas sangrentas, sobre os fossos, os caminhos, os campos, as ervas e as pedras escarpadas. Dir-se-ia que estão atacados pela raiva, procurando uma vasta lagoa para estancar sua sede. Seus uivos prolongados apavoram a natureza. Ai do viajante retardatário! Os amigos dos cemitérios se lançarão sobre ele para estraçalhá-lo e comê-lo, com sua boca da qual escorre o sangue; pois não têm os dentes estragados. Os animais selvagens, não ousando aproximar-se para tomar parte no repasto de carne, fogem a perder de vista, trêmulos. Passadas algumas horas, os cães, exaustos de correr aqui e ali, quase mortos, a língua de fora, precipitam-se uns sobre os outros, sem saber o que fazem, e se estraçalham em mil pedaços, com uma rapidez incrível. Não agem assim por crueldade. Um dia, com os olhos vidrados, minha mãe me disse: "Quando estiveres em tua cama, e ouvires os uivos dos cães no campo, esconde-te sob teu cobertor, não aches graça no que fazem: eles têm a sede insaciável do infinito, como tu, como eu, como o resto dos humanos de rosto pálido e comprido. Até mesmo permito que fiques diante da janela para contemplar esse espetáculo, que é bastante sublime." Desde então, eu respeito o pedido da morta. Eu, como os cães, sinto a necessidade do infinito... Não posso, não posso satisfazer essa necessidade! Sou filho do homem e da mulher, ao que me dizem. Isso me espanta... acreditava ser mais!

De resto, que me importa de onde venho? Se dependesse da minha vontade, teria preferido ser antes o filho da fêmea do tubarão, cuja fome é amiga das tempestades, e do tigre, cuja crueldade é reconhecida: eu não seria tão mau. Vós que me encarais, afastai-vos de mim, pois meu hálito exala um sopro envenenado. Ninguém viu ainda as rugas verdes do meu rosto; nem os ossos salientes de minha fisionomia magra, semelhante às espinhas de algum peixe gigante, ou aos rochedos que cobrem a beira-mar, ou às abruptas montanhas alpestres, que percorri muitas vezes quando tinha sobre a cabeça cabelos de outra cor. E, quando rondo as habitações dos homens, durante as noites tempestuosas, de olhos ardentes, cabelos flagelados pelo vento da intempérie, isolado como uma pedra no meio do caminho, cubro meu rosto abatido com um pedaço de veludo, negro como a fuligem que enche o interior das chaminés: não é preciso que os olhos sejam testemunhas da feiura que o Ser supremo, com um sorriso de ódio poderoso, pôs em mim. Toda manhã, quando o sol se levanta para os outros, distribuindo a alegria e o calor salutares a toda a natureza, enquanto nenhum de meus traços se move, encarando fixamente o espaço cheio de trevas, agachado no fundo da minha caverna amada, em um desespero que me embriaga como o vinho, rasgo com minhas possantes mãos meu peito em pedaços. No entanto, sinto que não estou possuído pela raiva! No entanto, sinto que não sou o único a sofrer! No entanto, sinto que respiro! Como um condenado que exercita seus músculos, refletindo sobre seu destino, e que logo subirá ao cadafalso, em pé sobre meu leito de palha, os olhos fechados, viro lentamente meu pescoço da direita para a esquerda, da esquerda para a direita, por horas inteiras; não caio duro. De vez em quando, meu pescoço não podendo mais continuar a girar na mesma direção, quando se detém para recomeçar a girar em uma direção oposta, eu olho repentinamente o horizonte, através dos raros interstícios deixados pela folhagem espessa que recobre a entrada: nada vejo! Nada... a não ser os campos que dançam em turbilhão com as árvores e com as longas fileiras de pássaros que atravessam os ares. Isso turva meu sangue e meu cérebro... Quem, pois, sobre minha cabeça, desfere golpes com uma barra de ferro, como um martelo batendo na bigorna?

* * *

(9) Eu me proponho, sem estar emocionado, a entoar[8] a estrofe séria e fria que ireis ouvir. Vós, prestai atenção ao que ela contém, e protegei-vos da impressão dolorosa que não deixará de provocar, como uma marca de ferro em brasa, em vossas imaginações perturbadas. Não acreditai que eu esteja a ponto de morrer, pois ainda não sou um esqueleto, e a velhice não está colada a meu rosto. Afastemos, por consequência, toda ideia de comparação com o cisne, no momento em que sua existência se vai, e só vede a vossa frente um monstro, cujo rosto, para minha felicidade, não podeis enxergar; mas, é menos horrível que sua alma. Contudo, não sou um criminoso... Basta sobre esse assunto. Não faz muito tempo que revi o mar e calquei o passadiço dos navios, e minhas lembranças estão vivas como se os houvesse deixado ontem. Permanecei, contudo, se puderdes, tão calmos quanto eu, nesta leitura que já me arrependo de vos oferecer, e não enrubescei ao pensar no que vem a ser o coração humano. Ó Dazet! Tu cuja alma é inseparável da minha; tu, o mais belo entre os filhos da mulher, apesar de ainda adolescente; tu, cujo nome se assemelha ao do maior amigo de juventude da Babilônia,[9] tu, em quem repousam nobremente, como em sua morada natural, por um comum acordo, em uma aliança indestrutível, a doce virtude comunicativa e as graças divinas, porque não estás comigo, teu peito contra meu peito,

[8] Na versão final, em vez de *entonner*, entoar, *déclamer à grande voix*, declamar a plena voz.

[9] Esse *maior amigo de juventude da Babilônia* pode ser um deslocamento. Walzer observa que um amigo de Byron, o Duque de Dorset, foi homenageado com uma apóstrofe na qual Lautréamont certamente se inspirou para escrever este trecho. Na relação de Byron com Dorset, pode ter havido homossexualismo menos declarado: esse é um dos itens controvertidos da biografia do grande romântico inglês. Walzer também mostra a semelhança desta estrofe marítima com um trecho do *Childe Harold* de Byron. Mas a homenagem ao oceano é praticada por inúmeros autores: Chateaubriand, Victor Hugo, Young.

ambos sentados sobre algum rochedo à beira-mar, para contemplar este espetáculo que adoro![10]

Velho oceano de ondas de cristal, tu te assemelhas proporcionalmente a essas marcas azuladas que se vê sobre o dorso machucado dos musgos; és um imenso azul, aplicado sobre o corpo da terra: amo essa comparação. Por isso, a tua primeira vista, um sopro prolongado de tristeza, que se acreditaria ser um murmúrio de tua brisa suave, passa, deixando indeléveis rastros, sobre a alma profundamente abalada, e trazes à lembrança de teus amantes, sem que disso tenham sempre consciência, os rudes começos do homem, onde ele tomou conhecimento da dor, que não o deixa mais. Eu te saúdo, velho oceano!

Velho oceano, tua forma harmoniosamente esférica, que alegra o rosto grave da geometria, só me lembra em demasia os olhos pequenos do homem, iguais àqueles do javali pela pequenez, e àqueles dos pássaros da noite pela perfeição circular do contorno. Contudo, o homem se achou belo em todos os séculos. Quanto a mim, suponho antes que o homem só acredite em sua beleza por amor próprio; mas que não seja belo realmente, e tenha dúvidas a respeito; se não, por que olha ele para o rosto de seu semelhante com tamanho desprezo? Eu te saúdo, velho oceano!

Velho oceano, tu és o símbolo da identidade: sempre igual a ti mesmo. Tu não varias de uma maneira essencial, e se tuas ondas estão em fúria em algum lugar, mais longe, em outra zona, estão na mais completa calma. Não és como o homem, que para nas ruas para ver dois buldogues avançando um sobre o pescoço do outro, mas que não para ao passar um enterro: que está acessível pela manhã e de mau humor à noite; que ri hoje e chora amanhã. Eu te saúdo, velho oceano!

[10] O trecho ficou assim, na edição definitiva, com a substituição de Dazet por um polvo: *Ó polvo de olhar de seda! Tu, cuja alma é inseparável da minha; tu, o mais belo dos habitantes do globo terrestre, que comanda um serralho de quatrocentas ventosas; tu, em quem repousam nobremente, como em sua residência natural, por um comum acordo, em uma aliança indestrutível, a doce virtude comunicativa e as graças divinas, porque não estás comigo, teu ventre de mercúrio contra meu peito de alumínio, ambos sentados sobre algum rochedo à beira-mar, para contemplar este espetáculo que adoro!*

Velho oceano, não haveria nada de impossível em esconderes em teu seio futuras utilidades para o homem. Já lhe deste a baleia. Não deixas que os olhos ávidos das ciências naturais adivinhem facilmente os mil segredos de tua íntima organização: és modesto. O homem se vangloria sem parar, e sempre por minúcias. Eu te saúdo, velho oceano!

Velho oceano, as diferentes espécies de peixes que alimentas não juraram fraternidade entre si. Cada espécie vive de seu lado. Os temperamentos e as conformações que variam em cada uma delas explicam, de maneira satisfatória, o que parece, à primeira vista, uma anomalia. É assim também com o homem, que não tem os mesmos motivos para justificar-se. Se um pedaço de terra é ocupado por trinta milhões de seres humanos, esses se acreditam na obrigação de não se misturar à existência de seus vizinhos, fixos como raízes sobre o pedaço de terra seguinte. Descendo do grande ao pequeno, cada homem vive como um selvagem em sua choça, e raramente sai para visitar seu semelhante, acocorado igualmente em outra choça. A grande família universal dos humanos é uma utopia digna da mais medíocre das lógicas. Além disso, do espetáculo de tuas mamas fecundas se desprende a noção de ingratidão; pois pensa-se imediatamente nesses pais numerosos, ingratos o bastante com relação ao Criador, a ponto de abandonarem o fruto de sua miserável união. Eu te saúdo, velho oceano!

Velho oceano, tua grandeza material só pode ser comparada à medida que se tem da potência ativa que foi necessária para engendrar a totalidade da tua massa. Não é possível te abarcar com um olhar. Para te contemplar, é preciso que a vista gire seu telescópio, com um movimento contínuo, rumo aos quatro pontos do horizonte, assim como um matemático, para resolver uma equação algébrica, é obrigado a examinar separadamente os diversos casos possíveis, antes de vencer a dificuldade. O homem come substâncias alimentícias, e faz outros esforços, dignos de uma melhor sorte, para parecer gordo. Que inche o quanto quiser, essa adorável rã. Tranquiliza-te, não se igualará a ti em tamanho; ao menos, eu o suponho. Eu te saúdo, velho oceano!

Velho oceano, tuas águas são amargas. É exatamente o mesmo sabor do fel que destila a crítica sobre as belas-artes, sobre as ciências, sobre tudo. Se alguém tiver gênio, fazem-no passar por idiota; se algum outro for belo de corpo, é um corcunda horroroso. Certo, é preciso que o homem sinta com força sua imperfeição, da qual três quartos são devidos apenas a ele mesmo, para criticá-la assim! Eu te saúdo, velho oceano!

Velho oceano, os homens, apesar da excelência de seus métodos, ainda não conseguiram, auxiliados pelos meios de investigação da ciência, medir a profundeza vertiginosa dos teus abismos; tens alguns que as sondas mais longas, mais pesadas, reconheceram como inacessíveis. Aos peixes... isso lhes é permitido; não aos homens. Muitas vezes, perguntei-me que coisa seria mais fácil de reconhecer: a profundeza do oceano ou a profundeza do coração humano! Muitas vezes, a mão sobre a testa, em pé sobre os navios, enquanto a lua balançava entre os mastros de um modo irregular, surpreendi-me, abstraindo tudo que não fosse o objetivo que perseguia, a esforçar-me para resolver esse difícil problema! Sim, qual é o mais profundo, o mais impenetrável dos dois: o oceano ou o coração humano? Se trinta anos de experiência da vida podem fazer, até certo ponto, que a balança penda para uma ou outra dessas soluções, ser-me-á permitido dizer que, apesar da profundeza do oceano, ele não pode ser equiparado, quanto à comparação sobre essa propriedade, com a profundeza do coração humano. Relacionei-me com homens que foram virtuosos. Morriam aos sessenta anos, e ninguém deixava de exclamar: "Praticaram o bem na terra, ou seja, praticaram a caridade: é só isso, nada de mais, qualquer um pode fazer o mesmo." Quem compreenderá por que dois amantes que se idolatravam na véspera, por uma palavra mal interpretada, separam-se, um para o oriente, o outro para o ocidente, com os aguilhões do ódio, da vingança, do amor e do remorso, e não voltam a rever-se, cada um deles envolto em seu solitário orgulho. É um milagre que se renova a cada dia, e que nem por isso é menos miraculoso. Quem compreenderá por que se saboreia não só as desgraças gerais dos seus semelhantes, mas também as particulares de seus amigos mais queridos, enquanto se aflige com isso, ao mesmo tempo? Um exemplo incontestável para concluir a série: o homem diz hipocritamente sim, e pensa não. É por isso que os javalis da humanidade têm tanta confiança uns nos outros, e não são egoístas. Faltam muitos progressos a serem feitos pela psicologia. Eu te saúdo, velho oceano!

Velho oceano, és tão poderoso que os homens o aprenderam a sua própria custa. Não adianta empregarem todos os recursos de seu gênio... incapazes de te dominar. Acharam seu senhor. Digo que encontraram alguma coisa mais forte que eles. Essa coisa tem um nome. Esse nome é: o oceano! O medo que lhes inspiras é tamanho que te respeitam. Apesar disso, fazes valsar suas mais pesadas máquinas com graça, elegância e facilidade. Tu os obrigas a dar saltos de ginástica até o céu, e mergulhos admiráveis até o fundo de teus domínios: um saltimbanco teria inveja. Sorte deles, quando não os envolves definitivamente em tuas pregas fervilhantes, para irem ver, sem precisar tomar um trem, em tuas entranhas aquáticas, como estão passando os peixes, e principalmente como eles mesmos estão passando. O homem diz: "Sou mais inteligente que o oceano." É possível; é até mesmo bem verdadeiro; mas o oceano é mais temível para ele, do que ele para o oceano: isso é desnecessário de ser demonstrado. Esse patriarca observador, contemporâneo das primeiras épocas do nosso globo suspenso, sorri de piedade ao assistir aos combates navais das nações. Eis uma centena de leviatãs que saiu das mãos da humanidade. As ordens enfáticas dos chefes, os gritos dos feridos, os tiros de canhão, aí está o barulho feito propositadamente para aniquilar alguns segundos. Parece que o drama acabou, e que o oceano enfiou tudo em seu ventre. A goela é formidável. Deve ser grande lá embaixo, na direção do desconhecido! Para coroar enfim a estúpida comédia, que nem mesmo é interessante, vê-se, no meio dos ares, alguma cegonha, atrasada pelo cansaço, que se põe a gritar, sem deter a envergadura de seu voo: "Que coisa!... isso vai mal! Havia lá embaixo alguns pontos negros; fechei os olhos: desapareceram." Eu te saúdo, velho oceano!

Velho oceano, ó grande celibatário, quando percorres a solidão solene dos teus reinos fleumáticos, tu te orgulhas, com justiça, por tua magnificência nativa, e pelos elogios verdadeiros que me empenho em fazer. Embalado voluptuosamente pelos suaves eflúvios da tua lentidão majestosa, que é o mais grandioso dentre os atributos com que te agraciou o soberano poder, desenrolas, em meio a um sombrio mistério, sobre toda a tua superfície sublime, tuas ondas incomparáveis, com o sentimento calmo do teu poder eterno. Seguem-se paralelamente, separadas por curtos intervalos. Mal uma diminui, e outra vai a seu encontro, crescendo, acompanhada pelo ruído melancólico da espuma que se desmancha, para nos advertir que tudo é espuma. (Assim, os seres humanos, essas ondas vivas, morrem um depois do outro, de um modo monótono; mas sem deixar um ruído de espuma.) O pássaro migratório pousa nelas confiante, e se deixa abandonar a seus movimentos, cheios de uma graça altiva, até que os ossos de suas asas tenham recobrado seu vigor costumeiro para continuar a peregrinação aérea. Queria que a majestade humana só fosse a encarnação do reflexo da tua. É pedir demais, e esse desejo sincero é glória para ti. Tua grandeza moral, reflexo do infinito, é imensa como a reflexão do filósofo, como as meditações do poeta. Tu és mais belo que a noite. Responde-me, oceano, queres ser meu irmão? Move-te com ímpeto... mais... mais ainda, se queres que eu te compare à vingança de Deus; estende tuas garras lívidas, abrindo um caminho sobre teu próprio seio... está bem. Desenrola tuas vagas temíveis, oceano horrendo, só por mim compreendido, diante do qual caio, prosternado de joelhos. A majestade do homem é emprestada; não me impressionará: a tua, sim. Ó! quando avanças, a crista alta e terrível, rodeado por tuas pregas tortuosas como por um cortejo, hipnótico e indômito, rolando tuas ondas umas sobre as outras, com a consciência de ser o que és, enquanto trazes, das profundezas de teu peito, como se atormentado por um remorso intenso que não posso descobrir, esse surdo mugido perpétuo que os homens tanto temem, mesmo quando te contemplam em segurança, trêmulos sobre a praia, então vejo que ele não me pertence, o direito insigne de dizer-me teu igual. Eis porque, diante da tua superioridade, eu te daria todo o meu amor (e ninguém sabe a quantidade de amor que contém minhas aspirações rumo ao belo), se não me fizesses dolorosamente pensar em meus semelhantes, que formam contigo o mais irônico contraste, a antítese a mais ridícula que jamais foi vista na criação: não posso te amar, eu te detesto. Porque volto a ti, pela milésima vez, para teus braços amigos, que se entreabrem para acariciar meu rosto ardente, que vê desaparecer a febre a seu contato! Eu não conheço teu destino oculto; tudo o que te diz respeito me interessa. Diz-me pois se és a morada do príncipe das trevas. Diz-me... diz-me, oceano (só para mim, para não entristecer aqueles que nada conheceram ainda a não ser as ilusões), e se o sopro de Satã cria as tempestades que elevam tuas águas salgadas até as nuvens. É preciso que o digas para mim, pois me alegraria saber o inferno tão perto do homem. Quero que esta seja a última estrofe da minha invocação. Por conseguinte, só mais uma vez, quero te saudar e te dizer adeus! Velho oceano de ondas de cristal... Meus olhos se molham com lágrimas abundantes, e não tenho forças para prosseguir; pois sinto que o momento é chegado de retornar aos homens de aspecto brutal; mas... coragem! Façamos um grande esforço, e cumpramos, com o sentimento do dever, nosso destino sobre esta terra. Eu te saúdo, velho oceano!

* * *

(10) Não serei visto, em minha hora derradeira (escrevo isto em meu leito de morte), rodeado de padres. Quero morrer embalado pela onda do mar tempestuoso, ou em pé no alto da montanha... os olhos para o alto, não: sei que meu aniquilamento será completo. Ademais, não tenho perdão a esperar. Quem abre a porta de minha câmara funerária? Havia dado ordens para que ninguém entrasse. Seja quem for, que se afaste; mas, se acredita enxergar qualquer marca de dor ou de temor em meu rosto de hiena (uso

essa comparação, embora a hiena seja mais bela que eu, e mais agradável à vista), desiluda-se: que chegue perto. Estamos em uma noite de inverno, quando os elementos se entrechocam por todos os lados, quando o homem tem medo, e o adolescente medita algum crime contra um de seus amigos, se ele for o que fui em minha juventude. Que o vento, cujos lamentos sibilantes entristecem a humanidade, desde quando existem vento e humanidade, venha, alguns momentos antes da minha agonia derradeira, transportar-me sobre os ossos de suas asas, através do mundo impaciente por minha morte. Sentirei um prazer secreto à vista dos inúmeros exemplos de maldade humana (um irmão, sem ser visto, gosta de ver os atos de seus irmãos). A águia, o corvo, o imortal pelicano, o pato selvagem, o grou itinerante, despertos, tiritando de frio, ver-me-ão passar à luz dos relâmpagos, espectro horrível e contente. Não saberão o que isso significa. Sobre a terra, a víbora, o olho gordo do sapo, o tigre, o elefante; no mar, a baleia, o tubarão, o peixe-martelo, a arraia disforme, o dente da foca polar, perguntar-se-ão que derrogação é essa das leis da natureza. O homem, trêmulo, colará sua testa à terra, em meio a seus gemidos. "Sim, eu vos ultrapasso a todos por minha crueldade inata, crueldade cuja extinção não depende de mim. Será por esse motivo que apareceis à minha frente assim prosternados? ou então, será que é por me verem a percorrer, fenômeno novo, como um cometa assustador, o espaço ensanguentado? (Cai uma chuva de sangue do meu vasto corpo, igual à nuvem negra que o furacão empurra para a frente). Nada temei, crianças, não quero vos amaldiçoar. O mal que me causastes é demasiado grande, demasiado grande o mal que vos causei, para que fosse proposital. Vós caminhastes por vosso caminho, eu pelo meu, ambos iguais, ambos perversos. Necessariamente, teríamos que nos reencontrar, nessa similitude de caráter; o choque daí resultante nos foi reciprocamente fatal." Então, os homens reerguerão a cabeça aos poucos, recuperando a coragem, para ver quem assim fala, esticando o pescoço como o caracol. Repentinamente, seus rostos incendiados, decompostos, mostrando as mais terríveis paixões, exibirão tamanhas caretas que os lobos ficarão com medo. Eles se erguerão, todos ao mesmo tempo, como uma imensa mola. Que imprecações! Que dilacerar-se de vozes! Reconheceram-me. Eis que os animais da terra se reúnem aos homens, fazendo soar seus bizarros clamores. Acabou-se o ódio recíproco; os dois ódios se voltaram contra o inimigo comum, eu; reconciliam-se por um acordo universal. Ventos que me sustentais, erguei-me mais para o alto; temo a perfídia. Sim, desapareçamos aos poucos de suas vistas, testemunhas, mais uma vez, das consequências da paixão plenamente satisfeita... Afastai este anjo da consolação que me cobre com suas asas azuis. Vai-te, Dazet, que morro tranquilo... Mas, infelizmente, nada mais foi que uma doença passageira, e, com nojo, sinto a vida renascer novamente em mim.[11]

***

(11) (*O pai lê um livro, o filho escreve, a mãe costura. Uma lâmpada está posta sobre a mesa. Todos estão de costas para a porta de entrada.*)[12]

A MÃE — Meu filho, passa-me a tesoura que está sobre essa cadeira.

O MENINO — Não está aí, mãe.

A MÃE — Então vá procurá-las no outro quarto. Tu te recordas daquela época, meu doce senhor, em que fazíamos votos para ter um filho, no qual renasceríamos uma segunda vez, e que seria o sustentáculo da nossa velhice?

[11] O trecho que começa com *Afastai este anjo...* fica assim, com a substituição, desta vez, de Dazet por um morcego: *Eu te agradeço, ó rinólofo, por me haveres despertado com o movimento das tuas asas, tu, cujo nariz é coroado por uma crista em forma de ferradura: percebo, com efeito, que, infelizmente, isso não passava de uma doença passageira, e me sinto, com nojo, renascer para a vida. Há quem diga que vieste a mim para sugar meu pouco de sangue: porque essa hipótese não é a realidade!* Rinólofo é uma variedade de morcego, que possui a membrana semicircular sobre o focinho acima descrita.

[12] Toda essa estrofe deixa, na edição definitiva, de ter forma de texto teatral. Cada fala é aberta por um travessão, sem nomear quem está falando. O parágrafo de abertura muda, substituído por *Uma família rodeia uma lâmpada posta sobre uma mesa.*

O PAI — Recordo-me, e Deus nos atendeu. Não podemos nos queixar da parte que nos coube neste mundo. Todo dia agradecemos à Providência por suas benesses. Nosso Eduardo possui todas as graças da sua mãe.

A MÃE — E as qualidades masculinas do pai.

O MENINO — Aqui está a tesoura, mãe; finalmente a encontrei. (*Retoma seu trabalho.*)

MALDOROR (*apresenta-se à porta de entrada e contempla por alguns instantes o quadro que se oferece a seus olhos*) — Que significa este espetáculo? Há muita gente menos feliz que esses aí. Que raciocínio fazem para amar a existência? Afasta-te, Maldoror, deste lar aprazível; teu lugar não é aqui. (*Retira-se.*)

(*Aparecendo de novo logo em seguida.*)

— Eu, suportar tamanha injustiça? Se o poder que me foi concedido pelos espíritos infernais for eficaz, esta criança deixará de existir antes que a noite termine. (*Retira-se.*)

A MÃE — Não entendo como isto é possível; mas sinto que as faculdades humanas travam combates em meu coração. Minha alma está inquieta sem saber por quê; a atmosfera está pesada.

O PAI — Mulher, sinto as mesmas impressões; temo que nos aconteça alguma desgraça. Tenhamos fé em Deus; nele está a suprema esperança.

O MENINO — Mãe, mal consigo respirar; minha cabeça dói.

A MÃE — Tu também, meu filho? Vou molhar tua testa e tuas têmporas com vinagre.

O MENINO — Não, mãe querida... *(Apoia o corpo no encosto da cadeira, cansado.)* Alguma coisa se revolve em mim que eu não sei explicar. Agora, qualquer coisa me contraria!

A MÃE — Como estás pálido! O fim deste serão não passará sem que algum acontecimento funesto nos mergulhe, aos três, no lago do desespero!

(*Ouvem-se ao longe gritos prolongados da mais pungente dor.*)[13]

[13] Esta frase, na versão final, é repetida três vezes ao longo do texto, como um refrão.

A MÃE — Meu filho!

O MENINO — Ah, mãe!... Tenho medo!

A MÃE — Diz-me se sofres, depressa.

O MENINO — Mãe, eu não sofro — não digo a verdade!

(*Os gritos prosseguem a intervalos diversos, enquanto o pai fala.*)

O PAI *(depois de ter-se recobrado de seu espanto)* — Esses são os gritos que se ouve, às vezes, no silêncio das noites sem estrelas. Embora ouçamos esses gritos, aquele que os emite, contudo, não está perto daqui; pois esses gemidos podem ser ouvidos a três léguas de distância, transportados pelo vento de uma cidade a outra. Muitas vezes me falaram desse fenômeno; mas nunca tive a oportunidade de julgar por mim mesmo sua veracidade. Mulher, falavas de desgraça; se desgraça mais real existe na longa espiral do tempo, é a desgraça desse que agora perturba o sono dos seus semelhantes. Queira o céu que seu nascimento não seja uma calamidade para seu país, que o expulsou de seu seio. Ele vai de região em região, abominado em todo lugar. Uns dizem que é vítima de uma espécie de loucura de origem, desde a infância. Outros acreditam saber que é de uma crueldade extrema e instintiva, da qual ele mesmo se envergonha, e que por isso seus pais morreram de dor. Há ainda quem diga ter sido ele marcado por um apelido na juventude; e que passou o resto da sua vida inconsolável, pois sua dignidade ferida enxergava nisso uma prova flagrante da maldade dos homens, que se mostra nos primeiros anos para aumentar depois. Esse apelido era o *Vampiro*!... Acrescentam que de dia, de noite, sem trégua nem repouso, pesadelos horríveis fazem seu sangue jorrar pela boca e pelas orelhas; e que fantasmas vêm sentar-se a sua cabeceira, lançando-lhe à cara, impelidos contra a vontade por uma força desconhecida, ora com uma voz doce, ora com uma voz semelhante ao rugido dos combates, com uma persistência implacável, esse apelido sempre vivaz, sempre horrendo, e que só perecerá com o universo. Alguns, ainda, acham que o amor o reduziu a esse estado; ou que esses gritos testemunham o arrependimento por algum crime sepultado na noite de seu passado misterioso. A maioria, porém, acha que um orgulho incomensurável o tortura, como outrora a Satã, e que ele pretendia igualar-se a Deus... Meu filho, essas são confidências excepcionais; lamento que tua idade as tenha escutado, e espero que nunca imites esse homem.

A MÃE — Fala, ó meu Eduardo; responde que nunca imitarás esse homem.

O MENINO — Ó mãe adorada, a quem devo a luz, prometo-te, se é que a santa promessa de uma criança tem algum valor, nunca imitar esse homem.

O PAI — Perfeito, meu filho; deve-se obedecer à mãe, seja no que for.

A MÃE — Não se ouve mais os gemidos.

O PAI — Mulher, terminaste teu trabalho?

A MÃE — Faltam alguns pontos nesta camisa, embora hoje tenhamos prolongado o serão até bem tarde.

O PAI — Também não terminei o capítulo que havia começado. Aproveitemos o resto da claridade da lâmpada, pois já não há quase óleo, e completemos, cada um de nós, nosso trabalho...

O MENINO — Se Deus nos deixar viver!

UMA VOZ — Anjo radioso, vem a mim; passearás nos campos, do amanhecer até a noite; não trabalharás! Meu palácio magnífico foi construído com muralhas de prata, colunas de ouro e portas de diamante. Irás dormir quando quiseres, ao som de uma música celestial, sem fazer tuas orações. Quando, pela manhã, o sol mostrar seus raios resplandecentes, e a alegre cotovia carregar consigo seu grito a perder de vista, pelos ares, tu poderás continuar na cama, até que isso te canse. Caminharás sobre os tapetes os mais preciosos; estarás constantemente envolto em uma atmosfera composta por essências perfumadas das flores as mais aromáticas.

O PAI — É hora de repousar o corpo e o espírito. Levanta-te, mãe de família, sobre teus tornozelos musculosos. É justo que teus dedos enrijecidos abandonem a agulha do trabalho exagerado. Os extremos nada têm de bom.

A VOZ — Ó! Como tua existência será suave! Eu te darei um anel encantado; quando girares seu rubi, tornar-te-ás invisível como os príncipes dos contos de fada.

O PAI — Repõe tuas armas quotidianas no armário protetor, enquanto, do meu lado, ponho minhas coisas em ordem.

A VOZ — Quando o repuseres em seu lugar originário, reaparecerás assim como a natureza te criou, ó jovem mago. Isso, porque eu te amo e aspiro a tornar-te feliz.

O MENINO — Vai-te, seja quem fores; não me pegues pelos ombros.

O PAI — Meu filho, não adormeças embalado pelos sonhos de infância; a oração em comum ainda não começou, e tuas roupas ainda não estão cuidadosamente postas sobre uma cadeira... De joelhos! (*Todos se ajoelham.*) Criador eterno do universo, tu mostras tua bondade inesgotável até nas menores coisas.

A VOZ — Não amas os regatos límpidos onde deslizam milhares de peixinhos vermelhos, azuis e prateados? Tu os pegarás com uma rede tão linda que esta os atrairá sozinha, até ficar repleta. Da superfície, verás os seixos brilhantes, mais polidos que o mármore.

O MENINO — Mãe, olha estas garras; tenho medo delas; mas minha consciência está tranquila, pois nada tenho de que me reprovar.

O PAI — Tu nos vês, prosternados a teus pés, invadidos pelo sentimento da tua grandeza. Se algum pensamento orgulhoso se insinua em nossa imaginação, rechaçamo-lo imediatamente com a saliva do desdém, e ofertamo-lo a ti em sacrifício irremissível.

A VOZ — Tu te banharás com jovens que te enlaçarão com seus braços. Uma vez saídos do banho, tecerão coroas de rosas e cravos. Terão asas transparentes de borboletas e cabelos de um comprimento ondulado, flutuando ao redor da delicadeza de seus rostos.

O MENINO — Ainda que teu palácio fosse mais belo que o cristal, nunca deixaria esta casa para seguir-te. Creio que nada mais és que um impostor, já que me falas tão baixinho, pelo temor de que te ouçam. Abandonar seus pais é uma má ação. Não serei um filho ingrato. Quanto a tuas jovens, não são tão belas quanto os olhos da minha mãe.

O PAI — Toda nossa vida se consumiu nos cânticos a tua glória. Assim como o fomos até agora, continuaremos a sê-lo até o momento em que recebermos de ti a ordem para deixar esse mundo.

A VOZ — Elas te obedecerão a teu menor sinal, e só pensarão em te agradar. Se quiseres o pássaro que nunca para, elas o trarão para ti. Se quiseres o carro de neve que transporta até o sol em um piscar de olhos, elas o trarão para ti. O que não te trarão elas! Trarão até mesmo o inseto do tamanho de uma torre, escondido na lua, a cuja cauda estão pendurados por fios de seda pássaros de todas as espécies. Pensa em ti... escuta meus conselhos...

O MENINO — Faz o que quiseres; não quero interromper a oração para chamar por socorro. Ainda que teu corpo se evapore quando tento afastá-lo, fica sabendo que não tenho medo de ti.

O PAI — Diante de ti nada é grande, a não ser a chama exalada por um coração puro.

A VOZ — Pensa no que te disse, se não quiseres te arrepender.

O PAI — Pai celestial, conjura, conjura as desgraças que podem precipitar-se sobre nossa família.

O MENINO — Então não queres te retirar, espírito malvado?

O PAI — Conserva esta esposa querida, que me consolou em meus desânimos...

A VOZ — Já que te recusas, eu te farei chorar e ranger os dentes como um enforcado.

O PAI — E este filho amado cujos castos lábios mal se entreabrem para os beijos da aurora da vida...

O MENINO — Mãe, ele me estrangula... Pai, socorre-me... Não posso mais respirar... Vossa bênção!

(Um grito de ironia imensa pelos ares.)

O PAI — Seu coração não bate mais... E esta aqui, também morreu, ao mesmo tempo que o fruto do seu ventre, fruto que não mais reconheço, de tão desfigurado que está... (*Segurando-os, um em cada braço.*) Minha esposa!... Meu filho!...

* * *

(12) (*A cena se passa durante o inverno, em uma região do Norte.*)[14]

MALDOROR — Não é verdade, coveiro, que gostarias de conversar comigo? Um cachalote se ergue aos poucos do fundo do mar, e mostra sua cabeça sobre as águas, para ver o navio que passa por essas paragens solitárias. A curiosidade nasceu com o universo.

O COVEIRO — Amigo, é-me impossível trocar ideias contigo. Há muito os doces raios da lua fazem brilhar o mármore dos túmulos. É a hora silenciosa em que mais de um ser humano sonha ver aparecerem mulheres acorrentadas, arrastando suas mortalhas, recobertas de manchas de sangue, como de estrelas um céu negro. Aquele que dorme solta gemidos semelhantes aos de um condenado à morte, até despertar e perceber que a realidade é três vezes pior que o sonho. Devo terminar de cavar este fosso, com minha pá infatigável, para que esteja pronto amanhã cedo. Para fazer um trabalho sério, não se podem fazer duas coisas ao mesmo tempo.

MALDOROR — Ele acredita que cavar um fosso seja um trabalho sério! Acreditas que cavar um fosso seja um trabalho sério!

O COVEIRO — Quando o selvagem pelicano[15] resolve dar seu peito para ser devorado por seus filhotes, tendo como única

[14] Nesta estrofe ocorre o mesmo: no lugar da forma teatral, o diálogo com travessões, e uma abertura: *Esse que não sabe chorar (pois ele sempre reprimiu o sofrimento para dentro de si) reparou que estava na Noruega. Nas ilhas Féroes, assistiu à busca de ninhos de pássaros marítimos, em covas abruptas, e se espantou que a corda de trezentos metros, que sustenta o explorador sobre o precipício, tivesse tamanha solidez. Via nisso, digam o que quiserem, um exemplo chocante da bondade humana, e não conseguia acreditar em seus olhos. Se coubesse a ele preparar a corda, teria feito entalhes em vários lugares, para que se rompesse e precipitasse o caçador do mar! Uma noite, dirigiu-se para um cemitério, e os adolescentes, que se divertem violando cadáveres de belas mulheres mortas há pouco, poderiam, se quisessem, ouvir a seguinte conversa, perdida no quadro de uma ação que vai desenrolar ao mesmo tempo.* Ilhas Féroes são um arquipélago dinamarquês, no Mar do Norte, a oeste da Noruega.

[15] O pelicano é um símbolo forte em Lautréamont. Reaparece nos *Cantos*, inclusive como personagem principal do C5, E4. P. O. Walzer observa, acertadamente, que é um animal tomado de empréstimo a Alfred de Musset, como o demonstra o comentário sobre Musset e a obsessão por seu poema do pelicano, no final de *Poesias I*.

testemunha aquele que soube criar tamanho amor, para envergonhar os homens, por maior que seja o sacrifício, esse ato se compreende. Quando um jovem vê nos braços de um amigo uma mulher que idolatrava, então se põe a fumar um charuto; não sai mais de casa, e estabelece uma amizade inseparável com a dor, esse ato se compreende. Quando um aluno interno, em um liceu, é governado, por anos que são séculos, do amanhecer até a noite e da noite até o dia seguinte, por um pária da civilização que não tira os olhos dele, sente as ondas tumultuosas de um ódio vivaz, a subir como uma fumarada espessa até seu cérebro, que lhe parece a ponto de estourar. Do momento em que o jogaram na prisão até aquele, já próximo, em que sairá, uma febre intensa amarela sua face, aproxima suas sobrancelhas e afunda seus olhos. À noite, ele reflete, pois não quer dormir. De dia, seu pensamento se lança por cima das muralhas da morada do embrutecimento, até o momento em que escapa, ou em que o expulsam, como a um empestado, desse claustro eterno; esse ato se compreende. Cavar um fosso ultrapassa com frequência as forças da natureza. Como queres, estrangeiro, que o enxadão remexa essa terra, que primeiro nos alimenta, e depois nos dá um cômodo leito, ao abrigo do vento do inverno soprando com fúria nestas frias regiões, quando este que segura o enxadão com suas trêmulas mãos, depois de ter, durante o dia todo, apalpado convulsivamente as faces dos antigamente vivos que ingressam em seu reino, vê à sua frente, escrito em letras de fogo, sobre cada cruz de madeira, o enunciado do problema apavorante que a humanidade ainda não resolveu: a mortalidade ou imortalidade da alma. O criador do universo, sempre conservei meu amor por ele; mas, se após a morte, não devemos mais existir, porque vejo, quase todas as noites, cada túmulo se abrir, e seus habitantes levantarem suavemente as tampas de chumbo, para respirar o ar fresco.

MALDOROR — Interrompe teu trabalho. A emoção rouba tuas forças; tu me pareces fraco como um caniço; seria uma grande loucura prosseguires. Sou forte; tomarei teu lugar. E tu, afaste-te; dar-me-ás conselhos, se eu não o fizer bem feito.

O COVEIRO — Como seus braços são musculosos, e como dá gosto vê-lo a cavar a terra com tamanha facilidade!

MALDOROR — Não é preciso que uma dúvida inútil atormente teu pensamento: todos esses túmulos, espalhados por um cemitério como as flores em uma campina, comparação à qual falta veracidade, são dignos de ser medidos com o compasso sereno do filósofo. As alucinações perigosas podem vir de dia; mas vêm principalmente à noite. Por conseguinte, não te espantes com as visões fantásticas que teus olhos parecem enxergar. Durante o dia, enquanto o espírito está em repouso, interroga tua consciência; ela te dirá, com segurança, que o Deus que criou o homem com uma parcela da sua própria inteligência possui uma bondade sem limites e receberá, após a morte terrestre, essa obra-prima em seu seio. Coveiro, por que choras? Por que essas lágrimas, semelhantes às de uma mulher? Recorda-te bem: estamos neste barco desmantelado para sofrer. É um mérito para o homem que Deus o tenha julgado capaz de vencer seus mais graves sofrimentos. Fala, e já que, de acordo com teus mais caros desejos, não se sofreria mais, diz em que consistiria então a virtude, ideal que todos se esforçam para alcançar, se é que tua língua é feita como a dos demais homens.

O COVEIRO — Onde estou? Terei mudado de caráter? Sinto um sopro poderoso de consolação roçar meu rosto serenado, como a brisa da primavera que reanima a esperança dos velhos. Quem é esse homem, cujo linguajar sublime disse coisas que o primeiro recém-chegado não teria pronunciado? Que beleza de música na melodia incomparável da sua voz! Prefiro ouvi-lo falar a ouvir outros a cantar. No entanto, quanto mais o observo, tanto mais seu rosto não é franco. A expressão geral de seus traços contrasta singularmente com essas palavras que só o amor de Deus pode ter-lhe inspirado. Sua testa, enrugada por algumas dobras *(avança um passo, apontando-o com o dedo)*, está marcada por um estigma indelével. Esse estigma, que o envelheceu cedo demais, será ele honroso ou infamante? Suas rugas, devem elas ser encaradas com veneração? Ignoro-o, e temo vir a sabê-lo. Embora diga coisas em que não acredita, creio, contudo, que tenha razões para agir assim, excitado pelos restos estraçalhados de uma caridade nele destruída. Absorto em meditações que me são desconhecidas, multiplica sua atividade em um trabalho árduo, que não lhe é costumeiro. O suor molha sua pele; não repara. É mais triste que os sentimentos inspirados pela visão de uma criança em seu berço. Ó! como é sombrio!... De onde vens?... Estrangeiro, permite que te toque, e que minhas mãos, que estreitam raramente as dos vivos, pousem sobre a nobreza do teu corpo. Aconteça o que acontecer, saberei a que ater-me. Estes cabelos são os mais belos que já toquei em minha vida. Quem teria a audácia de negar que conheço a qualidade dos cabelos?

MALDOROR — O que queres de mim, quando cavo uma sepultura? O leão não quer que o irritem quando come. Se não o sabes, eu te informo. Vamos, depressa; realiza teus desejos.

O COVEIRO — Isso que estremece a meu contato, fazendo que eu mesmo estremeça, é carne, sem dúvida. *(Recua, com sinais de temor.)* É verdade... Não sonho! *(Permanece silencioso por um instante, encarando-o.)* Quem és tu, pois, que te inclinas a cavar um túmulo, enquanto, como um preguiçoso a comer o pão alheio, nada faço? É hora de dormir ou de sacrificar seu repouso à ciência. De qualquer modo, ninguém está ausente de sua casa, e todos evitam deixar a porta aberta, para que os ladrões não entrem. Trancam-se em seus quartos, da melhor forma possível, enquanto as cinzas da velha lareira ainda sabem aquecer a sala com um resto de calor. Mas tu não procedes como os outros; tua roupagem revela um habitante de algum país distante.

MALDOROR — Embora não esteja cansado, é inútil cavar mais fundo. Agora, despe-me; pois me colocarás lá dentro.

O COVEIRO — A conversa que tivemos, ambos, há alguns momentos, é tão estranha que não sei o que responder... Acho que está brincando.

MALDOROR — Sim, sim, é verdade, eu brincava; estava cansado quando larguei o enxadão... é a primeira vez que me dedico a tal trabalho... não dês atenção ao que te digo. (*Mostra-se abatido, o coveiro o segura.*)

O COVEIRO — O que tens?

MALDOROR — Sim, sim, é verdade... estava cansado quando abandonei o enxadão... é a primeira vez que empreendo esse trabalho... não presta mais atenção no que disse.

O COVEIRO — Minha opinião ganha cada vez mais em consistência: é alguém com espantosos sofrimentos. Que o céu afaste meu pensamento de interrogá-lo. Prefiro permanecer na dúvida, tamanha é a piedade que me inspira. Além disso, não quer responder-me; não há dúvida; é um duplo sofrimento abrir seu coração nesse estado anormal.

MALDOROR — Deixa-me sair deste cemitério; seguirei meu caminho.

O COVEIRO — Tuas pernas não te sustentam mais; tu te perderias durante a caminhada. Meu dever é oferecer-te um leito grosseiro; não tenho outro. Tem confiança em mim; pois a hospitalidade não exigirá a violação de teus segredos.

MALDOROR — Dazet, dizias a verdade um dia; não cheguei a te amar, pois nem mesmo sinto reconhecimento por esse aí.[16] Fanal de Maldoror, aonde guias seus passos?

O COVEIRO — A minha casa. Quer sejas um criminoso, que não teve a precaução de lavar sua mão direita com sabão depois de ter praticado um malefício, fácil de reconhecer pela inspeção dessa mão; quer sejas um irmão que perdeu a irmã; ou algum monarca destronado fugindo do seu reino, meu palácio, verdadeiramente grandioso, é digno de receber-te. Não foi edificado com diamantes e pedras preciosas, pois é apenas uma pobre choupana, mal construída; mas essa choupana célebre tem um passado histórico que o presente renova e continua sem cessar. Se ela pudesse falar, espantar-te-ia, mesmo a ti, que não pareces te espantar com nada.

[16] Outra vez, Dazet é substituído por representantes da zoologia de Lautréamont: *Ó piolho venerável cujo corpo é desprovido de élitros, um dia me repreenderás com amargor por eu não ter-te amado o bastante. Tua sublime inteligência, que não se deixa ler; talvez tivesses razão, pois nem mesmo sinto reconhecimento por este aí. Fanal de Maldoror, aonde guias seus passos?*

Quantas vezes, junto com ela, vi desfilarem à minha frente os caixões funerários contendo ossos mais apodrecidos que o lado de dentro da minha porta, à qual me apoiava! Meus inumeráveis súditos aumentam a cada dia. Não é preciso que eu faça recenseamentos, em períodos fixos, para percebê-lo. Aqui, é como entre os vivos; cada qual paga um imposto proporcional à riqueza da mansão que escolheu; e, se algum avarento se recusa a entregar sua quota, tenho ordem, dirigindo-me à sua pessoa, de fazer o que fazem os oficiais de justiça: não faltam chacais e abutres que gostariam de fazer uma boa refeição. Já vi, enfileirados sob o pendão da morte, aquele que foi belo; aquele que não enfeou após a vida; o homem, a mulher, o mendigo, os filhos dos reis; as ilusões da juventude, os esqueletos dos velhos; o gênio, a loucura; a preguiça, seu contrário; aquele que foi falso, aquele que foi verdadeiro; a máscara do orgulhoso, a modéstia do humilde; o vício coroado de flores e a inocência traída.

MALDOROR — Não, certamente, não recuso teu leito, que é digno de mim, até que venha a aurora, o que não tardará. Agradeço tua benevolência... Coveiro, é belo contemplar as ruínas das cidades; mas é mais belo contemplar as ruínas dos seres humanos!

* * *

(13) MALDOROR[17] — Homem, quando te deparas com um cachorro morto, virado para cima, apoiado a uma barreira que o impede de prosseguir, não vás, como os outros, pegar em tua mão os vermes que saem do seu ventre inchado, examiná-los com espanto, abrir um canivete, e em seguida despedaçar um grande número deles, enquanto dizes que tu, também, nada mais serás que esse cão. Que mistério procuras? Nem eu, nem Dazet,[18] havíamos conseguido decifrar o problema da vida. Toma cuidado, a noite se aproxima, e estás aí desde o amanhecer. Que dirá tua família,

[17] Na versão final, essa estrofe também perde a forma teatral, e recebe uma abertura antes da fala de Maldoror: *O irmão da sanguessuga caminhava a passos lentos na floresta. Para repetidas vezes, abrindo a boca para falar. Mas, cada vez, sua garganta se fecha, e recalca o esforço abortado. Finalmente, exclama:...*

[18] Dazet é substituído por *as quatro patas-nadadeiras do urso marinho do oceano boreal.*

com tua irmã menor, ao te ver chegar tão tarde? Lava tuas mãos, retoma o caminho que leva até onde dormes... Quem será aquele, lá longe no horizonte, que ousa aproximar-se de mim sem medo? Ei-lo que vem aos poucos, de uma maneira diversa da do furacão; que majestade misturada a uma serena doçura! Seu olhar, embora doce, é profundo. Seus cabelos brincam com a brisa e parecem vivos.[19] É-me desconhecido. Se encaro seus olhos, meu corpo treme; é a primeira vez que isso me acontece, desde que suguei os secos mamilos daquilo a que chamam de minha mãe. Há uma espécie de auréola de luz ofuscante a seu redor. Quando ele fala, tudo se cala na natureza, com um grande estremecimento. Já que te apraz vir a mim, como se fosses atraído por um imã, não me oporei. Como é belo! É difícil ter que dizê-lo. Talvez sejas poderoso, pois tens uma aparência sobre-humana; triste como o universo, belo como o suicídio. Abomino-te ao máximo; prefiro ver uma serpente enlaçada ao redor do meu pescoço desde o começo dos séculos, a ver teus olhos... Como!... és tu, Dazet...[20] Perdão!... perdão!... Que vens fazer nesta terra, onde estão os malditos? Quando desceste do alto, por uma ordem superior, com a missão, talvez, de consolar os homens, tu te abateste sobre a terra com a rapidez do falcão, as asas sem o cansaço desse longo, magnífico percurso; eu te vi! E como então eu pensei no infinito, ao mesmo tempo que em minha fraqueza. "Mais um que é superior a esses da terra, eu me dizia: isso, pela vontade divina. E eu, por que também não? Para que a injustiça, nos decretos supremos? Como é insensato, o Criador; contudo, é o mais forte, cuja cólera é terrível!" Desde que me apareceste, Dazet,[21] recoberto por uma glória que só pertence a Deus, consolaste-me em parte; porém, minha razão vacilante fica abismada diante de tamanha grandeza! Quem és, pois? Fica... ah!, fica mais um pouco nesta terra! Dobra de novo tuas brancas asas, e não olha para o alto com pálpebras inquietas... Se partires, partamos juntos!

[19] Substituído por: *Suas pálpebras enormes brincam com a brisa e parecem viver.*
[20] Dazet é substituído por um sapo: *És tu, sapo!... grande sapo!... infortunado sapo!...*
[21] Idem: *monarca dos pântanos e dos brejos.*

DAZET[22] — Maldoror, ouve-me. Repara em meu rosto, calmo como um espelho, pois acredito ter uma inteligência igual à tua. Um dia, chamaste-me de sustentáculo da tua vida. Desde então, não desmereci a confiança que me dedicaste. Sou apenas um adolescente; mas, graças ao contato contigo, tomando de ti apenas o que havia de belo, minha razão cresceu, e posso falar-te. Vim a ti para te retirar do abismo. Aqueles que se intitulam teus amigos te olham, chocados e consternados, toda vez que te encontram, pálido e consumido, nos teatros, nas praças públicas, nas igrejas, ou então apertando com duas coxas nervosas esse cavalo que só galopa à noite, enquanto carrega seu senhor-fantasma envolto em um longo manto negro. Abandona esses pensamentos, que tornam teu coração vazio como um deserto; são mais ardentes que o fogo. Teu espírito está tão doente que nem mesmo reparas mais nisso, e acreditas estar em teu estado natural, toda vez que saem da tua boca palavras insensatas, embora cheias de uma infernal grandeza. Desgraçado! o que disseste desde o dia do teu nascimento? Ó triste resto de uma inteligência imortal, que Deus havia criado com tamanho amor. Nada engendraste a não ser maldições mais terríveis que a visão de panteras esfaimadas. Quanto a mim, preferiria ter as pálpebras coladas, as pernas e os braços faltando a meu corpo, ou ter assassinado um homem, a ser tu! Pois te odeio! Por que esse caráter que me espanta? Com que direito vens a este mundo, para ridicularizar a esses que o habitam, destroço apodrecido, embalado pelo ceticismo? Se não te agradas a ti mesmo, é preciso que voltes às esferas de onde vieste. Um habitante das cidades não deve residir nos vilarejos, igual a um estrangeiro. Sabemos que, nos espaços, existem esferas mais espaçosas que a nossa, cujos espíritos têm uma inteligência que nem podemos imaginar. Pois bem, vai-te!... retira--te deste solo móvel!... mostra finalmente tua essência divina, que até agora ocultaste; e, o quanto antes, dirige teu voo ascendente rumo a tua esfera, que não invejamos, orgulhoso que és! Pois não fui capaz de reconhecer se és um homem ou mais que um homem! Adeus, então;

[22] Idem: *O sapo sentou-se sobre suas coxas traseiras (tão semelhantes às do homem!) e, enquanto as lesmas, os bichos-de-conta e os caracóis fugiam diante de seu inimigo mortal, tomou a palavra, nestes termos.*

que não esperes mais reencontrar Dazet em teu caminho.[23] Morrerá sabendo que não o amaste. Por que devo fazer parte dos que existem, se Maldoror não pensa em mim? Verás passar pela rua um cortejo que ninguém acompanha; tu te dirás: "É ele!" Foste a causa da minha morte. Eu parto para a eternidade, a fim de implorar teu perdão.

* * *

(14) Terminado aqui este canto,[24] não sede severo com aquele que até agora se limita a exercitar sua lira, de um som tão estranho.[25] No entanto, se quiserdes ser imparciais, reconhecereis já um traço forte, no meio das imperfeições. Quanto a mim, retornarei ao trabalho, para fazer que saia um segundo canto, em um lapso de tempo que não seja demasiado demorado. O final do século dezenove verá seu poeta (entretanto, no começo ele não deve apresentar uma obra-prima, mas seguir a lei da natureza); ele nasceu em litorais americanos, na embocadura do Prata, ali onde dois povos, outrora rivais, agora se esforçam para ultrapassar-se no progresso material e moral. Buenos Aires, a rainha do Sul, e Montevidéu, a elegante, estendem-se as mãos amigas através das águas prateadas do grande estuário. Mas a guerra eterna instalou seu império destruidor sobre os campos, e ceifa com alegria inumeráveis vítimas. Adeus, velho, e pensa em mim, se me houveres lido. Tu, jovem, não desespera; pois tens um amigo no vampiro, apesar da tua opinião contrária. Contando Dazet, terá dois amigos![26]

FIM DO CANTO PRIMEIRO

[23] O final fica assim: *Adeus, então; não esperes mais encontrar o sapo em tua passagem. Foste a causa de minha morte. Eu parto para a eternidade a fim de implorar teu perdão.* Esta estrofe é a que mais muda de sentido com a supressão da referência a Dazet.

[24] A abertura da estrofe é acrescida de: *Se às vezes é lógico reportar-se à aparência dos fenômenos, este primeiro canto termina aqui. Não sede severos...*

[25] *... sua lira: ela produz um som tão estranho!*

[26] *Contando o acarus sarcopta que provoca a sarna, terá dois amigos!* Sarcopta é um tipo de ácaro. Walzer observa que o uso adjetivado (*acarus sarcopta*, um termo como atributo do outro) não existe.

CANTO SEGUNDO

(1) Onde foi parar esse primeiro canto de Maldoror, depois que sua boca, cheia de folhas de beladona, o deixou escapar, através dos reinos da cólera, em um momento de reflexão? Onde foi parar esse canto... Não se sabe ao certo. Não foram as árvores, nem os ventos que o guardaram. E a moral, que passava por este lugar, não pressentindo ter, nestas páginas incandescentes, um defensor enérgico, viu-o dirigir-se, com um passo firme e reto, para os recantos obscuros e as fibras secretas das consciências. A única coisa adquirida pela ciência, ao menos, é que, desde então, o homem com cara de sapo não mais se reconhece, e cai frequentemente em ataques de fúria que o fazem assemelhar-se a uma fera das selvas. Não é sua culpa. Através dos tempos, acreditou, as pálpebras curvando-se sob os resedás da modéstia, ser composto de bem e de uma quantidade mínima de mal. Bruscamente, fiz que soubesse, expondo à luz do dia seu coração e suas tramas, que, ao contrário, só era composto de mal e de uma quantidade mínima de bem, que os legisladores têm dificuldade em não deixar evaporar-se. Gostaria que ele não sentisse, eu, que não lhe ensino nada de novo, uma vergonha eterna por minhas amargas verdades; mas a realização desse desejo não seria conforme as leis da natureza. Com efeito, arranco a máscara de sua cara traidora e cheia de lama, e faço caírem, uma a uma, como bolas de marfim em uma bacia de prata, as mentiras sublimes com as quais engana a si próprio: é compreensível, então, que não ordene à calma que imponha as mãos sobre seu rosto, mesmo quando a razão dissipa as trevas do orgulho. É por isso que o

herói que ponho em cena atrai sobre si um ódio irreconciliável, ao atacar a humanidade, que se acreditava invulnerável, pela brecha de absurdas tiradas filantrópicas; estão amontoadas como grãos de areia em seus livros, cuja comicidade tão jocosa, embora tediosa, consigo às vezes apreciar, quando a razão me abandona. Ele o havia previsto. Não basta esculpir a estátua da bondade sobre o frontão dos pergaminhos contidos nas bibliotecas. Ó ser humano! eis-te agora, nu como um verme, diante da minha espada de diamante! Abandona teu método: acabou o tempo de te fazeres de orgulhoso: dirijo a ti minha oração, em atitude de prosternação. Há alguém que observa os menores movimentos da tua vida culpada; estás envolto pelas malhas sutis da sua perspicácia obstinada. Não confies nele, quando vira as costas, pois te olha; não confies nele, ao fechar os olhos; pois continua a olhar-te. É difícil supor que, no tocante a artimanhas e maldades, tua temível resolução tenha sido a de ultrapassar o fruto da minha imaginação. Até seus golpes mais fracos acertam. Com precaução, é possível ensinar a quem acredita ignorá-lo que os lobos e os salteadores não se entredevoram: talvez isso não seja seu costume. Por conseguinte, entrega sem medo, em suas mãos, o cuidado por tua existência; ele a conduzirá de uma maneira que conhece. Não acredites na intenção, que ele faz reluzir ao sol, de corrigir-te; pois tu o interessas mediocremente, para não dizer menos; ainda não aproximei da verdade total a benevolente medida da minha verificação. Mas acontece que ele gosta de fazer-te o mal, em sua legítima persuasão de que te tornarás tão malvado quanto ele, e de que o acompanharás ao abismo escancarado do inferno, quando soar a hora. Seu lugar está demarcado há muito tempo, lá onde se enxerga um patíbulo de ferro, ao qual estão penduradas correntes e algemas. Quando o destino o levar para lá, a cratera fúnebre jamais terá degustado presa tão saborosa, nem ele contemplado uma morada tão adequada. Parece-me que estou falando de um modo deliberadamente paternal, e que a humanidade não tem o direito de queixar-se.

* * *

(2) Agarro a pena que vai construir o segundo canto... instrumento arrancado às asas de alguma águia-real vermelha![1] Mas... o que têm meus dedos? As articulações permanecem paralisadas, desde que comecei meu trabalho. No entanto, preciso escrever... É impossível! Pois bem! Repito que preciso escrever meu pensamento; tenho o direito, como qualquer outro, de submeter-me a essa lei natural... Mas não, não, a pena permanece inerte!... Vejam, vejam só, através dos campos, o relâmpago que brilha ao longe. A tempestade percorre o espaço. Chove... Chove sempre... Como chove!... O relâmpago explodiu... Abateu-se sobre minha janela entreaberta, e estendeu-me no assoalho, atingido na testa. Pobre rapaz! teu rosto já estava suficientemente maquiado por rugas precoces e pela deformidade de nascença, para que não precisasses, ainda por cima, desta longa cicatriz sulfurosa! (Acabo de supor que a ferida tenha sarado, o que não acontecerá tão cedo.) Por que esta tempestade, e por que a paralisia dos meus dedos? Será um aviso do alto para me impedir de escrever, e para pensar melhor nisso a que me exponho, ao destilar a baba da minha boca quadrada? Mas essa tempestade não me atemorizou. Que me importaria uma legião de tempestades! Esses agentes da polícia celeste cumprem com zelo seu penoso dever, a julgar sumariamente por minha testa ferida. Nada tenho a agradecer ao Todo-Poderoso, por sua notável destreza; ele enviou o raio de modo a cortar precisamente meu rosto em dois, desde a testa, lugar onde a ferida foi mais perigosa: que um outro o felicite! Mas as tempestades atacam alguém mais forte que elas. Assim, pois, horrível Eterno com cara de víbora, foi preciso que, não contente por teres colocado minha alma entre as fronteiras da loucura e os pensamentos de furor que matam com lentidão, tenhas acreditado, além disso, ser mais conveniente a tua majestade, depois de um maduro exame, fazer que saísse da minha testa uma taça de sangue!... Mas, enfim, quem se queixa? Sabes que não te amo, e que, ao contrário, te odeio; porque insistes? Quando teu comportamento deixará de se envolver nas aparências da extravagância? Fala-me com

[1] *Pygargue*, no original. Mas águia-real na cor vermelha, só em um poema de Victor Hugo (onde Lautréamont a deve ter descoberto).

franqueza, como a um amigo: não desconfias que estás a mostrar, nessa perseguição odiosa, uma precipitação ingênua, cujo ridículo nenhum dos teus serafins ousaria pôr em evidência? Que cólera toma conta de ti? Fica sabendo que, se me deixasses viver a salvo de tuas perseguições, meu reconhecimento te pertenceria... Vamos, Sultão, com tua língua, livra-me desse sangue que suja o assoalho. O curativo está pronto; minha testa, estancada, foi lavada com água salgada, e enrolei ataduras através do meu rosto. O resultado não é infinito: quatro camisas cheias de sangue e dois lenços. Ninguém acreditaria, à primeira vista, que Maldoror contivesse tanto sangue em suas artérias; pois em seu rosto apenas brilham os reflexos de cadáver. Mas, enfim, é isso. Talvez tenha sido quase todo o sangue que seu corpo pudesse conter, e é provável que não tenha sobrado muito. Basta, basta, cão ávido; deixa o assoalho como está; tens a barriga cheia. Não deves continuar a beber; pois logo vomitarás. Estás devidamente saciado, vai te deitar em teu canil; faz de conta que nadas na felicidade: pois não pensarás na fome durante três dias imensos, graças aos glóbulos que fizeste descer por tua goela com uma satisfação solenemente visível. Tu, Léman, pega uma vassoura; eu também gostaria de pegar uma, mas faltam-me as forças. Compreendes, não é, que me faltem as forças? Guarda tuas lágrimas na bainha; ou então, não acreditarei que tenhas a coragem de contemplar, a sangue-frio, a grade cutilada, ocasionada por um suplício que para mim já está perdido na noite dos tempos passados. Irás à fonte, apanhar dois baldes d'água. Lavado o chão, guardarás esses panos no quarto ao lado. Se a lavadeira retornar esta tarde, como deverá fazê-lo, tu os entregarás a ela; mas como chove muito, já faz uma hora, e continuará a chover, não creio que ela vá sair de casa; então, virá amanhã pela manhã. Se te perguntar de onde veio tanto sangue, não tens a obrigação de responder-lhe. Ó! como estou fraco! Não importa; ainda terei forças para erguer a caneta, e a coragem de escavar em meu pensamento. O que deu no Criador, para atormentar-me, como se eu fosse uma criança, com uma tempestade que carrega o relâmpago? Nem por isso persisto menos em minha resolução de escrever. Estas ataduras me incomodam, e a atmosfera do meu quarto recende a sangue...

* * *

(3) Que nunca chegue o dia em que nós, Lohengrin e eu, passemos pela rua, lado a lado, sem nos olhar, roçando os cotovelos como dois passantes apressados! Ó! que me deixem fugir para sempre, para longe dessa suposição! O Eterno criou o mundo tal como ele é: mostraria muita sabedoria se, durante o tempo estritamente necessário para partir com uma marretada a cabeça de uma mulher, esquecesse sua majestade sideral, para nos revelar os mistérios em meio aos quais nossa existência sufoca, como um peixe no fundo de um barco. Mas ele é grande e nobre; avantaja-se sobre nós pela potência das suas concepções; se parlamentasse com os homens, todas as vergonhas refluiriam até seu rosto. Mas... ó miserável! por que não te ruborizas? Não basta que o exército das dores físicas e morais que nos cerca tenha sido engendrado; que o segredo do nosso destino andrajoso não nos tenha sido revelado. Conheço-o, ao Todo-Poderoso... e ele, também, deve me conhecer. Se, por acaso, caminhamos pela mesma trilha, seu olhar penetrante me vê chegar de longe: ele toma um caminho transversal, a fim de evitar o triplo dardo de platina que a natureza me deu como língua! Tu me darias prazer, ó Criador, se me deixasses expressar meus sentimentos. Manejando sarcasmos terríveis, com mão firme e fria, advirto-te que meu coração conterá o bastante deles para poder atacar-te até o fim da minha existência. Golpearei tua carcaça oca; e com tamanha força, que me encarrego de fazer saírem dela as parcelas restantes de inteligência que não quiseste dar ao homem, pois terias ciúme de fazê-lo igual a ti, e que descaradamente escondeste em tuas tripas, bandido esperto, como se não soubesses que mais cedo ou mais tarde eu as descobriria com meu olho sempre aberto, as roubaria, e as compartilharia com meus semelhantes. Eu o fiz tal como o digo, e agora não te temem mais; tratam-te de

igual para igual. Dá-me a morte, para fazer que eu me arrependa da minha audácia; descubro meu peito e espero com humildade. Aparecei, então, envergaduras ridículas dos castigos eternos!... desdobramentos enfáticos de atributos por demais proclamados! Ele manifestou a incapacidade de interromper a circulação do meu sangue, que o provoca. No entanto, tenho provas de que ele não hesita em extinguir, na flor da idade, a respiração de outros seres humanos, quando mal saborearam os prazeres da vida. É simplesmente atroz; mas isso, apenas, de acordo com a fraqueza da minha opinião! Vi o Criador, aguilhoando sua crueldade inútil, provocar incêndios onde pereciam os velhos e as crianças. Não sou eu quem começa o ataque; é ele quem me obriga a fazê-lo rodar como um pião, com o chicote de açoites de aço. Não é ele quem me fornece acusações contra si mesmo? Nunca fará calar-se minha espantosa oratória! Esta se alimenta com os pesadelos insensatos que atormentam minhas insônia. É por causa de Lohengrin que eu escrevi o que precede; voltemos, pois, a ele. Temendo que mais tarde viesse a tornar-se igual aos demais homens, resolvi inicialmente matá-lo a facadas, assim que ultrapassasse a idade da inocência. Mas refleti, e abandonei sabiamente, a tempo, minha resolução. Nem desconfia que sua vida esteve em perigo por um quarto de hora. Tudo estava pronto, e a faca havia sido comprada. Era um estilete delicado, pois amo a graça e a elegância até nos instrumentos de morte; mas era longo e pontiagudo. Uma só ferida no pescoço, perfurando com cuidado uma das artérias carótidas, e acredito que bastaria. Estou satisfeito com minha conduta; teria me arrependido mais tarde. Portanto, Lohengrin, faz o que quiseres, age como achares melhor, encerra-me por toda minha vida em uma prisão escura, com escorpiões por companhia de cativeiro, ou então arranca-me um olho até este cair no chão, eu nunca te farei a menor reprovação; sou teu, pertenço-te, não vivo mais para mim. A dor que me causarás nunca será comparável à felicidade de saber que esse que me fere, com suas mãos assassinas, está impregnado por uma essência mais divina que a dos seus semelhantes! Sim, ainda é belo dar sua vida por um ser humano, e conservar assim a esperança de que todos os homens não sejam maus, já que existe um, finalmente, que soube atrair, com firmeza, rumo a si, as repugnâncias desafiadoras da minha simpatia amarga!...

* * *

(4) É meia-noite; não se vê um único ônibus[2] da Bastilha à Madeleine. Engano-me: aí está um que aparece, repentinamente, como se saísse da terra. Os poucos passantes retardatários olham-no atentamente, pois não se assemelha a qualquer outro. Nos bancos de passageiros estão sentados homens de olhos imóveis, como os olhos de um peixe morto. Estão apertados uns contra os outros, e parecem ter perdido a vida; no mais, o número regulamentar de passageiros não foi ultrapassado. Quando o condutor chicoteia os cavalos, dir-se-ia que é o chicote que move seu braço, e não seu braço ao chicote. O que será essa reunião de seres estranhos e mudos? Serão habitantes da lua? Há momentos em que somos tentados a acreditar nisso; mas se assemelham, antes, a cadáveres. O ônibus, com pressa de chegar ao ponto final, devora o espaço e faz estalar o calçamento... Ele se afasta! Porém uma massa informe o persegue com obstinação, seguindo seu rastro, em meio ao pó. "Parai, suplico-vos; parai... minhas pernas estão inchadas por ter caminhado o dia todo... não como desde ontem... meus pais me abandonaram... não sei o que fazer... resolvi voltar para casa e logo chegaria se me concedessem um lugar... sou uma criança de oito anos e confio em vós..." Ele se afasta!... Ele se afasta!... Porém uma massa informe o persegue com obstinação, seguindo seu rastro, em meio ao pó. Um daqueles homens, com olhos frios, dá uma cotovelada em seu vizinho, e parece expressar-lhe seu descontentamento por esses gemidos de timbre argênteo, que chegam a seus ouvidos. O outro baixa a cabeça de um modo imperceptível, aquiescente, e mergulha de novo, logo a seguir, na

[2] O que nós, no Brasil, chamamos de ônibus seria, em francês (e em Portugal) um *autobus*; e a palavra francesa *omnibus* (que aqui traduzi literalmente como ônibus) designa qualquer transporte coletivo.

imobilidade do seu egoísmo, como uma tartaruga em sua carapaça. Tudo indica, na expressão dos demais passageiros, os mesmos sentimentos desses dois primeiros. Ainda se ouvem gritos, por dois ou três minutos, mais penetrantes a cada segundo. Vê-se janelas dando para a rua, que se abrem, e um rosto assustado, lanterna na mão, depois de ter lançado um olhar para a rua, voltando a fechar a veneziana com ímpeto, para não reaparecer... Ele se afasta!... Porém uma massa informe o persegue com obstinação, seguindo seu rastro, em meio ao pó. Somente um rapaz, mergulhado em devaneios, em meio a esses personagens de pedra, parece sentir piedade da desgraça. Em favor da criança, que acredita poder alcançá-lo com suas pequenas pernas doloridas, não ousa elevar a voz; pois os outros homens lançam olhares de desprezo e autoridade, e ele sabe que nada pode fazer contra todos. Os cotovelos apoiados nos joelhos, a cabeça entre as mãos, pergunta-se, estupefato, se é realmente a isso que chamam de *caridade humana*. Reconhece então que essa não passa de uma vã palavra, que nem sequer é encontrada no dicionário da poesia, e admite com franqueza seu erro. Diz-se: "De fato, para que se interessar por uma criança? Deixemo-la de lado." Todavia, uma lágrima ardente rolou sobre a face desse adolescente que acaba de blasfemar. Passa a mão pela testa, penosamente, como para afastar uma nuvem cuja opacidade obscurece sua inteligência. Debate-se, porém, em vão no século em que foi jogado; sente não estar em seu lugar; no entanto, não pode sair. Prisão terrível! Fatalidade horrenda! Lombano, estou satisfeito contigo, desde esse dia! Não parava de observar-te, enquanto meu rosto exibia a mesma indiferença dos demais passageiros. O adolescente levanta-se, com um movimento indignado, e quer retirar-se, para não mais participar, mesmo involuntariamente, de uma má ação. Faço-lhe um sinal, e ele retorna para meu lado... Ele se afasta!... Ele se afasta!... Porém uma massa informe o persegue com obstinação, seguindo seu rastro, em meio ao pó. Os gritos cessam repentinamente; pois a criança tropeçou em um paralelepípedo saliente, e machucou a cabeça ao cair. O ônibus desaparece no horizonte, e nada se vê a não ser a rua silenciosa... Ele se afasta!... Ele se afasta!... Porém uma massa informe já não mais o persegue com obstinação, seguindo seu rastro, em meio ao pó. Vede esse trapeiro que passa, curvado sobre sua lanterna mortiça; nele há mais coração que em todos os seus congêneres do ônibus. Acaba de recolher a criança; podem estar certos de que há de tratá-la, e que não a abandonará, como o fizeram seus pais. Ele se afasta!... Ele se afasta!... Mas, do lugar em que se encontra, o olhar penetrante do trapeiro o persegue com obstinação, seguindo seu rastro, em meio ao pó!... Raça estúpida e idiota! Arrepender-te-ás por te comportares assim. Sou eu quem o diz. Arrepender-te-ás, ah, sim! arrepender-te-ás! Minha poesia não consistirá em outra coisa senão atacar, por todos os meios, o homem, essa besta-fera, e o Criador, que não deveria ter engendrado semelhante inseto. Volumes se amontoarão sobre volumes, até o fim da minha vida, e, no entanto, nada mais encontrarão neles, a não ser esta única ideia, sempre presente em minha consciência!

* * *

(5) Fazendo meu passeio cotidiano, todo dia passava por uma rua estreita; todo dia uma menina esbelta de dez anos me seguia, à distância, respeitosamente, ao longo dessa rua, olhando-me com pálpebras simpáticas e curiosas. Era crescida e desenvolta para sua idade. Abundantes cabelos negros, separados em dois sobre a cabeça, caíam em tranças independentes sobre ombros marmóreos. Certo dia, seguia-me, como de costume; o braço musculoso de uma mulher do povo agarrou-a pelos cabelos, como o redemoinho agarra a folha, assestou dois tapas brutais sobre uma face altiva e muda, e recolheu, de volta para casa, essa consciência desgarrada. Em vão, fingia indiferença; nunca deixava de seguir-me, com sua presença agora inoportuna. Quando avançava por outra rua, para prosseguir meu caminho, ela parava, fazendo um violento esforço sobre si mesma, ao final dessa rua estreita, imóvel como a estátua do Silêncio, e não deixava de olhar a sua frente, até que eu desaparecesse. Certa

vez, essa menina me precedeu na rua, e emparelhou seu passo ao meu. Se apressasse meu passo para ultrapassá-la, ela quase corria para manter a distância; mas se eu sustasse meu passo, para que houvesse um intervalo suficientemente grande de caminho entre nós dois, também o sustava, e punha nisso toda a graça da infância. Chegada ao fim da rua, voltou-se lentamente, de forma a barrar-me a passagem. Não tive tempo de esquivar-me, e encontrei-me diante de sua cara. Tinha os olhos inchados e vermelhos. Via facilmente que desejava falar-me, e não sabia como. De repente, pálida como um cadáver, perguntou-me: "Teria a bondade de dizer-me que horas são?". Disse-lhe que não usava relógio, e me afastei rapidamente. Desde esse dia, criança de imaginação inquieta e precoce, nunca mais voltaste a ver, na rua estreita, o rapaz misterioso que arrastava penosamente sua sandália pesada pelo calçamento das vielas tortuosas. A aparição desse cometa incendiado não brilhará mais, como um triste objeto de curiosidade fanática, sobre a fachada da tua observação iludida; e pensarás com frequência, com muita frequência, talvez para sempre, naquele que não parecia incomodar-se com os males, nem com os bens da vida presente, e que seguia ao acaso, com um aspecto horrivelmente morto, cabelos desgrenhados, o andar cambaleante, os braços nadando cegamente nas águas irônicas do éter, como se procurassem a presa ensanguentada da esperança, sacolejado sem parar, através das imensas regiões do espaço, pelo limpa-neves implacável da fatalidade. Nunca mais me verás, e eu nunca mais te verei!... Quem sabe? Pode ser que essa menina não fosse o que aparentava ser. Sob um envoltório ingênuo, talvez escondesse uma imensa astúcia, o peso de dezoito anos, e o encanto do vício. Foram vistas vendedoras do amor, que se expatriaram alegremente das Ilhas Britânicas e atravessaram o estreito. Suas asas brilhavam ao revolutear, em enxames dourados, diante da luz parisiense; e quem as visse diria: "Mas ainda são crianças; elas não têm mais que dez ou doze anos". Na verdade, tinham vinte. Ó! nessa hipótese, malditos sejam os meandros dessa rua escura! Horrível! horrível o que ali se passa! Creio que sua mãe bateu nela porque não cumpria sua tarefa com suficiente destreza. É possível que não passasse de uma criança, e nesse caso a mãe é mais culpada ainda. Não quero crer nessa suposição, que não passa de uma hipótese, e prefiro amar, nesse caráter romanesco, uma alma que se revelou cedo demais... Ah! vê, menina, eu te exorto que nunca mais reapareças ante meus olhos, se alguma vez eu voltar a passar pela rua estreita. Poderia te custar caro! O sangue e o ódio já sobem à minha cabeça em vagalhões fervilhantes. Eu, ser generoso o bastante para amar meus semelhantes! Não, não! Eu o decidi desde o dia do meu nascimento! Eles também não me amam! Verão os mundos a se destruir, e o granito a deslizar, como um corvo-marinho,[3] sobre a superfície das ondas, antes que eu toque a mão infame de um ser humano. Para trás... Para trás, esta mão!... Menina, não és um anjo, e acabarás por tornar-te igual às outras mulheres. Não, não, eu te suplico; não reaparece diante do meu cenho franzido e sombrio. Em um momento de desvario, poderia agarrar-te pelos braços, torcê--los como a roupa lavada da qual se espreme a água, ou quebrá-los ruidosamente, como dois galhos secos, e fazer que em seguida os comesses, utilizando a força. Poderia, segurando tua cabeça entre minhas mãos com um ar carinhoso e doce, enterrar meus dedos ávidos nos lobos do teu cérebro inocente, para deles extrair, com um sorriso nos lábios, uma graxa eficaz que lavasse meus olhos, doloridos pela insônia eterna da vida. Poderia, costurando tuas pálpebras com uma agulha, privar-te do espetáculo do universo, deixando-te na impossibilidade de encontrar teu caminho; não seria eu quem iria servir-te de guia. Poderia, erguendo teu corpo virgem com um braço de ferro, agarrar-te pelas pernas, fazer-te girar a meu redor, como uma funda, concentrando minhas forças ao descrever a última circunferência, e te jogar contra o muro. Cada gota de sangue irá respingar sobre um peito humano, para atemorizar os homens, colocando-os diante do exemplo da minha maldade. Arrancarão sem parar pedaços e pedaços de carne; mas a gota de sangue continuará indelével no mesmo lugar, e brilhará como um

[3] Corvo-marinho, *cormoran* no original.

diamante. Fica tranquila, darei ordens a uma meia dúzia de criados, para que guardem os restos venerados do corpo, protegendo-o da fome dos cães vorazes. Sem dúvida, o corpo continuou grudado ao muro, como uma pera madura, e não caiu no chão; mas os cães sabem pular alto, quando não se toma cuidado.

***

(6) Este menino, sentado em um banco do jardim das Tulherias, como é encantador! Seus olhos audazes fitam algum objeto invisível ao longe, no espaço. Não deve ter mais de oito anos, e, no entanto, não brinca, como seria de esperar. Ao menos, devia rir e passear com algum companheiro, em vez de ficar só; mas seu caráter não é assim. Este menino, sentado em um banco do jardim das Tulherias, como é encantador! Um homem, movido por um desígnio oculto, vem sentar-se a seu lado, no mesmo banco, com modos equívocos. Quem será? Não preciso vos dizer; pois o reconhecereis por sua conversa tortuosa. Ouçamo-los, e não os perturbemos:

— Em que pensavas, menino?

— Eu pensava no céu.

— Não é necessário que penses no céu; já é bastante pensar na terra. Estás cansado de viver, tu que mal acabas de nascer?

— Não, mas qualquer um prefere o céu à terra.

— Pois bem, eu não. Pois, já que o céu foi feito por Deus, assim como a terra, podes estar certo de que lá encontrarás os mesmos males que aqui embaixo. Depois da tua morte, não serás recompensado de acordo com teus méritos; pois, se cometem injustiças nesta terra (como tu o perceberás, por experiência própria, mais tarde), não há motivo para que, na outra vida, não se cometam outras tantas. O melhor que tens a fazer é não pensar em Deus, e praticar a justiça por tuas próprias mãos, já que esta te é recusada. Se um dos teus colegas te ofendesse, não ficarias feliz em matá-lo?

— Mas é proibido.

— Não é tão proibido quanto acreditas. Trata-se apenas de não se deixar apanhar. A justiça ministrada pelas leis não vale nada; é a jurisprudência do ofendido o que conta. Se detestasses um dos teus colegas, não te deixaria infeliz pensar que a cada momento encontrarias sua imagem diante dos teus olhos?

— É verdade.

— Eis, então, um dos teus colegas, que te tornaria infeliz pelo resto da tua vida; pois, ao ver que teu ódio é meramente passivo, continuará a escarnecer-se de ti, e a causar-te o mal impunemente. Só há, portanto, um único meio de acabar com tal situação; é livrar-se do inimigo. Aí está onde eu queria chegar, para fazer que entendas em que bases está fundada a sociedade atual. Cada um deve fazer justiça por suas próprias mãos, a não ser que não passe de um imbecil. Quem levar a melhor sobre seus semelhantes, este será o mais esperto e o mais forte. Não gostarias de, um dia, dominar teus semelhantes?

— Sim, sim.

— Que sejas, então, o mais forte e o mais esperto. Ainda és demasiado jovem para que sejas o mais forte; porém, a partir de hoje, poderás dedicar-te à esperteza, o mais belo instrumento dos homens de gênio. Quando o pastor Davi atingiu a testa do gigante Golias com uma pedra lançada pela funda, não é admirável assinalar que foi apenas pela esperteza que Davi venceu o adversário, e que se, ao contrário, se houvessem enfrentado em corpo a corpo, o gigante o teria esmagado como a uma mosca? O mesmo vale para ti. Em combate aberto, nunca poderás vencer os homens, sobre os quais desejas estender tua vontade; mas, com esperteza, poderás lutar sozinho contra todos. Desejas riquezas, belos palácios e a glória? Ou me enganaste quando afirmaste essas nobres pretensões?

— Não, não, eu não o enganava. Mas queria alcançar o que desejo por outros meios.

— Então, nada alcançarás. Os meios virtuosos e bem intencionados não levam a nada. É preciso pôr em ação alavancas mais enérgicas e tramas mais sábias. Antes que te tornes célebre pela virtude, e assim alcances tua meta, uma centena de outros terá tido tempo de saltar sobre tuas costas, e chegar ao fim da corrida antes de ti, de forma que não haverá mais lugar para tuas ideias estreitas. É preciso saber abarcar, com maior grandeza, o horizonte do tempo presente. Nunca ouviste falar, por exemplo, da glória imensa trazida pelas vitórias? E, no entanto, as vitórias não se fazem sozinhas. É preciso derramar sangue, muito sangue, para engendrá-las e depositá-las aos pés dos conquistadores. Sem os cadáveres e os membros espalhados que percebes na planície, onde se operou sabiamente a carnificina, não haveria guerra, e sem guerra não haveria vitória. Vês que, quando alguém deseja se tornar célebre, deve mergulhar com graça nos rios de sangue, alimentados pela carne para canhão. O fim justifica os meios. A primeira condição para se tornar famoso é ter dinheiro. Ora, como não o tens, será preciso assassinar para obtê-lo; porém, como não és forte o bastante para manejar o punhal, torna-te ladrão, enquanto aguardas que teus membros se fortaleçam. E, para que se fortaleçam mais depressa, aconselho-te a fazer ginástica, duas vezes ao dia, uma hora pela manhã, uma hora à noite. Desse modo, poderás tentar o crime, com algum êxito, desde a idade de quinze anos, em vez de esperar até os vinte. O amor à glória tudo justifica, e talvez mais tarde, senhor dos teus semelhantes, lhes farás quase tanto bem quanto lhes fizeste o mal no começo!..."

Maldoror repara que o sangue ferve na cabeça do seu jovem interlocutor; suas narinas estão infladas, e seus lábios soltam uma leve espuma branca. Toma seu pulso; as pulsações estão aceleradas. A febre tomou conta desse corpo delicado. Teme as consequências de suas palavras; afasta-se, o infeliz, contrariado por não ter podido conversar com aquela criança por mais tempo. Se, na idade adulta, é tão difícil dominar as paixões, dividido entre o bem e o mal, o que não será de um espírito ainda cheio de inexperiência? e que soma de energia relativa não necessitará a mais? A criança está pronta para ficar de cama por três dias. Praza ao céu que o contato materno traga a paz a essa flor sensível, frágil envoltório de uma bela alma!

***

(7) Lá, em um bosque rodeado de flores, repousa o hermafrodita, profundamente adormecido na relva, molhada por seu pranto. A lua separou seu disco da massa de nuvens, e acaricia com seus pálidos raios essa doce fisionomia de adolescente. Seus traços exprimem a mais viril energia, e, ao mesmo tempo, a graça de uma virgem celestial. Nada, nele, parece natural, nem mesmo os músculos do seu corpo, que abrem seu caminho através do contorno harmonioso das formas femininas. Tem o braço recurvado sobre a testa, a outra mão apoiada contra o peito, como para comprimir os batimentos de um coração fechado a todas as confidências, oprimido pelo pesado fardo de um segredo eterno. Cansado da vida, envergonhado por caminhar entre seres que não se assemelham a ele, o desespero tomou conta de sua alma, e prossegue sozinho, como o mendigo do valo. Como obtém ele os meios de sobrevivência? Almas caridosas velam de perto por ele, que não suspeita dessa vigilância, e não o abandonam: é tão bom! é tão resignado! De bom grado, fala às vezes com aqueles que têm o temperamento sensível, sem lhes tocar a mão, mantendo-se à distância, no temor de um perigo imaginário. Se lhe perguntam por que tomou a solidão por companhia, seus olhos se elevam para o céu, mal retendo uma lágrima de recriminação contra a Providência; mas ele não responde a essa pergunta imprudente, que espalha pela neve das suas faces o rubor da rosa matutina. Se a conversa se prolonga, inquieta-se, volta os olhos para os quatro pontos cardeais do horizonte, como para tentar fugir da presença de um inimigo invisível que se aproxima, faz um brusco aceno de adeus com a mão, afasta-se sobre as asas do seu pudor despertado e desaparece na floresta. Tomam-no geralmente por louco. Um dia, quatro homens mascarados, que cumpriam ordens, atiraram-se sobre ele, e o amarraram solidamente, de tal modo que só pudesse mexer as pernas. O chicote abateu seus rudes látegos sobre suas costas, e lhe disseram que se dirigisse sem demora para a estrada que leva a Bicêtre.[4] Ele se pôs a sorrir enquanto recebia os açoites, e lhes falou com tamanho sentimento e inteligência sobre as muitas ciências

[4] *Bicêtre*: hospício de Paris. Um francês dizer Bicêtre é o mesmo que um paulistano dizer Juqueri ou um carioca dizer Pinel (mandar alguém para o Juqueri, alguém estar pinel).

humanas que havia estudado, demonstrando tamanha instrução, nesse que não havia ainda transposto a soleira da juventude, e sobre os destinos da humanidade, a revelar inteiramente a nobreza poética da sua alma, que seus guardiões, assustados até a medula pelo ato que haviam cometido, desamarraram seus membros quebrados, prosternaram-se de joelhos, pedindo um perdão que lhes foi concedido, e se afastaram, com os sinais de uma veneração que não se concede ordinariamente aos homens. Desde esse acontecimento, que foi muito comentado, seu segredo foi adivinhado por todos, mas fingiam ignorá-lo, para não aumentar seus sofrimentos; e o governo lhe concedeu uma pensão honorífica para fazê-lo esquecer que, em um dado momento, haviam tentado interná-lo à força, sem prévio exame, em um hospício. Quanto a ele, gasta a metade do seu dinheiro; o restante, dá aos pobres. Quando vê um homem e uma mulher que passeiam por alguma alameda de plátanos, sente seu corpo fender-se em dois, de alto a baixo, e cada uma das novas partes vai abraçar um dos passantes; mas isso não passa de alucinação, e a razão logo recupera seu domínio. É por isso que não mistura sua presença, nem à dos homens, nem à das mulheres; pois seu pudor excessivo, nascido dessa ideia de não passar de um monstro, o impede de conceder sua simpatia ardente a quem quer que seja. Acreditaria profanar-se, e acreditaria profanar aos outros. Seu orgulho lhe repete este axioma: "Que cada um permaneça em sua natureza". Seu orgulho, eu disse, pois teme que, unindo sua vida a um homem ou a uma mulher, venham a recriminá-lo, mais cedo ou mais tarde, como por uma falta enorme, pela conformação do seu organismo. Então, fecha-se em seu amor próprio, ofendido por essa suposição ímpia, que na verdade só parte dele, e persiste em continuar só, em meio aos tormentos, sem consolação. Lá, em um bosque rodeado de flores, repousa o hermafrodita, profundamente adormecido na relva, molhada por seu pranto. Os pássaros, despertos, contemplam maravilhados essa figura melancólica, através dos ramos das árvores, e o rouxinol não quer que ouçam suas cavatinas de cristal. O bosque tornou-se augusto como um túmulo, pela presença noturna do hermafrodita infortunado. Ó viajante extraviado, por teu espírito de aventura que te levou a abandonar pai e mãe, desde a mais tenra idade; pelos sofrimentos que a sede te causou no deserto; pela pátria que talvez procures, após teres, por muito tempo, errado, proscrito em regiões estrangeiras; por teu corcel, teu fiel amigo que suportou contigo o exílio e a intempérie dos climas que teu humor vagabundo te fez percorrer; pela dignidade que dão ao homem as viagens por terras distantes e mares inexplorados, no meio das geleiras polares, ou sob a influência de um sol inclemente: não toca com tua mão, como se fosse um frêmito de brisa, esses cachos de cabelos espalhados pelo chão, que se misturam à relva verde. Afasta-te vários passos, será melhor. Essa cabeleira é sagrada; foi o próprio hermafrodita quem o quis assim. Ele não quer que lábios humanos beijem religiosamente seus cabelos, perfumados pelo vento da montanha, nem que contemplem seu rosto que resplandece, neste instante, como as estrelas do firmamento. Mais vale acreditar que seja uma estrela verdadeira que desceu de sua órbita, atravessando o espaço, até esse rosto majestoso, que ela envolve com sua claridade de diamante, como se fosse uma auréola. A noite, afastando com o dedo sua tristeza, reveste-se de todos os seus encantos para festejar o sono desta encarnação do pudor, dessa imagem perfeita da inocência dos anjos: o burburinho dos insetos é menos perceptível. Os ramos inclinam sobre ele sua copa cerrada, para protegê-lo do orvalho, e a brisa, fazendo ressoar as cordas da sua harpa melodiosa, envia seus acordes prazerosos, através do silêncio universal, até suas pálpebras baixadas que acreditam assistir, imóveis, ao concerto cadenciado dos mundos suspensos. Sonha que é feliz; que sua natureza corpórea se modificou; ou que, ao menos, saiu voando em uma nuvem purpúrea, até outra esfera, habitadas por seres da mesma natureza que a sua. Ah! que sua ilusão se prolongue até o despertar da aurora! Sonha que as flores dançam a seu redor, em roda, como imensas grinaldas loucas, e o impregnam com seus perfumes suaves, enquanto ele entoa um hino de amor, entre os braços de um ser humano de uma beleza mágica. Mas é apenas uma névoa crepuscular que seus braços estreitam; e, ao despertar, seus braços não a estreitarão mais. Não desperta, hermafrodita; não desperta ainda, suplico-te. Porque não queres acreditar-me? Dorme... dorme sempre. Que teu peito se erga, perseguindo a esperança quimérica da felicidade; isso eu te permito; mas não abre teus olhos. Ah! não abre teus olhos! Quero deixar-te assim, para não ser testemunha de teu despertar. Talvez um dia, com a ajuda de um livro volumoso, em páginas comovidas, eu venha a narrar tua história, espantado com o que ela contém, e com os ensinamentos que dela se desprendem. Até agora, não fui capaz; pois, toda vez que o tentei, lágrimas copiosas caíam sobre o papel, e meus dedos tremiam, sem que fosse por causa da velhice. Mas quero ter essa coragem, algum dia. Estou indignado por não ter nervos melhores que os de uma mulher, e por desmaiar como uma moça, cada vez que reflito sobre tua grande miséria. Dorme... dorme sempre; mas não abre teus olhos. Ah! não abre teus olhos! Adeus, hermafrodita! Todo dia, não deixarei de rogar ao céu por ti (se fosse para mim, nada rogaria). Que a paz esteja em teu coração.

* * *

(8) Quando uma mulher, com voz de soprano, emite suas notas vibrantes e melodiosas, ao ouvir essa harmonia humana meus olhos se enchem de uma chama latente, e lançam fagulhas dolorosas, enquanto que em minhas orelhas parece ressoar o fragor da canhonada. De onde pode vir essa repugnância profunda por tudo o que tem a ver com o homem? Se os acordes se desprendem das fibras de um instrumento, ouço com volúpia essas notas peroladas que escapam em cadência através das ondas elásticas da atmosfera. A percepção só transmite a meu ouvido a impressão de uma doçura capaz de fundir os nervos e o pensamento; uma dormência inefável envolve, com suas papoulas mágicas, como um véu que filtra a luz do dia, a potência ativa dos meus sentidos e as forças vivazes da minha imaginação. Contam que nasci entre os braços da surdez! Nas primeiras épocas da minha infância, não ouvia

o que me diziam. Quando, com a maior dificuldade, conseguiram ensinar-me a falar, era só depois de ter lido sobre uma folha de papel o que alguém escrevia que eu podia comunicar, por minha vez, o fio do meu pensamento. Um dia, dia nefasto, eu crescia em beleza e em inocência; e todos admiravam a inteligência e a bondade do divino adolescente. Muitas consciências enrubesciam quando contemplavam esses traços límpidos onde a alma havia instalado seu trono. Só se aproximavam dele com veneração, pois notavam em seus olhos o olhar de um anjo. Mas não, eu já sabia que as rosas da adolescência não deveriam florescer perpetuamente, tecidas em grinaldas caprichosas, sobre seu rosto modesto e nobre, que todas as mães beijavam com frenesi. Começava a parecer-me que o universo, com sua abóbada estrelada de globos impassíveis e irritantes, talvez não fosse o que eu havia sonhado de mais grandioso. Um dia, pois, cansado de calcar com os pés a trilha abrupta da viagem terrestre, e de seguir, cambaleando como um bêbado, através das catacumbas obscuras da vida, levantei vagarosamente meus olhos melancólicos,[5] rodeados por um grande círculo azulado, para a concavidade do firmamento, e ousei penetrar, eu, tão jovem, nos mistérios do céu! Nada encontrando do que procurava, ergui minhas pálpebras aterradas mais para cima, ainda mais para cima, até enxergar um trono, formado por excrementos humanos e ouro, sobre o qual reinava, com um orgulho idiota, o corpo recoberto por um lençol feito de trapos não lavados de hospital, aquele que se intitula a si mesmo de Criador! Segurava na mão o tronco apodrecido de um homem morto, e o levava, alternadamente, dos olhos ao nariz, e do nariz à boca; uma vez na boca, adivinha-se o que fazia. Seus pés mergulhavam em um vasto charco de sangue em ebulição, em cuja superfície se erguiam, de repente, como tênias através do conteúdo de um penico, duas ou três cabeças prudentes, que logo se abaixavam, com a rapidez da flecha; um pontapé, bem aplicado sobre o osso do nariz, era a recompensa já sabida pela revolta contra o regulamento, ocasionada pela necessidade de respirar em outro ambiente; pois,

[5] *Spleenétiques*, no original, que traduzi por melancólicos. *Spleen* é a melancolia romântica e baudelairiana.

afinal de contas, aqueles homens não eram peixes! Anfíbios quando muito, nadavam entre duas águas nesse líquido imundo!... até que, nada mais tendo à mão, o Criador, com as duas primeiras garras do pé, agarrou outro mergulhador pelo pescoço, como por meio de uma tenaz, e o ergueu no ar, sobre o lodo avermelhado, molho delicado! Com esse, fazia o mesmo que com o outro. Devorava primeiro a cabeça, as pernas e os braços, e por último o tronco, até que nada mais sobrasse; pois roía seus ossos. E assim por diante, durante as outras horas da sua eternidade. Às vezes exclamava: "Eu vos criei; portanto, tenho o direito de fazer convosco o que bem entender. Nada me fizestes, não digo o contrário. Faço-vos sofrer, e isso é para meu prazer". E prosseguia em sua refeição cruel, mexendo seu maxilar inferior, que mexia sua barba cheia de miolos. Leitor, esse último detalhe não te traz água à boca? Não é qualquer um que come um tal miolo, tão gostoso, bem fresco, que acaba de ser pescado a menos de um quarto de hora, no lago dos *peixes*. Os membros paralisados, a boca muda, contemplei por algum tempo esse espetáculo. Por três vezes, quase caí para trás, como um homem que sofre uma emoção forte demais; por três vezes, consegui manter-me em pé. Nenhuma fibra do meu corpo permaneceu imóvel: e eu tremia, como treme a lava interior de um vulcão. Finalmente, meu peito oprimido não podendo expulsar com suficiente rapidez o ar que dá a vida, os lábios da minha boca se entreabriram, e eu soltei um grito... um grito tão lancinante... que eu o ouvi! Os entraves da minha orelha se desataram de uma maneira brusca, o tímpano rangeu sob o choque dessa massa de ar sonora empurrada para longe de mim com energia, e aconteceu um fenômeno novo no órgão condenado pela natureza. Eu acabava de ouvir um som! Um quinto sentido se revelava em mim! Mas que prazer poderia eu encontrar em tal descoberta? Desde então, o som humano só chegou a meus ouvidos com o sentimento da dor que engendra a piedade por uma grande injustiça. Quando alguém falava comigo, lembrava-me do que havia visto, um dia, acima das esferas visíveis, e a tradução dos meus sentimentos sufocados em um uivo impetuoso, cujo timbre era idêntico ao dos meus semelhantes! Não podia responder-lhe; pois os suplícios praticados com a fraqueza do homem, nesse mar horroroso de púrpura, passavam à minha frente rugindo como elefantes esfolados, e roçavam com suas asas de fogo meus cabelos calcinados. Mais tarde, quando conheci melhor a humanidade, a esse sentimento de piedade juntou-se um furor intenso contra essa tigresa madrasta, cujos filhotes empedernidos só sabem praguejar e cometer o mal. Audácia da mentira! dizem que o mal só existe neles em estado de exceção!... Agora acabou, há muito tempo; há muito tempo não dirijo a palavra a ninguém. Ó vós, seja quem fores, quando estiverdes a meu lado, que as cordas da vossa glote não deixem escapar qualquer entonação; que vossa laringe imóvel não vá esforçar-se para ultrapassar o rouxinol; e que não procureis, de modo algum, fazer que eu conheça vossa alma com a ajuda da linguagem. Observai um silêncio religioso, que nada interrompa; cruzai humildemente vossas mãos sobre o peito, e dirigi vossas pálpebras para baixo. Eu o disse, desde a visão que me fez conhecer a verdade suprema, o bastante de pesadelos sugou avidamente minha garganta, pelas noites e pelos dias, para que ainda tivesse a coragem de renovar, mesmo em pensamento, os sofrimentos que experimentei nessa hora infernal, que me persegue sem trégua com sua lembrança. Ah! quando ouvirem a avalancha de neve tombar do alto da fria montanha; a leoa a lamentar-se, no deserto árido, pelo desaparecimento dos seus filhotes; a tempestade cumprir seu destino; o condenado mugir, na prisão, na véspera da guilhotina; e o polvo feroz narrar, às ondas do mar, suas vitórias sobre os nadadores e os náufragos, dizei, essas vozes majestosas não são mais belas que o riso de escárnio do homem?

* * *

(9) Existe um inseto que os homens alimentam a suas custas. Nada lhe devem; mas o temem. E esse, que não aprecia o vinho, mas prefere o sangue, se não o satisfizessem em suas necessidades

legítimas, seria capaz, por um poder oculto, de tornar-se do tamanho de um elefante, e de esmagar os homens como se fossem espigas. Por isso, é preciso ver como o respeitam, como o cercam de uma veneração canina, como o têm na mais elevada estima, acima dos animais da criação. Dão-lhe a cabeça como trono, e ele crava suas garras na raiz do cabelo, com dignidade. Mais tarde, quando está gordo e entrado em anos, imitando o costume de um povo antigo, matam-no para que não sinta os incômodos da velhice. Organizam-lhe funerais grandiosos, como os de um herói, e o caixão, que o conduz diretamente à lápide da sepultura, é carregado aos ombros pelos principais cidadãos. Sobre a terra úmida que o coveiro escava com sua pá sagaz, combinam frases multicoloridas sobre a imortalidade da alma, sobre o nada da vida, sobre a vontade inexplicável da Providência, e o mármore se fecha para sempre sobre essa existência, laboriosamente cumprida, que agora não passa de um cadáver. A multidão se dispersa, e a noite não tarda a cobrir com suas sombras os muros do cemitério.

Mas consolai-vos, humanos, de sua perda dolorosa. Aí está sua inumerável família, que se aproxima, e com a qual vos gratificou liberalmente, para que vosso desespero fosse menos amargo, como que adoçado pela agradável presença desses abortos atrevidos, que mais tarde se tornarão magníficos piolhos, ornados por uma beleza notável, monstros com ar de sábios. Incubou inúmeras dúzias de ovos queridos, com sua asa maternal, sobre vossos cabelos, ressecados pela sucção obstinada desses forasteiros temíveis. Logo vem o período em que os ovos se abrem. Nada temei, não tardarão a crescer, esses adolescentes filósofos, através dessa vida efêmera. Crescerão a tal ponto, que o sentireis, com suas garras e ventosas.

Não sabeis, vós, porque não devoram os ossos da vossa cabeça, e se contentam em extrair, com sua bomba, a quintessência do seu sangue. Um momento, eu o direi: é porque não têm a força. Estai certos de que, caso seus maxilares tivessem uma conformação na medida dos seus anseios infinitos, os miolos, a retina dos olhos, a coluna vertebral, todo vosso corpo passaria por aí. Como uma gota d'água. Sobre a cabeça do jovem mendigo das ruas, observai, com um microscópio, um piolho que trabalha: depois me contareis. Infelizmente, são pequenos, esses salteadores da longa cabeleira. Não serviriam para o alistamento; pois não têm o tamanho necessário exigido por lei. Pertencem ao mundo liliputiano dos de pernas curtas, e os cegos não vacilam em classificá-los entre os infinitamente pequenos. Ai do cachalote que lutasse contra um piolho. Seria devorado em um piscar de olhos, apesar do seu tamanho. Nem a cauda sobraria para contar a história. O elefante se deixa acariciar. O piolho, não. Não vos aconselho essa experiência perigosa. Cuidado, se vossa mão for peluda, ou mesmo se for apenas composta de carne e ossos. Não haverá remédio para vossos dedos. Estalarão como se estivessem sendo torturados. A pele desaparece como por um estranho encantamento. Os piolhos são incapazes de praticar tanto mal quanto sua imaginação engendra. Se encontrardes um piolho em vosso caminho, passai ao largo, e não lambei as papilas da sua língua. Sofreríeis algum acidente. Isso foi comprovado. Não importa, estou satisfeito com a quantidade de mal que ele te fez, ó raça humana; apenas gostaria que fizesse mais ainda.

Até quando manterás o culto carcomido a esse deus, insensível a tuas preces, e às oferendas generosas que lhe proporcionas em holocausto expiatório? Vê, ele não é agradecido, esse manitu horrível, pelas grandes taças de sangue e miolos que derramas sobre seus altares, piedosamente decorados com grinaldas de flores. Não é agradecido... pois os terremotos e as tempestades continuam a devastar, desde a origem das coisas. E, no entanto, espetáculo digno de nota, quanto mais ele se mostra indiferente, tanto mais o admiras. Vê-se que suspeitas de seus atributos, que ele esconde; e teu raciocínio se apoia nessa consideração, de que só uma divindade de um poder extremo pode mostrar tamanho desprezo pelos fiéis que seguem sua religião. É por isso que, em cada país, existem deuses diferentes, aqui o crocodilo, ali, a vendedora do amor; mas, quando se trata de piolho, diante desse nome sagrado, baixando universalmente as cadeias do seu cativeiro, todos os povos se ajoelham juntos no adro augusto, diante do pedestal do ídolo informe e sanguinário. O povo que não obedecesse a seus próprios instintos de rastejar, e esboçasse uma revolta, desaparecia , mais cedo ou mais tarde, da face da terra, como a folha de outono, aniquilado pela vingança do deus inexorável.

Ó piolho, com a pupila contraída, enquanto os rios derramarem a descida de suas águas nos abismos do mar; enquanto os astros gravitarem sobre a trilha de sua órbita; enquanto o vazio mudo não tiver horizontes; enquanto a humanidade dilacerar seus próprios flancos com guerras funestas; enquanto a justiça divina precipitar seus raios vingadores sobre este globo egoísta; enquanto o homem menosprezar seu criador, burlando-se dele, não sem razão, misturando a isso o desprezo, teu reino sobre o universo estará assegurado, e tua dinastia estenderá seus elos por séculos e séculos. Eu te saúdo, sol nascente, libertador celeste, a ti, inimigo invisível do homem. Continua a dizer à sujeira para se unir a ele em beijos impuros, e a jurar-lhe, por promessas não escritas no pó, que permanecerá sua amante fiel até a eternidade. Beija de vez em quando o manto dessa grande impudica, em lembrança dos serviços importantes que não deixa de prestar-te. Se não seduzisse o homem, com seus seios lascivos, é provável que não pudesses existir, tu, o produto dessa união razoável e consequente. Ó filho da sujeira! diz à tua mãe que, se abandonar o leito do homem, percorrendo caminhos solitários, só e sem amparo, verá sua existência comprometida. Que suas entranhas, que te carregaram nove meses em suas paredes perfumadas, se comovam por um instante ao pensar nos perigos que correria, a seguir, seu doce fruto, tão encantador e tranquilo, mas já frio e feroz. Sujeira, rainha dos impérios, conserva ante o olhar da minha ira o espetáculo do crescimento insensível dos músculos da tua prole esfaimada. Para alcançar esse propósito, sabes que basta que te coles mais estreitamente aos flancos do homem. Podes fazê-lo, sem inconvenientes para o pudor, já que, ambos, vos esposastes há tempos.

De minha parte, se me for permitido acrescentar algumas palavras a esse hino de glorificação, direi que fiz construir um fosso, de quarenta léguas quadradas, e uma profundidade equivalente. É lá que jaz, em sua virgindade imunda, uma mina viva de piolhos. Preenche o fundo do fosso, e serpenteia em seguida, em largos veios densos, em todas as direções. Eis como construí essa mina artificial. Arranquei um piolho fêmea aos cabelos da humanidade. Fui visto dormindo com ela durante três noites consecutivas, e a joguei no fosso. A fecundação humana, que teria sido nula em outros casos semelhantes, foi aceita dessa vez, por fatalidade; e, ao termo de alguns dias, milhares de monstros, fervilhando em um emaranhado compacto de matéria, vieram à luz. Esse emaranhado horripilante tornou-se, com o tempo, cada vez mais imenso, enquanto adquiria a propriedade líquida do mercúrio, desdobrando-se em incontáveis ramos, que atualmente se alimentam devorando-se a si mesmos (a natalidade é maior que a mortalidade), todas as vezes que não lhes jogo como ração algum bastardo recém-nascido, cuja mãe desejava sua morte, ou um braço que acabo de cortar de alguma menina, à noite, graças ao clorofórmio. A cada quinze anos, as gerações de piolhos que se alimentam do homem diminuem de forma notável, predizendo, elas mesmas, infalivelmente, a época próxima da sua completa destruição. Pois o homem, mais inteligente que seu inimigo, consegue vencê-lo. Então, com uma pá infernal que multiplica minhas forças, extraio dessa mina inesgotável blocos de piolhos, grandes como montanhas, parto-os a machadadas e os transporto, durante as noites profundas, até as artérias da cidade. Lá, em contato com a temperatura humana, dissolvem-se como nos primeiros dias da sua formação nas tortuosas galerias da mina subterrânea, escavam um leito no cascalho, e se espalham como regatos pelas habitações, como espíritos perturbadores. O guardião da casa ladra surdamente, pois lhe parece que uma legião de seres desconhecidos perfura os poros das paredes, e traz o terror à cabeceira do sono. Talvez tenhais escutado, sem prestar atenção, ao menos uma vez na vida, essa espécie de latido doloroso e prolongado. Com seus olhos impotentes, procura penetrar na escuridão da noite; pois seu cérebro de cão não entende isso. Esse ruído o irrita, e sente-se traído. Milhões de inimigos se abatem assim sobre cada cidade, como nuvens de gafanhotos. É o quanto basta, por quinze anos. Eles combaterão o homem, provocando-lhes feridas ardentes. Depois desse lapso de tempo, enviarei outros. Quando quebro os blocos de matéria animada, pode acontecer que algum fragmento seja mais denso que outro. Os átomos se esforçam raivosamente para desfazer sua aglomeração, para ir atormentar a humanidade; mas a coesão resiste em sua dureza. Por uma suprema convulsão, engendram um tamanho esforço que a pedra, não podendo dispersar seus princípios vivos, lança-se sozinha pelas alturas dos ares, como se fosse por um efeito da pólvora, e volta a cair, afundando solidamente sob o chão. Às vezes, o camponês em devaneio percebe um aerólito a fender verticalmente o espaço, dirigindo-se, ao baixar, na direção de um milharal. Não sabe de onde vem a pedra. Agora tendes, clara e sucinta, a explicação do fenômeno.

Se a terra estivesse recoberta de piolhos, como de grãos de areia à beira-mar, a raça humana seria aniquilada, presa de dores terríveis. Que espetáculo! E eu, com asas de anjo, imóvel nos ares, para contemplá-lo.

* * *

(10) Ó matemáticas severas, não vos esqueci, depois que vossas sábias lições, mais doces que o mel, se infiltraram em meu coração, como uma onda refrescante. Aspirava instintivamente, desde o berço, a beber em vossa fonte, mais antiga que o Sol, e ainda continuo a pisar o átrio sagrado de vosso templo solene, eu, o mais fiel dos vossos iniciados. Havia algo de vago em meu espírito, um não sei quê de espesso como a fumaça; mas eu soube franquear religiosamente os degraus que levam a vosso altar, e dissipastes esse véu escuro, assim como o vento afugenta o petrel.[6] Colocastes, em

[6] Aqui, há margem para dúvida. Na edição Pléiade, está *damier*, que pode ser um tabuleiro de damas, ou, como segunda acepção, um petrel, pássaro marinho. Walzer anota que em algumas edições consta *ramier*, um pombo-trocaz. As duas possibilidades fazem sentido, no contexto.

seu lugar, uma frieza excessiva, uma prudência consumada e uma lógica implacável. Com ajuda de vosso leite fortificante, minha inteligência se desenvolveu rapidamente, e tomou proporções imensas, em meio a essa claridade maravilhosa com que presenteais, com prodigalidade, aos que vos amam de um amor sincero, Aritmética! álgebra! geometria! trindade grandiosa! triângulo luminoso! Quem não vos conheceu é um insensato! Mereceria a provação dos maiores suplícios; pois mostra um cego desprezo em sua apatia ignorante; mas quem vos conhece e aprecia nada quer dos bens terrestres; contenta-se com vossos prazeres mágicos; e, transportado por vossas asas sombrias, deseja apenas subir com um voo ligeiro, construindo uma hélice ascendente, rumo à abóbada esférica dos céus. A terra só lhe mostra ilusões e fantasmagorias morais; mas vós, ó matemáticas concisas, pelos encadeamentos rigorosos de vossas proposições tenazes e a constância das vossas leis de ferro, fazeis brilhar, aos olhos deslumbrados, um reflexo poderoso dessa verdade suprema, cuja marca se percebe na ordem do universo. Mas a ordem que vos rodeia, representada principalmente pela regularidade perfeita do quadrado, o amigo de Pitágoras, é ainda maior; pois o Todo-Poderoso se revelou completamente, a si e a seus atributos, nesse trabalho memorável que consiste em fazer saírem das entranhas do caos vossos tesouros de teoremas e vossos magníficos esplendores. Nas épocas antigas e nos tempos modernos, mais de uma grande imaginação humana viu seu gênio aterrado na contemplação de vossas figuras simbólicas traçadas sobre o papel em chamas, qual outros tantos signos misteriosos, vivos por um hálito latente, que não são compreendidos pelo vulgo profano, e que nada eram senão a revelação esplendorosa de axiomas e hieróglifos eternos, que existiram antes do universo e permanecerão depois dele. Pergunta-se, inclinada diante do precipício de um ponto de interrogação fatal, como é possível que as matemáticas contenham tanta grandeza imponente e tanta verdade incontestável, enquanto, ao compará-las ao homem, só se encontra neste último o falso orgulho e mentiras. Então, esse espírito superior, entristecido, a quem a nobre familiaridade de vossos conselhos faz sentir mais ainda a pequenez da humanidade e sua incomparável loucura, mergulha a cabeça embranquecida sobre uma mão descarnada, e permanece absorto em meditações sobrenaturais. Dobra seus joelhos diante de vós, e sua veneração presta homenagem a vosso rosto divino, como à própria imagem do Todo-Poderoso. Em minha infância, aparecestes, uma noite de maio, ao clarão da lua, sobre um prado verdejante, às margens de um límpido regato, todas as três iguais em graça e pudor, todas as três cheias de majestade como rainhas. Destes alguns passos em minha direção, com vosso longo manto flutuando como um vapor, e me atraístes a vossos altivos seios, como um filho abençoado. Então, acorri apressadamente, minhas mãos crispadas sobre vosso alvo peito. Alimentei-me com reconhecimento de vosso maná fecundo, e senti que a humanidade crescia em mim, e se tornava melhor. Desde então, ó deusas rivais, nunca mais vos abandonei. Desde então, quantos projetos enérgicos, quantas simpatias que acreditava gravadas nas páginas do meu coração, como no mármore, não foram apagando lentamente suas linhas configurativas da minha razão desenganada, como a aurora nascente apaga as sombras da noite! Desde então, eu vi a morte, com a intenção visível a olho nu de povoar os túmulos, devastar os campos de batalha, cevados pelo sangue humano, e fazer que crescessem flores matutinas sobre as fúnebres ossadas. Desde então, assisti às revoluções do nosso globo; os terremotos, os vulcões, com sua lava ardente, o simum dos desertos e os naufrágios da tempestade tiveram minha presença como espectador impassível. Desde então, vi inúmeras gerações humanas erguerem, pela manhã, suas asas e seus olhos na direção do espaço, com a alegria inexperiente da crisálida que saúda sua derradeira metamorfose, para morrer ao entardecer, antes do pôr do sol, a cabeça curvada, como flores murchas embaladas pelo assobio lamentoso do vento. Vós, contudo, vós permanecestes sempre as mesmas. Nenhuma mudança, nenhum ar empestado roça os rochedos escarpados e os vales imensos da vossa identidade. Vossas pirâmides modestas durarão muito mais que as pirâmides do Egito, formigueiros erguidos pela estupidez e pela escravidão. O fim dos séculos ainda verá, em pé sobre as ruínas dos tempos, vossas cifras cabalísticas, vossas equações lacônicas e vossas linhas esculturais sentadas à direita vingadora do Todo-Poderoso, quando as estrelas se afundarem em desespero, como trombas, na eternidade de uma noite horrível e universal, e a humanidade, contorcendo-se, tentar acertar suas contas com o juízo final. Obrigado pelos inúmeros serviços que me prestastes. Obrigado pelas qualidades singulares com que enriquecestes minha inteligência. Sem vós, em minha luta contra o homem, talvez eu houvesse sido derrotado. Sem vós, teria feito que eu rolasse na areia e beijasse o pó de seus pés. Sem vós, com uma garra pérfida, teria retalhado minha carne e meus ossos. Contudo, eu me mantive em guarda, como um atleta experiente. Vós me destes a frieza que nasce de vossas concepções sublimes, isentas de paixão. Dela me servi para recusar com desprezo os prazeres efêmeros da minha curta viagem, e para afastar de minha porta as oferendas simpáticas, porém ilusórias, dos meus semelhantes. Vós me destes a prudência tenaz, que se decifra a cada passo em vossos métodos admiráveis de análise, de síntese e dedução. Dela me servi para derrotar as artimanhas perniciosas do meu inimigo mortal, para atacá-lo por minha vez, com habilidade, e para enfiar nas vísceras do homem um punhal pontiagudo, que permanecerá para sempre cravado em seu corpo; pois essa é uma ferida da qual ele não se recuperará. Vós me destes a lógica, que é como a própria alma de vossos ensinamentos, cheia de sabedoria; com seus silogismos, cujo labirinto complicado nem por isso deixa de ser compreensível para mim, minha inteligência sentiu duplicarem suas forças audaciosas. Com a ajuda desse auxiliar terrível, descobri na humanidade, ao nadar rumo às profundezas, diante do arrecife do ódio, a maldade negra e horripilante que vegetava em meio a miasmas deletérios, admirando seu umbigo. Fui o primeiro a descobrir, nas trevas das suas entranhas, esse vício nefasto, o mal! superior nela ao bem. Com essa arma envenenada que me concedestes, fiz descer de seu pedestal, construído pela covardia do homem, o próprio Criador! Rangeu os dentes, e sofreu essa injúria ignominiosa; pois tinha como adversário alguém mais forte que ele. Mas eu o deixarei de lado, como um novelo de fiapos, a fim de baixar meu voo... O pensador Descartes fazia, certa vez, essa reflexão, de que nada de sólido foi edificado sobre vós. Foi um modo engenhoso de fazer entender que o recém-chegado nunca poderia descobrir, à primeira vista, vosso valor inestimável. Com efeito, o que pode haver de mais sólido que as três qualidades principais já mencionadas, que se elevam, entrelaçadas como uma coroa única, sobre o píncaro augusto de vossa arquitetura colossal? Monumento que cresce sem cessar com descobertas quotidianas, em vossas minas de diamantes, e com explorações científicas, em vossos soberbos domínios. Ó matemáticas santas, que possais, por vosso comércio perpétuo, consolar o restante dos meus dias da maldade do homem e da injustiça do Grande Todo!

* * *

(11) "Ó lâmpada de bico de prata, meus olhos te distinguem nos ares, companheira da abóbada das catedrais, e buscam a razão dessa suspensão. Dizem que teus fulgores iluminam, durante a noite, a turba dos que vêm adorar o Todo-Poderoso, e que mostras aos arrependidos o caminho que leva ao altar. Ouve, é bem possível; mas... será que precisas prestar tais serviços àqueles a quem nada deves? Deixa, mergulhadas nas trevas, as colunas das basílicas; e, quando uma baforada de tempestade, sobre a qual o demônio rodopia, arrastado no espaço, penetrar, com ele, no recinto sagrado, espalhando o temor, em vez de lutar, corajosamente, contra a lufada empestada do príncipe do mal, apaga-te subitamente, sob seu hálito febril, para que esse possa, sem ser visto, escolher suas vítimas entre os crentes ajoelhados. Se fizeres isso, poderás dizer que te devo toda a minha felicidade. Quando brilhas assim, espalhando tuas claridades indecisas, porém suficientes, não ouso abandonar-me às sugestões do meu caráter, e permaneço, sob o pórtico sagrado,

olhando pelo portal entreaberto, aqueles que escapam a minha vingança, no seio do Senhor. Ó lâmpada poética! tu que serias minha amiga se pudesses me compreender, quando meus pés pisam o basalto das igrejas nas horas noturnas, porque tu te pões a brilhar de um modo que, confesso, me parece extraordinário? Teus reflexos se colorem, então, com as tonalidades brancas da luz elétrica; o olho não pode encarar-te; e clareias com uma chama renovada e poderosa os mínimos detalhes do canil do Criador, com se estivesses possuída por uma cólera sagrada. E quando me retiro, depois de haver blasfemado, tu te tornas de novo imperceptível, modesta e pálida, certa de haver cumprido um ato de justiça. Diz-me, um pouco; será que é por conheceres os meandros do meu coração, que, quando apareço onde velas, tu te apressas a designar minha presença perniciosa, e a chamar a atenção dos adoradores para o lado onde acaba de mostrar-se o inimigo dos homens? Inclino-me para essa opinião; pois, eu também, começo a conhecer-te; e sei quem és, velha feiticeira que velas tão bem as mesquitas sagradas onde se pavoneia, como a crista de um galo, teu curioso senhor. Vigilante guardiã, escolheste uma louca missão. Eu te aviso: da próxima vez que me apontares à prudência dos meus semelhantes, pelo aumento das tuas luzes fosforescentes, como não me agrada esse fenômeno de ótica, que, aliás, não é mencionado em nenhum livro de física, eu te agarro pela pele do peito, cerrando minhas garras nas crostas da tua nuca escoriada, e te jogo no Sena. Não admito que, enquanto nada te faço, te comportes teimosamente de um modo que me seja prejudicial. Lá, permitirei que brilhes o quanto me agradar; lá, poderás caçoar de mim com um sorriso inextinguível; lá, convencida de incapacidade do teu óleo criminoso, tu o urinarás com amargor". Após ter assim falado, Maldoror não sai do templo, e permanece com os olhos fixos na lâmpada do sagrado recinto... Acredita ver uma espécie de provocação na atitude dessa lâmpada, que o irrita ao máximo, por sua presença inoportuna. Diz-se que, se existe alguma alma encerrada nessa lâmpada, ela é covarde por não responder, a um ataque leal, com sinceridade. Açoita o ar com seus braços nervosos, e desejaria que a lâmpada se transformasse em homem; ele a faria passar uns maus momentos, promete-se. Mas uma lâmpada transformar-se em homem; isso não é natural. Não se conforma, e vai buscar, no átrio do miserável pagode, um pedregulho achatado, com uma aresta afiada. Atira-o pelos ares com força... a corrente é cortada, pela metade, como a erva pela foice, e o instrumento de culto cai por terra, derramando seu óleo pelas lajes... Agarra a lâmpada para levá-la para fora, mas ela resiste e cresce. Parece-lhe ver asas em seus flancos, e a parte superior se reveste com a forma de um busto de anjo. O todo quer elevar-se nos ares para levantar voo; mas ele o segura com mão firme. Uma lâmpada e um anjo formando um só corpo: aí está algo que não se vê com frequência. Reconhece a forma da lâmpada; reconhece a forma do anjo; mas não pode separá-las em seu espírito; com efeito, na realidade, estão coladas uma à outra, e formam um só corpo, independente e livre; mas acredita que alguma nuvem toldou seus olhos, fazendo que perca um pouco da excelência de sua vista. Contudo, prepara-se para a luta, corajosamente, pois seu adversário não tem medo. Pessoas ingênuas contam, a quem quiser acreditar nelas, que o pórtico sagrado se fechou sozinho, rolando sobre seus gonzos aflitos, para que ninguém pudesse assistir a essa luta ímpia, cujas peripécias iriam desenrolar-se no seio do santuário violado. O homem do manto, enquanto recebe ferimentos cruéis de uma espada invisível, esforça-se para aproximar da sua boca o rosto do anjo; só pensa nisso, e todos os seus esforços se dirigem a esse fim. Aquela perde sua energia, e parece pressentir seu destino. Só consegue lutar fracamente, e vê-se o momento em que seu adversário poderá beijá-lo à vontade, se essa for sua intenção. Pois bem, o momento chegou. Com seus músculos, estrangula a garganta do anjo, que não pode mais respirar, e vira seu rosto, apoiando-o em seu peito odioso. Por um instante, comove-se diante do destino reservado a esse ser celeste, com o qual teria preferido fazer amizade. Mas lembra-se que é o mensageiro do Senhor, e não pode conter seu furor. Acabou; alguma coisa horrível vai penetrar na jaula do tempo! Inclina-se, e leva a língua, embebida em saliva, até essa face angelical, que lança olhares suplicantes. Percorre por algum tempo, com a língua, essa face. Ó!... vede!... vede pois!... a face branca e rosada se tornou negra, como um carvão! Exala miasmas pútridos. É a gangrena; não pode haver mais dúvida. A doença corrosiva se estende por todo o rosto, e, daí, exerce suas fúrias sobre as partes baixas; logo, todo o corpo não passa de uma vasta chaga imunda. Até ele, assustado (pois não acreditava que sua língua contivesse um veneno de tamanha violência), recolhe a lâmpada e foge da igreja. Uma vez lá fora, enxerga nos ares uma forma enegrecida, de asas queimadas, que dirige penosamente seu voo rumo às regiões do céu. Encaram-se, ambos, enquanto o anjo sobe às alturas serenas do bem, e ele, Maldoror, ao contrário, desce aos abismos vertiginosos do mal... Que olhar! Tudo o que a humanidade pensou durante sessenta séculos, e tudo o que ela ainda pensará, pelos séculos seguintes, poderia estar contido, facilmente, nesse olhar, tanta coisa se disseram, nesse adeus supremo! Mas compreende-se que eram pensamentos mais elevados que os jorrados da inteligência humana; em primeiro lugar, por causa dos protagonistas, e, além disso, por causa das circunstâncias. Esse olhar os ligou por uma amizade eterna. Espanta-o que o Criador possa ter missionários com uma alma tão nobre. Por um instante, acredita ter-se enganado, e pergunta se deveria ter seguido pelo caminho do mal, como o fez. A perturbação passou; persevera em sua resolução; é glorioso, a seu ver, vencer, cedo ou tarde, o Grande Todo, a fim de reinar em seu lugar sobre o universo inteiro, e sobre legiões de anjos tão belos. Aquele o fez entender, sem falar, que retomará sua forma primitiva, à medida que subir ao céu; deixa cair uma lágrima, que refresca a testa de quem lhe deu a gangrena; e desaparece pouco a pouco, como um abutre, elevando-se em meio às nuvens. O criminoso olha a lâmpada, causa do que precede. Corre como um insensato pelas ruas, dirige-se ao Sena, joga a lâmpada por sobre o parapeito. Essa rodopia, por alguns instantes, e afunda definitivamente nas águas lodosas. Desde esse dia, a cada anoitecer, após o cair da tarde, vê-se uma lâmpada brilhante que aparece, e se mantém graciosamente sobre a superfície do rio, na altura da ponte Napoleão, levando, no lugar das suas asas, duas delicadas asas de anjo. Avança lentamente sobre as águas, passa sob os arcos da ponte da Gare e da ponte de Austerlitz, e continua sua singradura silenciosa pelo Sena, até a ponte de Alma. Uma vez nesse lugar, remonta com facilidade o curso do rio, e retorna ao cabo de quatro horas a seu ponto de partida. E assim por diante, durante toda a noite. *Seus clarões, brancos como a luz elétrica,* apagam os bicos de gás que margeiam as duas beiradas do rio, entre as quais avança, como uma rainha, solitária, impenetrável, *com um sorriso inextinguível, sem que seu óleo se derrame com amargor.* No começo, os barcos a perseguiam; mas ela se esquivava desses esforços inúteis, e escapava a todas as perseguições, mergulhando com graça, reaparecendo adiante, a uma grande distância. Agora, os barqueiros supersticiosos, ao vê-la, remam para a direção oposta, e interrompem suas canções. Quando passardes por uma ponte, à noite, prestai atenção; com certeza vereis brilhar a lâmpada, aqui ou ali; mas dizem que ela não se mostra a todos. Quando passa pela ponte um ser humano cuja consciência pesa, extingue subitamente seus reflexos, e o passante, apavorado, perscruta em vão, com um olhar desesperado, a superfície e o lodo do rio. Sabe o que isso significa. Gostaria de crer que viu a luminosidade celestial; mas diz a si mesmo que a luz vinha da proa dos barcos, ou dos reflexos dos bicos de gás; e tem razão... Sabe que, dessa desaparição, foi ele a causa; e, mergulhado em tristes reflexões, apressa o passo para chegar em casa. Então, a lâmpada do bico de prata reaparece à superfície, e prossegue sua marcha, através de arabescos elegantes e caprichosos.

* * *

(12) Ouvi os pensamentos da minha infância, ao acordar, humanos de vara vermelha: "Acabo de despertar; mas meu pensamento ainda está entorpecido. Toda manhã sinto um peso

sobre a cabeça. É raro eu encontrar o repouso à noite; pois sonhos terríveis me atormentam, quando consigo adormecer. De dia, meu pensamento se cansa em estranhas meditações, enquanto meus olhos vagueiam ao acaso pelo espaço; e de noite não consigo pegar no sono. Quando, então, poderei dormir? Contudo, a natureza precisa reclamar seus direitos. Como a desprezo, ela deixa meu rosto pálido, e faz que meus olhos brilhem com a ácida chama da febre. De resto, nada mais pediria que deixar de esgotar meu espírito com essa reflexão contínua; mas, ainda que não o queira, meus sentimentos consternados me arrastam invencivelmente a esse declive. Percebi que as outras crianças são como eu; no entanto, são mais pálidas ainda, e seus cenhos estão franzidos como os dos homens, nossos irmãos mais velhos. Ó Criador do universo, não deixarei, esta manhã, de oferecer-te o incenso da minha oração infantil. Às vezes o esqueço, e observei que, nesses dias, eu me sinto mais feliz que de costume; meu peito se expande, livre de toda opressão, e respiro, mais à vontade, o ar embalsamado dos campos; enquanto que, ao cumprir o penoso dever, exigido por meus pais, de dirigir-te quotidianamente um cântico de louvor, acompanhado pelo tédio inseparável que me provoca sua laboriosa invenção, então fico triste e irritado pelo restante do dia, pois não me parece lógico e natural dizer o que não penso, e busco o retiro das imensas solidões. Se lhes peço a explicação desse estado estranho da minha alma, não me respondem. Queria te amar e adorar; mas tu és poderoso demais, e há temor em meus hinos. Se, por uma só manifestação do teu pensamento, podes destruir ou criar mundos, então minhas débeis orações em nada te serão úteis; se, quando te apraz, envias a cólera para assolar as cidades, ou a morte, para arrebatar com suas garras, sem qualquer distinção, as quatro idades da vida, então não quero me ligar a um amigo tão temível. Não que o ódio conduza o fio dos meus pensamentos; mas tenho medo, ao contrário, do teu próprio ódio, que, por uma ordem caprichosa, pode sair do teu coração e tornar-se imenso, como a envergadura do condor dos Andes. Teus divertimentos equívocos não estão a meu alcance, e eu seria, provavelmente, a primeira vítima. És o Todo-Poderoso; não contesto esse título, já que só tu tens o direito de usá-lo, e teus desejos, de consequências funestas ou felizes, só têm seu limite em ti. Aí está, precisamente, porque me seria doloroso caminhar ao lado da tua cruel túnica de safira, não como teu escravo, mas podendo vir a sê-lo a qualquer momento. É verdade que, quando penetras em ti, para escrutar tua conduta soberana, se o fantasma de uma injustiça passada, cometida contra essa infeliz humanidade que sempre te obedeceu, como o mais fiel dos teus amigos, ergue, diante de ti, as vértebras imóveis de uma espinha dorsal vingadora, teu olho feroz deixa cair a lágrima apavorada do remorso tardio, e, então, os cabelos arrepiados, crês, sinceramente, tomar a resolução de suspender, para sempre, nos espinheiros do nada, os jogos inconcebíveis da tua imaginação de tigre, que seria burlesca se não fosse lamentável; mas sei também que a constância não cravou em teus ossos, como uma medula tenaz, o arpão de sua morada eterna, e que recais com muita frequência, tu e teus pensamentos recobertos pela lepra negra do erro, no lago fúnebre das sombrias maldições. Quero crer que essas sejam inconscientes (embora nem por isso deixem de conter seu veneno fatal) e que o bem e o mal, unidos um ao outro, se desprendam em saltos impetuosos do teu régio peito gangrenado, como a torrente do rochedo, pelo encantamento secreto de uma força cega; porém nada me fornece a prova disso. Eu vi, com demasiada frequência, teus dentes imundos rangerem de raiva, e tua augusta face, recoberta pelo musgo do tempo, ruborizar-se como um carvão ardente, por causa de alguma futilidade microscópica que os homens haviam cometido, para poder deter-me por mais tempo diante do marco indicador dessa hipótese bonachona. Todo dia, as mãos postas, elevarei em tua direção os acordes de minha humilde oração, pois tem que ser assim; mas te suplico que tua providência não pense em mim; deixa-me de lado, como o verme que rasteja sob a terra. Saiba que preferiria alimentar-me avidamente das plantas marinhas de ilhas desconhecidas e selvagens, que as ondas tropicais arrastam, nessas paragens, em seu seio espumoso, a saber que me observas, e que levas a minha consciência teu escalpelo que gargalha. Esta acaba de revelar-te a totalidade dos meus pensamentos, e espero que tua prudência aplauda facilmente o bom senso, cujo rastro indelével ostentam. À parte essas ressalvas quanto ao gênero de relações mais ou menos íntimas que devo manter contigo, minha boca está pronta, não importa a que hora do dia, a exalar, como um fôlego artificial, a torrente de mentiras que tua vaidade exige severamente de cada ser humano, desde quando a aurora se ergue azulada, procurando a luz nas pregas de cetim do crepúsculo, assim como eu procuro a bondade, excitado pelo amor ao bem. Meus anos não são numerosos, e, no entanto, já sinto que a bondade não passa de uma reunião de sílabas sonoras: não a encontrei em parte alguma. Permites que perscrutem em demasia teu caráter; devias ocultá-lo com maior habilidade. No mais, pode ser que eu me engane, e que o faças de propósito; pois sabes melhor que ninguém como deves te comportar. Os homens, eles, empenham toda a sua glória em imitar-te; é por isso que a bondade santa não reconhece seu tabernáculo em seus olhos desvairados: tal pai, tal filho. Seja lá o que for que se deva pensar da tua inteligência, só falo disso como crítico imparcial. Queria, mais que qualquer outra coisa, ter sido induzido ao erro. Não desejo mostrar-te o ódio que sinto, e do qual cuido com amor, como a uma filha querida; pois mais vale ocultá-lo a teu olhos, e assumir apenas, diante de ti, o aspecto de um censor severo, encarregado de controlar teus atos impuros. Assim interromperás todo comércio ativo com ele, esquecê-lo-ás e destruirás completamente esse percevejo ávido que rói teu fígado. Prefiro, muito mais, fazer-te ouvir palavras de sonho e doçura... Sim, foste tu que criaste o mundo, e tudo o que ele contém. És perfeito. Nenhuma virtude te falta. És muito poderoso, qualquer um o sabe. Que o universo inteiro entoe, a cada hora do tempo, teu cântico eterno! Os pássaros te bendizem, ao levantar voo no campo. As estrelas te pertencem... Que assim seja!" Depois de um tal começo, vós vos assombrais por eu ser tal como sou!

***

(13) Procurava uma alma que se assemelhasse a mim, e não conseguia encontrá-la. Revirava todos os rincões da terra; minha perseverança era inútil. No entanto, não podia continuar só. Precisava de alguém que aprovasse meu caráter; precisava de alguém que tivesse as mesmas ideias que eu. Foi de manhã; o sol se ergueu no horizonte em toda a sua magnificência, e eis que, diante dos meus olhos, ergue-se também um jovem cuja presença fazia brotar flores a sua passagem. Aproximou-se de mim, estendendo-me a mão: "Vim a ti, ó tu que me procuras. Abençoemos este dia feliz". Eu, porém: "Vai-te; não te chamei; não preciso da tua amizade..." Foi ao entardecer; a noite começava a estender o negrume do seu véu sobre a natureza. Uma bela mulher, que eu mal distinguia, também estendia sobre mim sua influência encantadora, e me olhava com compaixão; no entanto, não ousava falar-me. Disse-lhe: "Chega perto, para que eu distinga com nitidez os traços do teu rosto; pois a luz das estrelas não é forte o suficiente para iluminá-los a essa distância". Então, com uma postura recatada, olhos baixos, pisou a relva do prado, dirigindo-se a mim. Assim que a vi: "Vejo que a bondade e a justiça fixaram residência em teu coração; não poderíamos viver juntos. Agora admiras minha beleza, que transtornou a mais de uma; porém, cedo ou tarde, tu te arrependerias de haver-me dedicado teu amor; pois não conheces minha alma. Não que eu venha a ser-te infiel; a quem se entrega a mim com tamanho abandono e confiança, com igual abandono e confiança eu me entrego ; mas, põe isso em tua cabeça, para que nunca o esqueças; os lobos e os cordeiros não se olham com olhares doces". O que me faltava, então, a mim que rejeitava, com tamanho desprezo, o que havia de mais belo na humanidade! o que me faltava, eu não saberia dizê-lo. Ainda não estava habituado a fazer uma análise rigorosa dos fenômenos do meu espírito, através dos métodos recomendados pela filosofia. Sentei-me em um rochedo, à beira-mar. Um navio acabava de içar todas as suas velas, para afastar-se dessas paragens: um ponto imperceptível acabava de aparecer no horizonte, e se aproximava aos poucos, impelido pelas rajadas do vento, crescendo

com rapidez. A tempestade ia começar seus ataques, e já o céu escurecia, adquirindo um negror quase tão horrendo quanto o do coração do homem. O navio, um grande vaso de guerra, acabava de jogar todas as suas âncoras, para não ser varrido sobre os rochedos da costa. O vento silvava com furor dos quatro pontos cardeais, e deixava as velas em tiras. Os trovões explodiam entre os relâmpagos, e não conseguiam encobrir o rumor dos lamentos que se ouviam na casa sem alicerces, sepulcro móvel. O balanço dessas massas aquosas ainda não havia conseguido romper as correntes das âncoras; mas seus embates haviam entreaberto um caminho para a água, nos flancos do navio. Brecha enorme; pois as bombas não bastavam para devolver as quantidades de água salgada que vêm abater-se espumando sobre a ponte, como montanhas. O navio em perigo dispara os tiros de canhão do alarme; mas soçobra com lentidão... com majestade. Quem não viu um navio afundar no meio da tempestade, da intermitência dos relâmpagos e da mais profunda escuridão, enquanto aqueles que ele contém são tomados por esse desespero que conheceis, esse ainda não conhece os acidentes da vida. Finalmente, um grito universal de imensa dor escapa dos flancos do navio, enquanto o mar redobra seus temíveis ataques. É o grito emitido pelo abandono das forças humanas. Todos se envolvem no manto da resignação, e entregam seu destino às mãos de Deus. Ajuntam-se como um rebanho de carneiros. O navio em perigo dispara os tiros de canhão do alarme; mas soçobra com lentidão... com majestade. Fizeram funcionar as bombas pelo dia todo. Esforços inúteis. A noite chegou, espessa, implacável, para culminar esse espetáculo gracioso. Cada qual se repete que, uma vez na água, não conseguirá respirar; pois, até onde chega sua memória, não reconhece nenhum peixe como ancestral; exortam-se, porém, a reter o fôlego pelo maior tempo possível, a fim de prolongar a vida por mais dois ou três segundos; é a ironia vingativa que pretendem dirigir à morte... O navio em perigo dispara os tiros de canhão do alarme; mas soçobra com lentidão... com majestade. Não sabe que o casco, ao afundar, ocasiona uma poderosa circunvolução de ondas ao redor delas mesmas; que o limo lamacento se misturou às águas revoltas, e que uma força que vem de baixo, contragolpe da tempestade que exerce sua devastação em cima, imprime ao elemento líquido movimentos sincopados e nervosos. Assim, apesar da provisão de sangue-frio que ele junta antecipadamente, o futuro afogado, após uma reflexão mais ampla, deverá sentir-se feliz se prolongar sua vida, nos turbilhões do abismo, pela metade do tempo de uma respiração ordinária, e isso calculando-se com folga. Ser-lhe-á, pois, impossível zombar da morte, seu desejo supremo. O navio em perigo dispara os tiros de canhão do alarme; mas soçobra com lentidão... com majestade. Está errado. Não dá mais tiros de canhão, não soçobra. A casca de noz foi completamente tragada. Ó céus! como alguém pode viver, depois de haver experimentado tantas volúpias? Acabava de ser-me concedido testemunhar as agonias da morte de inúmeros dos meus semelhantes. Minuto a minuto, segui as peripécias de suas angústias. Ora o mugido de alguma velha, enlouquecida pelo medo, dominava a cena. Ora o ganido solitário de uma criança de colo não deixava escutar os comandos das manobras. O barco estava longe demais para que eu pudesse distinguir com nitidez os gemidos que me eram trazidos pelas rajadas de vento; mas eu me aproximei dele pela vontade, e a ilusão de ótica era completa. A cada quarto de hora, quando uma ventania, mais forte que as outras, trazendo seus acordes lúgubres através do grito dos petréis espavoridos, deslocava o navio com um estalo longitudinal, e aumentava os lamentos dos que iam ser oferecidos em holocausto à morte, eu enfiava na face a ponta aguda de um ferro, e pensava secretamente: "Eles sofrem mais que isso!" Assim tinha, ao menos, um termo de comparação. Da margem, apostrofava-os, lançado-lhes imprecações e ameaças. Parecia-me que deviam me escutar! Parecia-me que meu ódio e minhas palavras, vencendo a distância, anulavam as leis físicas do som, e chegavam, distintas, a seus ouvidos, ensurdecidos pelos mugidos do oceano em fúria! Parecia-me que deviam estar pensando em mim, exalando sua vingança em uma raiva impotente! De vez em quando, lançava o olhar na direção das cidades, adormecidas sobre a terra firme: e, vendo que ninguém desconfiava que um navio ia naufragar, a algumas milhas da costa, com uma coroa de aves de rapina e um pedestal de gigantes aquáticos de ventre vazio, recuperava a coragem, e voltava a ter esperança; tinha, pois, a certeza de sua perdição! Não podiam escapar! Por um acréscimo de precaução, fui buscar minha espingarda de dois canos, a fim de que, se algum náufrago tivesse a tentação de alcançar os rochedos a nado, para escapar a uma morte iminente, uma bala no ombro lhe arrebentasse o braço, e o impedisse de cumprir seu propósito. No momento mais furioso da tempestade, eu vi, sobrenadando as águas, com esforços desesperados, uma cabeça enérgica, de cabelos eriçados. Engolia litros d'água, e afundava no abismo, balançando como um pedaço de cortiça. Mas logo aparecia, os cabelos escorrendo água; e, fixando os olhos na beira-mar, parecia desafiar a morte. Seu sangue-frio era admirável. Uma grande ferida sangrenta, ocasionada por alguma ponta de recife oculto, acutilava seu rosto intrépido e nobre. Não devia ter mais que dezesseis anos; pois mal se percebia, à luz dos relâmpagos que clareavam a noite, a penugem sobre seu lábio. E, agora, não estava a mais de duzentos metros da falésia; e eu o distinguia com facilidade. Que coragem! Que espírito indômito! Como a firmeza da sua cabeça parecia fazer pouco do destino, ao fender com vigor a onda, cujos sulcos se entreabriam com dificuldade diante dele!... Havia decidido antecipadamente. Devia a mim mesmo a manutenção da minha promessa: a hora fatal havia soado para todos, ninguém deveria escapar. Essa foi minha resolução; nada a mudaria... Um som seco foi ouvido, e a cabeça imediatamente afundou, para não mais reaparecer. Não tive tanto prazer nesse assassínio quanto se poderia crer; era, precisamente, por estar saciado de tanto matar, que o fazia então por simples hábito, que não se pode deixar, mas que provoca apenas uma satisfação ligeira. Os sentidos se embotam, enrijecem. Que prazer podia experimentar com a morte daquele ser humano, quando havia mais de uma centena que iria oferecer-se a mim, em espetáculo, em sua luta derradeira contra as ondas, uma vez afundado o navio? Nessa morte, não havia sequer a atração do perigo; pois a justiça humana, embalada pelo furacão dessa noite terrível, dormitava nas casas, a alguns passos de mim. Hoje, que os anos pesam sobre meu corpo, eu o digo com sinceridade, como uma verdade suprema e solene: não era tão cruel quanto o relataram depois, entre os homens; embora, às vezes, a maldade deles exercesse devastações perseverantes, durante anos inteiros. Então, meu furor não conhecia limites; era tomado por ataques de crueldade, e me tornava terrível para quem quer que se aproximasse do meus olhar feroz, se por acaso pertencesse a minha raça. Quando se tratava de um cavalo ou de um cão, deixava-o passar; ouviste o que acabo de dizer? Desgraçadamente, a noite dessa tempestade, eu estava tendo um desses ataques, minha razão me havia abandonado (pois, de ordinário, era igualmente cruel, porém mais prudente); e tudo o que caísse, daquela vez, em minhas mãos, deveria perecer; não pretendo desculpar-me dos meus erros. A culpa tampouco é toda dos meus semelhantes. Nada faço senão constatar o que está aí, esperando o juízo final que me faz cócegas na nuca por antecipação... Que me importa o juízo final! Minha razão nunca me abandona, como o dizia para vos enganar. E, quando cometo um crime, sei o que faço: não queria outra coisa! Em pé sobre o rochedo, enquanto o furacão açoitava meus cabelos e meu manto, contemplava em êxtase essa força da tempestade, abatendo-se sobre um navio, sob um céu sem estrelas. Seguia, com uma atitude triunfante, todas as peripécias desse drama, desde o instante em que o barco lançou suas âncoras, até o momento em que submergiu, vestimenta fatal que arrastou às entranhas do mar aqueles que dela se haviam revestido, como de um manto. Mas aproximava-se o instante em que iria, eu mesmo, intervir como ator nessas cenas da natureza transtornada. Quando o lugar, onde o veleiro havia sustentado o combate, mostrou claramente que esse iria passar o resto dos seus dias no porão do mar, então aqueles que haviam sido levados pelas ondas reapareceram parcialmente à superfície. Seguravam-se abraçados, dois a dois, três a três; era o modo de não salvarem suas vidas; pois seus movimentos ficavam embaraçados, e afundavam como jarras furadas... O que é esta esquadra de monstros marinhos que fende as ondas com rapidez? São seis; suas nadadeiras são vigorosas, e abrem caminho através das ondas revoltas. De todos esses seres humanos, que agitam os quatro membros nesse continente pouco firme, os tubarões logo fazem nada mais que um omelete sem ovos, e o repartem de acordo com a lei do mais forte. O sangue se mistura às águas, e as águas se misturam ao sangue. Seus olhos ferozes bastam para iluminar o cenário da carnificina... Mas o que será ainda esse tumulto das águas, lá longe, no horizonte? Dir-se-ia uma tromba-d'água a aproximar-se. Que remadas! Já vejo do que se trata. Uma enorme fêmea de tubarão vem partilhar o patê de fígado de ganso, e tomar o caldo frio. Está furiosa; pois chega esfaimada. Inicia-se um combate entre ela e os tubarões, para disputar os poucos membros palpitantes que flutuam ali e acolá, sem nada dizer, à superfície do creme vermelho. À direita, à esquerda, desfere dentadas que provocam feridas mortais. Mas três tubarões sobreviventes ainda a cercam, e é obrigada a virar-se em todas as direções, para esquivar-se das sua manobras. Com uma emoção crescente, desconhecida até então, o espectador, postado à margem, acompanha essa batalha naval de um novo gênero. Tem os olhos fixos nessa corajosa fêmea de tubarão, com dentes tão fortes. Não hesita mais, coloca seu fuzil ao ombro e, com sua habilidade costumeira, acerta a segunda bala no ouvido de um dos tubarões, no momento em que este se mostrava sobre as ondas. Restam mais dois tubarões que exibem uma fúria maior ainda. Do alto do rochedo, o homem da saliva salobra se atira ao mar, e nada rumo ao tapete agradavelmente colorido, segurando em sua mão esse facão de aço que nunca o abandona. Agora, cada tubarão tem um contendor pela frente. Avança sobre seu adversário fatigado, e, sem pressa, enterra em seu ventre a afiada lâmina. A fortaleza móvel se livra facilmente do último adversário... Encontram-se frente a frente, o nadador e a fêmea de tubarão, salva por ele. Olharam-se nos olhos, por alguns minutos; e ambos se espantaram por encontrar tamanha ferocidade no olhar do outro. Dão voltas nadando, não se perdem de vista, e se dizem: "Enganei-me até hoje; aí está alguém que é mais malvado". Então, de comum acordo, entre duas águas, deslizaram um para o outro, com uma admiração mútua, a fêmea do tubarão afastando as águas com suas nadadeiras, Maldoror batendo a onda com seus braços; e retiveram seu fôlego, em uma veneração profunda, cada qual desejoso de contemplar, pela primeira vez, seu retrato vivo. Chegados a três metros de distância, sem qualquer esforço, caíram bruscamente um contra o outro, como dois ímãs, e se abraçaram com dignidade e reconhecimento, em um amplexo tão terno como o de um irmão ou de uma irmã. Os desejos carnais seguiram de perto essa demonstração de amizade. Duas coxas nervosas se colaram estreitamente à pele viscosa do monstro, como duas sanguessugas; e, os braços e as nadadeiras entrelaçados ao redor do corpo do objeto amado, rodeando-o com amor, enquanto suas gargantas e seus peitos logo formavam coisa alguma, a não ser uma massa glauca, com exalações de sargaços; no meio da tempestade que continua a provocar estragos; à luz dos relâmpagos; tendo por leito de himeneu a vaga espumosa, transportados por uma corrente submarina como em um berço, rolando sobre si mesmos, rumo às profundezas desconhecidas do abismo, juntaram-se em uma cópula longa, casta e horrorosa!... Finalmente, acabava de encontrar alguém semelhante a mim!... De agora em diante, não estava mais só na vida!... Ela tinha as mesmas ideias que eu!... Estava diante do meu primeiro amor!

***

(14) O Sena arrasta um corpo humano. Em tais circunstâncias, toma ares solenes. O cadáver inchado se mantém sobre as águas; desaparece sob a arcada de uma ponte; porém, adiante, é visto a aparecer de novo, dando lentas voltas sobre si mesmo, como uma roda de moinho, e afundando a intervalos. Um mestre de barco, com a ajuda de uma vara, consegue catá-lo ao passar, e o traz à terra.

Antes de transportar o corpo ao necrotério, deixam-no por algum tempo sobre a beirada, para devolvê-lo à vida. A multidão compacta se junta ao redor do corpo. Os que não podem vê-lo, pois estão atrás, empurram com toda força os que estão à frente. Todos se dizem: "Eu não me jogaria n'água no lugar dele". Lamentam o jovem que se suicidou; admiram-no; mas não o imitam. E, no entanto, ele achou muito natural entregar-se à morte, nada encontrando sobre a terra capaz de contentá-lo, e aspirando ir mais além. Seu rosto é distinto, e suas roupas são caras. Terá ainda dezessete anos? É morrer jovem! A multidão paralisada continua a lançar sobre ele seus olhos imóveis... Anoitece. Cada qual se retira silenciosamente. Ninguém ousa virar o afogado, para fazê-lo devolver a água que enche seu corpo. Temem passar por sensíveis, e ninguém se mexeu, encerrado no colarinho da sua camisa. Um se vai, assobiando amargamente uma absurda canção tirolesa; o outro estala os dedos como castanholas... Atormentado por seu pensamento sombrio, Maldoror, montado em seu cavalo, passa perto desse lugar, com a rapidez do relâmpago. Enxerga o afogado; é o quanto basta. Imediatamente, deteve seu corcel, e apeou do estribo. Levanta o jovem sem nojo, e o faz devolver água em abundância. Ao pensamento de que esse corpo inerte poderá reviver em suas mãos, sente seu coração dar saltos, sob essa impressão excelente, e redobra sua coragem. Inúteis esforços! Inúteis esforços, eu disse, e isso é verdade. O cadáver continua inerte, deixando-se virar em todas as direções. Esfrega as têmporas; fricciona esse membro, aquele membro; sopra durante uma hora para dentro da sua boca, pressionando seus lábios contra os lábios do desconhecido. Parece-lhe sentir, finalmente, sob a mão, posta contra o peito, um leve batimento. O afogado vive! Neste momento supremo, pôde-se notar que inúmeras rugas desaparecem do rosto do cavaleiro, e o rejuvenesceram em dez anos. Mas, ah! as rugas voltarão, talvez amanhã, talvez assim que ele se houver afastado das margens do Sena. Enquanto isso, o afogado abre dois olhos embaçados, e, com um sorriso pálido, agradece a seu benfeitor; mas ainda está fraco, e não pode fazer qualquer movimento. Salvar a vida de alguém, como isso é belo! E como tal ação redime faltas! O homem dos lábios de bronze, ocupado até então em arrancá-lo à morte, olha o jovem com mais atenção, e seus traços não lhe parecem desconhecidos. Diz consigo mesmo que entre o asfixiado de cabelos loiros e Holzer não há muita diferença. Ei-los que se abraçam com efusão! Não importa! O homem da pupila de jaspe quer conservar a aparência de um papel severo. Sem nada dizer, pega seu amigo, põe-no à garupa, e o corcel se afasta a galope. Ó tu, Holzer, que te acreditavas tão sensato e forte, não viste, por teu próprio exemplo, como é difícil, em um ataque de desespero, conservar o sangue-frio de que te gabas. Espero que não voltes a causar-me tamanho desgosto, e eu, de meu lado, te prometi nunca atentar contra minha vida.

* * *

(15) Há horas na vida em que o homem de cabeleira piolhenta lança, o olhar fixo, miradas ferozes para as membranas verdes do espaço; pois lhe parece ouvir, a sua frente, as irônicas vaias de um fantasma. Cambaleia e baixa a cabeça; isso que ouviu é a voz da consciência. Então, precipita-se para fora da casa, com a rapidez de um louco, toma a primeira direção que se oferece a seu estupor, e devora as planícies rugosas da campina. Mas o fantasma amarelo não o perde de vista, e o persegue com igual velocidade. Por vezes, em uma noite de tempestade, enquanto legiões de polvos alados, semelhantes de longe a corvos, planam acima das nuvens, dirigindo-se com um voo reto rumo às cidades dos humanos, com a missão de adverti-los para que mudem de conduta, o pedregulho, de olhar sombrio, vê dois seres passarem à luz do relâmpago, um atrás do outro; e, enxugando uma furtiva lágrima de compaixão, que escorre de sua pálpebra gelada, exclama: "Está certo, ele o merece; é a pura justiça". Após ter dito isso, recoloca-se em sua atitude arredia, e continua a olhar, com um tremor nervoso, a caça ao homem, e os grandes lábios de vagina da sombra, de onde escorrem, sem parar,

como um rio, imensos espermatozoides tenebrosos que tomam impulso no éter lúgubre, escondendo, com o vasto desdobrar-se das suas asas de morcego, a natureza inteira, e as legiões solitárias de polvos, abatidos diante do aspecto dessas fulgurações surdas e inexprimíveis. Mas, nesse meio-tempo, o steeple-chase[7] continua entre os dois infatigáveis corredores, e o fantasma lança pela boca torrentes de fogo sobre o dorso calcinado do antílope humano. Se, no cumprimento desse dever, encontra no caminho a piedade, que lhe quer barrar a passagem, cede com repugnância a suas súplicas, e deixa o homem escapar. O fantasma estala a língua, como para dizer-se que vai interromper a perseguição, e volta a seu canil, até nova ordem. Sua voz de condenado se estende até as camadas mais longínquas do espaço; e, quando seu uivo espantoso penetra no coração humano, este preferiria ter, dizem, a morte por mãe ao remorso por filho. Afunda a cabeça até os ombros nas complexidades terrosas de um buraco; mas a consciência volatiliza esse ardil de avestruz. A escavação se evapora, gota de éter; a luz aparece com seu cortejo de raios, como um voo de calandras[8] a se abater sobre as alfazemas; e o homem se reencontra diante de si mesmo, de olhos arregalados e olhar embaçado. Eu o vi dirigir-se para o lado do mar, subir em um promontório recortado e batido pela sobrancelha da espuma; e, como uma flecha, precipitar-se nas ondas. Eis o milagre: o cadáver reaparecia no dia seguinte, na superfície do oceano, que devolvia à praia esse despojo de carne. O homem se desprendia do molde que seu corpo havia cavado na areia, espremia a água dos cabelos molhados, e retomava, a cara muda e inclinada para a frente, o caminho da vida. A consciência julga severamente nossos pensamentos e nossos atos mais secretos, e não se engana. Como ela é, frequentemente, impotente para prevenir o mal, não para de acossar o homem como a uma raposa, principalmente na escuridão. Olhos vingadores, que a ciência ignorante chama de *meteoros*, espalham uma chama lívida, passam rolando sobre si mesmos, e articulam palavras de mistério... que ele entende! Então, seu

[7] O termo inglês para a corrida de cavalos com obstáculos, conforme o original.
[8] *Courlis,* no original: calandra, chorlito, sabiá-do-campo.

travesseiro é esmagado pelas convulsões do seu corpo vergado ao peso da insônia, e ele ouve a sinistra respiração dos rumores vagos da noite. O anjo do sono, até ele, mortalmente ferido na testa por uma pedra desconhecida, abandona sua missão e retorna aos céus. Pois bem, eu me apresento para defender o homem, desta vez; eu, o escarnecedor de todas as virtudes; eu, aquele que não conseguiu esquecer o Criador, desde o dia glorioso em que, derrubando de seu pedestal os anais do céu onde, por não sei que infame intriga, estavam consignados *seu* poder e *sua* eternidade, grudei minhas quatrocentas ventosas à parte baixa da sua axila, e o fiz soltar gritos terríveis... Transformaram-se em víboras, ao sair por sua boca e foram esconder-se nos matagais, nos muros em ruínas, à espreita de dia, à espreita de noite. Esses gritos, tornados rastejantes, dotados de anéis inumeráveis, com uma cabeça pequena e achatada, e olhos pérfidos, juraram dar caça à inocência humana; e, quando esta passeia pelo emaranhado dos matagais, ou atrás das escarpas, ou sobre a areia das dunas, não tarda a mudar de ideia. Isso, se ainda houver tempo; pois, às vezes, o homem nota que o veneno se introduz nas veias da sua perna, por uma mordida quase imperceptível, antes que tenha tempo de arrepiar caminho e pôr-se a salvo. É assim que o Criador, mantendo um sangue-frio admirável, até nos mais atrozes sofrimentos, sabe retirar, de seu próprio seio, germes daninhos aos habitantes da terra. Qual não foi seu espanto ao ver Maldoror, transformado em polvo, investir contra seu corpo com suas oito patas monstruosas, das quais cada uma, sólida chibata, teria facilmente conseguido abarcar sozinha a circunferência de um planeta. Pego de surpresa, debateu-se, por alguns instantes, contra esse abraço viscoso que se fechava cada vez mais... eu temia algum golpe baixo de sua parte; depois de ter-me nutrido abundantemente dos glóbulos desse sangue sagrado, separei-me bruscamente do seu corpo majestoso, e me escondi em uma caverna que, desde então, ficou sendo minha morada. Depois de infrutíferas buscas, não conseguiu encontrar-me. Isso faz muito tempo; mas creio que agora já sabe onde fica minha morada; evita nela entrar; vivemos, ambos, como dois monarcas vizinhos que conhecem suas forças respectivas, não podendo vencer um ao outro, e estão cansados das inúteis batalhas do passado. Ele me teme, e eu o temo; cada um, sem ter sido derrotado, experimentou os rudes golpes do seu adversário, e deixamos por isso mesmo. No entanto, estou pronto a recomeçar a luta, quando ele quiser. Mas que não espere algum momento favorável a seus desígnios ocultos. Eu me manterei sempre alerta, de olho nele. Que não mande mais à terra a consciência e suas torturas. Ensinei aos homens com quais armas podem combatê-la com vantagem. Ainda não estão familiarizados com ela; mas sabes que para mim é como a palha que o vento carrega. Dou-lhe a mesma atenção. Se quisesse aproveitar a ocasião, que se apresenta, de sutilizar essas discussões poéticas, acrescentarei que dou mais importância à palha que à consciência; pois a palha é útil para o gado que a rumina, enquanto a consciência só sabe mostrar suas garras de aço. Sofreram uma terrível derrota, no dia em que se postaram à minha frente. Como a consciência havia sido enviada pelo Criador, achei conveniente não permitir que meu caminho fosse barrado por ela. Se ela se houvesse apresentado com a modéstia e a humildade próprias à sua condição, da qual nunca deveria ter-se afastado, eu a teria escutado. Não gostei de seu orgulho. Estendi uma das mãos, e sob meus dedos esmaguei suas garras; essas tombaram em pó, sob a pressão crescente dessa prensa de nova espécie. Estendi a outra mão, e lhe arranquei a cabeça. Expulsei em seguida essa mulher da minha casa, a chicotadas, e nunca mais a vi de novo. Guardei sua cabeça como lembrança da minha vitória... Uma cabeça na mão, cujo crânio eu roía, sustentei-me sobre uma perna, como a garça, à margem do precipício cavado nos flancos da montanha. Viram-me descer ao vale, enquanto a pele do meu peito ficava imóvel e calma, como a lousa de um túmulo! Uma cabeça na mão, cujo crânio eu roía, nadei nos mais perigosos abismos, margeei os arrecifes mortais, e mergulhei mais fundo que as correntezas, para assistir, como um forasteiro, ao combate dos monstros marinhos; afastei-me da costa, até perdê-la da minha vista penetrante; e as arraias horrendas, com seu magnetismo paralisante, rodavam em volta dos meus membros que fendiam as vagas com movimentos robustos, sem ousarem aproximar-se. Viram-me voltar, são e salvo, à praia, enquanto a pele do meu peito ficava imóvel e calma, como a lousa de um túmulo! Uma cabeça na mão, cujo crânio eu roía, subi os degraus ascendentes de uma elevada torre. Consegui chegar, as pernas cansadas, à plataforma vertiginosa. Olhei o campo, o mar; olhei o sol, o firmamento; chutando com o pé o granito que não recuou, desafiei a morte e a vingança divina com uma vaia suprema, e me precipitei, como um paralelepípedo, na boca do espaço. Os homens escutaram o choque doloroso e retumbante que resultou do encontro do chão com a cabeça da consciência, que eu havia abandonado durante minha queda. Viram-me descer, com a lentidão do pássaro, carregado por uma nuvem invisível, e recolher a cabeça, para forçá-la a ser testemunha de um triplo crime, que eu cometeria naquele mesmo dia, enquanto a pele do meu peito ficava imóvel e calma, como a lousa de um túmulo! Uma cabeça na mão, cujo crânio eu roía, dirigi-me ao lugar onde se erguem os postes que sustentam a guilhotina. Coloquei a graça suave dos pescoços de três moças sob a lâmina. Executor de grandes obras, soltei a corda com a experiência aparente de uma vida inteira; e o ferro triangular, abatendo-se obliquamente, cortou três cabeças que me olhavam com doçura. Coloquei a minha, em seguida, sob a pesada lâmina, e o carrasco preparou o cumprimento do seu dever. Por três vezes a lâmina desceu pelas ranhuras, com renovado vigor; por três vezes, minha carcaça material, principalmente no lugar do pescoço, foi abalada até seus alicerces, como quando em sonho imaginamos estar sendo esmagados por uma casa que desaba. O povo estupefato deixou-me passar, para me afastar da praça fúnebre; viram-me abrir a cotoveladas suas vagas ondulatórias, e mover-me, cheio de vida, avançando, a cabeça erguida, enquanto a pele do meu peito ficava imóvel e calma, como a lousa de um túmulo! Havia dito que pretendia defender o homem, desta vez; mas temo que minha apologia não seja a expressão da verdade; e, consequentemente, prefiro calar-me. É com agradecimento que a humanidade aplaudirá essa medida!

* * *

(16) É tempo de pôr um freio a minha inspiração, e parar, por um instante, no caminho, como quando se olha a vagina de uma mulher; convém examinar o trecho percorrido, e lançar-se, em seguida, os membros repousados, em um salto impetuoso. Percorrer semelhante caminho de um só fôlego não é fácil; e as asas se cansam muito, em um voo elevado, sem esperança e sem remorso. Não... não levemos mais fundo a matilha feroz dos enxadões e das pás, através das minas explosivas deste canto ímpio! O crocodilo não modificará uma palavra do vômito saído sob seu crânio. Tanto pior, se alguma sombra furtiva, excitada pelo louvável propósito de vingar a humanidade, injustamente atacada por mim, abrir sorrateiramente a porta do meu quarto, roçando a parede como a asa de uma gaivota, e enterrar um punhal nas costelas do saqueador dos despojos celestes! Tanto faz a argila dissolver seus átomos, dessa maneira ou de outra.

FIM DO CANTO SEGUNDO

CANTO TERCEIRO

(1) Recordemos os nomes desses seres imaginários, com natureza de anjo, que minha pluma, durante o segundo canto, extraiu de um cérebro, e que brilham com uma claridade emanada deles mesmos. Morrem, desde seu nascimento, como essas fagulhas, cujo rápido apagar-se o olho mal consegue acompanhar, sobre papel queimado. Léman!... Lohengrin!... Lombano!... Holzer!... por um instante, aparecestes recobertos pelas insígnias da juventude, em meu horizonte encantado; mas eu vos deixei cair novamente no caos, como os sinos do mergulhador. Nunca mais saireis dali. Basta-me ter guardado vossa lembrança; deveis ceder lugar a outras substâncias, talvez menos belas, nascidas do transbordar tempestuoso de um amor que resolveu não apaziguar sua sede junto da raça humana. Amor esfaimado, que se devoraria a si mesmo, se não buscasse seu alimento nas ficções celestiais; criando, com o tempo, uma pirâmide de serafins, mais numerosa que os insetos que formigam em uma gota d'água, ele os enlaçará em uma elipse, que fará rodopiar em turbilhão a seu redor. Enquanto isso, o viajante, detido diante da visão de uma catarata, se erguer o rosto, verá, ao longe, um ser humano, arrastado para o subterrâneo do inferno por uma grinalda de camélias vivas! Mas... silêncio! a imagem flutuante do quinto ideal se delineia lentamente, como as ondulações indecisas de uma aurora boreal, sobre o plano vaporoso da minha inteligência, e toma, cada vez mais, uma consistência definida... Mário e eu, nós percorríamos a beira-mar. Nossos cavalos, o pescoço esticado, fendiam as membranas do espaço, e arrancavam faíscas dos seixos

da praia. O vento norte, que nos atingia em pleno rosto, se engolfava em nossos mantos, e fazia revolutear para trás os cabelos das nossas cabeças gêmeas. A gaivota, com seus gritos e movimento de asa, se esforçava em vão para nos avisar da proximidade possível da tempestade, e exclamava: "Aonde vão, nesse galope insensato?" Nada dizíamos; mergulhados no devaneio, nós nos deixávamos carregar sobre as asas dessa corrida furiosa; o pescador, ao nos ver passar, rápidos como o albatroz e acreditando perceber, em fuga a sua frente, *os dois irmãos misteriosos*, como haviam sido chamados por estarem sempre juntos, apressava-se a fazer o sinal da cruz, escondendo-se, com seu cão paralisado, sob algum rochedo profundo. Os habitantes do litoral ouviram contar coisas estranhas sobre esses dois personagens, que apareciam sobre a terra, em meio a nuvens, nas épocas de grandes calamidades, quando uma guerra horrível ameaçava cravar seu arpão no peito de dois países inimigos, ou a cólera se preparava para lançar, com sua funda, a podridão e a morte sobre cidades inteiras. Os mais velhos saqueadores de destroços franziam o cenho, com ar grave, afirmando que os dois fantasmas, cuja envergadura das asas negras havia sido observada por todos durante os furacões, além dos bancos de areia e arrecifes, eram o gênio da terra e o gênio do mar, que passeavam sua majestade pelos ares durante as grandes revoluções da natureza, unidos por uma amizade eterna, cuja raridade e glória engendraram o espanto da corrente indefinida das gerações. Dizia-se que, voando lado a lado como dois condores dos Andes, gostavam de planar, em círculos concêntricos, entre as camadas da atmosfera mais próximas ao sol; que se alimentavam das mais puras essências da luz, nessas paragens; mas só a custo decidiam desviar a trajetória de seu voo vertical rumo à órbita atormentada onde gira o globo humano em delírio, habitado por espíritos cruéis que se massacram nos campos onde ruge a batalha (quando não se matam perfidamente, em segredo, no centro das cidades, com o punhal do ódio ou da ambição), e que se alimentam de seres cheios de vida como eles, situados alguns graus abaixo na escala das existências. Ou então, quando tomavam a firme resolução, a fim de estimular os homens ao arrependimento através das estrofes das suas profecias, de nadar, dirigindo-se em grandes braçadas às regiões siderais, onde um planeta se movia em meio a exalações espessas de avareza, de orgulho, de imprecações e chacotas que se desprendiam, como vapores pestilentos, da sua superfície horrenda, que parecia pequena como uma bola, quase invisível por causa da distância, não deixavam de encontrar ocasiões em que se arrependiam amargamente de sua benevolência, incompreendida e menosprezada, e iam esconder-se no fundo dos vulcões, para conversar com o fogo vivaz que ferve nas caldeiras dos subterrâneos centrais, ou no fundo do mar, para repousar agradavelmente seu olhar desiludido sobre os monstros mais ferozes do abismo, que lhes pareciam modelos de doçura em comparação aos bastardos da humanidade. Chegada a noite, com sua escuridão propícia, lançavam-se das crateras de crista de pórfiro, das correntezas submarinas, e deixavam para trás, bem longe, o penico rochoso onde se agita o ânus constipado das cacatuas humanas, até não mais poderem distinguir a silhueta suspensa do planeta imundo. Então, desgostosos por sua tentativa infrutífera, no meio das estrelas compadecidas de sua dor, e sob o olhar de Deus, abraçavam-se chorando, o anjo da terra e o anjo do mar!... Mário e esse que galopava a seu lado não ignoravam os rumores vagos e supersticiosos, narrados nos serões pelos pescadores do litoral, sussurrando ao redor da lareira, portas e janelas fechadas; enquanto o vento da noite, que deseja aquecer-se, deixa ouvir seus assobios ao redor da cabana de palha, e sacode, com seu vigor, essas frágeis paredes, rodeadas em seus alicerces por fragmentos de conchas, trazidas pelas ondulações moribundas do mar. Não falávamos. O que se dizem dois corações que se amam? Nada. Mas nossos olhos tudo exprimiam. Aconselhei-o a cingir mais ainda seu manto a seu redor, e ele me fez notar que meu cavalo se afastava em demasia do seu: cada qual se interessa tanto pela vida do outro quanto pela própria; não ríamos. Ele tenta sorrir-me; mas percebo que seu rosto carrega o peso das terríveis impressões nele gravadas pela reflexão, constantemente debruçada sobre as esfinges que derrotam, com um olhar oblíquo, as grandes angústias da inteligência dos mortais. Vendo inúteis suas manobras, desvia os olhos, morde seu freio terrestre com a espuma da raiva, e contempla o horizonte, que se afasta a nossa aproximação. Quanto a mim, procuro lembrá-lo de sua juventude dourada, que nada pede a não ser avançar pelos palácios dos prazeres, como uma rainha; mas ele repara que as palavras saem com dificuldade de minha boca emagrecida, e que os anos da minha própria primavera já passaram, tristes e glaciais, como um sonho implacável que passeia, sobre as mesas dos banquetes e os leitos de cetim onde repousa a pálida sacerdotisa do amor, paga com os brilhos falsos do ouro, as volúpias amargas do desencanto, as rugas pestilentas da velhice, os desvarios da solidão e os archotes da dor. Vendo minhas inúteis tentativas, não me espanto por não conseguir torná-lo feliz; o Todo-Poderoso me aparece revestido de seus instrumentos de tortura, em toda a auréola resplandecente do seu horror; desvio os olhos e encaro o horizonte que se afasta a nossa aproximação... Nossos cavalos galopavam à beira-mar, como se fugissem do olho humano... Mário é mais novo que eu; a umidade do tempo e a espuma salgada que vêm respingar em nós trazem o contato do frio a seus lábios. Digo-lhe: "Toma cuidado!... Toma cuidado!... Fecha teus lábios um contra o outro; não vês as garras agudas das esfoladuras, que fendem tua pela em feridas ardentes?" Ele me encara e me responde com movimentos da sua língua: "Sim, eu as vejo, essas garras verdes; mas não perturbarei a situação natural da minha boca para evitá-las. Vê se minto. Já que me parece ser esta a vontade da Providência, quero conformar-me a ela. Seus desígnios poderiam ter sido melhores." E eu exclamei: "Admiro essa nobre vingança." Quis arrancar meus cabelos; mas ele o proibiu com um olhar severo, e obedeci com respeito. Anoitecia, e a águia regressava a seu ninho cavado nas anfractuosidades da rocha. Disse-me: "Vou te emprestar meu manto para te proteger do frio: não preciso dele." Respondi-lhe: "Ai de ti, se fizeres o que dizes. Não quero que outro sofra em meu lugar, ainda mais tu." Não me respondeu, pois eu tinha razão; pus-me a consolá-lo da inflexão demasiado impetuosa das minhas palavras... Nossos cavalos galopavam à beira-mar, como se fugissem do olho humano... Ergui a cabeça, como a proa de um barco suspensa por uma onde enorme, e lhe disse: "Será que choras? Eu te pergunto, rei das neves e das tempestades. Não vejo lágrimas em teu rosto, belo como a flor do cacto, e tuas pálpebras estão secas como o leito das torrentes; porém distingo, no fundo dos teus olhos, um caldeirão cheio de sangue onde ferve tua inocência, picada no pescoço por um grande escorpião. Um vento violento se abate sobre o fogo que aquece a caldeira, espalhando as chamas obscuras para fora da tua órbita sagrada. Aproximei meus cabelos do teu rosto rosado, e senti um odor de cinza, pois eles se queimaram. Fecha teus olhos; pois senão teu rosto, calcinado como a lava do vulcão, cairá em cinzas sobre a cavidade da minha mão." E ele se voltava para mim, sem dar atenção às rédeas que segurava na mão, a contemplar-me com ternura, enquanto vagarosamente baixava e erguia suas pálpebras de lírio, como o fluxo e o refluxo do mar. Acedeu a responder a minha pergunta audaciosa, e assim o fez: "Não te preocupes comigo. Assim como as névoas do rio se arrastam ao longo dos flancos da colina, e, uma vez chegadas ao cume, ascendem à atmosfera formando nuvens; assim também, tuas inquietudes a meu respeito cresceram insensivelmente, sem motivo razoável, e formam, sobre a tua imaginação, o corpo enganador de uma miragem desolada. Asseguro-te que não há fogo em meus olhos, embora sinta a mesma impressão, de meu crânio estar mergulhado em uma tina de carvões ardentes. Como queres que as carnes da minha inocência fervam na caldeira, se mal ouço gritos muito frágeis e confusos, que, para mim, são apenas gemidos do vento que passa por cima das nossas cabeças? É impossível que um escorpião tenha fixado sua residência e suas pinças aguçadas no fundo da minha órbita esquartejada; acredito, antes, que sejam tenazes vigorosas, a triturar os nervos óticos. No entanto, concordo contigo que o sangue, a encher a caldeira, foi extraído das minhas veias por um carrasco invisível, durante o sono da última noite. Eu te esperei por muito tempo, filho amado do oceano; e meus braços adormecidos iniciaram um inútil combate com Aquele que se havia introduzido no vestíbulo da minha casa... Sim, sinto que minha alma está encadeada ao ferrolho do meu corpo, e que ela não pode se desprender, para fugir bem longe das praias batidas pelo mar humano, e não ser mais testemunha do espetáculo da matilha lívida das desgraças, que perseguem sem trégua, através das escarpas e abismos do abatimento imenso, os antílopes humanos. Mas não me lamentarei. Recebi a vida como um ferimento, e proibi ao suicídio que a cicatrizasse. Quero que o Criador contemple, a cada hora da sua eternidade, sua ulceração escancarada. É o castigo que lhe inflijo. Nossos corcéis reduzem a velocidade de suas patas de bronze; seus corpos tremem, como o do caçador surpreendido por um bando de catetos.[1] Não é preciso que se ponham a escutar o que dizemos. De tanto prestar atenção, sua inteligência cresceria, e talvez viessem a nos entender. Ai deles; pois sofreriam mais ainda! Com efeito, pensa nos javalis[2] da humanidade: o grau de inteligência que os separa dos demais seres da criação, não parece ter-lhes sido concedido senão ao preço irremediável de sofrimentos incalculáveis? Imita meu exemplo, e que tua espora de prata afunde nos flancos do corcel..." Nossos cavalos galopavam ao longo da praia, como se fugissem do olho humano.

***

(2) Aí está a louca, que passa dançando enquanto se recorda vagamente de alguma coisa. As crianças a perseguem a pedradas, como se fosse um melro. Brande um bastão e ameaça persegui-las, para depois prosseguir sua rota. Largou um sapato no caminho, sem percebê-lo. Longas patas de aranha circulam sobre sua nuca; são apenas seus cabelos. Seu rosto não se parece mais com o rosto humano, e ela gargalha como a hiena. Deixa escapar retalhos de frases, nos quais, se os remendassem, poucos encontrariam um significado claro. Seu vestido, esburacado em mais de um lugar,

[1] *Pécaris*, variedade de porcos-do-mato, no original.

[2] *Marcassin*, outra variedade de javali ou porco-selvagem.

executa movimentos ritmados ao redor das suas pernas ossudas e cheias de barro. Segue em frente, como a folha do álamo, arrastada, ela, sua juventude, suas ilusões e sua felicidade passada, revistas através das brumas de uma inteligência destruída pelo turbilhão das faculdades inconscientes. Perdeu sua graça e beleza primitivas; seu aspecto é ignóbil, e seu hálito recende a aguardente. Se os homens fossem felizes nesta terra, então essa seria a ocasião de se espantarem. A louca não faz qualquer recriminação, é demasiado altiva para lamentar-se, e morrerá sem revelar seu segredo aos que se interessam por ela, mas a quem proibiu de alguma vez lhe dirigirem a palavra. As crianças a perseguem a pedradas, como se fosse um melro. Deixou cair do seio um rolo de papel. Um desconhecido o recolhe, fecha-se em casa a noite toda, e lê o manuscrito, que continha o que segue: "Depois de um bom número de anos estéreis, a Providência me enviou uma filha. Durante três dias, ajoelhei-me nas igrejas, e não parei de agradecer ao grande nome d'Aquele que, finalmente, havia atendido a meus rogos. Alimentava com meu próprio leite essa que era mais que minha vida, e que via crescer rapidamente, dotada de todas as qualidades da alma e do corpo. Dizia-me: "Quisera ter uma irmãzinha para brincar com ela; pede ao bom Deus que me mande uma; e, para recompensá-lo, tecerei para ele uma grinalda de violetas, mentas e gerânios." Como única resposta, eu a erguia até meu seio, e a abraçava com amor. Já era capaz de se interessar pelos animais, e me perguntava por que a andorinha se contenta em roçar com sua asa as moradas humanas, sem ousar nelas entrar. Eu, porém, punha um dedo sobre minha boca, como para dizer-lhe que guardasse silêncio sobre essa grave questão, cujos elementos ainda não queria fazê-la entender, para não chocar, com uma sensação excessiva, sua imaginação infantil; e me apressava a desviar a conversa desse assunto, penoso de ser tratado por todo ser pertencente à raça que estendeu um domínio injusto sobre os outros animais da criação. Quando me falava dos túmulos dos cemitérios, dizendo-me que nessa atmosfera se respiravam os agradáveis perfumes dos ciprestes e das sempre-vivas, evitava contradizê-la: dizia-lhe, contudo, que essa era a cidade dos pássaros, que ali cantavam da aurora até o crepúsculo vespertino, e que os túmulos eram seus ninhos, onde iam deitar-se à noite com suas famílias, erguendo as lousas. Todas as lindas roupinhas que a cobriam, havia sido eu quem as costurou, assim como as rendas de mil arabescos que reservava para o domingo. No inverno, tinha seu lugar legítimo junto à grande chaminé, pois se achava uma pessoa séria, e, durante o verão, o prado reconhecia a suave pressão dos seus passos, quando se aventurava, com sua rede de seda amarrada à ponta de um junco, atrás dos colibris cheios de independência, e das borboletas de zigue-zagues provocantes. "Que fazes, pequena errante, quando a sopa te espera faz uma hora, com a colher que se impacienta?" Mas ela exclamava, pulando ao meu pescoço, que não voltaria mais lá. No dia seguinte, escapava de novo, através das margaridas e dos resedás; entre os raios de sol e o voo em turbilhão das efemérides; conhecendo apenas a taça prismática da vida, não ainda o fel; feliz por ser maior que o melharuco; divertindo-se à custa da toutinegra, que não canta tão bem como o rouxinol; mostrando a língua matreiramente ao maldoso corvo, que a olhava paternalmente; graciosa como um gatinho. Eu não deveria gozar de sua presença por muito mais tempo; chegava a hora em que ela deveria, de modo imprevisto, dar seus adeuses aos encantos da vida, abandonando para sempre a companhia das rolinhas, das perdizes e dos verdelhões, o balbuciar da tulipa e da anêmona, os conselhos das ervas do brejo, o espírito incisivo das rãs, e o frescor dos regatos. Contaram-me o que havia acontecido; pois eu não estive presente ao evento que teve por consequência a morte da minha filha. Se lá estivesse, teria defendido esse anjo ao preço do meu sangue... Maldoror passava com seu buldogue; vê uma menina que dorme à sombra de um plátano, confundindo-a primeiro com uma rosa. Não se sabe o que se ergueu primeiro em seu espírito, se a visão dessa criança, ou a resolução que se seguiu. Despe-se rapidamente, como um homem que sabe o que vai fazer. Nu como uma pedra, jogou-se sobre o corpo da menina, e levantou sua saia, para cometer um atentado ao pudor... à luz do sol! Ele não se envergonhará, ora vamos!... Não insistamos nessa ação impura. Com o espírito insatisfeito, volta a vestir-se com precipitação, lança um olhar de prudência para o caminho poeirento, onde ninguém caminha, e ordena ao buldogue que estrangule, com o movimento de seus maxilares, a menina ensanguentada. Indica ao cão das montanhas o lugar onde respira e grita a vítima sofredora, e se afasta, para não ser testemunha da entrada dos dentes pontiagudos nas veias rosadas. O cumprimento dessa ordem pode ter parecido severo ao buldogue. Acreditou que lhe era pedido o que já havia sido feito, e se contentou, esse lobo de focinho monstruoso, em violar por sua vez a virgindade dessa criança delicada. Do seu ventre rasgado, o sangue escorre de novo pelas pernas, através do campo. Seus gemidos juntaram-se aos queixumes do animal. A menina lhe mostrou a cruz de ouro que ornava seu pescoço, para que a poupasse; não ousara mostrá-la aos olhos desvairados de quem primeiro havia tido a ideia de aproveitar-se da fraqueza da sua idade. Mas o cão não ignorava que, se desobedecesse a seu dono, uma faca, lançada de dentro de uma manga, abriria bruscamente suas entranhas, sem aviso prévio. Maldoror (como repugna pronunciar esse nome!) escutava as agonias da dor, e se espantava que a vítima tivesse a vida tão dura, a ponto de ainda não estar morta. Aproxima-se do altar do sacrifício, e vê a conduta do buldogue, entregue a seus baixos instintos, levantando a cabeça sobre a menina, como um náufrago eleva a sua acima das ondas em fúria. Dá-lhe um pontapé e lhe vaza um olho. O buldogue, enfurecido, foge pelos campos, arrastando atrás de si, por um trecho do caminho que será para sempre demasiado longo, por mais curto que tenha sido, o corpo da menina pendurada, que só veio a separar-se graças aos movimentos sincopados da fuga; mas teme atacar seu amo, que nunca mais o verá. Este tira do bolso um canivete americano, composto de dez a doze lâminas que servem para diversos fins. Abre as patas angulosas dessa hidra de aço; e, munido de semelhante escalpelo, vendo que a relva ainda não havia desaparecido sob a cor de tanto sangue vertido, apressa-se, sem empalidecer, a cavoucar corajosamente a vagina da infeliz criança. Desse buraco alargado, retira sucessivamente os órgãos interiores; os intestinos, os pulmões, o fígado, e, finalmente, o próprio coração, são arrancados a seus alicerces e arrastados à luz do dia, pela abertura espantosa. O sacrificador percebe que a menina, frango esvaziado, morreu faz tempo; cessa a perseverança crescente da sua devastação, e deixa o cadáver repousar à sombra do plátano. Recolheram o canivete, abandonado a alguns passos. Um pastor, testemunha do crime, cujo autor não havia sido descoberto, só me relatou tudo muito tempo depois, ao ter-se assegurado que o criminoso chegara em segurança à fronteira, e que nada mais tinha a temer da vingança certeira proferida contra ele, em caso de delação. Lamentei pelo insensato que havia cometido esse malefício, que o legislador não previu, e que não teve precedentes. Lamentei por ele, pois é provável que não houvesse conservado o uso da razão, quando manejou o punhal de lâmina quatro vezes tripla, cavoucando de alto a baixo a parede das vísceras. Lamentei por ele, pois, se não fosse louco, sua conduta vergonhosa deveria encobrir um ódio muito grande contra seus semelhantes, para assim encarniçar-se sobre as carnes e artérias de uma criança inofensiva, que foi minha filha. Assisti ao enterro desses destroços humanos, com uma resignação muda; e todo dia venho orar sobre um túmulo." Ao terminar essa leitura, o desconhecido não consegue manter suas forças, e desmaia. Recobra os sentidos, e queima o manuscrito. Havia esquecido essa lembrança da sua juventude (o hábito embota a memória!); e, após vinte anos de ausência, voltava a esse país fatal. Não comprará um buldogue!... Não conversará com os pastores!... Não dormirá à sombra dos plátanos!... As crianças a perseguem a pedradas, como se fosse um melro.

***

(3) Tremdall tocou a mão, pela última vez, desse que se ausenta voluntariamente, sempre em fuga para a frente, sempre perseguido pela imagem do homem. O judeu errante se diz que, se o centro da terra pertencesse à raça dos crocodilos, não fugiria assim. Tremdall, em pé sobre a ravina, pôs a mão diante dos olhos para concentrar os raios solares, e tornar sua vista mais penetrante, enquanto a outra mão apalpa o seio do espaço, com o braço horizontal e imóvel. Inclinado para a frente, estátua da amizade, mira, com olhos misteriosos como o mar, a escalada, pela escarpa da costa, das botas do viajante, auxiliado por seu bastão ferrado. A terra parece faltar-lhe sob os pés, e, mesmo se o quisesse, não poderia reter suas lágrimas e seus sentimentos:

"Está longe; vejo sua silhueta caminhar por uma estreita vereda. Aonde vai, com esse passo pesado? Nem ele o sabe... No entanto, estou persuadido de que não durmo; quem é esse que se aproxima, e vai ao encontro de Maldoror? Como é grande, o dragão... maior que um carvalho! Dir-se-ia que suas asas esbranquiçadas, atadas por fortes presilhas, tem nervos de aço, de tal modo fendem o ar com facilidade. Seu corpo começa por um busto de tigre, e termina por uma longa cauda de serpente. Eu não estava habituado a ver essas coisas. Mas o que ele tem sobre a testa? Vejo escrita, em uma linguagem simbólica, uma palavra que não posso decifrar. Com um último bater de asas, transportou-se junto a esse, cujo timbre de voz conheço. E lhe diz: "Eu te esperava, e tu também. A hora é chegada; cá estou. Lê, sobre minha testa, meu nome escrito em signos hieroglíficos." Porém ele, mal viu chegar o inimigo, transformou-se em águia imensa e se prepara para o combate, fazendo estalar de contentamento seu bico recurvo, querendo com isso dizer que se encarrega, sozinho, de comer a parte posterior do dragão. Ei-los a traçar círculos cuja concentricidade diminui, espionando seus meios recíprocos, antes de combaterem; fazem bem. O dragão me parece mais forte; gostaria que levasse a melhor sobre a águia. Experimentarei grandes emoções diante desse espetáculo, em que uma parte do meu ser está empenhada. Poderoso dragão, eu te incitarei com meus gritos, se for necessário; pois é de interesse da águia que esta seja vencida. O que esperam para atacar? Estou em transes mortais. Vamos, dragão, começa tu, primeiro, o ataque. Acabas de dar-lhe um golpe seco com a garra: não foi de todo mau. Garanto que a águia o sentiu; o vento leva a beleza das suas plumas, manchadas de sangue. Ah! a águia te arranca um olho com o bico, e apenas lhe havias arrancado a pele; devias ter prestado atenção. Bravo, vinga-te e quebra-lhe uma asa; é desnecessário dizê-lo, teus dentes de tigre são muito bons. Se te pudesses aproximar da águia, enquanto essa rodopia no espaço, jogada para baixo na direção da planície! Observo que essa águia te inspira precaução, mesmo caída. Está por terra, não poderá reerguer-se. A visão de todas essas feridas abertas me embriaga. Voa rente à terra ao seu redor, e, com os golpes da tua cauda escamosa de serpente, acaba com ela, se puderes. Coragem, belo dragão; crava-lhe tuas garras vigorosas, e que o sangue se misture ao sangue, para formar regatos onde não há água. É fácil de dizer, mas não de fazer. A águia acaba de preparar um novo plano estratégico de defesa, suscitado pelos acasos desencontrados dessa luta memorável; é prudente. Sentou-se solidamente, em uma posição inexpugnável, sobre sua asa restante, sobre suas duas coxas e sobre sua cauda, que antes lhe servia de leme. Desafia esforços mais extraordinários do que aqueles que até agora lhe foram opostos. Ora se volta com a rapidez do tigre, sem aparentar esforço; ora se deita de costas, com suas duas fortes patas no ar, e, com sangue-frio, encara ironicamente seu adversário. Será preciso, afinal de contas, que eu saiba quem será o vencedor; o combate não pode eternizar-se. Imagino as consequências que daí resultarão! A águia é terrível, e dá saltos enormes que abalam a terra, como se fosse levantar voo; no entanto, sabe que isso lhe é impossível. O dragão fica atento; acredita que a qualquer momento a águia irá atacá-lo pelo lado em que lhe falta o olho... Ai de mim! É o que acontece. Como o dragão foi deixar-se pegar pelo peito? Não adiantou usar a esperteza e a força; observo que a águia, colada a ele com todos os seus membros, como uma sanguessuga, enfia cada vez mais seu bico, apesar das novas feridas que recebe, até a raiz do pescoço, no ventre do dragão. Só se vê seu corpo. Parece estar à vontade; não tem pressa de sair dali. Busca alguma coisa, sem dúvida, enquanto o dragão, com sua cabeça de tigre, solta bramidos que despertam a floresta. Eis a águia, que sai dessa caverna. Águia, como estás horrível! Está mais vermelha que um charco de sangue! Apesar de segurares em teu bico nervoso um coração palpitante, estás tão recoberta de feridas que mal podes te sustentar sobre tuas patas emplumadas, e cambaleias, sem abrir o bico, ao lado do dragão que morre entre espantosas agonias. A vitória foi difícil; não importa, tu a conseguiste; é preciso, ao menos, dizer a verdade... Ages de acordo com as regras da razão, ao te despojares da forma de águia, enquanto te afastas do cadáver do dragão. Assim pois, Maldoror, foste vencedor! Assim pois, Maldoror, derrotaste a *Esperança*! Doravante, o desespero se nutrirá da tua mais pura substância! Doravante, entrarás, com passo firme, na carreira do mal! Apesar de eu ser, por assim dizer, insensível e indiferente ao sofrimento, o golpe final que deste no dragão não deixou de se fazer sentir em mim. Julga por ti mesmo se sofro! Mas tu me metes medo. Vede, vede, ao longe, aquele homem que foge. Sobre ele, terra excelente, a maldição plantou sua espessa folhagem; está maldito, e maldiz. Aonde levas tuas sandálias? Aonde vais, hesitante, como um sonâmbulo sobre o telhado? Que teu destino perverso se cumpra! Maldoror, adeus! Adeus, até a eternidade, onde não voltaremos a nos encontrar!"

* * *

(4) Era um dia de primavera. Os pássaros derramavam seus cânticos em trinados, e os humanos, entregues a seus diferentes afazeres, banhavam-se na santidade do cansaço. Tudo trabalhava para seu destino; as árvores, os planetas, os esqualos. Tudo, exceto o Criador! Ele se havia estendido sobre o caminho, as roupas em farrapos. Seu lábio inferior pendia como um cabo soporífero; seus dentes não haviam sido limpos, e a poeira se misturava aos

cachos loiros dos seus cabelos. Entorpecido por um sono profundo, aplastado contra os pedregulhos, seu corpo fazia inúteis esforços para erguer-se. Suas forças o haviam abandonado, e lá jazia ele, frágil como um verme, impassível como a cortiça. Jorros de vinho enchiam os sulcos, cavados pelos sobressaltos nervosos dos seus ombros. O embrutecimento, com sua carranca de porco, cobria-o com suas asas protetoras, e lhe lançava um olhar amoroso. Suas pernas, de músculos frouxos, varriam o chão, como dois mastros cegos. O sangue escorria de suas narinas: na queda, seu rosto se havia chocado contra um poste... Ele estava bêbado! Horrivelmente bêbado! Bêbado como um percevejo que sorveu durante a noite três tonéis de sangue! Preenchia o eco com palavras incoerentes, que evitarei repetir aqui; se o bêbado supremo não se respeita, eu, de minha parte, devo respeitar os homens. Sabíeis que o Criador... se embriagava! Piedade para esse lábio, maculado nas taças da orgia! O ouriço, que passava, enfiou-lhe seus espinhos nas costas, e disse: "Toma isso. O sol está na metade do seu percurso; trabalha, vagabundo, e não come o pão dos outros. Espera um pouco, e verás se não chamo a cacatua do bico adunco". O pica-pau e a coruja, que passavam, enfiaram-lhe seu bico inteiro na barriga, dizendo: "Toma isso. O que vens fazer nesta terra? É para oferecer essa lúgubre comédia aos animais? Mas nem a toupeira, nem o avestruz, nem o flamingo te imitarão, eu o juro". O asno, que passava, deu-lhe um coice na testa e disse: "Toma isso. O que te fiz, para que me desses orelhas tão longas? Não há ninguém, nem o grilo, que não me despreze". O sapo, que passava, lançou um jorro de baba em sua cara e disse: "Toma isso. Se não me tivesses dado olhos tão grandes, e eu te houvesse visto no estado em que te encontras, teria castamente escondido a beleza dos teus membros sob uma chuva de ranúnculos, de miosótis e de camélias, para que ninguém te visse". O leão, que passava, inclinou sua real face e disse: "De minha parte, respeito-o, embora seu esplendor nos pareça momentaneamente eclipsado. Vós, que vos fingis de orgulhosos, e que não passais de covardes, pois o atacastes enquanto dormia, ficaríeis satisfeitos se, em seu lugar, tivésseis que suportar, dos passantes, as injúrias de que não o poupastes?" O homem, que passava, parou diante do Criador desprezado; e, sob o aplauso do piolho e da víbora, cagou, durante três dias, em sua augusta cara! Ai do homem, por causa dessa injúria; pois desrespeitou o inimigo, estendido na mistura de lama, sangue e vinho; indefeso e quase inanimado!... Então, o Deus soberano, despertado, finalmente, por todos esses insultos mesquinhos, levantou-se como pôde; cambaleando, foi sentar-se em uma pedra, os braços dependurados, como os dois testículos do tuberculoso; e lançou um olhar vítreo, apagado, sobre a natureza inteira, que lhe pertencia. Ó humanos, sois crianças levadas; porém suplico-vos, poupemos essa grande existência, que ainda não terminou de fermentar o licor imundo, e, não tendo forças para manter-se ereto, voltou a cair, pesadamente, sobre essa pedra em que se havia sentado, como um viajante. Prestai atenção nesse mendigo que passa; viu que o dervixe estendia um braço faminto, e, sem saber a quem dava esmola, jogou um pedaço de pão a essa mão que implora misericórdia. O Criador lhe expressou seu reconhecimento por um movimento da cabeça. Ó! nunca sabereis como segurar constantemente as rédeas do universo se torna uma coisa difícil! O sangue às vezes sobe à cabeça, quando nos esforçamos para arrancar do nada um derradeiro cometa, com uma nova raça de espíritos. A inteligência, remexida em demasia, de ponta a ponta, retira-se como um derrotado, e pode cair, uma vez na vida, nos desvarios de que fostes testemunhas!

* * *

(5) Uma lanterna vermelha, estandarte do vício, pendurada à ponta de uma vara, balançava sua carcaça sob o açoite dos quatro ventos, sobre uma porta maciça e carcomida. Um corredor sujo, com cheiro de coxa humana, dava para um pátio, onde procuravam seu alimento galos e galinhas, mais magros que suas asas. No muro que cercava o pátio, situado a oeste, haviam sido feitas,

parcimoniosamente, algumas aberturas, fechadas por guichês gradeados. O musgo cobria esse corpo do edifício, que, sem dúvida, havia sido um convento, e servia, atualmente, como o restante da construção, de morada para todas essas mulheres que mostravam todo dia, para os que entravam, o interior das suas vaginas, em troca de um pouco de ouro. Eu estava sobre uma ponte, cujos pilares mergulhavam na água lamacenta de um fosso. Da superfície elevada, eu contemplava essa construção no campo, debruçada sobre sua velhice, e os mínimos detalhes da sua arquitetura interior. Às vezes, a grade de um guichê se levantava sobre si mesma, rangendo, como através da impulsão ascendente de uma mão que violentasse a natureza do ferro; um homem mostrava sua cabeça no orifício aberto pela metade, avançava os ombros, nos quais caía a caliça escamada, fazendo seguir, nessa extração laboriosa, seu corpo coberto de teias de aranha. Pondo suas mãos, como se fossem uma coroa, sobre imundícies de toda espécie que pressionavam o chão com seu peso, enquanto ainda tinha a perna presa nas contorções da grade, retomava assim sua postura natural, e ia mergulhar as mãos em uma tina cambaia, cuja água ensaboada já havia visto se erguerem e caírem gerações inteiras, e se afastava em seguida, o mais depressa possível, dessas ruelas suburbanas, para ir respirar o ar puro para os lados do centro da cidade. Depois que o cliente havia ido embora, uma mulher toda nua saía por sua vez, da mesma maneira, e se dirigia ao mesmo balde. Então, os galos e as galinhas acorriam em multidão dos diversos pontos do pátio, atraídos pelo odor seminal, jogavam-na no chão, apesar de seus esforços vigorosos, pisoteavam a superfície do seu corpo como se fosse um montão de esterco, e retalhavam a bicadas, até que saísse sangue, os lábios flácidos da sua vagina inchada. As galinhas e os galos, com suas vísceras saciadas, voltavam a ciscar na relva do pátio; a mulher, limpa, levantava-se trêmula, coberta de feridas, como alguém que desperta de um pesadelo. Deixava cair o trapo que trouxera para limpar as pernas; não precisando mais do balde comum, voltava ao covil, do mesmo modo como havia saído, para esperar outro freguês. Diante desse espetáculo, eu também quis penetrar nessa casa! Ia descer da ponte, quando vi, na cornija de um pilar, esta inscrição em caracteres hebraicos: "Vós, que passais por esta ponte, não ide adiante. O crime aí coabita com o vício; um dia, seus amigos esperaram em vão por um moço que havia cruzado a porta fatal." A curiosidade levou a melhor sobre o medo; ao fim de alguns instantes, cheguei até um guichê, cuja grade possuía sólidas barras, que se entrecruzavam estreitamente. Quis olhar para dentro, através dessa peneira espessa. De início, nada vi; mas não demorei a distinguir os objetos que estavam no quarto escuro, graças aos raios do sol que diminuía sua luz e logo iria desaparecer no horizonte. A primeira e única coisa que se impôs a minha vista foi um bastão loiro, composto de cornetas que se enfiavam umas nas outras. Esse bastão se mexia! Andava pelo quarto! Sacudia-se com tamanha força que o assoalho balançava; com suas duas pontas, fazia brechas enormes na parede e parecia um aríete lançado contra a porta de uma cidade sitiada. Seus esforços eram inúteis; as paredes haviam sido construídas com pedra maciça, e, ao chocar-se contra o muro, recurvava-se como uma lâmina de aço, e ricocheteava como uma bola elástica. O bastão não era, pois, feito de madeira! Reparei, em seguida, que se enrolava e desenrolava com facilidade, como uma enguia. Embora tivesse a altura de um homem, não se mantinha ereto. Às vezes, tentava-o, e mostrava uma das pontas diante da grade do guichê. Dava saltos impetuosos, voltava a cair no chão, e não conseguia arrombar o obstáculo. Pus-me a olhá-lo cada vez mais atentamente, e vi que era um cabelo! Após uma grande luta com a matéria que o rodeava como uma prisão, foi apoiar-se à cama que havia nesse quarto, a raiz repousando sobre um tapete, e a ponta apoiada à cabeceira. Depois de alguns instantes de silêncio, durante os quais ouvi soluços entrecortados, ergueu a voz, e assim falou: "Meu dono me esqueceu neste quarto; não vem me buscar. Levantou-se dessa cama à qual estou apoiado, penteou sua cabeleira perfumada, e nem reparou que eu já havia caído no chão. No entanto, se me houvesse recolhido, eu não teria achado espantoso semelhante ato de simples justiça.

Abandonou-me, emparedado neste quarto, depois de se haver revolvido nos braços de uma mulher. E que mulher! Os lençóis ainda estão úmidos do seu contato morno, e mostram, em sua desordem, o rastro de uma noite passada no amor..." E eu me perguntava quem poderia ser seu dono! E meus olhos se colavam à grade com mais energia!... "Enquanto a natureza toda dormitava em sua castidade, ele copulou com uma mulher degradada, em abraços lascivos e impuros. Rebaixou-se até deixar que se aproximassem de seu rosto augusto uma face desprezível por sua impudência habitual, manchada em sua seiva. Ele não enrubesceu, mas eu enrubesci por ele. Sem dúvida, sentia-se feliz por dormir com tal esposa de uma noite. A mulher, atônita diante da aparência majestosa desse hóspede, parecia experimentar prazeres incomparáveis, beijando-lhe o pescoço com frenesi." E eu me perguntava quem poderia ser seu dono! E meus olhos se colavam à grade com mais energia!... "Eu, enquanto isso, sentia pústulas envenenadas que cresciam, cada vez mais numerosas, por causa da sua entrega pouco habitual aos prazeres da carne, rodeando minha raiz com seu fel letal, a absorver, com suas ventosas, a substância geradora da minha vida. Quanto mais se entregavam a seus movimentos insensatos, mais eu sentia minhas forças decrescerem. No momento em que os desejos corporais alcançavam o paroxismo do furor, percebi que minha raiz se curvava sobre si mesma, como um soldado ferido a bala. O archote da vida tendo-se apagado em mim, soltei-me da cabeça ilustre, como um galho morto; caí no chão, sem coragem, sem força, sem vitalidade; mas com uma profunda piedade por aquele a quem pertencia; mas com uma eterna dor por seu desvario voluntário!..." E eu me perguntava quem poderia ser seu dono! E meus olhos se colavam à grade com mais energia!... "Se ele tivesse, ao menos, envolvido com sua alma o seio inocente de uma virgem. Teria sido mais digna dele, e a degradação teria sido menor. Ele beija, com seus lábios, essa testa coberta de lama, sobre a qual homens pisaram com o calcanhar cheio de pó!... Ele aspira, com narinas impudicas, as emanações dessas duas axilas úmidas!... Eu vi a membrana delas se contrair de vergonha, enquanto, por seu lado, as narinas se recusavam a essa respiração infame. Nem ele, nem ela, no entanto, prestavam qualquer atenção às advertências solenes das axilas, à repulsa taciturna e lívida das narinas. Ela erguia mais ainda seus braços, e ele, com um impulso mais forte, afundava o rosto nessa cavidade. Eu era obrigado a ser o cúmplice dessa profanação. Eu era obrigado a ser o espectador daquele deboche inaudito; a assistir à aliança forçada de dois seres, cujas naturezas diversas eram separadas por um abismo incomensurável..." E eu me perguntava quem poderia ser seu dono! E meus olhos se colavam à grade com mais energia!... "Quando ele se fartou de aspirar essa mulher, quis arrancar seus músculos, um por um; mas, como se tratava de uma mulher, perdoou-a, e preferiu fazer sofrer uma criatura do seu próprio sexo. Chamou, da cela ao lado, um moço que havia vindo a essa casa para passar alguns momentos de despreocupação com uma dessas mulheres, e convidou-o a ficar a um passo de distância dos seus olhos. Fazia tempo que eu jazia no chão. Não tendo forças para me erguer sobre minha raiz que ardia, não fui capaz de ver o que fizeram. O que sei é que, assim que o jovem chegou ao alcance da sua mão, frangalhos de carne caíram aos pés da cama, e vieram parar a meu lado. Contaram-me bem baixinho que as garras do meu dono os haviam arrancado dos ombros do adolescente. Esse, ao cabo de algumas horas, durante as quais havia lutado contra uma força maior, levantou-se da cama e retirou-se majestosamente. Estava literalmente esfolado, dos pés à cabeça; arrastava, pelas pedras do assoalho, sua própria pele virada ao avesso. Dizia-se que seu caráter era cheio de bondade; que gostava de acreditar na bondade dos seus semelhantes; que por isso havia aquiescido ao pedido do estranho de ar distinto que o havia chamado para junto a si; mas que nunca, jamais, teria esperado ser torturado por um carrasco. Por semelhante carrasco, acrescentou, após uma pausa. Finalmente, dirigiu-se ao guichê, que se fendeu piedosamente até o nível do chão, diante desse corpo desprovido de epiderme. Sem abandonar sua pele, que ainda lhe poderia servir, nem que fosse como agasalho, procurou desaparecer dessa armadilha; uma vez distanciado do quarto, não consegui ver se teve forças para chegar à porta da saída. Ó! como as galinhas e os galos se afastavam respeitosamente, apesar da sua fome, desse longo rastro de sangue sobre a terra encharcada!" E eu me perguntava quem poderia ser seu dono! E meus olhos se colavam à grade com mais energia!... "Então aquele que devia ter pensado, em primeiro lugar, em sua dignidade e justiça, ergueu-se, com dificuldade, sobre seu cotovelo fatigado. Só, sombrio, enojado e horrível!... Vestiu-se lentamente. As freiras, sepultadas há séculos nas catacumbas do convento, depois de terem sido despertadas em sobressalto pelos ruídos dessa noite horrível, que se entrechocaram em uma cela situada acima das criptas, deram-se as mãos, e vieram formar uma ronda fúnebre a seu redor. Enquanto ele procurava os destroços de seu antigo esplendor; e lavava as mãos com cuspe, enxugando-as em seguida em seus cabelos (mais valia lavá-las com cuspe que não lavá-las, ao fim de uma noite inteira passada no vício e no crime), entoaram as orações de lamento pelos mortos, quando alguém é baixado ao túmulo. Com efeito, o moço não deveria sobreviver a esse suplício, exercido sobre ele por uma mão divina, e suas agonias chegaram ao fim enquanto as freiras entoavam seus cantos..." Recordei-me da inscrição do pilar; compreendi o que havia acontecido com o sonhador púbere, a quem seus amigos ainda aguardavam, todo dia, desde o momento da sua desaparição... E eu me perguntava quem poderia ser seu dono! E meus olhos se colavam à grade com mais energia!... "As paredes se afastaram para deixá-lo passar; as freiras, vendo-o levantar voo pelos ares, com asas que até então havia escondido sob seu manto de esmeralda, voltaram, em silêncio, para baixo da tampa da sepultura. Partiu para sua morada celeste, deixando-me aqui; isso não é justo. Os outros cabelos permaneceram em sua cabeça; e eu aqui jazo, neste quarto lúgubre, sobre o assoalho coberto de sangue coagulado, de pedaços de carne seca; este quarto se tornou maldito, desde que ele aqui se introduziu; ninguém entra aqui; contudo, estou trancado. Não há nada a fazer! Nunca mais verei as legiões de anjos a marchar em falanges espessas, nem os astros a passear pelos jardins da harmonia... Está bem, seja... saberei suportar minha desgraça com resignação. Mas não deixarei de dizer aos homens o que se passou nesta cela. Eu lhes darei permissão para rejeitar sua dignidade, como uma roupa inútil, pois têm o exemplo do meu dono; eu os aconselharei a chupar a vara do crime, pois *um outro* já o fez..." O cabelo calou-se... E eu me perguntava quem poderia ser seu dono! E meus olhos se colavam à grade com mais energia!... Logo soou o trovão; uma claridade fosforescente penetrou no quarto. Recuei, sem querer, por não sei que instinto premonitório; embora me houvesse afastado do guichê, ouvi outra voz, mas, dessa vez, insinuante e doce, por medo de se fazer ouvir: "Não dês tamanhos saltos! Cala-te... Cala-te... se alguém te escuta! Eu te recolocarei entre os outros cabelos; mas deixa primeiro o sol se pôr no horizonte, para que a noite cubra teus passos... não te esqueci; mas o teriam visto sair, e eu ficaria comprometido. Ah! se soubesses como sofri desde aquele momento! De volta ao céu, meus arcanjos me rodearam com curiosidade; não quiseram perguntar-me o motivo da minha ausência. Eles, que nunca haviam ousado erguer seus olhos em minha direção, lançavam, esforçando-se para adivinhar o enigma, olhares estupefatos sobre meu rosto abatido, embora não percebessem o fundo desse mistério, e se comunicavam, bem baixo, pensamentos temerosos de alguma mudança insólita em mim. Vertiam lágrimas silenciosas; sentiam vagamente que eu não era mais o mesmo, tornado inferior a minha identidade. Queriam saber que funesta resolução me havia feito cruzar as fronteiras do céu, para vir abater-me sobre a terra, e saborear as volúpias efêmeras, que eles desprezam profundamente. Repararam em uma gota de esperma, uma gota de sangue, sobre minha testa. A primeira havia escorrido das coxas da cortesã! A segunda havia jorrado das veias do mártir! Estigmas odiosos! Rosáceas indeléveis! Meus arcanjos reencontraram, presos às touceiras do espaço, os restos resplandecentes da minha túnica de opala, que flutuavam sobre povos atônitos. Não conseguiram reconstruí-la, e meu corpo permanece nu diante de sua inocência;

castigo memorável da virtude abandonada. Vê os sulcos que traçaram um leito sobre minhas faces descoloridas: são a gota de esperma e a gota de sangue, que escorrem lentamente ao longo das minhas rugas secas. Chegadas ao lábio superior, fazem um esforço imenso, e penetram no santuário da minha boca, atraídas como um ímã pela goela irresistível. Sufocam-me, essas duas gotas implacáveis. Eu, até agora, eu me julgava o Todo-Poderoso; mas não, devo baixar a cabeça diante do remorso que grita: "Não passas de um miserável!" Não dês tamanhos saltos! Cala-te... Cala-te... se alguém te escuta! Eu te recolocarei entre os outros cabelos; mas deixa primeiro o sol se pôr no horizonte, para que a noite cubra teus passos... Eu vi Satã, o grande inimigo, reerguer os emaranhados ossudos do esqueleto, por sobre seu entorpecimento de larva, e, em pé, triunfante, sublime, discursar a suas hostes reunidas; como eu o mereço, ser exposto ao ridículo... Disse que muito se espantava por seu orgulhoso rival, pego em flagrante delito graças ao êxito, finalmente bem-sucedido, de uma espionagem perpétua, poder rebaixar-se a tal ponto, até beijar o vestido da dissolução humana, em uma viagem de longo curso através dos arrecifes do éter, e fazer perecer, entre sofrimentos, um membro da humanidade. Disse que esse moço, triturado na engrenagem dos meus suplícios requintados, talvez pudesse chegar a ser uma inteligência genial, a consolar os homens, sobre esta terra, com cantares admiráveis de poesia, de coragem, contra os golpes do infortúnio. Disse que as freiras do convento-lupanar não reencontram mais seu sono; rondam pelo pátio, gesticulando como autômatos, esmagando com os pés os ranúnculos e as violetas; enlouquecidas de indignação, mas não o bastante para deixar de lembrar a causa que engendrou essa doença em seus cérebros... (Ei--las que avançam, recobertas por suas mortalhas brancas; não se falam; dão-se as mãos. Seus cabelos caem em desordem pelos ombros nus; um ramalhete de flores negras pende de seus seios. Freiras, retornai a vossas covas; a noite ainda não acabou de chegar; é apenas o crepúsculo do anoitecer... Ó cabelo, podes vê-lo; de todos os lados sou assaltado pelo sentimento desencadeado da minha depravação!) Disse que o Criador, que se gaba de ser a Providência de tudo o que existe, se conduziu com muita leviandade, para não dizer mais, ao oferecer tal espetáculo aos mundos estrelados; pois afirmou claramente sua intenção de relatar pelos planetas orbiculares como mantenho, por meu próprio exemplo, a virtude e a bondade na vastidão dos meus reinos. Disse que a grande estima, que sentia por tão nobre inimigo, se desvaneceu da sua imaginação, e que preferiria levar a mão ao seio de uma moça, embora esse seja um ato de maldade execrável, a cuspir em meu rosto recoberto por três camadas de sangue e de esperma misturados, para não macular seu escarro baboso. Disse que se considerava, a justo título, superior a mim, não pelo vício, mas pela virtude e o pudor; não pelo crime, mas pela justiça. Disse que seria preciso me amarrarem a uma grade, por causa dos meus inumeráveis pecados; que me queimassem a fogo lento em um braseiro ardente, para jogar-me em seguida ao mar, isso se o mar quisesse me receber. Que, visto eu me vangloriar de ser justo, eu, que o havia condenado a castigos eternos por uma revolta ligeira, que não tivera consequências graves, devia então exercer justiça severa sobre mim mesmo, e julgar imparcialmente minha consciência, carregada de iniquidades... Não dês tamanhos saltos! Cala-te... Cala-te... se alguém te escuta! Eu te recolocarei entre os outros cabelos; mas deixa primeiro o sol se pôr no horizonte, para que a noite cubra teus passos..." Parou por um instante; embora não o visse, compreendi, por essa pausa necessária, que o turbilhão da emoção levantava seu peito, como um ciclone giratório levanta uma família de baleias. Peito divino, maculado um dia pelo amargo contato dos peitos de uma mulher sem pudor! Alma real, entregue, em um momento de esquecimento, ao caranguejo do deboche, ao polvo da fraqueza de caráter, ao tubarão da abjeção individual, à jiboia da moral ausente, e ao caracol monstruoso do idiotismo! O cabelo e seu dono se abraçaram estreitamente, como dois amigos que se reveem após uma longa ausência. O Criador continuou, acusado que reaparece diante de seu próprio tribunal: "E os homens, o que pensarão de mim, de quem tinham uma opinião tão elevada, quando souberem dos desvios de minha conduta, o passo hesitante da minha sandália no labirinto lamacento da matéria, e a direção da minha rota tenebrosa através das águas estagnadas e dos úmidos juncos do pântano onde, recoberto de neblina, brame e muge o crime de pata sombria!... Vejo que será necessário trabalhar muito para minha reabilitação, no futuro, a fim de reconquistar sua estima. Sou o Grande Todo; e, no entanto, de um lado, permaneço inferior aos homens, que criei com um bocado de areia! Conta-lhes uma mentira audaciosa, diz-lhes que nunca saí do céu, constantemente encerrado, com as preocupações do trono, entre os mármores, as estátuas e os mosaicos dos meus palácios. Apresentei-me diante dos celestes filhos da humanidade; disse-lhes: "Expulsai o mal de vossas choupanas, e deixai que o manto do bem entre no lar. Aquele que levantar a mão contra um dos seus semelhantes, provocando-lhe um ferimento mortal, com o ferro homicida, que não espere os efeitos da minha misericórdia, e que tema as balanças da justiça. Irá esconder sua tristeza nos bosques; mas o murmúrio das folhas através das clareiras cantará a seus ouvidos a balada do remorso; e ele fugirá dessas paragens, picado no quadril pela sarça, pelo espinheiro e pelo cardo azul, seus rápidos passos enredados na flexibilidade das lianas e nas picadas dos escorpiões. Ele se dirigirá rumo aos seixos da praia; mas a maré montante, com seus borrifos d'água e sua perigosa aproximação, lhe contará que não ignora seu passado; e ele precipitará sua corrida cega até a crista da falésia, enquanto os ventos estridentes do equinócio, enfiando-se nas brechas naturais do golfo e nas crateras escavadas sob a muralha de rochedos retumbantes, mugirão como as manadas imensas de búfalos dos pampas. Os faróis do litoral o perseguirão, até os limites do setentrião, com seus reflexos sarcásticos, e os fogos-fátuos dos pântanos, simples vapores em combustão, em suas danças fantásticas, arrepiarão os pelos dos seus poros, e deixarão verde a íris dos seus olhos. Que o pudor se apraza em vossas cabanas, e esteja seguro à sombra de vossos campos. É assim que vossos filhos se tornarão belos, e se inclinarão agradecidos diante de seus pais; senão, macilentos e mirrados como o pergaminho das bibliotecas, avançarão a largos passos, conduzidos pela revolta, contra o dia do seu nascimento e o clitóris da sua mãe impura." Como quererão os homens obedecer a essas leis severas, se o próprio legislador é o primeiro a recusar-se a obedecê-las?... E minha vergonha é imensa como a eternidade!" Ouvi o cabelo que perdoava, com humildade, seu sequestro, pois seu dono havia agido por prudência e não por leviandade; e o pálido derradeiro raio de sol que iluminava minhas pálpebras se retirou das ravinas da montanha. Voltado para ele, eu o vi dobrar-se como um sudário... Não dês tamanhos saltos! Cala-te!... cala-te!... se alguém te escuta! Ele te recolocará entre os outros cabelos. E, agora que o sol se pôs no horizonte, velho cínico e doce cabelo, rastejai, ambos, para bem longe do lupanar, enquanto a noite, estendendo sua sombra sobre o convento, cobre o prolongar-se de vossos passos furtivos na planície... Então o piolho, saindo de repente de trás de um promontório, disse-me, eriçando suas garras: "O que pensas disso?" Mas não quis responder-lhe. Retirei-me, e cheguei à ponte. Apaguei a inscrição primeira, e a substituí por esta: "É doloroso guardar, como um punhal, tal segredo em seu coração; mas juro nunca revelar isso de que fui testemunha, quando penetrei pela primeira vez neste torreão terrível." Joguei sobre o parapeito o canivete que me serviu para gravar as letras; e, fazendo algumas breves reflexões sobre o caráter do Criador na infância, que deveria ainda, ai de nós!, por muito tempo, fazer sofrer a humanidade (a eternidade é longa), seja pelas crueldades exercidas, seja pelo espetáculo ignóbil dos cancros ocasionados por um grande vício, fechei meus olhos, como um bêbado, diante do pensamento de ter um tal ser por inimigo, e retomei, com tristeza, meu caminho pelo dédalo das ruas.

FIM DO CANTO TERCEIRO

CANTO QUARTO

(1) É um homem ou uma pedra ou uma árvore quem vai começar o quarto canto. Quando o pé escorrega sobre uma rã, sente-se uma sensação de nojo; mas, quando apenas se roça o corpo humano com a mão, a pele dos dedos se fende como as escamas de um bloco de mica quebrado a marteladas; e, assim como o coração do tubarão, morto há uma hora, ainda palpita sobre a coberta do barco, com uma vitalidade tenaz, assim nossas entranhas se revolvem de ponta a ponta, por muito tempo após o contato. Tamanho horror inspira o homem a seu próprio semelhante! Talvez, ao afirmar isso, eu me engane; mas talvez, também, eu diga a verdade. Conheço, concebo uma doença mais terrível que os olhos inchados pelas longas meditações sobre o caráter estranho do homem; mas ainda a procuro... e não consegui encontrá-la! Não me creio menos inteligente que algum outro, e, no entanto, quem ousaria afirmar que tive êxito em minhas investigações? Que mentira sairia de sua boca! O antigo templo de Denderá está situado a uma hora e meia da margem esquerda do Nilo. Hoje, falange inumeráveis de vespas se apossaram de seus entalhes e cornijas. Revoluteiam ao redor das colunas, como as ondas espessas de uma cabeleira negra. Únicos habitantes do frio pórtico, guardam a entrada dos vestíbulos, como um direito hereditário. Comparo o zumbido das suas asas metálicas ao choque incessante das geleiras, que se precipitam umas contra as outras durante o degelo dos mares polares. Mas, se eu considerar a conduta daquele a quem a Providência deu o trono sobre esta terra, as três asas da minha dor produzirão um murmúrio ainda maior!

Quando um cometa, durante a noite, aparece repentinamente em uma região do céu, após oitenta anos de ausência, mostra aos habitantes terrestres e aos grilos sua cauda brilhante e vaporosa. Sem dúvida, não tem consciência dessa longa viagem; comigo é diferente: apoiado nos cotovelos, à cabeceira do meu leito, enquanto os recortes de um horizonte árido e sombrio se erguem vigorosamente contra o fundo da minha alma, eu me absorvo em sonhos de compaixão, e enrubesço pelo homem! Cortado em dois pelo vento norte, o marinheiro, depois de ter feito seu plantão noturno, se apressa em voltar a seu beliche: por que tal consolação não me é oferecida? A ideia de ter caído, voluntariamente, tão baixo quanto meus semelhantes, e de ter, menos que qualquer outro, o direito de pronunciar lamentações sobre nosso destino, que continua encadeado à crosta endurecida de um planeta, e sobre a essência da nossa alma perversa, penetra-me como um cravo de ferro. Já se viu explosões do gás das minas aniquilarem famílias inteiras; mas essas conheceram a agonia por pouco tempo, pois a morte é quase imediata, em meio aos escombros e gases deletérios; quanto a mim... continuo a existir como o basalto! No meio, como no começo da vida, os anjos se parecem a si mesmos: e já faz muito tempo que não me pareço mais comigo! O homem e eu, emparedados nos limites da nossa inteligência, assim como um lago em um cinturão de ilhas de coral, em lugar de unir nossas forças respectivas para nos defender do azar e do infortúnio, nos afastamos, com o tremor do ódio, tomando dois caminhos opostos, como se nós nos houvéssemos ferido reciprocamente com a ponta de uma adaga! Dir-se-ia que um compreende o desprezo que inspira ao outro: impulsionados pelo móvel de uma dignidade relativa, apressuramo-nos a não induzir ao erro nosso adversário; cada qual permanece do seu lado, e não ignora que a paz proclamada seria impossível de ser conservada. Pois bem, que seja! que minha guerra contra o homem se eternize, já que cada um reconhece no outro sua própria degradação... já que somos ambos inimigos mortais. Quer deva eu conseguir uma vitória desastrosa, ou sucumbir, o combate será belo; eu, só, contra a humanidade. Não me servirei de armas construídas em madeira ou ferro; afastarei com o pé as camadas de minerais extraídos da terra; a sonoridade poderosa e seráfica da harpa se tornará, em meus dedos, um talismã temível. Em mais de uma emboscada, o homem, esse macaco sublime, já atravessou meu peito com sua lança de pórfiro; um soldado não mostra suas feridas, por mais gloriosas que sejam. Esta guerra terrível espalhará a dor de ambos os lados; dois amigos que buscam obstinadamente destruir-se, que drama!

* * *

(2) Dois pilares, que não era difícil e ainda menos impossível confundir com dois baobás, eram avistados no vale, maiores que dois alfinetes. Com efeito, eram duas enormes torres. E, embora dois baobás, à primeira vista, não se assemelhem a dois alfinetes, tampouco a duas torres, no entanto, utilizando habilidosamente os cordéis da prudência, pode-se afirmar, sem medo de errar (pois, se esta afirmação fosse acompanhada até de uma só parcela de medo, já não seria mais uma afirmação; apesar da mesma palavra exprimir esses dois fenômenos da alma, que apresentam características suficientemente distintas para não poderem ser confundidos inadvertidamente), que um baobá não difere tanto de um pilar, que a comparação seja proibida entre essas duas formas arquitetônicas... ou geométricas... ou uma e outra... ou nenhuma nem outra... ou melhor, formas elevadas e maciças. Acabo de encontrar, não tenho a pretensão de afirmar o contrário, os epítetos próprios aos substantivos pilar e baobá; sabei que não é sem alegria, entremeada de orgulho, que faço a observação aos que, após terem alçado suas pálpebras, tomaram a mui louvável resolução de percorrer estas páginas, enquanto a vela arde, se for de noite, enquanto o sol clareia, se for de dia. E, ainda que um poder superior nos ordenasse, nos termos mais claramente precisos, que devolvêssemos aos abismos do caos a comparação judiciosa que todos certamente puderam saborear com impunidade, mesmo então, e principalmente

então, que não se perca de vista este axioma principal, que os hábitos contraídos pelo correr dos anos, os livros, o contato com os semelhantes, e o caráter inerente a cada um, que se desenvolve em um florescimento rápido, imporiam ao espírito humano o irreparável estigma da reincidência no uso criminoso (criminoso, colocando-se momentânea e espontaneamente no ponto de vista do poder superior) de uma figura de retórica que muitos desprezam, mas que inúmeros incensam. Se o leitor achou esta frase demasiado longa, que aceite minhas desculpas; mas que não espere baixezas de minha parte. Posso confessar meus erros; mas nunca agravá-los pela covardia. Meus raciocínios se chocarão às vezes com os guizos da loucura e a aparência séria disso que, em suma, não passa de grotesco (embora, de acordo com certos filósofos, seja muito difícil distinguir o cômico do melancólico, a própria vida sendo um drama cômico ou uma comédia dramática); todavia, qualquer um pode matar moscas, e até mesmo rinocerontes, para descansar de vez em quando de um trabalho demasiado árduo. Para matar moscas, eis a maneira mais eficiente, embora não seja a melhor: esmagá-las entre os dois primeiros dedos da mão. A maior parte dos escritores que trataram desse tema a fundo calculou, com grande verossimilhança, ser preferível, em muitos casos, cortar-lhes a cabeça. Se alguém me censurar por falar de alfinetes, como de um assunto radicalmente frívolo, que repare, sem preconceito, como os maiores efeitos foram frequentemente produzidos pelas menores causas. E, para não me afastar mais ainda do quadro desta folha de papel, não veem que o laborioso trecho de literatura que estou a compor, desde o início desta estrofe, seria talvez menos apreciado, caso se apoiasse em uma questão espinhosa de química ou de patologia interna? No mais, todos os gostos estão na natureza; e quando, no começo, comparei os pilares aos alfinetes com tamanha exatidão (é claro, não esperava que viessem, um dia, a censurar-me por isso), eu me baseei nas leis da ótica, que estabeleceram que, quanto mais o raio visual está afastado de um objeto, tanto mais diminui a imagem que se reflete na retina.

É assim que isso, que a inclinação do nosso espírito à farsa confunde com um mísero gracejo, nada mais é, quase sempre, no pensamento do autor, senão uma verdade importante, proclamada com majestade! Ó! esse filósofo insensato que estourou de rir, ao ver um asno comendo um figo! Não estou inventando nada: os livros antigos relataram, com os mais amplos detalhes, esse voluntário e vergonhoso despojar-se da nobreza humana. Quanto a mim, não sei rir. Nunca consegui rir, embora inúmeras vezes o houvesse tentado. É muito difícil aprender a rir. Ou melhor, acredito que um sentimento de repugnância diante dessa monstruosidade forme um traço essencial do meu caráter. Pois bem, fui testemunha de algo mais forte: vi um figo comer um asno! E, no entanto, não ri; francamente, nenhuma porção bucal se mexeu. A necessidade de chorar se apoderou de mim tão fortemente que meus olhos deixaram cair uma lágrima. "Natureza! Natureza! exclamei soluçando, o gavião estraçalha o pardal, o figo come o asno e a tênia devora o homem!" Sem tomar a resolução de ir mais longe, pergunto-me se falei sobre o modo como se matam moscas. Sim, não é? Nem por isso é menos verdade que ainda não falei da destruição dos rinocerontes! Caso certos amigos insistissem no contrário, eu não os ouviria, e recordaria que o elogio e a adulação são duas grandes pedras no caminho. No entanto, a fim de contentar minha consciência do melhor modo possível, não posso me impedir de observar que essa dissertação sobre o rinoceronte me arrastaria para fora das fronteiras da paciência e do sangue-frio, e, de seu lado desencorajaria provavelmente (tenhamos até mesmo a coragem de dizer certamente) as gerações presentes. Não ter falado do rinoceronte depois da mosca! Ao menos, como desculpa aceitável, que houvesse mencionado prontamente (e não o fiz!) essa omissão não premeditada, que não espantará aos que estudaram a fundo as contradições reais e inexplicáveis que habitam os lóbulos do cérebro humano. Nada é indigno para uma inteligência grande e simples: o mais diminuto fenômeno da natureza, se houver mistério nele, tornar-se-á, para o sábio, inesgotável matéria de reflexão. Se alguém vê um asno comer um figo, ou um figo comer um asno (essas duas circunstâncias não se apresentam com frequência, a não ser na poesia), estai seguros de que, após ter refletido por dois ou três minutos, para saber qual conduta tomar, abandonará a vereda da virtude e se porá a rir como um galo! Embora ainda não tenha sido demonstrado com exatidão que os galos abram expressamente o bico para imitar o homem e fazer uma careta atormentada. Chamo de careta nas aves o que leva o mesmo nome na humanidade! O galo não sai de sua natureza, menos por incapacidade que por orgulho. Ensinai-os a ler, eles se revoltam. Não é um papagaio, que se extasiaria diante da sua fraqueza, ignorante e imperdoável! Ó! envilecimento execrável! como nos assemelhamos a uma cabra quando rimos! A calma do rosto desapareceu para dar lugar a dois enormes olhos de peixe que (não é deplorável?)... que... que... se põem a brilhar como faróis! Frequentemente, acontecer-me-á de enunciar, com solenidade, as proposições mais engraçadas... não acho que isso se torne um motivo peremptoriamente suficiente para alargar a boca! Não posso conter o riso, responder-me-ão; aceito essa explicação absurda, mas, então, que seja um riso melancólico. Ride, mas chorai ao mesmo tempo. Se não podeis chorar pelos olhos, chorai pela boca. Se até isso for impossível, urinai; mas eu vos advirto que algum líquido é necessário aqui, para atenuar a secura que carrega, em seu flanco, o riso de traços fendidos para trás. Quanto a mim, não me deixarei perturbar pelos cacarejos ridículos e mugidos originais desses que sempre encontram alguma coisa para criticar em um caráter que não se assemelha ao deles, por ser uma das inumeráveis modificações intelectuais que Deus, sem sair de um tipo primordial, criou para governar as armações ósseas. Até nossos dias, a poesia seguiu um caminho equivocado; elevando-se até o céu ou rastejando por terra, ignorou os princípios da sua existência, e foi, não sem razão, achincalhada pelos homens de bem. Não foi modesta... a mais bela qualidade que deve existir em um ser imperfeito! De minha parte, quero mostrar minhas qualidades; mas não sou hipócrita o bastante para esconder meus vícios! O riso, o mal, o orgulho, a loucura, surgirão, um por vez, entre a sensibilidade e o amor à justiça, e servirão de exemplo à estupefação humana: cada qual se reconhecerá, não como deveria ser, mas como é. E talvez esse simples ideal, concebido por minha imaginação, venha a ultrapassar, todavia, tudo o que a poesia descobriu, até agora, de mais grandioso e sagrado. Pois, se deixo meus vícios transpirarem nestas páginas, tanto mais acreditarão nas virtudes que nelas faço resplandecer, cuja auréola colocarei tão alto que os maiores gênios do futuro testemunharão, por mim, um sincero reconhecimento. Assim, pois, a hipocrisia será afugentada definitivamente da minha morada. Haverá, em meus cantos, uma prova imponente de força, ao assim desprezar as opiniões do senso comum. Canta só para si, e não para seus semelhantes. Não pesa sua inspiração na balança humana. Livre como a tempestade, veio encalhar, um dia, nas praias indômitas da sua terrível vontade! Nada teme, a não ser a si mesmo! Em seus combates sobrenaturais, atacará o homem e o Criador, em vantagem, como quando o peixe-espada enfia seu gládio no ventre da baleia; que seja maldito, por seus filhos e por minha mão descarnada, quem persistiu em não compreender os cangurus implacáveis do riso e os piolhos audaciosos da caricatura!... Duas torres enormes se avistavam no vale; já o disse no começo. Multiplicando-as por dois, o produto seria quatro... mas eu não distingui muito bem a necessidade dessa operação aritmética. Prossegui meu caminho, com a febre no rosto, exclamando sem parar: "Não... não... não distingo muito bem a necessidade dessa operação aritmética!" Havia escutado correntes se arrastando e gemidos dolorosos. Que ninguém ache possível, ao passar por este lugar, multiplicar as torres por dois, para que o produto seja quatro! Alguns desconfiam que amo a humanidade como se eu fosse sua própria mãe, e a houvesse carregado por nove meses em meu ventre perfumado; eis porque não passo mais pelo vale onde se erguem as duas unidades do multiplicando!

* * *

(3) Um patíbulo se erguia sobre o solo; a um metro deste, estava dependurado pelos cabelos um homem, com os braços amarrados às costas. Suas pernas haviam sido deixadas em liberdade, para aumentar suas torturas e fazê-lo desejar mais ainda qualquer coisa que fosse o contrário do enlaçamento de seus braços. A pele da testa estava tão esticada pelo peso da suspensão, que seu rosto, condenado pela circunstância à ausência de expressão natural, se assemelhava à concreção pétrea de uma estalactite. Há três dias, sofria esse suplício. Gritava: "Quem soltará meus braços? quem soltará meus cabelos? Eu me desloco em movimentos que só separam mais ainda meus cabelos de suas raízes; a sede e a fome não são as causas principais que me impedem de dormir. É impossível que minha existência estenda seu prolongamento além dos limites de uma hora. Que alguém venha abrir minha garganta com um pedregulho afiado!" Cada palavra era precedida, seguida por urros intensos. Lancei-me de trás da moita na qual me havia abrigado, e me dirigi para o fantoche ou pedaço de toucinho amarrado ao forro. Mas eis que, do lado oposto, chegaram dançando duas mulheres embriagadas. Uma delas segurava um saco e dois chicotes com açoites de chumbo; a outra, um barril cheio de alcatrão e dois pincéis. Os cabelos grisalhos da mais velha flutuavam ao vento, como os farrapos de uma vela rasgada, e os tornozelos da outra estalavam um contra o outro, como as pancadas da cauda de um atum contra o tombadilho de um navio. Seus olhos brilhavam com uma chama tão negra e tão forte, que, inicialmente, não acreditei que essas duas mulheres pertencessem a minha espécie. Riam com um ar tão egoísta, e seus traços inspiravam tamanha repugnância, que não duvidei, nem por um instante, ter diante dos olhos os dois espécimes mais horripilantes da raça humana. Voltei a esconder-me atrás da moita, e fiquei quieto, como o acantophorus serraticornis,[1] que só mostra a cabeça para fora do seu ninho. Aproximavam-se com a velocidade da maré; encostando o ouvido ao solo, o som, distintamente percebido, trazia-me o balanço lírico da sua

[1] *Acantophorus serraticornis* é um coleóptero africano; e uma das muitas provas, nesta obra, da assiduidade com que Lautréamont frequentava enciclopédias de História Natural.

caminhada. Quando as duas fêmeas de orangotango chegaram ao patíbulo, farejaram o ar durante alguns segundos; mostraram, por seus gestos grotescos, a quantidade realmente notável de espanto que resultou de sua experiência, ao repararem que nada havia mudado naquele lugar: o desenlace da morte, conforme a seus desígnios, não sobreviera. Não se haviam dignado levantar a cabeça, para saber se a mortadela ainda estava no mesmo lugar. Uma disse: "Será possível que ainda estejas a respirar? Tens a vida dura, meu marido bem-amado." Como dois chantres em uma catedral, entoando alternadamente os versículos de um salmo, a segunda respondeu: "Não queres, pois, morrer, ó gracioso filho? Diz-me então como fizeste (certamente foi por algum malefício) para afugentar os abutres? De fato, tua carcaça se tornou tão magra! O zéfiro a balança como a um lampião." Cada uma delas pegou um pincel, e alcatroou o corpo do pendurado... cada uma delas pegou um chicote e ergueu o braço... Admirei (era absolutamente impossível deixar de fazê-lo) a exatidão enérgica com que as lâminas de metal, em vez de deslizarem à superfície, como quando lutamos com um negro e fazemos esforços inúteis, próprios do pesadelo, para agarrá-lo pelos cabelos, penetravam, graças ao alcatrão, até o interior das carnes, marcadas por sulcos tão profundos quanto o obstáculo dos ossos razoavelmente o permitia. Abstive-me da tentação de encontrar prazer nesse espetáculo excessivamente curioso, porém menos profundamente cômico do que se teria o direito de esperar. E, no entanto, apesar das boas resoluções tomadas de antemão, como não reconhecer a força dessas mulheres, os músculos de seus braços? Sua destreza, que consistia em golpear as partes mais sensíveis, como o rosto e o baixo-ventre, não será mencionada por mim, a não ser por aspirar à ambição de contar a total verdade! A menos que, apertando meus lábios, um contra o outro, principalmente na direção horizontal (mas ninguém ignora que esta é a maneira mais comum de engendrar essa pressão), não prefira manter um silêncio repleto de lágrimas e de mistérios, cuja manifestação penosa não será capaz de esconder, não só tão bem, porém melhor ainda que minhas palavras (pois não creio equivocar--me, embora não se deva certamente negar em princípio, sob pena de faltar às regras mais elementares da habilidade, as possibilidades hipotéticas do erro) os resultados funestos ocasionados pelo furor que anima os metacarpos secos e as articulações robustas: mesmo que não se adote o ponto de vista do observador imparcial e do moralista experiente (é quase tão importante eu informar que não admito, pelo menos inteiramente, essa restrição mais ou menos falaciosa), a dúvida, a esse respeito, não teria a faculdade de estender suas raízes; pois não a suponho, neste momento, entre as mãos de um poder sobrenatural, e pereceria infalivelmente, talvez não subitamente, na falta de uma seiva a preencher as condições simultâneas de nutrição e ausência de matérias venenosas. Fica claro, ou então não me leiam, que me limito a colocar em cena a tímida personalidade da minha opinião; longe de mim, contudo, a ideia de renunciar a direitos que são incontestáveis! Certamente, minha intenção não é combater essa afirmação, na qual brilha o critério da certeza, de que há um meio mais simples de nos entendermos; consistiria, traduzo-o apenas em algumas palavras, que valem, todavia, por mais de mil, em não discutir: é mais difícil pô-lo em prática do que o possa crer, geralmente, o comum dos mortais. Discutir é a palavra gramatical, e muitas pessoas acharão que não se deveria contradizer, sem um volumoso dossiê de provas, o que acabo de depositar sobre o papel; mas a coisa difere notavelmente, quando é permitido deixar que seu próprio instinto utilize uma rara sagacidade a serviço da sua circunspecção, quando formula juízos que de outro modo pareceriam, estai seguros, de um atrevimento que roça as margens da fanfarronice. Para encerrar esse pequeno incidente, que se despojou a si mesmo de sua ganga por uma ligeireza tão irremediavelmente deplorável quanto fatalmente cheia de interesse (o que ninguém terá deixado de verificar, desde que tenha auscultado suas mais recentes recordações), convém, possuindo-se as faculdades em perfeito equilíbrio, ou melhor, se o prato da balança do idiotismo não levar muita vantagem sobre o prato em que repousam os nobres e magníficos atributos da razão, ou seja, para ser mais claro (pois até aqui fui apenas conciso, e mesmo isso não será admitido por muitos, por causa de minhas delongas, que são apenas imaginárias, pois preenchem seu objetivo de encurralar, com o escalpelo da análise, as fugitivas aparições da verdade, até os seus últimos redutos), se a inteligência predominar o suficiente sobre os defeitos, sob cujo peso foram parcialmente sufocados o hábito, a natureza e a educação, convém, eu o repito pela segunda e última vez, pois, de tanto repetir, acabaríamos, com maior frequência, isso não é falso, não mais nos entendendo, e retornando com o rabo entre as pernas (isso, se for verdade que tenho um rabo) ao assunto dramático cimentado nessa estrofe. É útil tomar um copo d'água, antes de retornar à continuação do meu trabalho. Prefiro tomar dois, em lugar de privar-me de um. Assim, em uma caçada a um negro fugido, através das florestas, em um dado momento, cada membro do grupo pendura seu fuzil nas lianas, e todos se reúnem, à sombra de um arvoredo, para estancar a sede e saciar a fome. Mas a parada só dura alguns segundos, a perseguição recomeça encarniçadamente, e seu toque de arremate não tarda a soar. E, assim como o oxigênio é reconhecível pela propriedade que possui, sem orgulho, de voltar a acender um fósforo que apresentar alguns pontos de ignição, assim também reconhecer-se-á o cumprimento do meu dever na pressa que mostro em voltar ao assunto. Quando as mulheres se viram na impossibilidade de segurar o chicote, que o cansaço fazia cair de suas mãos, puseram judiciosamente fim ao trabalho ginástico que haviam executado durante quase duas horas, e se retiraram, com uma alegria que não era desprovida de ameaças para o futuro. Dirigi-me para aquele que gritava por socorro, com um olho glacial (pois a perda de sangue havia sido tamanha, que a fraqueza o impedia de falar, e minha opinião, embora não fosse médico, era que a hemorragia se havia declarado no rosto e no baixo-ventre), e cortei-lhe os cabelos com uma tesoura, depois de ter-lhe soltado os braços. Contou-me que sua mãe o havia, uma noite, chamado ao quarto, e lhe havia ordenado que se despisse, para passar a noite com ela na cama, e que, sem esperar qualquer resposta, a maternidade se havia despido de todas as suas roupas, intercalando isso, à sua frente, com os gestos mais obscenos. Que então ele se havia retirado. Além disso, por suas recusas perpétuas, havia atraído a cólera da sua mulher, que nutria a esperança de uma recompensa, se conseguisse convencer seu marido a emprestar seu corpo às paixões da velha. Decidiram, por um conluio, pendurá-lo a um patíbulo, previamente preparado, em alguma paragem não frequentada, e deixá-lo perecer insensivelmente, exposto a todas as desgraças e todos os perigos. Só depois de reflexões numerosas e muito maduras, cheias de dificuldades quase insuperáveis, que finalmente conseguiram dirigir sua escolha para o suplício requintado, que só encontrou a desaparição do seu termo no socorro inesperado da minha intervenção. Os mais vivos sinais de reconhecimento sublinhavam cada expressão, e não deixavam de dar o máximo valor a suas confidências. Levei-o à cabana mais próxima: pois acabava de desmaiar, e só deixei os lavradores depois de ter-lhes entregue minha bolsa, para que cuidassem do ferido, e depois de fazê-los prometerem que prodigalizariam ao desgraçado, como a seu próprio filho, os sinais de uma simpatia perseverante. Narrei-lhes, por minha vez, o acontecido, e me aproximei da porta, para retomar meu caminho; mas, percorrida uma centena de passos, voltei maquinalmente sobre meus passos, entrei novamente na choupana, e, dirigindo-me a seus ingênuos moradores, exclamei: "Não, não... não acreditai que isso me espante!" Dessa vez, afastei-me em definitivo; porém as plantas dos pés não conseguiam se firmar de modo seguro: talvez um outro não o percebesse! O lobo não passa mais sob o patíbulo que ergueram, um dia de primavera, as mãos entrelaçadas de uma esposa e uma mãe, como o fazia, quando lhe parecia, em sua imaginação maravilhada, estar tomando o caminho de uma ilusória refeição. Quando vê, no horizonte, aquela cabeleira negra embalada pelo vento, não encoraja sua força de inércia, e se põe a fugir com uma rapidez incomparável! Deve-se enxergar, nesse fenômeno psicológico, uma inteligência superior ao instinto ordinário dos mamíferos? Sem nada garantir, e mesmo sem nada prever, parece-me que o animal compreendeu o que é o crime! Como o compreenderia, se os próprios seres humanos rechaçaram, até esse ponto indescritível, o império da razão, para deixar subsistir apenas, no lugar dessa rainha destronada, uma vingança feroz!

* * *

(4) Estou sujo. Os piolhos me roem. Os porcos, quando me olham, vomitam. As crostas e as pústulas da lepra escamaram minha pele, coberta de pus amarelado. Não conheço a água dos rios, nem o orvalho das nuvens. Sobre minha nuca, como sobre um monte de esterco, cresce um enorme cogumelo, com seus pedúnculos umbelíferos. Sentado em um móvel informe, não movo meus membros há quatro séculos. Meus pés assentaram raízes no solo, e compõem, até meu ventre, uma espécie de vegetação vivaz, cheia de ignóbeis parasitas, que ainda não deriva da planta, e que já não é mais carne. Contudo, meu coração bate. Mas como poderia ele bater, se a podridão e as exalações do meu cadáver (não ouso dizer corpo) não o nutrissem abundantemente? Debaixo da minha axila esquerda, uma família de sapos fixou residência, e quando um deles se mexe, me faz cócegas. Cuidado para que não escape um, e não venha escavar, com sua boca, o interior de vossa orelha; seria capaz, em seguida, de penetrar em vosso cérebro. Debaixo da minha axila direita há um camaleão, que lhes move uma perpétua caçada, para não morrer de fome; é preciso que todos vivam. Mas, quando uma das partes desmancha completamente as artimanhas do outro, não encontram nada melhor para fazer, sem incomodar-se, que sugar a gordura delicada que recobre minhas costas: já me acostumei. Uma víbora malvada devorou minha vara, e tomou seu lugar; tornou-me eunuco, essa infame. Ó! se eu houvesse sido capaz de me defender com meus braços paralisados; mas creio que esses se transformaram em achas de lenha. Seja como for, importa constatar que o sangue

não vem mais passear aí seu rubor. Dois pequenos ouriços, que não crescem mais, jogaram a um cão, que não os recusou, o interior dos meus testículos; a epiderme, cuidadosamente lavada, lhes serve de ninho. O ânus foi interceptado por um caranguejo; encorajado por minha inércia, toma conta da entrada com suas pinças, e me dói muito! Duas medusas atravessaram os mares, imediatamente atraídas por uma esperança que não foi traída. Olharam com atenção as duas partes carnudas que formam o traseiro humano, e, grudando-se a seu contorno convexo, esmagaram-na a tal ponto por uma pressão constante, que os dois pedaços de carne desapareceram, enquanto permanecem dois monstros saídos do reino da viscosidade, iguais nas cores, na forma e na ferocidade. Não falai da minha coluna vertebral, pois esta é uma espada. Sim, sim... eu não prestava atenção... vosso pedido é justo. Desejais saber, não é, como ela se encontra verticalmente implantada em meus rins. Até mesmo eu não me lembro mais com muita clareza; contudo, se me decidir a tomar por lembrança o que talvez não passe de um sonho, sabei que o homem, quando soube que eu havia feito a promessa de viver com a doença e a imobilidade até que houvesse derrotado o Criador, caminhou por trás de minhas costas, pé ante pé, mas não tão suavemente que eu não o ouvisse. Não percebi mais nada, durante um instante que não foi longo. Esse punhal agudo se enterrou, até o cabo, entre os dois ombros do touro das festas,[2] e sua ossatura estremeceu, como em um terremoto. A lâmina adere com tamanha força ao corpo que ninguém, até hoje, conseguiu arrancá--la. Os atletas, os mecânicos, os filósofos, os médicos tentaram, cada um por sua vez, os mais diversos expedientes. Não sabiam que o mal praticado pelo homem não pode ser desfeito! Perdoei a profundidade da sua ignorância inata, e os cumprimentei com as pálpebras dos olhos. Viajante, quando passares por perto, não me dirige, suplico-te, a menor palavra de consolação; enfraquecerias minha coragem. Permite que eu aqueça minha tenacidade junto à chama do martírio voluntário. Vai-te... que eu não te inspire

[2] *Taureau des fêtes*, que traduzi literalmente; é o touro das touradas, certame talvez familiar a Lautréamont por ter vivido nos Pirineus, perto da Espanha.

piedade alguma. O ódio é mais estranho do que pensas; sua conduta é inexplicável, como a aparência de coisa quebrada de um bastão enfiado n'água. Tal como me vês, ainda posso fazer expedições até as muralhas do céu, à frente de uma legião de assassinos, e voltar, retomando essa postura, para meditar novamente sobre os nobres projetos de vingança. Adeus, não te farei perder mais tempo; e, para te instruir e preservar, reflete sobre o destino fatal que me conduziu à revolta, quando talvez houvesse nascido bom! Relatarás a teu filho o que viste; e, tomando-o pela mão, farás que admire a beleza das estrelas e as maravilhas do universo, o ninho do pintarroxo e os templos do Senhor. Tu te espantarás ao vê-lo tão dócil diante dos conselhos da paternidade, e o recompensarás com um sorriso. Mas, quando ele souber que não está sendo observado, lança o olhar para ele, e o verás cuspir sua baba sobre a virtude; ele te enganou, esse que descende da raça humana, mas não te enganará mais: de agora em diante sabes o que virá a ser. Ó pai infortunado, prepara, para acompanhar os passos da tua velhice, o cadafalso indelével que cortará a cabeça de um criminoso precoce, e a dor que te mostrará o caminho que conduz ao túmulo.

* * *

(5) Sobre a parede do meu quarto, que sombra desenha, com um vigor incomparável, a fantasmagórica projeção da sua silhueta encarquilhada? Quando deposito sobre meu coração essa interrogação delirante e muda, é menos pela majestade da forma que pelo quadro de realidade, que a sobriedade do estilo se conduz desse modo. Seja quem fores, defende-te; pois dirigirei contra ti a funda de uma terrível acusação: esses olhos não te pertencem... onde os pegaste? Um dia, vi passar à minha frente uma mulher loira; tinha-os iguais aos teus; tu os arrancaste dela. Vejo que queres que acreditem em tua beleza; mas ninguém se engana, muito menos eu. Digo-o para que não me tomes por um imbecil. Toda uma série de aves de rapina, amantes da carne alheia, defensoras da utilidade da

caça, belas como os esqueletos que desfolham os panoccos[3] do Arkansas, revoluteiam ao redor da tua testa, como servidores submissos e cordatos. Mas, será isto uma testa? Não é difícil pôr bastante hesitação nessa crença. É tão baixa que se torna impossível verificar as provas, numericamente exíguas, da sua existência equívoca. Não é para me divertir que te digo isso. Talvez não tenhas testa, tu que passeias pela parede, como símbolo mal refletido de uma dança fantástica, o balançar febril das tuas vértebras lombares. Quem, então, te escalpou? se houver sido um ser humano, por tu o teres encerrado, por vinte anos, em uma prisão, e que escapou para preparar uma vingança digna de suas represálias, fez o que devia, e eu o aplaudo; somente, e há um somente, não foi severo o bastante. Agora, tu te assemelhas a um pele-vermelha aprisionado, ao menos (assinalemo-lo previamente) pela ausência expressiva da cabeleira. Não que essa não possa voltar a crescer, já que os fisiólogos descobriram que até mesmo os cérebros retirados reaparecem, com o tempo, nos animais; porém meu pensamento, detendo-se em uma simples constatação que, pelo pouco que sou capaz de perceber, não é desprovida de uma volúpia enorme, não chega, mesmo em suas consequências mais ousadas, até a fronteira de um voto por tua cura, e permanece, ao contrário, fundada na mobilização de sua neutralidade mais que suspeita, a encarar (ou ao menos a desejar), como presságio de desgraças maiores, o que para ti talvez seja apenas uma privação momentânea da pele que recobre a parte superior da cabeça. Espero que me tenhas compreendido. E mesmo que o acaso te permitisse, por um milagre absurdo, mas nem por isso às vezes razoável, reaver essa pele preciosa, guardada pela religiosa vigilância do teu inimigo, como recordação embriagante da sua vitória, é quase extremamente possível que, mesmo se não houvéssemos estudado a lei das probabilidades, a não ser sob o ponto de vista da matemática (ora, sabe-se que a analogia transporta facilmente a aplicação dessa lei aos demais domínios da inteligência), teu temor

[3] Segundo os comentaristas, o vocábulo *panoccos* não existe, nem mesmo na terminologia científica, podendo ser uma deformação de *panococo*, árvore da Guiné, ou *panicum*, árvore americana.

legítimo, mas um pouco exagerado, de um resfriado parcial ou total, não recusaria a ocasião importante, e mesmo única, que se apresentaria de uma maneira tão oportuna, embora brusca, de preservar as diversas partes dos teus miolos do contato com a atmosfera, principalmente durante o inverno, através de uma cabeleira que, de pleno direito, te pertence, já que ela é natural, e que te seria permitido, além disso (seria incompreensível que o negasses), mantê-la constantemente sobre a cabeça, sem correr os riscos, sempre desagradáveis, de infringir as regras mais simples de uma conveniência elementar. Não é verdade que me ouves com atenção? Se me ouvires mais ainda, tua tristeza estará longe de desprender-se do interior de tuas narinas rubras. Mas, como sou muito imparcial, e não te detesto tanto quanto deveria (se me engano, dizei-o), prestas, a contragosto, atenção a meu discurso, como que impelido por uma força superior. Não sou tão malvado como tu: eis por que teu gênio se inclina voluntariamente diante do meu... Com efeito, não sou tão malvado como tu! Acabas de lançar o olhar sobre a cidade construída na encosta dessa montanha. E agora, que vejo?... Todos os seus habitantes morreram! Tenho orgulho, como qualquer outro, e isso é um vício a mais, tê-lo talvez em excesso. Pois bem, ouve... ouve, se a confissão de um homem, que se recorda de haver vivido durante meio século sob forma de tubarão, nas correntes submarinas que margeiam as costas da África, te interessa o bastante para que prestes atenção, se não com amargor, ao menos sem a falha irreparável de mostrar a repugnância que te inspiro. Não jogarei a teus pés a máscara da virtude, para aparecer a teus olhos tal como sou; pois nunca a usei (se é que isso serve como desculpa); e, desde os primeiros instantes, se observares minhas feições com atenção, tu me reconhecerás como teu discípulo respeitoso na perversidade, mas não como rival temível. Já que não disputo contigo o troféu do mal, não creio que outro o faça; deveria antes igualar-se a mim, o que não é fácil... Ouve, a menos que sejas a frágil condensação de uma névoa (escondes teu corpo em algum lugar, e não consigo achá-lo): certa manhã, vi uma menina que se debruçava sobre um lago, para colher um lótus rosado, firmando seus pés, com uma experiência precoce; debruçava-se sobre as águas, quando seus olhos encontraram meu olhar (é verdade que, de minha parte, isso não foi sem premeditação). Imediatamente, cambaleou como o turbilhão engendrado pela maré ao redor de um rochedo, suas pernas se dobraram, e, coisa maravilhosa de se ver, fenômeno que se realizou com tanta veracidade quanto eu estar conversando contigo, caiu até o fundo do lago: consequência estranha, não colheu mais nenhuma ninfeácea. O que ela faz lá embaixo?... não me informei. Sem dúvida, sua vontade, que se alistou sob a bandeira da libertação, trava combates acirrados contra a podridão! Porém tu, ó mestre, sob teu olhar os habitantes da cidade são subitamente destruídos, como um formigueiro esmagado pela pata de um elefante. Não acabo de ser testemunha de um exemplo demonstrativo? Vê... a montanha não está mais alegre... permanece isolada como um velho. É verdade, as casas existem; mas não é um paradoxo afirmar, em voz baixa, que não poderias dizer o mesmo daqueles que não existem mais. As emanações dos cadáveres já chegam a mim. Não as sentes? Olha essas aves de rapina, que esperam que nos afastemos, para começar a refeição gigantesca; chega uma nuvem perpétua delas dos quatro cantos do horizonte. Desgraça! já chegaram, pois vi suas asas rapaces traçarem, sobre ti, o monumento das espirais, como para te incitar a apressar o crime. Teu olfato não recebe o menor eflúvio? O impostor é assim mesmo... Teus nervos olfativos são finalmente abalados pela percepção dos átomos aromáticos: esses se erguem da cidade aniquilada, embora eu não precise te informar disso... Queria beijar-te os pés, mas meus braços só enlaçam um vapor transparente. Procuremos este corpo inencontrável, que, no entanto, meus olhos distinguem; merece, de minha parte, os mais numerosos sinais de uma admiração sincera. O fantasma se diverte a minha custa; ajuda-me a procurar seu próprio corpo. Se lhe faço um sinal para que fique onde está, eis que me devolve o mesmo sinal... O segredo está revelado; mas não, digo-o com franqueza, para minha inteira satisfação. Tudo está explicado, tanto os grandes como os menores detalhes; estes, tanto faz trazê-los de volta ao espírito, como, por exemplo, o arrancar dos olhos à mulher loira: isso não é quase nada!... Não me lembrava eu, pois, de também haver sido escalpado, embora fosse apenas por cinco anos (a medida exata do tempo me havia escapado) que havia encerrado um ser humano em um cárcere, para testemunhar o espetáculo dos seus sofrimentos, por esse me haver recusado, com razão, uma amizade que não se concede a seres como eu? Já que finjo ignorar que meu olhar pode provocar a morte, mesmo aos planetas que giram no espaço, não se enganará quem pretender que eu não possuo a faculdade da lembrança. O que me resta a fazer é quebrar este espelho em estilhaços, com o auxílio de uma pedra... Esta não é a primeira vez que o pesadelo da perda momentânea da memória fixa sua morada em minha imaginação, quando, pelas inflexíveis leis da ótica, acontece-me de estar diante do desconhecimento da minha própria imagem!

* * *

(6) Eu havia adormecido sobre o penhasco. Aquele que, durante um dia, perseguiu o avestruz pelo deserto, sem conseguir alcançá-lo, não teve tempo para alimentar-se e fechar os olhos. Se for quem me lê, será capaz de adivinhar, com rigor, o quanto o sono se abateu sobre mim. Mas, quando a tempestade empurrou verticalmente uma embarcação, com a palma da sua mão, até o fundo do mar; se, na jangada, houver sobrado, de toda a tripulação, apenas um homem, abatido por cansaços e privações de toda espécie; se as vagas o sacodem, como a um destroço, por horas mais prolongadas que as da vida de um homem; e se uma fragata, que singra mais tarde por essas paragens de desolação, com sua quilha fendida, avista o infeliz que passeia sua carcaça descarnada pelo oceano, e lhe traz um socorro que por pouco não foi tardio, creio que esse náufrago adivinhará melhor ainda até que ponto chegou o torpor dos meus sentidos. O magnetismo e o clorofórmio, quando

se dão a esse trabalho, sabem às vezes engendrar igualmente tais catalepsias letárgicas. Não têm qualquer semelhança com a morte; seria uma grande mentira dizê-lo. Mas passemos logo ao sonho, para que os impacientes, famintos por esses gêneros de leitura, não se ponham a rugir, como um bando de cachalotes macrocéfalos que combatem entre si por causa de um fêmea grávida. Sonhava que havia entrado no corpo de um porco, que não me era fácil de sair dali, e que chafurdava meus pelos nos mais lodosos brejos. Teria sido uma recompensa? Objeto dos meus desígnios, não pertencia mais à humanidade! Em meu entendimento, assim o interpretei, e experimentei uma alegria mais que profunda. Contudo, procurava ativamente qual ato de virtude havia realizado, para merecer, da parte da Providência, esse insigne favor. Agora que repassei na memória as diversas fases daquele esmagamento espantoso contra o ventre do granito, durante o qual a maré, sem que eu o reparasse, passou por duas vezes sobre essa mistura irredutível de matéria morta e carne viva, talvez não seja inútil proclamar que tal degradação não passou, provavelmente, de uma punição, imposta a mim pela justiça divina. Mas quem conhece suas necessidades íntimas ou a causa de suas alegrias pestilentas? A metamorfose nunca apareceu a meus olhos senão como elevada e magnânima ressonância de uma felicidade perfeita, que esperava há muito. Finalmente, havia chegado, o dia em que fui um porco! Exercitava meus dentes sobre a casca das árvores; meu focinho, eu o contemplava deliciado. Não restava a menor parcela de divindade; soube elevar minha alma até a excessiva altura dessa volúpia inefável. Ouvi-me, pois, e não vos ruborizeis, inesgotáveis caricaturas do belo, que levais a sério o ridículo relincho da vossa alma, soberanamente desprezível; e que não entendeis porque o Todo-Poderoso, em um raro momento de excelente humor, que certamente não ultrapassa as grandes leis gerais do grotesco, permitiu-se, um dia, o mirífico prazer de fazer que um planeta fosse habitado por seres singulares e microscópicos, que são denominados *humanos*, e cuja matéria se assemelha à do coral vermelho. Sem dúvida tendes razão em vos ruborizar, ossos e gordura, porém escutai. Não invoco vossa inteligência; obrigariam-na a vomitar sangue, pelo horror que vos testemunha; esquecei-a, e sede consequentes convosco mesmos... Lá, não havia mais empecilho. Quando queria matar, matava; isso me acontecia com frequência, e ninguém o impedia. As leis humanas ainda me perseguiam com sua vingança, embora eu não atacasse a raça que abandonara tão tranquilamente; mas minha consciência não me recriminava de coisa alguma. Durante o dia, lutava com meus novos semelhantes, e o solo ficava semeado de numerosas camadas de sangue coagulado. Era o mais forte, e alcançava todas as vitórias. Feridas pungentes cobriam meu corpo; aparentava não reparar nelas. Os animais terrestres se afastavam de mim, e eu ficava só em minha esplendorosa grandeza. Qual não foi, pois, meu espanto quando, depois de ter atravessado um rio a nado, para afastar-me de paragens que minha fúria havia despovoado, e chegar a outros campos para neles implantar meus hábitos de assassínio e carnificina, tentei caminhar sobre essa margem florida. Meus pé se haviam paralisado; movimento algum vinha trair a verdade dessa imobilidade forçada. Em meio a esforços sobrenaturais para prosseguir meu caminho, foi então que despertei, e senti que voltava a ser homem. A Providência assim fazia-me entender, de um modo que não é inexplicável, que não desejava, mesmo em sonhos, que meus sublimes projetos se realizassem. Voltar a minha forma primitiva foi para mim uma dor tão grande que, durante as noites, ainda choro por causa disso. Meus lençóis estão constantemente molhados, como se tivessem sido postos a enxaguar, e todo dia mando trocá-los. Se não acreditais, vinde ver-me; verificareis, por vossa própria experiência, não a verossimilhança, mas, além disso, a própria verdade da minha afirmação. Quantas vezes, depois dessa noite ao relento, sobre um penhasco, não me juntei às varas de porcos para retomar, como um direito, minha metamorfose destruída! É tempo de abandonar essas lembranças gloriosas, que nada deixam, a sua passagem, senão a pálida via láctea das lamentações eternas.

* * *

(7) Não é impossível testemunhar um desvio anormal no funcionamento latente ou visível das leis da natureza. Com efeito, se qualquer um se der ao trabalho engenhoso de interrogar as diversas fases da sua existência (sem esquecer uma só, pois essa talvez seja a que estava destinada a fornecer a prova do que afirmo), não se recordará, sem um certo espanto, que seria cômico em outras circunstâncias, que, certo dia, para falar em primeiro lugar de coisas objetivas, foi testemunha de algum fenômeno que parecia ultrapassar, e ultrapassava positivamente as noções conhecidas, fornecidas pela observação e pela experiência, como, por exemplo, as chuvas de sapos, cujo mágico espetáculo não deve ter chegado a ser inicialmente compreendido pelos sábios. E que, em outro dia, para falar em segundo e último lugar de coisas subjetivas, sua alma apresentou ao olhar investigador da psicologia, não chego ao ponto de dizer uma aberração da razão (que, todavia, não seria menos curiosa; ao contrário, sê-lo-ia mais ainda), mas, ao menos, para não me fazer de difícil junto a certas pessoas frias, que nunca me perdoariam as elucubrações flagrantes do meu exagero, um estado insólito, com frequência gravíssimo, a indicar que o limite concedido pelo bom senso à imaginação é, às vezes, apesar do pacto efêmero concluído entre essas duas forças, infelizmente violado pela pressão enérgica da vontade, mas, quase sempre também, pela ausência da sua colaboração efetiva: forneçamos, em apoio, alguns exemplos, cuja oportunidade não é difícil de apreciar; se, todavia, tomarmos por companhia uma atenta moderação. Apresento dois: os arrebatamentos da cólera e as doenças do orgulho. Aviso a quem me lê que tome cuidado, para não fazer uma ideia vaga, e, por maiores motivos, falsa, das belezas da literatura que desfolho, no desenvolvimento excessivamente rápido das minhas frases. Ai de mim! quisera desenrolar meus raciocínios e minhas comparações com lentidão, e com muita magnificência (mas quem dispõe de seu tempo?), para que qualquer um entenda ainda melhor, senão meu espanto, ao menos minha estupefação, quando, em uma tarde de verão, enquanto o sol parecia baixar no

horizonte, vi nadar, sobre o mar, com grandes pés de pato no lugar das extremidades das pernas e dos braços, portador de uma barbatana dorsal, proporcionalmente tão longa e tão afiada quanto aquela dos golfinhos, um ser humano, de músculos vigorosos, a quem numerosos cardumes de peixes (vi, nesse cortejo, entre outros habitantes das águas, a enguia, o cachalote groenlandês e o peixe-diabo)[4] seguiam com os mais flagrantes sinais da maior admiração. Às vezes mergulhava, e seu corpo viscoso reaparecia logo em seguida, a duzentos metros de distância. Os marsuínos,[5] que não roubaram, em minha opinião, a reputação de bons nadadores, mal podiam seguir de longe esse anfíbio de nova espécie. Não creio que o leitor venha a se arrepender, se prestar à minha narrativa, não tanto o nocivo obstáculo de uma credulidade estúpida, quanto o supremo serviço de uma confiança profunda, que discute lealmente, com secreta simpatia, os mistérios poéticos, demasiado pouco numerosos a seus próprios olhos, que me encarrego de revelar-lhe, a cada vez que se apresentar a ocasião, como se apresentou inopinadamente hoje, intimamente penetrada pelos tonificantes aromas das plantas aquáticas, que o refrescante vento do norte transporta nesta estrofe, que contém um monstro, que se apropriou dos sinais distintivos da família dos palmípedes. Quem fala aqui de apropriação? Ficai sabendo que o homem, por sua natureza múltipla e complexa, não ignora os meios de ampliar mais ainda suas fronteiras; vive n'água, como o hipocampo; nas camadas superior do ar, como a águia-marinha;[6] e sob a terra, como a toupeira, o bicho da conta e a sublimidade da minhoca. Tal é, em sua forma, mais ou menos concisa (mais para mais que para menos), o exato critério de consolação extremamente fortificante que eu me esforçava para fazer que nascesse em meu espírito, enquanto imaginava que o ser humano que avistava a grande distância, a nadar com seus quatro membros, à superfície

[4] Peixe-diabo: *scorpène* no original, também escorpião-do-mar, sapo-do-mar, diabo-do-mar; um peixe do mediterrâneo, a "rascasse". Cachalote: no original, *anarkak*, um anacronismo, nome que deixou de ser utilizado para designar o hiperodonte, cetáceo do Ártico.

[5] Marsuínos, *marsuins*: golfinhos e outros cetáceos da mesma família.

[6] *Orfraie* no original: águia-marinha, águia-pescadora, xofrango.

das ondas, como jamais o mais soberbo corvo-marinho[7] o fez, não haveria, talvez, adquirido a nova transformação das extremidades de seus braços e de suas pernas, senão como castigo expiatório de algum crime desconhecido. Não era necessário que eu atormentasse minha cabeça para fabricar antecipadamente as melancólicas pílulas da piedade; pois não sabia que esse homem, cujos braços batiam alternadamente a onda amarga, enquanto suas pernas, com uma força igual à que possuem as presas espiraladas do narval,[8] engendravam o recuo das camadas aquáticas, não se havia apropriado voluntariamente dessas extraordinárias formas, mas que essas lhe haviam sido impostas como suplício. Conforme o que soube mais tarde, eis a simples verdade: o prolongamento da existência, nesse elemento fluido, havia insensivelmente levado, no ser humano que se exilara por vontade própria dos continentes rochosos, às transformações importantes, mas não essenciais, que eu observara, no objeto que um olhar relativamente confuso me fizera tomar, desde os momentos primordiais da sua aparição (por uma inqualificável leviandade, cujos desvios engendram o sentimento tão penoso, que será facilmente compreendido pelos psicólogos e pelos amantes da prudência) por um peixe de forma estranha, ainda não descrito nas classificações dos naturalistas; mas, talvez, em suas obras póstumas, embora eu não tivesse a compreensível pretensão de me inclinar para essa derradeira suposição, imaginada em condições demasiado hipotéticas. De fato, esse anfíbio (pois de anfíbio se trata, sem que se possa afirmar o contrário) só era visível para mim, abstração feita dos peixes e dos cetáceos; pois reparei que alguns camponeses, entretidos a contemplar meu rosto, perturbado por esse fenômeno sobrenatural, e que procuravam inutilmente explicar-se porque meus olhos estarem constantemente fixos, com uma perseverança que parecia invencível, e que não o era na verdade, em um lugar do mar onde nada distinguiam, a não ser uma quantidade apreciável e limitada

[7] *Cormoran*, no original: corvo-marinho, alcatraz.

[8] O narval é um cetáceo da família dos golfinhos; ao atribuir-lhe presas (*défenses*) espiraladas, Lautréamont se refere a uma variedade, o unicórnio-do-mar.

de cardumes de peixes de todas as espécies, dilatavam a abertura de suas bocas enormes, talvez tanto quanto a da baleia: "Aquilo os fazia sorrir, mas não, como a mim, empalidecer, diziam-se eles em seu pitoresco linguajar; e não eram imbecis a ponto de não reparar que, precisamente, eu não olhava as evoluções rústicas dos peixes, mas que minha vista se transportava muito além." De tal modo que, quanto ao que me diz respeito, voltando maquinalmente os olhos na direção da envergadura notável dessas possantes bocas, dizia a meus botões que, exceto se encontrasse na totalidade do universo um pelicano, do tamanho de uma montanha, ou pelo menos de um promontório (admirai, rogo-vos, a finura da restrição que não perde uma polegada de terreno), bico algum de ave de rapina, ou mandíbula alguma de animal selvagem jamais seria capaz de ultrapassar, ou sequer de igualar, cada uma dessas crateras escancaradas, mas demasiado lúgubres. E, todavia, embora eu reserve uma boa parte ao simpático emprego da metáfora (essa figura de retórica presta muito mais serviços às aspirações humanas rumo ao infinito do que ordinariamente tentam imaginar os que estão imbuídos de preconceitos ou de ideias falsas, o que vem a dar na mesma), não é menos verdadeiro que a boca risível desses camponeses ainda continua suficientemente grande para engolir três cachalotes. Resumamos mais ainda nosso pensamento, sejamos sérios, e contentemo-nos com três pequenos elefantes recém-nascidos. De uma só braçada, o anfíbio deixava para trás um quilômetro de sulcos espumosos. Durante o curtíssimo momento em que o braço estendido para a frente permanece suspenso no ar, antes de afundar-se novamente, seus dedos afastados, reunidos com a ajuda de uma prega de pele, em forma de membrana, pareciam lançar-se na direção das alturas do espaço e agarrar as estrelas. Em pé no rochedo, servi-me de minhas mãos como de um alto-falante, e exclamei, enquanto os caranguejos e lagostas fugiam para a escuridão das mais secretas grutas: "Ó tu, cuja natação ganha do voo das longas asas da fragata, se ainda compreendes a significação dos grandes clamores que, como fiel interpretação de seu pensamento íntimo, lança com força a humanidade, digna-te deter, por um instante, teu rápido percurso, e conta-me sumariamente as fases da tua verídica história. Porém, aviso-te que não terás necessidade de me dirigir a palavra, se teu desígnio audacioso é fazer que nasçam em mim a amizade e a veneração que sinto por ti, desde que te vi, pela primeira vez, realizando, com a graça e a força do tubarão, tua peregrinação indomável e retilínea." Um suspiro, que gelou meus ossos, e fez cambalear o rochedo sobre o qual repousava a planta dos meus pés (a menos que tenha sido eu mesmo quem cambaleou, pela rude penetração das ondas sonoras, que levavam até meu ouvido tamanho grito de desespero), se fez ouvir até as entranhas da terra: os peixes mergulharam sob as ondas, com o ruído da avalancha. O anfíbio não ousou aproximar-se em demasia da margem; mas, depois de certificar-se que sua voz chegaria bem nitidamente até meu tímpano, reduziu o movimento dos seus membros espalmados, de modo a erguer seu busto, recoberto de algas, acima das ondas que mugiam. Vi-o inclinar sua fronte, como para invocar, por uma ordem solene, a matilha errante das recordações. Não ousei interrompê-lo nessa ocupação santamente arqueológica; mergulhado no passado, parecia um rochedo. Finalmente, tomou a palavra nesses termos: "À centopeia não faltam inimigos; a beleza fantástica de suas patas inumeráveis, em lugar de atrair-lhe a simpatia dos animais, talvez seja, para eles, apenas o poderoso estimulante de uma ciumenta irritação. E eu não me espantaria de saber que esse inseto é alvo dos mais intensos ódios. Esconderei de ti o lugar do meu nascimento, que não importa para minha narrativa; porém a vergonha que recairia sobre minha família me importa. Meu pai e minha mãe (que Deus os perdoe!), após um ano de espera, viram o céu atender a seus rogos: um par de gêmeos, eu e meu irmão, veio à luz. Razão a mais para se amarem. Mas não foi o que aconteceu. Por ser eu o mais belo dos dois, e o mais inteligente, meu irmão tomou-se de ódio por mim, e não se deu ao trabalho de ocultar tais sentimentos: por isso, meu pai e minha mãe derramaram sobre mim a maior parte do seu amor, enquanto eu, por minha amizade sincera e constante, me esforçava para apaziguar uma alma, que não tinha o direito de revoltar-se contra este que havia sido extraído da mesma carne. Então, meu irmão não conheceu mais limites para seu furor, e me perdeu, no coração de nossos pais comuns, pelas mais inverossímeis calúnias. Vivi, por quinze anos, em um calabouço, tendo larvas e água lamacenta como único alimento. Não te relatarei em detalhe os tormentos inauditos que sofri, nesse longo sequestro injusto. Às vezes, a certa altura do dia, um dos três carrascos, que se revezavam, entrava repentinamente, munido de pinças, tenazes e diversos instrumentos de suplício. Os gritos que me arrancavam as torturas os deixavam impassíveis; a perda abundante do meu sangue os fazia sorrir. Ó meu irmão, eu te perdoei, a ti, causa primeira de todos os meus males! Como é possível que uma raiva cega impeça a alguém de abrir seus próprios olhos! Refleti muito, em minha eterna prisão. O que se tornou meu ódio geral contra a humanidade, tu o podes adivinhar. O estiolamento progressivo, a solidão do corpo e da alma não me haviam feito perder todo o meu juízo, a ponto de guardar ressentimento contra aqueles que não havia deixado de amar: tripla canga da qual era escravo. Consegui, por meio de artimanhas, reconquistar minha liberdade! Enojado com os habitantes do continente, que, embora se intitulassem meus semelhantes, não pareciam se assemelhar a mim em nada (se achavam que eu me assemelhava a eles, por que me faziam tanto mal?) dirigi minha rota para os seixos da praia, firmemente decidido a entregar-me à morte, se o mar me oferecesse as reminiscências anteriores de uma existência fatalmente vivida. Acreditarás em teus próprios olhos? Desde o dia em que fugi da casa paterna, não me queixo tanto como pensarias, por habitar o mar e suas grutas de cristal. A Providência, como vês, deu-me em parte a organização do cisne. Vivo em paz com os peixes, que me trazem o alimento de que necessito, como se eu fosse seu monarca. Soltarei um assobio particular, desde que isso não te contrarie, e verás como reaparecerão". Aconteceu como o havia predito. Recomeçou sua real natação, rodeado por seu cortejo de súditos. E, apesar de que, ao termo de alguns segundos, ele houvesse desaparecido completamente da minha vista, com uma luneta ainda fui capaz de distingui-lo, nos derradeiros limites do horizonte. Nadava com uma das mãos, e com a outra enxugava os olhos, injetados de sangue pelo terrível constrangimento de aproximar-se da terra firme. Havia agido assim para agradar-me. Atirei o instrumento revelador contra a escarpa íngreme; saltou de rochedo em rochedo, e seus fragmentos dispersos, foram as ondas que os receberam; tais foram a última demonstração e o supremo adeus, através dos quais me inclinei, como em um sonho, diante de uma nobre e infortunada inteligência! No entanto, foi tudo real, o que se passou durante essa tarde de verão.

* * *

(8) Toda noite, mergulhando a envergadura das minhas asas em minha memória agonizante, eu evocava a lembrança de Falmer... toda noite. Seus cabelos loiros, seu rosto oval, seus traços majestosos estavam ainda gravados em minha imaginação... indelevelmente... especialmente seus cabelos loiros. Afastai, afastai pois essa cabeça sem cabelos, polida como a carapaça da tartaruga. Tinha catorze anos, e eu só tinha um ano a mais. Que essa lúgubre voz se cale. Por que vem ela me denunciar? Mas sou eu mesmo quem fala. Servindo-me de minha própria língua para emitir meu pensamento, percebo que meus lábios se mexem, e que sou eu mesmo quem fala. E sou eu mesmo, narrando uma história da minha juventude, sentindo o remorso penetrar em meu coração... sou eu mesmo, a não ser que me engane... sou eu mesmo quem fala. Só tinha um ano a mais. Quem é, pois, esse a quem aludo? É um amigo que tive em outros tempos, creio. Sim, sim, já disse como se chama... não quero soletrar novamente essas seis letras, não, não. Também é inútil eu repetir que tinha um ano a mais. Quem sabe? Repitamo-lo, contudo, mas

com um penoso murmúrio: eu só tinha um ano a mais. Mesmo então, o predomínio da minha força física era antes um motivo para sustentar, pela rude senda da vida, aquele que se havia dado a mim, e não para maltratar um ser visivelmente mais fraco. Ora, acredito de fato que ele fosse mais fraco... Mesmo então. É um amigo que tive em outros tempos, creio. O predomínio da minha força física... toda noite... Especialmente seus cabelos loiros. Há mais de um ser humano que viu cabeças calvas: a velhice, a doença, a dor (as três juntas ou tomadas separadamente) explicam esse fenômeno negativo de modo satisfatório. Essa é, ao menos, a resposta que me daria um sábio, se o interrogasse a respeito. A velhice, a doença, a dor. Mas não ignoro (eu também sou sábio) que um dia, por ele me haver segurado a mão, no momento em que erguia meu punhal para cravá-lo no seio de uma mulher, eu o agarrei pelos cabelos com um braço de ferro, e o fiz girar pelos ares com tamanha velocidade, que sua cabeleira permaneceu em minha mão, e seu corpo, arremessado pela força centrífuga, foi chocar-se contra o tronco de um carvalho... Não ignoro que um dia sua cabeleira ficou em minhas mãos. Também sou sábio. Sim, sim, já disse como ele se chama. Não ignoro que um dia pratiquei um ato infame, enquanto seu corpo era lançado pela força centrífuga. Tinha catorze anos. Quando, em um ataque de alienação mental, corro através dos campos, segurando, apertada sobre meu coração, uma coisa sangrenta que conservo há tempos, qual relíquia venerada, as crianças pequenas que me perseguem... as crianças pequenas e as velhas que me perseguem a pedradas, soltam esses gemidos lamentosos: "Eis a cabeleira de Falmer." Afastai, afastai pois essa cabeça calva, polida como a carapaça da tartaruga... Uma coisa sangrenta. Mas sou eu mesmo quem fala. Seu rosto oval, seus traços majestosos. Ora, de fato acredito que ele fosse mais fraco. As velhas e as crianças pequenas. Ora, de fato acredito... o que eu queria dizer?... ora, de fato acredito que ele fosse mais fraco. Com um braço de ferro. Esse choque, esse choque o terá matado? Seus ossos se partiram contra a árvore... irreparavelmente? Te-lo-á matado, esse choque engendrado pelo vigor de um atleta? Terá ele conservado a vida, embora seus ossos estejam irreparavelmente partidos... irreparavelmente? Esse choque, te-lo-á matado? Temo saber aquilo de que meus olhos fechados não foram testemunhas. De fato... Especialmente sua cabeleira loira. De fato, fugi para bem longe, com um consciência doravante implacável. Tinha catorze anos. Com uma consciência doravante implacável. Toda noite. Quando um jovem, que aspira à glória, em um quinto andar, debruçado sobre sua escrivaninha, na hora silenciosa da meia-noite, repara em um suspiro, sem saber a que atribuí-lo, vira para todos os lados sua cabeça, pesada por causa da meditação e dos manuscritos empoeirados; mas nada, nenhum indício surpreendido lhe revela a causa disso que ele ouve tão fracamente, embora, contudo, ouça. Percebe finalmente que a fumaça da sua vela, tomando impulso rumo ao teto, ocasiona, através do ar ambiente, as vibrações quase imperceptíveis de uma folha de papel pendurada em um prego fixado à parede. Em um quinto andar. Assim como um jovem, que aspira à glória, ouve um murmúrio que não sabe a que atribuir, assim também ouço uma voz melodiosa que pronuncia junto a meu ouvido: "Maldoror!" Mas, antes de pôr um fim a seu engano, acreditava ouvir as asas de um mosquito... debruçado sobre a escrivaninha. No entanto, não sonho: que importância tem eu estar estendido sobre meu leito de cetim? Faço com sangue-frio a perspicaz observação de estar de olhos abertos, embora seja a hora dos dominós cor-de-rosa e dos bailes de máscara. Nunca... ó! não, nunca!... uma voz mortal fez que fossem ouvidas essas entonações seráficas, ao pronunciar, com tão dolorosa elegância, as sílabas do meu nome! As asas de um mosquito... Como sua voz é carinhosa... Será que ele me perdoou? Seu corpo foi chocar-se contra o tronco de um carvalho... "Maldoror!"

FIM DO CANTO QUARTO

CANTO QUINTO

(1) Que o leitor não se zangue comigo se minha prosa não tem a felicidade de agradar-lhe. Afirmas que minhas ideias são ao menos originais. O que dizes, homem respeitável, é a verdade; porém uma verdade parcial! Ora, que fonte abundante de erros e mal-entendidos reside em toda verdade parcial! Os bandos de estorninhos têm um modo de voar que lhes é próprio, e parece submetido a uma tática uniforme e regular, tal como a de uma tropa disciplinada, que obedece com precisão à voz de um só chefe. É à voz do instinto que os estorninhos obedecem, e seu instinto os leva a se aproximarem sempre do centro do pelotão, enquanto a rapidez do seu voo os leva constantemente para além; de modo que essa multidão de pássaros, assim reunidos por uma tendência comum em direção ao mesmo ponto imantado, indo e vindo sem parar, circulando e cruzando-se em todos os sentidos, forma uma espécie de turbilhão extremamente agitado, cuja massa inteira, sem seguir uma direção bem determinada, parece ter um movimento geral de evolução sobre si mesma, resultante dos movimentos particulares de circulação próprios a cada uma das suas partes, na qual o centro, tendendo perpetuamente a expandir-se, mas incessantemente pressionado, comprimido pelo esforço contrário das linhas circundantes, que pesam sobre ele, está constantemente mais apertado que qualquer uma dessas linhas, que por sua vez o estão tanto mais, quanto mais próximas estiverem do centro. Apesar dessa estranha maneira de rodopiar, nem por isso os estorninhos deixam de fender, com rara velocidade, o ar ambiente, e ganham sensivelmente, a cada segundo,

um terreno precioso para o termo das suas fadigas e o alvo da sua peregrinação. Tu, da mesma maneira, não te incomodes com a maneira estranha com que canto cada uma destas estrofes. Mas estejas convencido de que os acordes fundamentais da poesia nem por isso deixam de conservar seu intrínseco direito sobre minha inteligência. Não generalizemos fatos excepcionais, nada mais peço: contudo, meu caráter faz parte da ordem das coisas possíveis. Sem dúvida, entre os dois termos extremos da tua literatura, tal como a entendes, e da minha, existe uma infinidade de intermediários, e seria fácil multiplicar as divisões; mas não haveria utilidade alguma nisso, e correríamos o risco de atribuir algo de estreito e falso a uma concepção eminentemente filosófica, que deixa de ser racional, desde o momento em que não é mais compreendida como foi imaginada, ou seja, com amplidão. Sabes aliar o entusiasmo à frieza interior, observador de humor concentrado; enfim, de minha parte, acho-te perfeito... E não queres me compreender! Se não estiveres em boa saúde, segue meu conselho (é o melhor que posso pôr a tua disposição), e vai dar um passeio no campo. Triste compensação, não achas? Depois de teres tomado ar, volta para encontrar-me: teus sentidos estarão mais descansados. Não chores mais: não queria provocar-te sofrimento. Não é verdade, amigo, que, até certo ponto, tua simpatia foi conquistada por meus cantos? Ora, o que te impede de transpor os outros degraus? A fronteira entre teu gosto e o meu é invisível; nunca a poderás enxergar: prova de que essa fronteira não existe. Reflete, pois, que então (eu me limito a esboçar a questão) não seria impossível que houvesses firmado uma aliança com a obstinação, essa agradável filha do asno, fonte tão rica de intolerância. Se não soubesse que tu não és um idiota, não te faria semelhante recriminação. De nada serve que te incrustes na cartilaginosa carapaça de um axioma que acreditas ser inabalável. Há outros axiomas que também são inabaláveis, e que caminham paralelamente ao teu. Se tiveres uma marcada preferência pelos caramelos (admirável farsa da natureza), ninguém considerará isso um crime; mas aqueles cuja inteligência, mais enérgica, e capaz de coisas maiores, prefere a pimenta e o arsênico, têm bons motivos para agir dessa forma, sem a intenção de impor sua pacífica dominação aos que tremem diante de um ratão silvestre[1] ou da expressão falante das superfícies de um cubo.[2] Digo-o por experiência própria, sem querer fazer aqui o papel de provocador. E, assim como os rotíferos e os tardígrados[3] podem ser aquecidos até uma temperatura próxima à ebulição, sem perderem necessariamente sua vitalidade, o mesmo acontecerá contigo, desde que saibas assimilar, com precaução, a amarga serosidade supurativa que se desprende vagarosamente da irritação causada por minhas interessantes elucubrações. Ora essa, já não chegaram a enxertar nas costas de um rato vivo a cauda arrancada ao corpo de outro rato? Tenta pois, do mesmo modo, transpor para tua imaginação as diversas modificações da minha razão cadavérica. Mas sê prudente. Na hora em que escrevo, novos frêmitos percorrem a atmosfera intelectual: trata-se apenas de ter a coragem de encará-los de frente. Por que fazes essa careta? E tu a acompanhas, até mesmo, com um gesto que só poderia ser imitado depois de uma longa aprendizagem. Podes estar certo de que o hábito é necessário em tudo; e, visto que a repulsa instintiva, que se havia declarado desde as primeiras páginas, diminuiu notavelmente de profundidade, na razão inversa da dedicação à leitura, como um furúnculo que está sendo lancetado, deve-se esperar, embora tua cabeça ainda esteja doente, que tua cura certamente não tardará, certamente, a entrar em sua etapa final. Para mim, é indubitável que já vogas em plena convalescença; contudo, teu rosto ficou bem abatido, ai de ti! Mas... coragem! há em ti um espírito pouco comum, eu te amo, e não desespero da tua cura completa, desde que absorvas algumas substâncias medicinais, que só farão apressar-

[1] *Musaraigne*, no original: musaranho, ratão silvestre.

[2] Na edição Flammarion da obra completa de Lautréamont, seu organizador, Jean-Luc Steinmetz, interpreta essa imagem sobremodo enigmática como referência ao jogo de dados (o cubo), símbolo por excelência do acaso, do aleatório.

[3] Rotíferos e tardígrados são animalúculos, micro-organismos, que se viram envolvidos nas polêmicas da segunda metade do século XIX entre Pasteur e outros cientistas, por sua capacidade de resistir a temperaturas elevadas. Comentaristas observam como isso mostra até que ponto Lautréamont recorria a publicações científicas.

-se o desaparecimento dos últimos sintomas da doença. Como alimentação adstringente e tônica, arrancarás primeiro os braços da tua mãe (se é que ela ainda existe), tu os picarás em pedacinhos, e os comerás logo em seguida, em um só dia, sem que qualquer traço do teu rosto traia tua emoção. Se tua mãe for demasiado velha, escolhe outro paciente, mais jovem e mais fresco, sobre o qual a raspadeira cirúrgica tenha domínio, e cujos ossos tarsos, quando caminha, encontrem facilmente um ponto de apoio para fazer o movimento do balanço: tua irmã, por exemplo. Não posso deixar de lamentar seu destino e não sou daqueles em quem um entusiasmo muito frio só simula a bondade. Tu e eu derramaremos por ela, por essa virgem amada (mas não tenho provas para afirmar que ela seja virgem), duas lágrimas incoercíveis, duas lágrimas de chumbo. E será tudo. A poção mais lenitiva que te aconselho é uma bacia, cheia de pus blenorrágico com nódulos, na qual previamente terás dissolvido um quisto piloso do ovário, um cancro folicular, um prepúcio inflamado, virado para trás da glande por uma parafimose, e três lesmas vermelhas. Caso sigas minha receita, minha poesia te receberá de braços abertos, como quando um piolho seciona, com seus beijos, a raiz de um cabelo.

* * *

(2) Eu via, a minha frente, um objeto erguido sobre um outeiro. Não distinguia claramente sua cabeça; mas já adivinhava não ter ela uma forma ordinária, sem, no entanto, determinar a proporção exata de seus contornos. Não ousava aproximar-me dessa coluna imóvel; e, mesmo que tivesse a minha disposição as patas ambulatórias de mais de três mil caranguejos (já nem falo daquelas que lhes servem para pegar e mastigar alimentos), ainda teria permanecido no mesmo lugar, se um acontecimento, bem fútil em si, não houvesse cobrado um pesado tributo a minha curiosidade, fazendo arrebentar seus diques. Um escaravelho, rolando pelo chão, com suas mandíbulas e antenas, uma bola, cujos

principais elementos eram compostos de matérias excremenciais, avançava, a passos rápidos, na direção do outeiro mencionado, esforçando-se para tornar bem evidente a vontade que tinha de tomar essa direção. Esse animal articulado não era muito maior que uma vaca! Se duvidarem do que digo, que venham procurar-me, e satisfarei aos mais incrédulos pelo depoimento de boas testemunhas. Segui-o de longe, ostensivamente intrigado. O que pretendia ele fazer com essa grande bola negra? Ó leitor, tu que te gabas sem parar de tua perspicácia (e não sem razão), serias capaz de dizê-lo? Mas não pretendo submeter a uma rude prova tua conhecida paixão pelos enigmas. Que te baste saber que a mais suave punição que sou capaz de te infligir é ainda fazer que observes que esse mistério não te será revelado (ser-te-á revelado) senão mais tarde, no fim da tua vida, quando entabulares discussões filosóficas com a agonia à cabeceira do teu leito... ou talvez já no fim desta estrofe. O escaravelho havia chegado ao pé do outeiro. Eu havia encaixado meus passos em seu rastro, e ainda estava a uma grande distância do local da cena; pois, assim como os estercorários, pássaros irrequietos como se estivessem sempre famintos, gostam dos mares que banham os dois polos, e só acidentalmente avançam pelas zonas temperadas, assim também eu não estava tranquilo, e conduzia minhas pernas para a frente com muita lentidão. Mas o que seria a substância corpórea em cuja direção eu avançava? Eu sabia que a família dos pelicanídeos compreende quatro gêneros distintos: o parvo, o pelicano, o corvo-marinho e a fragata.[4] A forma grisalha que aparecia à minha frente não era um parvo. O bloco plástico que eu distinguia não era uma fragata. A carne cristalizada que eu observava não era um corvo-marinho. Eu o enxergava agora, o homem com o encéfalo desprovido de protuberância anular! Procurei vagamente, nos recônditos da memória, em qual região, tórrida ou glacial, eu já havia observado esse bico muito longo, largo, convexo, abobadado, de aresta acentuada, unguiculada, enganchada e muito recurvada em sua

[4] *Fou*, parvo; *cormoran*, corvo-marinho; *frégate*, fragata.

extremidade; essas bordas denteadas, retas; essa mandíbula inferior, de ramos separados até a proximidade da ponta; esse intervalo preenchido por uma pele membranosa; essa grande bolsa, amarela e saciforme, ocupando toda a garganta, capaz de esticar-se consideravelmente; e essas narinas muito estreitas, longitudinais, quase imperceptíveis, cavadas em um sulco basal! Se esse ser vivo, de respiração pulmonar e simples, com um corpo guarnecido de pelos, houvesse sido uma ave inteira até a planta dos pés, e não apenas até os ombros, não me teria sido então difícil reconhecê-lo; coisa muito fácil de ser feita, como o vereis por vossa conta. Apenas, desta vez, eu me dispenso disto; para a clareza da minha demonstração, precisaria que um desses pássaros fosse colocado sobre minha escrivaninha, mesmo que apenas empalhado. Ora, não sou rico o bastante para arranjar um deles. Seguindo passo a passo uma hipótese anterior, logo teria assinalado sua verdadeira natureza, e encontrado um lugar, nas tabelas da história natural, para esse cuja nobreza eu admirava em sua postura doentia. Com que satisfação por não ser totalmente ignorante sobre os segredos do seu duplo organismo, e com que avidez de saber mais ainda, eu o contemplava em sua metamorfose duradoura! Embora não possuísse um rosto humano, parecia-me belo como os dois longos filamentos tentaculiformes de um inseto; ou melhor, como uma inumação precipitada; ou ainda, como a lei da reconstituição dos órgãos mutilados; e, principalmente, como um líquido eminentemente putrescível! Mas, sem prestar qualquer atenção ao que se passava nos arredores, o estranho olhava sempre para a frente, com sua cabeça de pelicano! Outro dia, retomarei o final dessa história. No entanto, continuarei minha narrativa com uma melancólica solicitude; pois se, de vossa parte, tendes pressa em saber onde minha imaginação quer chegar (provesse ao céu que, com efeito, se tratasse apenas de imaginação!), de minha parte tomei a resolução de terminar de uma só vez (e não em duas!) o que tinha a dizer. Embora, contudo, ninguém tenha o direito de acusar-me de falta de coragem. Mas, ao se encontrar diante de tais circunstâncias, muita gente sente bater contra a palma da mão as pulsações do coração. Acaba de morrer, quase desconhecido, em um pequeno porto da Bretanha, um mestre de navio de cabotagem, velho marinheiro, que foi o herói de uma terrível história. Era então capitão de um navio de longo curso, e viajava para um armador de Saint Malo. Ora, depois de uma ausência de treze meses, chegou ao lar conjugal no momento em que sua esposa, ainda acamada, acabava de dar-lhe um herdeiro, para cujo reconhecimento ele não se admitia qualquer direito. O capitão nada externou da sua surpresa e cólera; pediu friamente a sua mulher que se vestisse, e que o acompanhasse a um passeio pelas muralhas da cidade. Estavam em janeiro. As muralhas exteriores de Saint Malo são elevadas, e, quando sopra o vento do norte, os mais intrépidos recuam. A desgraçada obedeceu, calma e resignada; ao voltar, delirou. Expirou aquela noite. Mas não passava de uma mulher. Enquanto eu, que sou homem, na presença de um drama não menor, não sei se conservei o suficiente domínio sobre mim mesmo, para que os músculos do meu rosto permanecessem imóveis! Assim que o escaravelho chegou à base do outeiro, o homem ergueu seu braço na direção do oeste (precisamente, nessa direção, um abutre devorador de cordeiros e um bufo da Virgínia[5] travavam um combate nos ares), enxugou sobre seu bico uma longa lágrima que apresentava um sistema de coloração diamantina, e disse ao escaravelho: "Desventurada bola! não a fizeste rolar o bastante? Tua vingança ainda não está saciada; e já essa mulher, cujas pernas e braços amarraste, com colares de pérolas, de modo a construir um poliedro amorfo, para arrastá-la, com teus tarsos, pelas ribanceiras e caminhos, sobre os espinheiros e as pedras (deixa que me aproxime para ver se ainda é ela!), viu seus ossos sulcarem-se de feridas, seus membros se polirem pela lei mecânica da fricção rotativa, e se confundirem na unidade da coagulação, e seu corpo apresentar, no lugar dos contornos primitivos e das curvas naturais, a aparência monótona de um só todo homogêneo, que se assemelha

[5] *Vautour des agneaux*, abutre devorador de cordeiros; *grand-duc de Virginie*, bufo da Virgínia.

em demasia, pela confusão de seus diferentes elementos triturados, à massa de uma esfera! Faz muito tempo que ela morreu; devolve esses restos à terra, e evita de aumentar, em proporções irreparáveis, a raiva que te consome: isso não é mais justiça; pois o egoísmo, escondido nos tegumentos da tua testa, descerra lentamente, como um fantasma, o sudário que o recobre." O abutre dos cordeiros e o bufo da Virgínia, conduzidos insensivelmente pelas peripécias da sua luta, haviam se aproximado de nós. O escaravelho tremeu diante dessas palavras inesperadas, e o que, em outra ocasião, teria sido um movimento insignificante, tornou-se, dessa vez, o sinal distintivo de um furor que não conhecia mais limites; pois friccionou espantosamente suas coxas posteriores na borda dos élitros, fazendo ouvir um ruído agudo: "Quem és tu, pois, ser pusilânime? Parece que te esqueceste de certos acontecimentos estranhos dos tempos passados; não os reténs em tua memória, meu irmão. Esta mulher nos traiu, a um depois do outro. A ti primeiro, e a mim em seguida. Parece-me que essa injúria não deve (não deve!) desaparecer da lembrança tão facilmente. Tão facilmente! A ti, tua natureza magnânima te permite perdoar. Porém, sabes se, apesar da situação anormal dos átomos dessa mulher, reduzida a massa (não é questão, agora, de sabermos se alguém acreditaria, em uma primeira investigação, que este corpo tivesse sido aumentado de uma notável quantidade de densidade, mais pela engrenagem de duas fortes rodas que pelos efeitos da minha fogosa paixão), ela ainda não vive? Cala-te, e permite que eu me vingue." Recomeçou sua manipulação, e afastou-se, a bola empurrada à sua frente. Quando se distanciou, o pelicano exclamou: "Essa mulher, por seu poder mágico, deu-me uma cabeça de palmípede, e transformou meu irmão em escaravelho: talvez mereça tratamentos ainda piores do que esses que acabo de enumerar." E eu, que não tinha certeza de não sonhar, adivinhando, pelo que havia escutado, a natureza das relações hostis que uniam, por cima de mim, em um combate sanguinolento, o abutre devorador de cordeiros e o bufo da Virgínia, joguei, como um capuz, minha cabeça para trás, para dar ao movimento dos meus pulmões a liberdade e elasticidade convenientes, e lhes gritei, dirigindo meus olhos para o alto: "Ó vós, cessai vossa discórdia. Ambos tendes razão; pois a ambos ela havia prometido seu amor; por conseguinte, enganou-vos a todos. Mas não fostes os únicos. Além do mais, despojou-vos da vossa forma humana, fazendo uma cruel brincadeira com vossas santas dores. E vós hesitaríeis em acreditar-me. Ademais, está morta; e o escaravelho a submeteu a um castigo cujas marcas são indeléveis, apesar da piedade de quem foi traído em primeiro lugar." Diante dessas palavras, deram fim a sua querela, e não mais se arrancaram plumas e pedaços de carne; tinham razão para agir assim. O bufo da Virgínia, belo como uma dissertação sobre a curva descrita por um cão correndo atrás de seu dono,[6] enfiou-se nas reentrâncias de um convento em ruínas. O abutre devorador de cordeiros, belo como a lei da parada do desenvolvimento do peito dos adultos cuja propensão ao crescimento não está em relação direta à quantidade de moléculas que seu organismo assimila, perdeu-se nas altas camadas da atmosfera. O pelicano, cujo generoso perdão me impressionara fortemente, pois não o achei natural, retomando sobre seu outeiro a impassibilidade majestosa de um farol, como para avisar os navegantes humanos para que prestassem atenção em seu exemplo, e preservassem seu destino do amor das feiticeiras funestas, olhava sempre para a frente. O escaravelho, belo como o tremor das mãos no alcoolismo, desaparecia no horizonte. Quatro existências a mais que podiam ser riscadas do livro da vida. Arranquei um músculo inteiro do braço esquerdo, pois não sabia mais o que fazia, tão comovido fiquei diante desse quádruplo infortúnio. E eu, que acreditava serem matérias excremenciais. Grande besta que sou, vá.

[6] Na edição Flammarion da obra completa de Lautréamont, Steinmetz, menciona Lefrére, importante estudioso lautreamontiano, o qual observa que de fato existiu essa comunicação ou dissertação acadêmica, *De la courbe que décrit un chien courant aprés son maître*, *Sobre a curva descrita por um cão correndo atrás de seu dono*, publicada por um certo Du Boisaymé em 1811, que, segundo ambos, Steinmetz e Lefrère, pode ter sido lida por Lautréamont, assim exemplificando sua voracidade bibliográfica.

* * *

(3) O aniquilamento intermitente das faculdades humanas: seja o que for que vosso pensamento possa supor, este não é um jogo de palavras. Pelo menos, não são palavras como as outras. Levante a mão quem acreditar que está cumprindo um ato de justiça ao implorar a algum carrasco que o esfole vivo. Que erga sua cabeça, com a volúpia do sorriso, quem, voluntariamente, ofereceria seu peito às balas da morte. Meus olhos procurarão o sinal das cicatrizes; meus dez dedos concentrarão a totalidade da sua atenção em apalpar cuidadosamente as carnes desse excêntrico; verificarei se os respingos dos miolos espirraram sobre o cetim da minha testa. Não é verdade que um homem, apreciador de tal martírio, nunca seria encontrado no universo inteiro? Não conheço o que vem a ser o riso, é verdade, por nunca o haver experimentado em mim. Todavia, que imprudência não seria afirmar que meus lábios não se alargariam, se me fosse dado ver quem pretende que, em algum lugar, esse homem existe? Isso que ninguém desejaria para sua própria existência, coube-me por uma partilha desigual. Não que meu corpo esteja a nadar no lago da dor; não chega a tanto. Mas o espírito se resseca por uma reflexão condensada e continuamente tensa; berra como as rãs de um brejo, quando uma revoada de flamingos vorazes e gaviões famintos vem abater-se sobre os juncos da margem. Feliz aquele que dorme tranquilamente sobre um leito de plumas, arrancadas ao peito de um pato selvagem,[7] sem perceber que se trai. Faz mais de trinta anos que não durmo. Desde o impronunciável dia do meu nascimento, dediquei às tábuas soníferas um ódio irreconciliável. Fui eu quem o quis; que ninguém seja acusado. Depressa, que se dispam da suspeita abortada. Distinguis, sobre minha testa, essa pálida coroa? Quem a teceu com seus magros dedos foi a tenacidade. Enquanto um resto de seiva ardente correr em meus ossos, qual torrente de metal fundido, não dormirei. Toda noite obrigo meus olhos

[7] *Eider* no original: a espécie de pato selvagem do qual são tiradas as plumas dos edredons.

lívidos a fixar as estrelas, através das vidraças da minha janela. Para ficar mais seguro de mim, uma lasca de madeira separa minhas pálpebras inchadas. Quando a aurora aparece, reencontra-me na mesma posição, o corpo apoiado verticalmente, em pé contra o gesso da parede fria. No entanto, às vezes me acontece sonhar, mas sem perder por um só instante o sentimento vivaz da minha personalidade, e a livre faculdade de me locomover; sabei que o pesadelo que se oculta nos desvãos fosfóricos da sombra, a febre que apalpa meu rosto com os tocos de seus membros, cada animal impuro que ergue sua garra sangrenta, pois bem, é minha vontade que, para dar um alimento estável a sua atividade perpétua, os faz dar voltas a meu redor. Com efeito, átomo a vingar-se em sua extrema fraqueza, o livre-arbítrio não teme afirmar, com uma autoridade poderosa, que não conta com o embrutecimento no rol dos seus filhos; quem dorme é menos que um animal castrado na véspera. Embora a insônia arraste às profundezas da cova esses músculos, que já exalam um odor de cipreste, nunca a branca catacumba da minha inteligência abrirá seus santuários aos olhos do Criador. Uma secreta e nobre justiça, a cujos braços estendidos eu me jogo por instinto, ordena-me de perseguir sem trégua esse ignóbil castigo. Inimigo temível da minha alma imprudente, à hora em que é aceso um fanal à beira-mar, proíbo a meus rins infortunados de se deitarem sobre o orvalho da relva. Vitorioso, rechaço os ardis da papoula hipócrita. Por conseguinte, é certo que, por essa luta estranha, meu coração emparedou seus anseios, faminto que se come a si mesmo. Impenetrável como os gigantes, eu vivi sem parar com a envergadura dos olhos escancarada. Ao menos, está comprovado que, durante o dia, qualquer um pode opor alguma resistência útil contra o Grande Objeto Exterior (quem não sabe seu nome?); pois então a vontade vigia em sua própria defesa com notável empenho. Mas, assim que o véu dos vapores noturnos se estende, até mesmo sobre os condenados que vão ser enforcados, ó!, ver seu intelecto entre as sacrílegas mãos de um estranho. Um implacável escalpelo esquadrinha suas espessas urzes. A consciência exala um longo estertor de maldições; pois o véu de seu pudor recebe cruéis rasgões. Humilhação! nossa porta aberta à curiosidade implacável do Celeste Bandido. Não mereci esse suplício tão infame, ó tu, horroroso espião da minha causalidade! Se existo, não sou um outro. Não admito em mim essa equívoca pluralidade. Quero residir só em meu íntimo raciocínio. Autonomia... ou então, que me transformem em hipopótamo. Precipita-te sob a terra, ó anônimo estigma, e não reaparece diante da minha indignação enfurecida. Minha subjetividade e o Criador, isto é demais para um cérebro. Quando a noite obscurece o curso das horas, quem é que já não combateu a influência do sono, em sua cama molhado por um glacial suor? Este leito, atraindo a seu seio as faculdades moribundas, não passa de um túmulo feito de tábuas de pinho aplainado. A vontade se retira insensivelmente, como se estivesse diante de uma força invisível. Uma resina viscosa embaça o cristalino dos olhos. As pálpebras se buscam como dois amigos. O corpo não passa de um cadáver que respira. Finalmente, quatro enormes estacas pregam ao colchão a totalidade dos membros. E notai, peço-vos, que em suma os lençóis não passam de mortalhas. Eis a pira na qual arde o incenso das religiões. A eternidade brame, como um mar distante, e se aproxima a largas passadas. O aposento desapareceu; prosternai-vos, humanos, na câmara ardente! Às vezes, esforçando-se inutilmente para vencer as imperfeições do organismo, no meio do mais pesado sono, o sentido magnetizado percebe com espanto que não passa de um mármore de sepultura, e raciocina admiravelmente, apoiado em uma sutileza incomparável: "Sair desta cama é um problema mais difícil do que se pensa. Sentado sobre a carreta, arrastam-se em direção à binaridade dos postes da guilhotina. Coisa curiosa, meu braço inerte assimilou sabiamente a rigidez do cepo. É muito ruim sonhar que se caminha na direção do cadafalso." O sangue corre em grandes ondas através da cara. O peito tem sobressaltos repetidos, e se incha com assobios. O peso de um obelisco sufoca a expansão da raiva. O real destruiu os devaneios da sonolência!

Quem não sabe que, quando se prolonga a luta entre o eu,[8] cheio de orgulho, e o aumento terrível da catalepsia, o espírito alucinado perde o juízo? Roído pelo desespero, ele se compraz em seu mal, até que tenha vencido a natureza, e que o sono, vendo sua presa escapar-lhe, fuja, para não voltar, bem longe de seu coração, com um voo irritado e envergonhado. Jogai um pouco de cinzas sobre minha órbita em chamas. Não encarai meus olhos que nunca se fecham. Compreendeis os sofrimentos que suporto? (No entanto, o orgulho está satisfeito). Desde quando a noite exorta os humanos ao repouso, um homem que conheço caminha em largas passadas pelo campo. Temo que minha resolução venha a sucumbir aos ataques da velhice. Que venha, este dia fatal em que adormecerei! Ao despertar, minha navalha, abrindo um caminho através da garganta, provará que nada era, com efeito, mais real.

* * *

(4) — Mas quem!... mas quem ousa, aqui, como um conspirador, arrastar os anéis do seu corpo rumo a meu negro peito? Seja quem fores, excêntrica píton, por que pretexto justificas tua presença ridícula? Será um enorme remorso o que te atormenta? Pois vê, jiboia, tua selvagem majestade não tem, suponho, a exorbitante pretensão de subtrair-se à comparação que faço com os traços de um criminoso. Essa baba espumosa e esbranquiçada é, para mim, o sinal da raiva. Escuta-me: sabes que teus olhos estão longe de beber um raio celeste? Não esquece que, se teus presunçosos miolos me acharam capaz de te oferecer algumas palavras de consolo, isso só pode ser pelo motivo de uma ignorância totalmente desprovida de conhecimentos fisionômicos. Durante um tempo, é claro, suficiente, dirige o clarão de teus olhos na direção disto a que tenho o direito, como um outro, de chamar de meu rosto! Não vês como ele chora? Tu te enganaste, basilisco. É necessário que procures em

[8] *Le moi*, no original. Essa diferença entre o mim e o eu, o *moi* e o *je*, ou entre o *self* e o *I*, importante em psicologia, se perde em português, já que em nossa língua não se usa "o mim" com o mesmo sentido que teriam *le moi* ou *the self*.

outro lugar a triste ração de consolo, que minha impotência radical te nega, apesar dos numerosos protestos da minha boa vontade. Ó! que força, exprimível em frases, fatalmente te arrastou à perdição? É quase impossível que eu me acostume a esse pensamento, de não entenderes que, aplastrando à relva avermelhada, com um pisão do meu pé, as curvas fugidias da tua cabeça triangular, eu poderia compor uma inominável argamassa com as relvas da savana e a carne do esmagado.

— Desaparece quanto antes da minha frente, culpado de rosto macilento! A miragem falaciosa do pavor te mostrou teu próprio espectro! Dissipa tuas injuriosas suspeitas, se não quiseres que eu te acuse, por minha vez, e lance contra ti uma recriminação que seria certamente aprovada pelo julgamento do serpentário[9] reptilívoro. Que monstruosa aberração da imaginação te impede de me reconhecer! Não te recordas mais dos serviços importantes que te prestei, ao presentear-te com uma vida que fiz emergir do caos, e, por teu lado, da promessa, para sempre inesquecível, de não desertares da minha bandeira, permanecendo fiel a mim até a morte? Quando eras criança (tua inteligência se encontrava então em sua mais bela fase), eras o primeiro a escalar a colina, com a rapidez do cabrito montês, para saudar, com um gesto da tua mão pequenina, os multicoloridos raios da aurora nascente. As notas da tua voz jorravam da tua laringe sonora, como pérolas diamantinas, e dissolviam suas personalidades coletivas na agregação vibrante de um longo hino de adoração. Agora, jogas a teus pés, como um trapo enlameado, a longanimidade de que te dei provas por tanto tempo. A gratidão viu secarem-se suas raízes, como o leito de um charco; mas, em seu lugar, a ambição cresceu em proporções tais que me seria penoso qualificá-las. Quem é esse que me ouve, para ter tamanha confiança no abuso de sua própria debilidade?

— E tu, quem és, substância audaciosa? Não!... não!... não me engano; e, apesar das metamorfoses múltiplas a que recorres, tua cabeça de serpente brilhará para sempre ante meus olhos, como um

[9] Serpentário, *serpentaire*; serpentário reptilívoro é redundância, pois se trata do *faleo serpentarius*, pássaro que se alimenta de serpentes e outros répteis.

farol de eterna injustiça e cruel dominação! Quis tomar as rédeas do comando, mas não soube reinar! Quis tornar-se um objeto de horror para todos os seres da criação, e teve sucesso. Quis provar que é o único monarca do universo, e foi nisso que se enganou. Ó miserável! aguardaste até agora para ouvir os murmúrios e conjuras que, erguendo-se simultaneamente da superfície das esferas, vêm roçar com uma asa furiosa as bordas papilares do teu destrutível tímpano? Não está distante o dia em que meu braço te derrubará no pó envenenado por tua respiração, e, arrancando de tuas entranhas uma vida nociva, deixará no caminho teu cadáver, crivado de convulsões, para informar ao viajante consternado que esta carne palpitante, que choca sua vista perplexa, e que prega a seu palato a língua emudecida, só deve ser comparado, mantendo o sangue-frio, ao tronco apodrecido de um carvalho que tomba vetustamente! Qual pensamento de piedade me contém em tua presença? Tu, vai-te, recua diante de mim, digo-te, e vai lavar tua incomensurável vergonha no sangue de um recém-nascido: esses são teus hábitos. São dignos de ti. Vai... caminha sempre para a frente. Eu te condeno a te tornares errante. Eu te condeno a permanecer só e sem família. Caminha sem parar, para que tuas pernas te recusem seu apoio. Atravessa as areias do deserto, até que o fim do mundo precipite as estrelas no vazio. Quando passares perto da toca do tigre, este se apressará em fugir, para não olhar, como em um espelho, seu caráter exposto no pedestal da perversidade ideal. Mas, quando a fadiga imperiosa te ordenar que detenhas tua caminhada diante das lajes do meu palácio, recobertas de sarças e cardos, toma cuidado com tuas sandálias em tiras, e cruza, na ponta dos pés, a elegância dos vestíbulos. Essa não é uma recomendação inútil. Poderás despertar minha jovem esposa e meu filho de tenra idade, deitados nos jazigos de chumbo que circundam os alicerces do antigo castelo. Se não tomasses essas precauções, poderiam fazer-te empalidecer com seus uivos subterrâneos. Quando tua impenetrável vontade lhes tirou as existências, não ignoravam o quanto teu poder é temível, e não tinham dúvidas a respeito; mas não esperavam (e suas despedidas supremas me confirmaram sua crença) que tua Providência se mostraria impiedosa a tal ponto! Seja como for, atravessa rapidamente essas salas abandonadas e silenciosas, de lambris de esmeralda, mas com panóplias fanadas, onde repousam as gloriosas estátuas dos meus ancestrais. Estes corpos de mármore estão irritados contigo; evita seus olhares vítreos. Este é um conselho que te dá a língua do único e último dos seus descendentes. Olha como seus braços se erguem em uma postura de defesa provocadora, a cabeça altivamente jogada para trás. Certamente adivinharam o mal que me fizeste; e, se passares ao alcance dos pedestais gelados que sustentam esses blocos esculpidos, a vingança te alcançará. Se tua defesa tem necessidade de objetar alguma coisa, fala. Agora é tarde demais para chorar. Teria sido necessário que chorasses nos momentos mais convenientes, quando a ocasião era propícia. Se teus olhos finalmente se abriram, julga por ti mesma quais foram as consequências da tua conduta. Adeus! parto, para respirar a brisa das falésias; pois meus pulmões, meio sufocados, pedem aos gritos um espetáculo mais tranquilo e mais virtuoso que o teu!

* * *

(5) Ó pederastas incompreensíveis, não serei eu quem irá lançar injúrias contra vossa grande degradação; não serei eu quem irá atirar o desprezo contra vosso ânus infundibuliforme. Basta que as doenças vergonhosas, e quase incuráveis, que vos assediam, tragam consigo seu infalível castigo. Legisladores de instituições estúpidas, inventores de uma moral estreita, afastai-vos de mim, pois sou uma alma imparcial. E vós, jovens adolescentes, ou melhor, mocinhas, explicai-me como e por que (porém mantende-vos a uma distância conveniente, pois eu também não sei resistir a minhas paixões) a vingança germinou em vossos corações, para ter feito aderir ao flanco da humanidade tamanha coroa de feridas. Vós a fazeis ruborizar-se por seus filhos, por vossa conduta (que, de minha parte, venero!); vossa prostituição, oferecendo-se ao primeiro que vier, põe

à prova a lógica dos mais profundos pensadores, enquanto vossa sensibilidade exagerada ultrapassa o limite do espanto da própria mulher. Sois de uma natureza mais ou menos terrestre que a de vossos semelhantes? Possuís um sexto sentido que nos falta? Não mintais, e dizei o que pensais. Não é um interrogatório, isto que vos faço: pois, desde que frequento como observador a sublimidade das vossas inteligências grandiosas, sei até onde devo ir. Sede abençoados por minha mão esquerda, sede santificados por minha mão direita, anjos protegidos por meu amor universal. Beijo vosso rosto, beijo vosso peito, beijo com meus lábios suaves as diversas partes do vosso corpo harmonioso e perfumado. Por que não dissestes logo quem éreis, cristalizações de uma beleza moral superior? Foi preciso que eu adivinhasse sozinho os inumeráveis tesouros de ternura e castidade que ocultavam as batidas de vossos corações oprimidos. Peito ornado de grinaldas de rosa e vetiver. Foi preciso que eu abrisse vossas pernas para vos conhecer, e que minha boca se pendurasse às insígnias de vosso pudor. Mas (coisa importante para ter em mente) não esqueci de, todo dia, lavar a pele de vossas partes com água quente, pois, senão, cancros venéreos cresceriam infalivelmente sobre as comissuras fendidas dos meus lábios insaciados. Ó! se em lugar de ser um inferno, o mundo não fosse mais que um imenso ânus celeste, vede o gesto que faço com meu baixo-ventre: sim, teria enfiado minha vara através do seu esfíncter sangrento, destroçando, com meus movimentos impetuosos, as próprias paredes do seu recinto! A desgraça não teria soprado, então, dunas inteiras de areia movediça nos meus olhos cegos; teria descoberto o lugar subterrâneo onde jaz a verdade adormecida, e os rios do meu esperma viscoso teriam assim encontrado um oceano onde precipitar-se. Mas por que me surpreendo a lamentar-me por um estado de coisas imaginário, que nunca receberá a recompensa da sua realização ulterior? Não vale a pena construir fugazes hipóteses. Enquanto isso, que venha a mim aquele que arde no desejo de compartilhar meu leito; mas imponho uma condição rigorosa a minha hospitalidade: é preciso que não tenha mais de quinze anos. Que ele, de sua parte, não acredite que eu tenha trinta: que diferença faz? A idade não diminui a intensidade dos sentimentos, longe disso; e, embora meus cabelos tenham se tornado brancos como a neve, não foi por causa da velhice; foi, ao contrário, pelo motivo que sabeis. Eu não gosto das mulheres! Nem mesmo dos hermafroditas! Preciso de seres semelhantes a mim, em cujas testas a nobreza humana esteja marcada em caracteres mais nítidos e indeléveis! Estais seguros de que essas, que usam longos cabelos, sejam da mesma natureza que eu? Não acredito, e não renegarei minha opinião. Uma saliva salobra escorre da minha boca, não sei por quê. Quem gostaria de chupá-la, para que eu me livre dela? Ela sobe... ela sobe sem parar! Sei o que é. Reparei que, ao beber de sua garganta o sangue dos que se deitam a meu lado (erradamente acreditam que eu seja um vampiro, pois assim são chamados os mortos que saem de seus túmulos; eu estou vivo, ora essa) devolvo no dia seguinte uma parte pela boca: eis a explicação da saliva infecta. O que quereis que eu faça, se os órgãos, debilitados pelo vício, se recusam a cumprir as funções da nutrição? Mas não revelai minhas confidências a ninguém. Não é por mim que o digo; é por vós e pelos outros, afim de que o prestígio do segredo retenha nos limites do dever e da virtude aqueles que, magnetizados pela eletricidade do desconhecido, tentassem imitar-me. Tende a bondade de olhar para minha boca (por ora, não tenho tempo para empregar uma fórmula mais longa de cortesia); ela vos choca à primeira vista pela aparência da sua estrutura, sem introduzir a serpente em vossas comparações; isso, porque contraio seu tecido até a derradeira redução, para fazer crer que possuo um caráter frio. Não ignorais que ele é diametralmente o oposto. Que pena eu não poder olhar, através dessas páginas seráficas, a cara de quem me lê! Se não tiver ultrapassado a puberdade, que chegue perto. Aperta-me contra ti e não temas machucar-me; estreitemos progressivamente os ligamentos dos nossos músculos. Mais. Sinto que é inútil insistir; a opacidade, notável por mais de um motivo, desta folha de papel, é um empecilho dos mais consideráveis à operação da nossa completa junção. Eu sempre experimentei uma atração infame pela juventude pálida dos colégios, e pelas crianças estioladas das fábricas! Minhas palavras não são reminiscências de um sonho, e eu teria muitas lembranças a desfiar, se me houvesse sido imposta a obrigação de fazer passar diante de vossos olhos os acontecimentos que poderiam confirmar, com seu testemunho, a veracidade da minha dolorosa afirmação. A justiça humana ainda não me pegou em flagrante delito, apesar de incontestável habilidade de seus agentes. Até mesmo assassinei (não faz muito tempo!) um pederasta que não se prestava suficientemente a minha paixão; joguei seu cadáver em um poço abandonado, e não há provas decisivas contra mim. Por que estremeceis de medo, adolescente que me ledes? Acreditais que eu queira fazer o mesmo convosco? Vós vos mostrais soberanamente injusto... Tendes razão: desconfiai de mim, principalmente se fordes belo. Minhas partes oferecem eternamente o espetáculo lúgubre da turgescência; ninguém pode afirmar (e quantos já não chegaram perto!) que as viu em estado de tranquilidade normal, nem mesmo o engraxate que lhes deu uma facada em um momento de delírio. O ingrato! Eu troco de roupa duas vezes por semana, a limpeza não sendo o principal motivo de minha determinação. Se não procedesse assim, os membros da humanidade desapareceriam em alguns dias, entre prolongados combates. De fato, onde quer que eu esteja, importunam-me continuamente com sua presença, e vêm lamber a superfície dos meus pés. Mas que poder possuem elas, as minhas gotas seminais, para atrair tudo que respira por nervos olfativos! Eles vêm das margens do Amazonas, eles atravessam os vales que irriga o Ganges, eles abandonam o líquen polar, para empreender longas viagens a minha procura, e perguntar às cidades imóveis se não viram passar, por um momento, ao longo de suas muralhas, a esse cujo esperma sagrado perfuma as montanhas, os lagos, os matagais, as florestas, os promontórios e a vastidão dos mares! O desespero por não poderem me achar (pois eu me escondo secretamente nos lugares mais inacessíveis, para alimentar seu ardor) os leva aos mais deploráveis atos. Põe-se trezentos mil de cada lado, e os bramidos dos canhões servem de prelúdio à batalha. Todas as alas se movimentam ao mesmo tempo, como um só guerreiro. Os quadrados se formam e logo caem, para não mais se levantar. Cavalos espantados disparam em todas as direções. As balas de canhão escavam o chão, qual meteoros implacáveis. O cenário do combate não passa de um vasto campo de carnificina, quando a noite revela sua presença, e a lua silenciosa aparece entre os rasgões de uma nuvem. Apontando-me com seu dedo um espaço de inúmeras léguas recobertas de cadáveres, o crescente vaporoso desse astro ordena-me que tome por um instante, como objeto de meditativas reflexões, as consequências funestas acarretadas pelo inexplicável talismã encantador que a Providência me concedeu. Desgraçadamente, quantos séculos ainda não serão necessários, antes que a raça humana pereça inteiramente, por minha armadilha pérfida! É assim que um espírito habilidoso, que não se vangloria, emprega, para alcançar seus fins, os mesmos meios que pareceriam, à primeira vista, constituir-se em invencível obstáculo. Constantemente, minha inteligência se volta para essa imponente questão, e vós sois testemunha de que não me é mais possível permanecer no assunto modesto de que, no início, pretendia tratar. Uma última palavra... era uma noite de inverno. Enquanto o vento norte silvava pelos pinheirais, o Criador abriu sua porta, em meio às trevas, e fez entrar um pederasta.

***

(6) Silêncio! passa um cortejo fúnebre a vosso lado. Inclinai a binaridade de vossas rótulas para o chão e entoai um cântico de além-túmulo. (Se considerardes minhas palavras antes uma simples forma imperativa, e não uma ordem formal fora do seu lugar, mostrareis senso de humor, e do melhor). Talvez desse modo consigais alegrar extremamente a alma do morto, que vai descansar da vida em uma cova. Para mim, isso é uma certeza. Observai que não estou a dizer que vossa opinião não possa, até certo ponto, ser contrária à minha; mas o que importa, acima de tudo, é possuir

noções justas sobre as bases da moral, de tal modo que todos se compenetrem do princípio que ordena que se faça aos outros o que talvez desejássemos que fosse feito a nós. O padre das religiões abre o caminho, segurando na mão uma bandeira branca, sinal da paz, e na outra um emblema de ouro que representa as partes do homem e da mulher, como para indicar que esses membros carnais são, a maior parte do tempo, abstração feita de qualquer metáfora, instrumentos muito perigosos entre as mãos dos que se servem deles, quando os manipulam cegamente para fins diversos que conflitam entre si, em lugar de engendrar uma oportuna reação contra a conhecida paixão, causa de quase todos os nossos males. No final de suas costas está presa (artificialmente, é claro) uma cauda de cavalo, de crinas espessas, que varre a poeira do chão. Significa que devemos tomar cuidado para não nos rebaixar por nossa conduta ao nível dos animais. O ataúde conhece seu caminho, e segue atrás da túnica flutuante do consolador. Os parentes e os amigos do defunto, manifestando sua posição, resolveram fechar a marcha do cortejo. Este avança com majestade, como um navio que corta o alto-mar, e não teme o fenômeno do afundamento; pois, no momento atual, as tempestades e os arrecifes não se fazem notar por qualquer coisa, exceto sua explicável ausência. Os grilos e os sapos seguem, alguns passos atrás, a festa mortuária; tampouco ignoram que sua modesta presença nos funerais de alguém será algum dia contada a seu favor. Conversam em voz baixa em sua linguagem pitoresca (não sede tão presunçosos, permiti-me que vos dê esse conselho desinteressado, a ponto de acreditar que sois os únicos possuidores da preciosa faculdade de traduzir os sentimentos do vosso pensamento), sobre aquele que viram, mais de uma vez, correr pelas campinas verdejantes, e mergulhar o suor de seus membros nas ondas azuladas dos golfos arenáceos. De início, a vida pareceu sorrir-lhe sem segundas intenções; e, magnificamente, o coroou de flores; mas, já que vossa própria inteligência percebe, ou melhor, adivinha que ela se deteve nos limites da infância, não preciso, até o aparecimento de uma retratação realmente necessária, continuar os prolegômenos da minha rigorosa demonstração. Dez anos. Número exatamente calcado, até confundir-se, nesse dos dedos da mão. É pouco e é muito. No caso que nos preocupa, todavia, eu me apoiarei em vosso amor à verdade, para que pronuncieis comigo, sem demorar mais um segundo, que é pouco. E, quando reflito sumariamente sobre esses tenebrosos mistérios, pelos quais um ser humano desaparece da terra, tão facilmente como uma mosca ou uma libélula, sem conservar a esperança de voltar a ela, surpreendo-me a acalentar o vivo pesar de, provavelmente, não viver o bastante para vos explicar bem isso, que já não tenho a pretensão, nem eu, de entender. Mas, estando comprovado que, por um acaso extraordinário, eu ainda não perdi a vida desde o tempo remoto em que comecei, cheio de terror, a frase precedente, calculo mentalmente que não será inútil construir aqui a confissão completa da minha impotência radical, quando se trata principalmente, como agora, dessa imponente e inabordável questão. É, falando genericamente, uma coisa singular que a tendência atrativa, que nos leva a procurar (para em seguida expressá-las) semelhanças e diferenças que encerram, em suas propriedades naturais, os objetos mais opostos entre si, e às vezes os menos aptos, na aparência, a se prestar a esse gênero de combinações simpaticamente curiosas, que, palavra de honra, dão graciosamente ao estilo do escritor, que se permite essa satisfação pessoal, o impossível e inesquecível aspecto de uma coruja, séria até a eternidade. Sigamos, por conseguinte, a correnteza que nos arrasta. O falcão real tem suas asas proporcionalmente mais longas que as dos gaviões, e um voo bem mais fácil: por isso, passa sua vida no ar. Quase nunca descansa, e todo dia percorre espaços imensos; e esse grande movimento não é um exercício de caça, nem de perseguição de presas, nem mesmo de descoberta; pois ele não está a caçar; mas parece que o voo é seu estado natural, sua situação favorita. Não se pode evitar a admiração pela maneira como o executa. Suas asas longas e estreitas parecem imóveis; é a cauda que acredita dirigir todas as evoluções, e a cauda não se engana: ela se mexe sem parar. Eleva-se sem esforço; desce como se deslizasse sobre um plano inclinado; mais parece nadar do que voar; acelera sua trajetória, ou a reduz, para, e permanece como se estivesse suspenso ou fixo no mesmo lugar, por horas inteiras. Não se percebe qualquer movimento de suas asas: poderíeis arregalar os olhos como a boca de um forno, e isso seria igualmente inútil. Todos têm o bom senso de confessar sem dificuldade (embora um pouco a contragosto) que não enxergam, à primeira vista, a relação, por distante que seja, que assinalo entre a beleza do voo do falcão real, e a figura da criança, elevando-se suavemente, sobre o ataúde aberto, como um nenúfar que rasga a superfície das águas: aí está, precisamente, em que consiste a falha imperdoável que acarreta a inamovível situação de uma falta de arrependimento, raiando a ignorância voluntária, na qual nos degradamos. Essa relação de calma majestade entre os dois termos da minha astuciosa comparação já é demasiado comum, e de uma simbologia suficientemente compreensível, para que eu me espante mais ainda com o que só pode ter, por única desculpa, esse mesmo caráter de vulgaridade que concentra, em todo objeto ou espetáculo por ele atingido, um profundo sentimento de indiferença injusta. Como se isso que é visto quotidianamente devesse despertar menos a atenção da nossa admiração! Chegando à entrada do cemitério, o cortejo se apressa a parar; não é sua intenção ir mais longe. O coveiro termina a escavação do fosso; depositam nele o ataúde com todas as precauções que se tomam nesses casos; algumas pazadas inesperadas de terra vão cobrir o corpo da criança. O padre das religiões, no meio da assistência comovida, profere algumas palavras para melhor enterrar o morto, e mais, na imaginação dos presentes. "Diz espantar-se muito por se derramar tantas lágrimas por um ato de uma tamanha insignificância. Textual. Mas receia não poder qualificar suficientemente o que, para ele, é uma incontestável felicidade. Se acreditasse que a morte fosse tão pouco simpática em sua ingenuidade, teria renunciado a seu mandato, para não aumentar a legítima dor dos numerosos parentes e amigos do defunto; mas uma voz secreta lhe sugere que lhes dê algum consolo, que não será inútil, mesmo que seja apenas para entrever a esperança de um próximo encontro nos céus entre aquele que morreu e os que sobreviveram". Maldoror disparava a galope, parecendo dirigir sua corrida na direção dos muros do cemitério. Os cascos de seu corcel levantavam ao redor do seu dono uma falsa coroa de espessa poeira. Vós outros, vós não sabeis o nome desse cavaleiro: mas eu o sei. Ele se aproximava cada vez mais; seu rosto de platina começava a tornar-se visível, embora a parte inferior estivesse inteiramente envolta por uma capa que o leitor evitou tirar da sua memória, e que só deixava entrever os olhos. No meio de seu discurso, o padre das religiões torna-se subitamente pálido, pois seu ouvido reconhece o galope irregular desse célebre cavalo branco que nunca abandonou seu dono. "Sim, acrescentou ele, grande é minha confiança nesse próximo encontro; então, compreenderão, melhor que antes, qual o sentido a ser dado à separação temporária da alma e do corpo. Quem acredita viver sobre esta terra é acalentado por uma ilusão cuja evaporação seria importante acelerar". O ruído do galope aumentava cada vez mais. E, como o cavaleiro, estreitando a linha do horizonte, se tornava visível no campo ótico abarcado pelo portão do cemitério, rápido como um ciclone giratório, o padre das religiões continuou, mais gravemente: "Pareceis não duvidar que este, a quem a doença obrigou a conhecer apenas as primeiras fases da vida, e que a cova acaba de receber em seu seio, é o indubitável vivente; mas sabei, ao menos, que aquele, de quem enxergais a silhueta equívoca carregada por um cavalo nervoso, e sobre quem vos aconselho a fixar, o quanto antes, os olhos, pois não passa de um ponto, que logo desaparecerá nos matagais, embora tenha vivido muito, é o único morto verdadeiro."

* * *

(7) "Toda noite, na hora em que o sono alcançou seu mais alto grau de intensidade, uma velha aranha da espécie gigante tira lentamente sua cabeça de um buraco localizado no chão, em uma das interseções dos cantos do quarto. Escuta atentamente se algum

rumor ainda mexe suas mandíbulas na atmosfera. Por sua conformação de inseto, o mínimo que pode fazer, se quiser aumentar com brilhantes personificações os tesouros da literatura, é atribuir mandíbulas ao rumor. Ao certificar-se de que o silêncio reina nas redondezas, retira sucessivamente das profundezas do seu ninho, sem a ajuda da meditação, as diversas partes do seu corpo, e se dirige passo a passo para a minha cama. Coisa notável! eu, que faço retroceder o sonho e o pesadelo, eu me sinto paralisado na totalidade do meu corpo, quando ela sobe ao longo dos pés de ébano do meu leito de cetim. Ela me aperta a garganta com suas patas, e suga meu sangue com seu ventre. Tranquilamente! Quantos litros de um licor purpúreo, cujo nome não ignorais, ela não bebeu, desde que começou com essa artimanha, com um empenho digno de uma causa melhor! Não sei que mal lhe fiz, para que se comportasse desse modo comigo. Terei eu esmagado uma de suas patas sem querer? Terei roubado suas crias? Essas duas hipóteses, sujeitas à caução, não são capazes de enfrentar um exame sério; nem chegam a provocar um erguer-se dos meus ombros e um sorriso nos meus lábios, embora não devamos nos divertir à custa de ninguém. Cuidado, tarântula negra; se teu comportamento não tiver como justificativa um silogismo irrefutável, uma noite eu despertarei em sobressalto, por um derradeiro esforço da minha vontade agonizante, romperei o encantamento pelo qual manténs meus membros na imobilidade, e te esmagarei entre os ossos dos meus dedos, como um pedaço de matéria mole. Contudo, lembro-me vagamente que dei permissão para que deixasses tuas patas subirem pela eclosão do meu peito, e daí até a pele que recobre meu rosto; que, por conseguinte, não tenho o direito de te impedir. Ó! quem desembaralhará minhas lembranças confusas! Eu lhe darei como recompensa o que resta do meu sangue: contando até a última gota, há o bastante para preencher pelo menos a metade de uma taça de orgia." Fala e não para de se despir. Apoia uma perna no colchão, e com a outra, comprimindo o assoalho de safira para erguer-se, encontra-se estendido em uma posição horizontal. Resolveu não fechar os olhos, para aguardar com pé firme o seu inimigo. Mas, toda vez, não toma ele essa resolução, e não é ela sempre destruída pela inexplicável imagem da sua promessa fatal? Não se diz mais nada, e resigna-se com pesar; pois, para ele, o juramento é sagrado. Envolve-se majestosamente nas dobras da seda, desdenha entrelaçar as glandes de ouro das suas cortinas, e, apoiando as melenas onduladas dos seus longos cabelos negros nas franjas da almofada de veludo, tateia com a mão a larga ferida no pescoço, na qual a tarântula adquiriu o hábito de se alojar, como em um segundo ninho, enquanto seu rosto transpira satisfação. Espera que esta noite (esperai com ele!) verá a derradeira representação da imensa sucção; pois seu único desejo seria que o carrasco acabasse com sua existência: a morte, e ficará satisfeito. Vede essa velha aranha da espécie gigante, que tira lentamente sua cabeça de um buraco localizado no chão, em uma das interseções dos cantos do quarto. Não estamos mais na narração. Ela escuta atentamente se algum rumor ainda remexe suas mandíbulas na atmosfera. Ai de nós! agora chegamos ao real, no que diz respeito à tarântula, e, embora pudéssemos colocar um ponto de exclamação no final de cada frase, isso talvez não fosse uma razão para deixarmos de fazê-lo! Certificou-se de que o silêncio reina nas redondezas; ei-la que retira sucessivamente das profundezas do seu ninho, sem o auxílio da meditação, as diferentes partes do seu corpo, e avança passo a passo na direção da cama do homem solitário. Por um instante para; mas é breve, esse momento de hesitação. Diz para si mesma que ainda não chegou a hora de cessar a tortura, e que primeiro é necessário dar ao condenado as razões plausíveis que determinaram a perpetuidade do seu suplício. Subiu até a orelha do adormecido. Se não quiserdes perder uma só palavra do que ela vai dizer, abstraí-vos das ocupações estranhas que obstruem o pórtico do vosso espírito, e sede, ao menos, agradecidos pelo interesse que demonstro, ao fazer que vossa presença assista às cenas teatrais que me parecem dignas de excitar uma verdadeira atenção de vossa parte; pois, quem me impediria de guardar, só para mim, os acontecimentos que narro? "Acorda, chama amorosa dos dias antigos, esqueleto descarnado. Chegou a hora de deter a mão da justiça. Não te faremos esperar por muito tempo pela explicação que desejas. Tu nos ouves, não é verdade? Mas não move teus membros; hoje ainda estás sob nosso magnético poder, e a atonia encefálica persiste; é pela última vez. Que impressão o rosto de Elsseneur provoca em tua imaginação? Tu o esqueceste! E esse Réginald, de porte altivo, gravaste seus traços em teu cérebro fiel? Olha-o escondido nas dobras da cortina; sua boca está inclinada na direção da tua testa; mas não ousa falar-te, pois é mais tímido que eu. Vou narrar-te um episódio da tua juventude, e te reconduzir ao caminho da memória..." Há muito que a aranha havia aberto seu ventre, de onde haviam saltado dois adolescentes vestidos de azul, cada um deles segurando uma espada flamejante nas mãos, que se postaram de cada lado do leito, como para guardar, daí em diante, o santuário do sono. "Esse que ainda não parou de te olhar, pois muito te amou, foi o primeiro de nós dois a quem deste teu amor. Mas, muitas vezes, tu o fizeste sofrer pela rispidez do teu caráter. Ele não parava de empenhar suas forças para não engendrar, de tua parte, qualquer motivo de queixa; um anjo não o teria conseguido. Perguntaste-lhe, um dia, se não queria banhar-se contigo, na praia. Ambos, como dois cisnes, vós vos arrojastes simultaneamente de um rochedo a pique. Mergulhadores eminentes, deslizastes na massa aquosa, os braços estendidos, a cabeça no meio, as mãos unidas. Por alguns minutos, nadaram entre duas correntezas. Reaparecestes a uma grande distância, vossos cabelos emaranhados entre si, escorrendo o líquido salgado. Mas que mistério se passou sob as águas, para que um longo rastro de sangue fosse avistado através das ondas? Retornados à superfície, continuaste a nadar, e não parecias reparar na crescente fraqueza do teu companheiro. Esse perdia rapidamente as forças, e nem por isso deixavas de dar tuas largas braçadas rumo ao horizonte brumoso, que se esfumava à tua frente. O ferido soltou gritos de aflição, e tu te fizeste de surdo. Réginald golpeou por três vezes o eco com as sílabas do teu nome, e por três vezes lhe respondeste com um grito de satisfação. Achava-se longe demais da praia para retornar, e em vão se esforçava para seguir os sulcos da tua passagem, para te alcançar e repousar por um instante sua mão em teu ombro. A caçada negativa se prolongou por uma hora, ele perdendo suas forças, e tu sentindo crescerem as tuas. Desistindo de igualar-te em velocidade, fez uma breve oração ao Senhor para encomendar-lhe sua alma, virou-se de costas para flutuar como uma tábua, de tal modo que se percebia seu coração bater violentamente sob seu peito, e esperou que a morte viesse, para não ter de esperar mais. Nesse momento, teus membros vigorosos já estavam a perder de vista, e se afastavam mais ainda, rápidos como uma sonda que se deixa cair. Um barco, que acabava de estender suas redes ao largo, passou por aquelas paragens. Os pescadores tomaram Réginald por um náufrago e o recolheram, desmaiado, a sua embarcação. Verificaram a presença de um ferimento em seu flanco direito; cada um desses experientes marinheiros emitiu a opinião de que ponta alguma de arrecife ou fragmento de rochedo seria capaz de abrir um furo tão microscópico e ao mesmo tempo tão profundo. Uma arma cortante, como, por exemplo, um estilete dos mais aguçados, seria a única a poder arrogar-se os direitos de paternidade a um ferimento tão fino. Nunca quis relatar as diversas etapas do mergulho, através das entranhas das ondas, e esse segredo, ele o guardou até o presente. Lágrimas correm agora por suas faces um pouco descoloridas, e caem sobre teus lençóis; a lembrança é, às vezes, mais amarga do que a própria coisa. Mas eu não sentirei piedade; seria demonstrar-te demasiada estima. Não rolam em tuas órbitas esses olhos furibundos. É melhor que permaneças calmo. Sabes que não podes te mexer. Aliás, não terminei minha narrativa. — Recolhe tua espada, Réginald, e não esquece tão facilmente a vingança. Quem sabe? talvez um dia ela viesse a recriminar-te. — Mais tarde, sentiste remorsos, cuja existência seria efêmera; decidiste te redimir da tua culpa pela escolha de outro amigo, a fim de abençoá-lo e honrá-lo. Com esse recurso expiatório, apagaste as manchas do passado, fazendo recair sobre este que se tornou tua segunda vítima a simpatia que não soubeste demonstrar ao outro. Vã esperança; o caráter não se modifica de um dia para o outro, e tua vontade continuou igual a si mesma. Eu, Elsseneur, te vi pela primeira vez, e, desde então, não consegui te esquecer. Olhamo-nos por alguns instantes, e te puseste a sorrir. Baixei os olhos, pois vi nos teus uma chama sobrenatural. Perguntei-me se, com a ajuda de uma noite escura, não te havias deixado cair secretamente até nós, vindo da superfície de alguma estrela; pois, confesso-o, hoje que não é mais necessário fingir, não te assemelhavas aos javalis da humanidade; mas uma auréola de raios faiscantes envolvia a periferia da tua testa. Teria desejado iniciar estabelecer relações íntimas contigo; minha presença não ousava aproximar-se da chocante novidade dessa estranha nobreza, e um terror tenaz rondava a minha volta. Por que não escutei esses avisos da minha consciência? Fundados pressentimentos. Reparando em minha hesitação, enrubesceste por tua vez, e estendeste teu braço. Coloquei corajosamente minha mão na tua, e, depois dessa ação, eu me senti mais forte; daí em diante, um sopro da tua inteligência havia passado para mim. Os cabelos ao vento, e respirando os hálitos das brisas, caminhamos em frente por alguns instantes, através dos bosques frondosos de lentiscos, jasmins, romãzeiras e laranjeiras, cujos aromas nos embriagavam. Um javali roçou nossas roupas a toda velocidade, e uma lágrima caiu do seu olho quando me viu contigo; não consegui explicar seu comportamento. Ao cair da noite, chegamos às portas de uma cidade populosa. Os perfis das cúpulas, as flechas dos minaretes e as bolas de mármore dos belvederes recortavam vigorosamente suas silhuetas, através das trevas, sobre o azul intenso do céu. Mas não quiseste repousar nesse lugar, embora estivéssemos abatidos pelo cansaço. Contornamos as bases das fortificações externas, como chacais noturnos; evitamos o encontro com as sentinelas de plantão; e conseguimos nos afastar, pela porta oposta, daquela reunião solene de animais racionais, civilizados como os castores. O voo do vaga-lume, o estalido dos galhos secos, os uivos intermitentes de algum lobo distante acompanhavam a obscuridade da nossa caminhada incerta, através dos campos. Quais seriam, pois, teus motivos plausíveis para fugir das colmeias humanas? Eu me fazia essa pergunta com uma certa perturbação; e minhas pernas começavam a recusar-me um serviço por demais prolongado. Atingimos finalmente a orla de um bosque espesso, cujas árvores estavam entrelaçadas por um emaranhado de altas lianas inextricáveis, parasitas, e cactos de espinhos monstruosos. Tu te detiveste diante de uma bétula. Disseste-me que me ajoelhasse, e me preparasse para morrer; tu me concedias um quarto de hora para deixar esta terra. Alguns olhares furtivos durante nossa longa caminhada, lançados de soslaio em minha direção, quando eu não te observava, certos gestos cuja irregularidade de proporção e movimento eu havia notado, logo se apresentaram a minha memória, como as páginas abertas de um livro. Minhas suspeitas estavam confirmadas. Fraco demais para lutar contigo, tu me derrubaste por terra, como o furacão abate a folha do álamo. Um dos teus joelhos sobre meu peito, o outro apoiado à relva úmida, enquanto uma das tuas mãos segurava a binaridade dos meus braços em seu torniquete, eu vi a outra puxar uma faca da bainha presa a teu cinto. Minha resistência era quase nula, e fechei os olhos; o pisotear de uma manada de bois fez-se ouvir a alguma distância, trazido pelo vento. Avançava como uma locomotiva, açulada pelo cajado de um pastor e pelos maxilares de um cão. Não havia mais tempo a perder, e foi o que percebeste: temendo não alcançar teus fins, pois a aproximação de um socorro inesperado havia redobrado minha força muscular, e percebendo que só podias imobilizar um dos meus braços de cada vez, tu te contentaste, por um rápido movimento imprimido à lâmina de aço, em cortar meu punho direito. O pedaço, separado com precisão, caiu por terra. Tu te puseste em fuga, enquanto eu permanecia atordoado pela dor. Não contarei como o pastor veio me socorrer, nem quanto tempo foi preciso para que eu me curasse. Basta que saibas que essa traição, que eu não esperava, deixou-me com vontade de buscar a morte. Levei minha presença aos combates, afim de oferecer meu peito às balas. Conquistei a glória nos campos de batalha; meu nome se havia tornado temível até para os mais intrépidos, tanto minha mão artificial de ferro semeava a destruição e a morte nas fileiras inimigas. Contudo, um dia em que os obuses troavam com muito mais força que de costume, e os esquadrões, arrancados de sua base, rodopiavam como palhas sob a influência do ciclone da morte, um cavaleiro de porte altivo avançou em minha direção, para disputar a palma da vitória. Os dois exércitos se detiveram, imóveis, para nos contemplar em silêncio. Combatemos prolongadamente, crivados de ferimentos e com os capacetes partidos. De comum acordo, interrompemos o combate, para descansar e recomeçá-lo em seguida com mais energia ainda. Cheios de admiração pelo adversário, ambos levantamos a viseira: "Elsseneur!.." "Réginald!..", essas foram as simples palavras que nossas gargantas ofegantes pronunciaram ao mesmo tempo. Este último, caído no desespero de uma tristeza inconsolável, havia seguido, como eu, a carreira das armas, e as balas o haviam poupado. Em que circunstância nos reencontrávamos! Mas teu nome não foi pronunciado! Ele e eu, nós juramos uma amizade eterna; mas, sem dúvida, diferente das duas primeiras em que havias sido o ator principal! Um arcanjo, baixado do céu e mensageiro do Senhor, ordenou que nos transformássemos em uma única aranha, e que viéssemos toda noite sugar tua garganta, até que uma ordem vinda do alto detivesse o curso do castigo. Por dez anos, enfeitiçamos teu leito. A partir de hoje, estás livre de nossa perseguição. A promessa vaga de que falavas, não foi a nós que a fizeste, porém ao Ser que é mais forte que tu; compreendias que era melhor te submeteres a esse decreto irrevogável. Desperta, Maldoror! O encantamento magnético que pesou sobre teu sistema cérebro-espinhal, durante as noites de dois lustros, evapora-se." Ele desperta, conforme lhe foi ordenado, e vê duas formas celestiais a desaparecer nos ares, os braços entrelaçados. Não tenta voltar a adormecer. Tira vagarosamente, um a um, seus membros para fora da cama. Vai aquecer sua pele gelada junto às brasas acesas da chaminé gótica. Apenas a camisa cobre seu corpo. Procura com os olhos a garrafa de cristal para umedecer seu palato ressequido. Abre os postigos da janela.

Apoia-se no peitoril. Contempla a lua que derrama em seu peito um cone de raios estáticos, onde palpitam, como falenas,[10] átomos de cristal de uma doçura inefável. Espera que o crepúsculo do amanhecer traga, pela mudança do cenário, um irrisório alívio a seu coração tumultuado.

FIM DO CANTO QUINTO

[10] *Phalénes*, falenas, espécie de borboleta noturna.

CANTO SEXTO

(1) Vós, cuja calma invejável não pode fazer mais que embelezar a fisionomia, não acreditai que ainda se trate de soltar, em estrofes de catorze ou quinze linhas, como um aluno de quarta série, exclamações que passarão por inoportunas, e cacarejos sonoros de galinha cochinchinesa, tão grotescos quanto se poderia imaginar, por pouco que nos déssemos a esse trabalho; mas é preferível demonstrar pelos fatos as proposições que adianto. Pretendeis, então, que por ter insultado, como por brincadeira, ao homem, ao Criador, e a mim mesmo, nas minhas explicáveis hipérboles, que minha missão estivesse completa? Não: a parte mais importante do meu trabalho nem por isso deixa de subsistir, como tarefa a ser feita. Daqui em diante, os cordéis do romance moverão os três personagens nomeados acima; desse modo, lhes será transmitida uma força menos abstrata. A vitalidade se expandirá magnificamente pela torrente do seu aparelho circulatório, e vereis como vos assombrará encontrar, lá onde inicialmente pensastes enxergar vagas entidades pertencentes ao domínio da especulação pura, de um lado, o organismo corpóreo com suas ramificações de nervos e suas membranas mucosas, de outro, o princípio espiritual que preside às funções fisiológicas da carne. São seres dotados de uma enérgica vida que, de braços cruzados e com a respiração contida, posarão prosaicamente (mas tenho certeza de que o resultado será muito poético) diante de vosso rosto, parados apenas a uns poucos passos de distância, de tal modo que os raios solares, caindo primeiro nas telhas dos telhados e na tampa das

chaminés, venham em seguida refletir-se visivelmente em seus cabelos terrestres e materiais. Contudo, não haverá mais anátemas, possuidores da especialidade de provocar o riso; personalidades fictícias que teriam feito melhor se houvessem permanecido nos miolos do autor; ou pesadelos situados muito acima da existência ordinária. Reparai que nem por isso minha poesia será menos bela. Tocareis com as mãos os ramos ascendentes da aorta e as cápsulas suprarrenais; e, além disso, os sentimentos! Os cinco primeiros relatos não foram inúteis; eram o frontispício da minha obra, o alicerce da construção, a explicação prévia da minha poética futura; e eu devia a mim mesmo, antes de fazer as malas e seguir em viagem pelos países da imaginação, o aviso aos sinceros apreciadores da literatura, pelo esboço rápido de uma generalização clara e precisa, do objetivo que havia decidido alcançar. Por conseguinte, minha opinião é que, agora, a parte sintética da minha obra está completa e suficientemente parafraseada. Pois foi através dela que soubestes que eu me havia proposto a atacar o homem e Aquele que o criou. Por enquanto, e depois, não precisais saber mais nada! Novas considerações me parecem supérfluas, pois se limitariam a repetir, sob outra forma, mais ampla, é verdade, porém idêntica, o enunciado da tese cujo desenvolvimento será visto ao findar deste dia. Resulta, das observações precedentes, que minha intenção é desenvolver, de agora em diante, a parte analítica; isso é tão verdadeiro que, há alguns minutos apenas, eu expressava o desejo ardente de que fosseis aprisionados nas glândulas sudoríparas da minha pele, para verificar a lealdade do que afirmo, com conhecimento de causa. É preciso, bem o sei, sustentar com um grande número de provas a argumentação contida em meu teorema; pois bem, essas provas existem, e sabeis que não ataco a ninguém sem motivos sérios! Rio às gargalhadas ao imaginar que me recriminais por disseminar amargas acusações contra a humanidade, da qual sou um dos membros (só essa observação já me daria razão!), e contra a Providência; não me retratarei das minhas palavras; mas, narrando o que tiver visto, não me será difícil, sem outra ambição, a não ser a verdade, justificá-

-las. Hoje, vou fabricar um pequeno romance de trinta páginas; essa medida permanecerá em seguida quase estacionária. Esperando ver prontamente, um dia desses, a consagração das minhas teorias, aceitas por essa ou aquela forma literária, creio ter, finalmente, encontrado, após algumas tentativas, minha fórmula definitiva. É a melhor: pois é o romance! Este prefácio híbrido foi exposto de um modo que talvez não pareça suficientemente natural, no sentido de surpreender, por assim dizer, o leitor que não percebe muito bem aonde se quer levá-lo; porém esse sentimento de notável estupefação, ao qual geralmente se deve tratar de subtrair aqueles que passam seu tempo a ler livros ou brochuras, eu fiz todo o esforço para provocá-lo. Com efeito, era-me impossível deixar por menos, apesar da minha boa vontade; somente mais tarde, quando certos romances tiverem saído, compreendereis melhor o prefácio do renegado, de rosto fuliginoso.

***

(2) Antes de entrar no assunto, acho estúpido que seja necessário (creio que ninguém concordará comigo, se eu estiver enganado) pôr a meu lado um tinteiro aberto, e algumas folhas de papel não amassado. Dessa maneira, ser-me-á possível começar, com amor, por este sexto canto, a série de poemas instrutivos que já demoro a escrever. Dramáticos episódios de uma implacável utilidade! Nosso herói percebeu que, frequentando as cavernas, e tomando como refúgio lugares inacessíveis, transgredia as regras da lógica, e perfazia um círculo vicioso. Pois se, de um lado, assim favorecia sua repugnância pelos homens, pela compensação da solidão e do distanciamento, e circunscrevia passivamente seu horizonte, limitado a arbustos mirrados, espinheiros e sarças, por outro lado sua atividade deixava de encontrar alimento para nutrir o minotauro dos seus instintos perversos. Por isso, decidiu reaproximar-se das aglomerações humanas, convencido de que, em meio a tantas vítimas já prontas, suas paixões diversas encontrariam

amplamente com que se satisfazer. Sabia que a polícia, esse escudo da civilização, o procurava com perseverança havia muitos anos, e que um verdadeiro exército de agentes e espiões estava constantemente em seu encalço. Sem, contudo, conseguir encontrá-lo. A tal ponto sua habilidade surpreendente derrotava, com suprema elegância, as mais indiscutíveis artimanhas, do ponto de vista do seu sucesso, e as prescrições da mais sábia meditação. Tinha uma faculdade especial para tomar formas irreconhecíveis aos olhos mais treinados. Disfarces superiores, falando como artista! Vestimentas de um efeito realmente medíocre, se penso na moral. Sob esse aspecto, chegava quase às raias do gênio. Não reparastes na graciosidade de um lindo grilo, de movimentos ágeis, nos esgotos de Paris? Pois não passa disto: era Maldoror! Magnetizando as florescentes capitais com um fluido pernicioso, leva-as a um estado letárgico em que se tornam incapazes de vigiar-se como deviam. Estado tanto mais perigoso, quanto mais insuspeito. Hoje está em Madri; amanhã estará em São Petersburgo; ontem se encontrava em Pequim. Contudo, afirmar exatamente qual o lugar atual que enche de terror as façanhas desse poético Rocambole é um trabalho acima das forças possíveis do meu denso raciocínio. Esse bandido está, quem sabe, a setecentas léguas deste país; e, quem sabe, a uns passos de vós. Não é fácil fazer que pereçam totalmente os homens, e as leis estão aí; mas pode-se, com paciência, exterminar, uma a uma, as formigas humanitárias. Pois bem, desde o dia do meu nascimento, quando eu vivia com os primeiros antepassados da nossa raça, ainda inexperiente na tensão das minhas armadilhas; desde os tempos recuados, situados além da história, quando, através de sutis metamorfoses, eu devastava em épocas diferentes as regiões do globo por meio de conquistas e carnificinas, e disseminava a guerra civil entre os cidadãos, já não havia esmagado sob meu tacão, membro a membro ou coletivamente, gerações inteiras, cuja cifra inumerável não seria difícil imaginar? O passado radioso fez brilhantes promessas ao futuro; ele as cumprirá. Para o enxugamento de minhas frases, utilizarei obrigatoriamente o método natural, retroagindo até os selvagens, para que eles me deem lições. Gentlemen[1] simples e majestosos, suas bocas graciosas enobrecem tudo o que escorre de seus lábios tatuados. Acabo de demonstrar que nada é risível neste planeta. Planeta ridículo, porém soberbo. Apoderando-me de um estilo que alguns acharão ingênuo (embora seja tão profundo), eu o farei servir para interpretar ideias que, infelizmente, talvez não pareçam grandiosas! Por isso mesmo, despojando-me da superficialidade e ceticismo da conversação ordinária, e prudente o bastante para não apresentar... não sei mais o que pretendia dizer, pois esqueci o começo da frase. Mas ficai sabendo que a poesia se encontra em todo lugar onde não estiver o sorriso, estupidamente zombeteiro, do homem, com cara de pato. Agora vou assoar-me, já que preciso fazê-lo; e, em seguida, poderosamente auxiliado por minha mão, voltarei a pegar a caneta que meus dedos haviam deixado cair. Como a ponte do Carrossel pôde manter a constância da sua neutralidade, quando ouviu os gritos lancinantes que parecia lançar o saco!

* * *

I

(3) As lojas da rua Vivienne exibem suas riquezas aos olhos maravilhados. Iluminadas por numerosos bicos de gás, os cofres de acaju e os relógios de ouro espalham pelas vitrinas feixes de luz deslumbrante. Oito horas soaram no relógio da Bolsa; não é tarde! Mal se acabou de ouvir o último toque do gongo, e a rua, cujo nome foi citado, põe-se a tremer, e sacode seus alicerces desde a praça Royale até o bulevar Montmartre. Os passantes apressam o passo, e se retiram pensativos para suas casas. Uma mulher desmaia e cai no asfalto. Ninguém a levanta: todos se apressam a afastar-se desse lugar. As venezianas se fecham impetuosamente, e os habitantes se enfiam sob suas cobertas. Dir-se-ia que a peste asiática revelou sua presença. Assim, enquanto a maior parte da cidade se prepara

[1] Mantive o vocábulo inglês do original.

para nadar nas diversões das festas noturnas, a rua Vivienne se acha subitamente congelada por uma espécie de petrificação. Como um coração que deixa de amar, viu sua vida se extinguir. Mas logo a notícia do fenômeno se espalha pelas outras camadas da população, e um silêncio sombrio paira sobre a augusta capital. Onde foram parar os bicos de gás? O que aconteceu com elas, as vendedoras de amor? Nada... solidão e obscuridade! Uma coruja, voando em direção retilínea, cuja pata está quebrada, passa sobre a Madeleine, e dirige seu voo à porta do Trono, exclamando: "Uma desgraça vem aí." Ora, neste lugar que minha pluma (esta verdadeira amiga que me serve de companheira) acaba de tornar misterioso, se olhardes na direção em que a rua Colbert se junta à rua Vivienne, vereis, na esquina formada pelo cruzamento dessas duas vias, um personagem mostrar sua silhueta, e dirigir seu passo ligeiro rumo aos bulevares. Mas, se nos aproximarmos mais ainda, de maneira a não chamar a atenção desse transeunte, perceberemos, com um agradável espanto, que ele é jovem! De longe seria tomado, de fato, por um adulto. A soma dos dias não importa, quando se trata de apreciar a capacidade intelectual de alguém de ar sério. Sei-me capaz de ler a idade nas linhas fisionômicas do rosto: tem dezesseis anos e quatro meses![2] É belo como a retratibilidade das garras das aves de rapina; ou ainda, como a incerteza dos movimentos musculares nas feridas das partes moles da região cervical posterior; ou melhor, como essa ratoeira perpétua, que sempre é armada de novo pelo animal capturado, que pode pegar sozinha os roedores, infinitamente, e funcionar até mesmo escondida sob a palha; e, principalmente, como o encontro fortuito sobre uma mesa de dissecção de uma máquina de costura e um guarda-chuva! Mervyn, esse filho da loira Inglaterra, acaba de tomar uma aula de esgrima junto a seu professor, e, envolto em seu tartã escocês, retorna à morada paterna. São oito horas e meia, e ele espera chegar em casa às nove horas; de sua parte, é uma grande pretensão fingir a certeza de conhecer o futuro. Não poderá

[2] Steinmetz, na edição Flammarion já citada, observa que esta poderia ser a idade de Georges Dazet na época em que Lautréamont escrevia esta passagem. O afogado do episódio da fêmea do tubarão (C2, E13) também tinha dezesseis anos.

algum obstáculo imprevisto interromper seu caminho? E essa circunstância, seria tão pouco frequente que ele a devesse considerar uma exceção? Porque não considera ele antes, como fato anormal, a possibilidade que teve até agora de sentir-se livre de inquietações e, por assim dizer, feliz? Com que direito, na verdade, pretenderia ganhar incólume sua morada, quando alguém o espreita e segue seus passos, como sua futura presa? (Seria conhecer bem pouco a profissão de escritor sensacionalista não adiantar, ao menos, as interrogações restritivas depois das quais chega imediatamente a frase que estou a ponto de terminar.) Reconhecestes o herói imaginário que, há tempos, rompe pela pressão de sua individualidade minha infeliz inteligência! Ora Maldoror se aproxima de Mervyn, para gravar em sua memória as feições desse adolescente; ora, o corpo jogado para trás, recua sobre seus próprios passos como o bumerangue da Austrália no segundo período da sua trajetória, ou melhor, com uma máquina infernal. Indeciso sobre o que fazer. Porém sua consciência não sente qualquer sintoma da mais embriogênica emoção, como erradamente poderíeis supor. Eu o vi afastar-se por um instante, em uma direção oposta: teria sucumbido ao remorso? Mas ele retorna sobre seus passos, com renovada obstinação. Mervyn não sabe porque suas artérias temporais latejam com força, e apressa o passo, obcecado por um pavor cuja causa vós e ele procurais em vão. É preciso creditar-lhe sua aplicação na descoberta do enigma. Por que ele não se volta para trás? Entenderia tudo. Por que será que nunca se pensa nos meios mais simples de fazer cessar um estado alarmante? Quando um vagabundo de arrabalde atravessa um bairro suburbano, uma jarra de vinho branco no bucho e a camisa em trapos, se, no canto de um muro, ele enxerga um velho gato musculoso, contemporâneo das revoluções a que nossos pais assistiram, contemplando melancolicamente os raios da lua que se abatem sobre a planura adormecida, avança tortuosamente em uma linha curva, e faz sinal a um cão estropiado, para que se precipite sobre ele. O nobre animal da raça felina espera corajosamente seu adversário, e vende caro sua vida. Amanhã algum trapeiro comprará um couro eletrizável. Por que não fugiu? Seria tão fácil. Mas, no caso que agora nos preocupa, Mervyn complica mais ainda o perigo por sua própria ignorância. Tem algo como uns lampejos, demasiado raros, é verdade, de modo que não me deterei a demonstrar a imprecisão que os recobre; contudo, é-lhe impossível adivinhar a realidade. Não é profeta, não digo o contrário, e não se reconhece na faculdade de sê-lo. Chegado à grande artéria, dobra à direita e atravessa o bulevar Poissonière e o bulevar Bonne-Nouvelle. Nessa altura do seu caminho, segue em frente pela rua do Faubourg--Saint-Denis, deixa para trás as plataformas da estação de trens de Strasbourg e para diante de um portão elevado, antes de haver alcançado a sobreposição perpendicular da rua Lafayette. Já que me aconselhais a terminar neste lugar a primeira estrofe, quero, por esta vez, atender a vosso pedido. Sabeis que, quando penso no anel de ferro escondido sob a pedra pelas mãos de um maníaco, um invencível arrepio passa por meus cabelos?

* * *

II

(4) Ele puxa a maçaneta de cobre, e o portão da mansão moderna gira sobre seus gonzos. Atravessa o pátio recoberto de areia fina, e sobe os oito degraus da entrada. As duas estátuas, postadas à direita e à esquerda, qual guardiãs do aristocrático solar, não barram sua passagem. Aquele que tudo renegou, pai, mãe, Providência, amor, ideal, para só pensar em si, evitou seguir os passos precedentes. Viu-o entrar em um espaçoso salão do andar térreo, com as paredes forradas de cornalina. O herdeiro da família se joga em um sofá, e a emoção o impede de falar. Sua mãe, com um vestido longo, vai a seu encontro, pressurosa, e o envolve em seus braços. Seus irmãos, mais novos, se agrupam ao redor do móvel que sustenta um fardo; não conhecem suficientemente a vida para ter uma ideia clara da cena que se desenrola. Finalmente, o pai

ergue sua bengala, e baixa sobre os circunstantes um olhar cheio de autoridade. Apoiando o punho no braço da poltrona, afasta-se de seu lugar habitual, e, mesmo debilitado pelos anos, adianta-se, com inquietação, até o corpo imóvel do seu primogênito. Fala em uma língua estrangeira, e todos o escutam com respeitoso recolhimento: "Quem deixou o rapaz nesse estado? O Tâmisa brumoso ainda transportará uma respeitável quantidade de lodo, antes que minhas forças se tenham esgotado completamente. Leis protetoras parecem inexistir nesta terra inóspita. Ele experimentaria o vigor do meu braço, se soubesse quem é o culpado. Apesar de estar reformado, afastado dos combates marítimos, minha espada de comodoro,[3] pendurada na parede, ainda não enferrujou. Além disso, é fácil afiá-la. Mervyn, tranquiliza-te: darei ordens a meus empregados para que encontrem a pista desse que, doravante, procurarei, para fazê-lo perecer por minhas próprias mãos. Mulher, afasta-te daí, e vai agachar-te em um canto; teus olhos me enternecem, e farias melhor se fechasses o conduto das tuas glândulas lacrimais. Filho, eu te suplico, desperta teus sentidos, e reconhece tua família; é teu pai quem te fala..." A mãe se mantém afastada, e, para obedecer às ordens de seu senhor, tomou um livro em suas mãos, e se esforça para permanecer tranquila, diante do perigo que corre aquele que sua matriz engendrou. "Crianças, ide brincar no parque, e tomai cuidado ao admirar a natação dos cisnes, para não cair no lago..." Os irmãos, os braços caídos, permanecem mudos; todos, o boné coroado por uma pluma arrancada à asa do noitibó da Carolina,[4] com os calções de veludo detendo-se nos joelhos, e as meias de seda vermelha, dão-se as mãos e se retiram do salão, tomando cuidado para só comprimir o piso de ébano com a ponta dos pés. Tenho certeza de que não se divertirão, e que passearão com gravidade pelas alamedas de plátanos. Suas inteligências são precoces. Tanto melhor para eles. "... Cuidados inúteis, eu te embalo em meus braços, e estás insensível a minhas súplicas. Não queres erguer tua cabeça? Beijarei teus joelhos se for preciso. Mas não... ele volta a cair inerte."

[3] Comodoro, chefe de esquadra na marinha inglesa.

[4] Noitibó, *engoulevent* em francês, pássaro noturno, semelhante ao bacurau.

— "Meu doce senhor, se o permitires a tua escrava, irei buscar em meus aposentos um frasco cheio de essência de terebintina, do qual me sirvo habitualmente quando a enxaqueca invade minhas têmporas, ao voltar do teatro, ou quando a leitura de uma narrativa comovente, consignada nos anais britânicos da cavalheiresca história de nossos ancestrais, lança meu pensamento sonhador nas turfeiras da sonolência." — "Mulher, eu não te havia concedido a palavra, e não tinhas o direito de tomá-la. Desde nossa legítima união, nuvem alguma veio interpor-se entre nós. Estou satisfeito contigo, nunca tive recriminações a fazer-te: e reciprocamente. Vai buscar em teus aposentos um frasco cheio de essência de terebintina. Sei que há um nas gavetas da cômoda, e não serás tu quem irá ensiná-lo a mim. Anda logo, sobe os degraus da escada em espiral, e volta a meu encontro com uma cara contente." Porém, mal a sensível londrina chegou aos primeiros degraus (não corre tão rapidamente quanto uma pessoa das classes inferiores), e já uma das suas damas de companhia retorna do primeiro andar, as faces ruborizadas de suor, com o frasco que, talvez, contenha o licor da vida em suas paredes de cristal. A dama se inclina graciosamente ao apresentar sua oferenda, e a mãe, com seu porte real, dirigiu-se às franjas que margeiam o sofá, único objeto a preocupar sua ternura. O comodoro, com um gesto altivo, porém benevolente, aceita o frasco das mãos da sua esposa. Um lenço de seda da Índia é enfiado nele, e rodeiam a cabeça de Mervyn com os meandros orbiculares do seu tecido. Aspira os sais; mexe um braço. A circulação se reanima, e se ouvem os gritos exultantes de uma cacatua das Filipinas, pousada no parapeito da janela. "Quem vem aí?... Soltem-me... Onde estou? Será um ataúde, isto que sustenta meus membros entorpecidos? Suas tábuas me parecem suaves. O medalhão que contém o retrato de minha mãe, estará ele ainda preso a meu pescoço?... Para trás, malfeitor da cabeleira desgrenhada. Ele não conseguiu alcançar-me, e deixei entre seus dedos uma aba do meu gibão. Soltai as correntes dos buldogues, pois esta noite um ladrão identificável pode introduzir-se em nosso lar pelo arrombamento, enquanto estivermos mergulhados no sono.

Meu pai e minha mãe, reconheço-vos e agradeço-vos por vossos cuidados. Chamai meus irmãozinhos. Foi para eles que comprei essas pralinas, e quero abraçá-los." Dito isso, cai em um profundo estado letárgico. O médico, chamado às pressas, esfrega as mãos e exclama: "A crise passou. Tudo vai bem. Amanhã vosso filho despertará bem disposto. Vós todos, ide a vossos respectivos leitos, ordeno-vos, para que eu permaneça só à cabeceira do doente, até a aparição da aurora e do canto do rouxinol." Maldoror, escondido atrás da porta, não perdeu uma só palavra. Agora conhece o caráter dos habitantes da mansão, e agirá de acordo. Sabe onde mora Mervyn, e não precisa saber mais nada. Escreveu em um bloco de notas o nome da rua e o número do prédio. É o principal. Tem certeza de que não os esquecerá. Avança como uma hiena, sem que o vejam, margeando o muro do pátio. Escala a grade com agilidade, atrapalhando-se por um momento nas pontas de ferro; de um salto, está na calçada. Afasta-se silenciosamente: "Ele me tomou por um malfeitor, exclama; é um imbecil. Queria encontrar um homem isento da acusação que o doente lançou contra mim. Não lhe arranquei aba alguma do gibão, como ele disse. Simples alucinação hipnagógica, provocada pelo terror. Minha intenção hoje não era apoderar-me dele; pois tenho projetos ulteriores para esse adolescente tímido." Dirigi-vos na direção do lago dos cisnes; e mais tarde vos direi porque lá se encontra um que é completamente negro, no meio do grupo, e cujo corpo, sustentando uma bigorna, coroada pelo cadáver em putrefação de um caranguejo, inspira, de pleno direito, a desconfiança de seus restantes camaradas aquáticos.

* * *

III

(5) Mervyn está em seu quarto; recebeu uma missiva. Quem, pois, lhe terá escrito uma carta? Sua perturbação o impede de agradecer ao agente postal. O envelope tem bordas negras, e as

palavras estão traçadas com uma letra apressada. Irá ele levar esta carta a seu pai? E se o signatário o tiver proibido expressamente? Cheio de angústia, abre a janela para respirar os aromas da atmosfera; os raios do sol refletem suas irradiações prismáticas nos vidros de Veneza e nos cortinados de damasco. Deixa a missiva de lado, entre os livros de bordas douradas e os álbuns com encadernação de nácar, espalhados sobre o couro ornamentado que recobre a superfície da sua escrivaninha de estudante. Abre seu piano, e faz seus dedos afilados percorrerem as teclas de marfim. As cordas de latão não ressoaram. Essa advertência indireta o leva a recolher o papel aveludado; mas este recua, como se estivesse ofendido pela hesitação do destinatário. Apanhado nessa armadilha, a curiosidade de Mervyn cresce, e ele abre o pedaço de papel. Até então, a única letra que havia visto fora a sua própria. "Jovem, interesso-me por ti; desejo tornar-te feliz. Eu te tomarei por companheiro, e realizaremos longas peregrinações pelas ilhas da Oceania. Mervyn, sabes que te amo, e não preciso demonstrá-lo a ti. Tu me concederás tua amizade, tenho certeza disso. Quando me conheceres melhor, não te arrependerás da confiança que me demonstrares. Eu te protegerei dos perigos que tua inexperiência correrá. Serei um irmão para ti, e os bons conselhos não te faltarão. Para explicações mais prolongadas, esteja, depois de amanhã, bem cedo, às cinco horas, na ponte do Carrossel. Se eu não houver chegado, aguarda-me; mas espero estar presente à hora certa. Tu, faz o mesmo. Um inglês não abandonará facilmente a ocasião de tratar claramente desses assuntos. Jovem, eu te saúdo, e até breve. Não mostra esta carta a ninguém." — "Três asteriscos no lugar da assinatura, exclama Mervyn; e uma mancha de sangue na parte inferior da página!" Lágrimas abundantes correm sobre as curiosas frases que seus olhos devoraram, e que abrem a seu espírito o campo ilimitado de horizontes incertos e novos. Parece-lhe (mas só depois de haver terminado a leitura) que seu pai é um pouco severo e sua mãe demasiado majestosa. Possui motivos, que não chegaram a meu conhecimento, e que, por conseguinte, não poderei vos transmitir, para insinuar que seus irmãos tampouco lhe agradam.

Esconde essa carta em seu peito. Seus professores notaram que naquele dia ele não parecia o mesmo; seus olhos se ensombreceram desmesuradamente, e o véu da meditação excessiva baixou sobre a região periorbital. Todos os professores se ruborizaram, temerosos de não estar à altura intelectual do aluno, e, contudo, este, pela primeira vez, negligenciou seus deveres e não trabalhou. Ao anoitecer, a família se reuniu na sala de jantar, decorada com retratos antigos. Mervyn admira as travessas carregadas de carnes suculentas e os frutos aromáticos, mas não come; as cintilações policrômicas dos vinhos do Reno e os rubis espumantes do champanhe se engastam nas estreitas e elevadas taças de cristal da Boêmia, deixando, porém, seu olhar indiferente. Apoia seu cotovelo na mesa, e continua absorto em seus pensamentos como um sonâmbulo. O comodoro, o rosto tisnado pela espuma do mar, inclina-se ao ouvido da sua esposa: "O filho mais velho mudou de caráter, desde o dia da crise; já se deixava levar em demasia por ideias absurdas; hoje devaneia ainda mais que de costume. Mas, afinal, eu não era assim, quando tinha sua idade. Finge em nada reparar. É nestes momentos que um remédio eficaz, material ou moral, facilmente encontrará seu uso. Mervyn, tu que aprecias a leitura dos livros de viagem e de história natural, vou ler-te um relato que não te desagradará. Que me ouçam com atenção; todos o aproveitarão, a começar por mim. E vós, crianças, aprendei, pela atenção que souberdes prestar a minhas palavras, a aperfeiçoar o desenho de vosso estilo, e a perceber as menores intenções de um autor." Como se essa ninhada de adoráveis fedelhos pudesse compreender o que vem a ser a retórica! Ele o disse, e, a um gesto da sua mão, um dos irmãos se dirige à biblioteca paterna, e retorna com um volume debaixo do braço. Enquanto isso, as toalhas de mesa e as pratarias são retiradas, e o pai pega o livro. Diante da palavra eletrizante, viagens, Mervyn levantou a cabeça, esforçando-se para terminar suas meditações fora de propósito. O livro é aberto na metade, e a voz metálica do comodoro prova que permaneceu capaz, como nos dias da sua gloriosa juventude, de comandar a fúria dos homens e das tempestades. Bem antes do fim da leitura, Mervyn se deixou cair sobre seu cotovelo, na impossibilidade de continuar seguindo o desenvolvimento racional das frases enfileiradas, e a saponificação das obrigatórias metáforas. O pai exclama: "Não é isso o que o interessa; leiamos outra coisa. Lê, mulher; terás mais êxito que eu em afugentar a tristeza dos dias de nosso filho." A mãe já não tem qualquer esperança; no entanto, apoderou-se de outro livro, e o timbre de sua voz de soprano ressoou melodiosamente aos ouvidos do fruto de sua concepção. Porém, depois de algumas palavras, o desânimo a invade, e ela para voluntariamente a interpretação da obra literária. O primogênito exclama: "Vou deitar-me." Retira-se, os olhos baixos, de uma fixidez fria, sem nada acrescentar. O cão se põe a emitir um lúgubre uivo, pois não acha natural tal comportamento, e o vento de fora, penetrando desigualmente pela fenda longitudinal da janela, faz vacilar a chama, rebatida por duas cúpulas de cristal róseo, da lâmpada de bronze. A mãe apoia o rosto em suas mãos, e o pai ergue seus olhos para o céu. Os meninos lançam olhares assustados na direção do velho marinheiro. Mervyn fecha a porta do seu quarto com dupla volta da chave, e sua mão corre rapidamente para o papel: "Recebi vossa carta ao meio-dia, e me perdoareis por vos ter feito esperar pela resposta. Não tenho a honra de conhecê-lo pessoalmente, e não sabia se devia escrever-lhe. Mas, como a descortesia não habita nossa casa, decidi pegar a pluma, e agradecer calorosamente pelo interesse que demonstrais por um desconhecido. Deus me guarde de não mostrar reconhecimento pela simpatia com que me cumulais. Conheço meus defeitos, e não me orgulho deles. Mas, se é conveniente aceitar a amizade de uma pessoa mais velha, também o é fazê-la compreender que nossos caracteres não são os mesmos. De fato, pareceis ser mais velho que eu, já que me chamais de moço, e, contudo, conservo dúvidas sobre vossa verdadeira idade. Pois, como conciliar a frieza de vossos silogismos com a paixão que deles se desprende? É certo que não abandonarei o lugar que me viu nascer, para vos acompanhar em distantes paragens; isso só seria possível sob condição de primeiro pedir, aos autores dos meus dias, uma permissão impacientemente aguardada. Mas, como me solicitastes que mantivesse segredo (no sentido cúbico da palavra) sobre esse assunto espiritualmente tenebroso, eu me empenharei em obedecer a vossa sabedoria incontestável. Ao que parece, esta não afrontaria com prazer a claridade da luz. Já que pareceis desejar que eu tenha confiança em vossa própria pessoa (desejo que não é despropositado, agrada-me confessá-lo), tende a bondade, peço-vos, de testemunhar para comigo uma confiança análoga, e não ter a pretensão de crer que eu estaria tão distanciado de vossa opinião, que, ao amanhecer de depois de amanhã, à hora indicada, eu não viria, pontualmente, a nosso encontro. Transporei o muro que cerca o parque, pois o portão estará fechado, e ninguém será testemunha da minha partida. Para falar francamente, o que não faria eu por vós, cuja inexplicável dedicação soube prontamente revelar-se a meus olhos maravilhados, e, principalmente, atônitos diante de tamanha prova de bondade, a qual, tenho certeza, eu não esperava, pois não vos conhecia. Agora vos conheço. Não esquecei a promessa que fizestes de passear sobre a ponte do Carrossel. Caso eu passe por lá, tenho uma certeza sem igual de vos encontrar, e de tocar sua mão, desde que essa inocente manifestação de um adolescente que, ainda ontem, se inclinava diante do altar do seu pudor, não vier a vos ofender por sua respeitosa familiaridade. Ora, a familiaridade, não é ela desejável nos casos de uma forte e ardente intimidade, quando a perdição é séria e convicta? E que mal haveria, afinal de contas, pergunto-vos, em que eu vos diga adeus de passagem, quando, depois de amanhã, chova ou faça sol, às cinco horas tiverem soado? Apreciareis, gentleman, o tato com que elaborei minha carta; pois não me permito, em uma folha solta, apta a perder-se, vos dizer mais ainda. Vosso endereço na parte inferior da carta é um enigma. Precisei de quase um quarto de hora para decifrá-lo. Penso que fizestes bem ao traçar as palavras de maneira microscópica. Dispenso-me de assinar, e nisso vos imito: vivemos em uma época demasiado excêntrica para nos espantar, por um instante, com o que possa acontecer. Teria curiosidade de saber como soubestes do lugar onde habita minha imobilidade glacial, rodeada por uma longa fileira de salões desertos, imundos ossuários das minhas horas de tédio. Como dizê-lo? Quando penso em vós, meu peito se agita, ressoando como o desabamento de um império em decadência; pois a sombra de vosso amor acusa um sorriso que, talvez, não exista; é tão vaga e move tão tortuosamente suas escamas! Abandono em vossas mãos meus sentimentos impetuosos, placas de mármore bem novas, virgens ainda de um contato mortal. Armemo-nos de paciência até os primeiros clarões do crepúsculo matinal, e, na espera do momento que me arrojará no entrelaçamento horroroso de vossos braços pestíferos, inclino-me humildemente ante vossos joelhos, que abraço." Após ter escrito essa carta condenável, Mervyn a leva ao correio, e volta para a cama. Não espereis encontrar lá seu anjo da guarda. O rabo de peixe só voará durante três dias, é verdade; mas, desgraça! nem por isso a viga ficará menos queimada; e uma bala cilindro-cônica perfurará a pele do rinoceronte, apesar da menina de neve e do mendigo! É que o louco coroado terá dito a verdade sobre a fidelidade dos catorze punhais.

* * *

IV

(6) Acabo de reparar que só tinha um olho no meio da testa! Ó espelhos de prata, incrustados nos painéis dos vestíbulos, quantos serviços me prestastes com vosso poder refletor! Desde o dia em que um gato angorá roeu, durante uma hora, a protuberância parietal, como um trépano que perfura o crânio, atirando-se bruscamente em minhas costas, por eu lhe haver fervido os filhotes em uma bacia cheia de álcool, não parei de lançar contra mim mesmo a flecha dos tormentos. Hoje, sob a impressão dos ferimentos que meu corpo recebeu em diferentes circunstâncias, seja pela fatalidade do meu nascimento, seja por minha própria culpa; desalentado pelas consequências da minha queda moral (algumas dentre elas

aconteceram; quem poderá prever as outras?); espectador impassível das monstruosidades adquiridas ou naturais, que decoram as aponevroses[5] e o intelecto de quem vos fala, lanço um prolongado olhar de satisfação à dualidade que me compõe... e me acho belo! Belo como o vício de conformação congênito dos órgãos sexuais do homem, que consiste na brevidade relativa do canal da uretra e na divisão ou ausência da parede inferior, de modo que o canal se abra a uma distância variável da glande e por baixo do pênis; ou, ainda, como a verruga carnuda, de forma cônica, sulcada por rugas transversais bem profundas, que se ergue na base do bico superior do peru; ou melhor, como a seguinte verdade: "O sistema de gamas, modos e encadeamentos harmônicos não repousa em leis naturais invariáveis, mas é, ao contrário, consequência de princípios estéticos que variam com o desenvolvimento progressivo da humanidade e que continuarão variando!"; e, principalmente, como uma corveta encouraçada com torreões! Sim, sustento a exatidão da minha afirmação. Não tenho ilusões presunçosas, orgulho-me disso, e nada ganharia em mentir; de modo que, quanto ao que eu disse, não deveis vacilar em acreditar-me. Pois, como iria eu inspirar horror a mim mesmo, diante dos testemunhos elogiosos que partem da minha consciência? Nada invejo ao Criador; mas que ele me deixe descer o rio do meu destino, através de uma série crescente de crimes gloriosos. Senão, levantando a altura da sua testa um olhar irritado com todo obstáculo, farei que compreenda que não é o único senhor do universo; que inúmeros fenômenos, derivados diretamente de um conhecimento mais aprofundado da natureza das coisas, depõem a favor da opinião contrária, e opõe um desmentido formal à viabilidade da unidade do poder. É que somos dois a contemplar os cílios de nossas pálpebras, vês... e sabes que, por mais de uma vez, ressoou, em minha boca sem lábios, o clarim da vitória. Adeus, guerreiro ilustre; tua coragem na desgraça desperta estima em teu mais obstinado inimigo; mas Maldoror te reencontrará logo para disputar a presa que se chama Mervyn. Assim será realizada a

[5] Aponevroses ou aponeuroses são as membranas que recobrem os músculos.

profecia do galo, quando entreviu o futuro no fundo do candelabro. Praza ao céu que o caranguejo gigante[6] alcance a tempo a caravana de peregrinos, e lhes comunique em poucas palavras a narração do trapeiro de Clignancourt!

***

V

(7) Em um banco do Palais-Royal, do lado esquerdo e não muito longe do espelho d'água, um indivíduo, que desembocou da rua de Rivoli, veio sentar-se. Seus cabelos estão em desordem, e suas roupas exibem a ação corrosiva de uma miséria prolongada. Cavou um buraco no chão com um pedaço de pau pontudo, e encheu de terra o côncavo da sua mão. Levou esse alimento à boca, e o devolveu com precipitação. Levantou-se e, pressionando sua cabeça contra o banco, ergueu as pernas para o alto. Mas, como essa situação funambulesca não cabe nas leis do peso que regem o centro de gravidade, voltou a cair pesadamente sobre o banco, os braços caídos, a boina escondendo metade do seu rosto, e as pernas batendo no cascalho, em uma situação equilíbrio instável cada vez menos segura. Ficou por um bom tempo nessa posição. Para o lado da entrada média do norte, junto à rotunda onde fica um salão de café, o braço do nosso herói está apoiado à grade. Seu olhar percorre a superfície do retângulo, de modo a não deixar escapar nenhuma perspectiva. Seus olhos completam a volta, terminando a investigação, e ele repara, no meio do jardim, em um homem que faz uma ginástica titubeante com um banco sobre o qual se esforça para sustentar-se, realizando milagres de força e destreza. Mas o que pode a melhor das intenções, posta a serviço de uma causa justa, contra os desregramentos da alienação mental? Aproximou-se do louco, ajudou-o afavelmente a recolocar sua dignidade em uma

[6] *Crabe tourteau* no original; um caranguejo de dimensões avantajadas, a centola (português). Como essa denominação, *centola*, só é vista, no Brasil, em lojas de alimentos importados, deixei-a como caranguejo.

posição normal, estendeu-lhe a mão, e sentou-se a seu lado. Observa que a loucura é apenas intermitente; o acesso passou; seu interlocutor responde logicamente a todas as perguntas. Será necessário transmitir o sentido de suas palavras? Para que reabrir, em uma página qualquer, com uma solicitude blasfematória, o in-fólio das misérias humanas? Não há nada que contenha um ensinamento mais fecundo. Ainda que eu não tivesse qualquer acontecimento verdadeiro para vos relatar, inventaria narrativas imaginárias, para caldeá-las a vosso cérebro. Mas o doente não o ficou sendo para seu próprio prazer; e a sinceridade de seus relatos se alia às mil maravilhas à credulidade do leitor. "Meu pai era carpinteiro da rua da Verrerie... que a morte das três Margaridas recaia sobre sua cabeça, e que o bico do canário lhe roa eternamente o eixo do globo ocular! Havia contraído o hábito de embriagar-se; nesses momentos, quando voltava para casa, depois de ter percorrido os balcões das tavernas, seu furor se tornava quase incomensurável, e ele atingia indiscriminadamente os objetos que se apresentavam a sua vista. Mas logo, diante das recriminações dos amigos, corrigiu-se completamente, e adquiriu um humor taciturno. Ninguém podia chegar perto dele, nem mesmo nossa mãe. Conservava um secreto ressentimento contra a ideia do dever, que o impedia de comportar-se como bem entendesse. Eu havia comprado um canário para minhas três irmãs; foi para minhas três irmãs que eu havia comprado um canário. Fecharam-no em uma gaiola, por cima da porta, e os passantes paravam sempre para ouvir o canto do pássaro, admirar sua graça fugidia e estudar suas sábias formas. Por mais de uma vez, meu pai havia dado a ordem de sumirem com a gaiola e seu conteúdo, pois imaginava que o canário se divertia a sua custa, ao lançar-lhe o ramalhete das cavatinas aéreas do seu talento de vocalista. Foi arrancar a gaiola do prego, e escorregou da cadeira, cego de raiva. Uma leve escoriação no joelho foi o troféu da sua tentativa. Depois de ter permanecido por alguns segundos comprimindo a parte inchada com uma lasca, arrumou as calças, o cenho franzido, tomou mais cuidado, pôs a gaiola debaixo do braço e se dirigiu para o fundo da sua oficina. Lá, apesar dos gritos e súplicas da sua família (éramos muito ligados a esse pássaro, que, para nós, era como se fosse o gênio da casa), esmagou com seus tacões ferrados a caixa de vime, enquanto um cajado, girando ao redor da sua cabeça, mantinha os assistentes a distância. O acaso fez que o canário não morresse imediatamente; aquele floco de plumas ainda vivia, apesar da maculação sanguínea. O carpinteiro foi embora, batendo a porta com força. Minha mãe e eu nos esforçamos para reter a vida do pássaro, prestes a escapar; ele chegava a seu fim, e o movimento das suas asas só se oferecia à vista como espelho da suprema convulsão da agonia. Enquanto isso, as três Margaridas, ao perceberem que toda esperança estava perdida, deram-se as mãos, de comum acordo, e a corrente viva foi agachar--se, após ter empurrado a alguns passos um barril de sebo, atrás da escada, junto à casinhola da nossa cadela. Minha mãe não interrompia sua atividade, e segurava o canário entre as mãos para aquecê-lo com seu hálito. Eu corria enlouquecido por todos os aposentos, chocando-me com os móveis e as ferramentas. De vez em quando, uma das irmãs punha a cabeça para fora do vão da escada, para informar-se sobre o destino do desgraçado pássaro, e a recolhia com tristeza. A cadela saíra da sua casinhola, e, como se compreendesse a extensão da nossa perda, lambia com a língua da consolação estéril os vestidos das três Margaridas. O canário só tinha mais alguns momentos de vida. Uma das minhas irmãs, por sua vez (era a mais jovem), assomou a cabeça à penumbra formada pela rarefação da luz. Viu minha mãe empalidecer, e o pássaro, depois de, por um instante, haver erguido a cabeça, na derradeira manifestação do seu sistema nervoso, voltar a cair entre seus dedos, inerte para sempre. Anunciou a notícia às irmãs. Não deixaram ouvir o ruído de qualquer lamento, de qualquer murmúrio. O silêncio reinava na oficina. Só se distinguia o estalido ritmado dos fragmentos da gaiola que, em virtude da elasticidade da madeira, retomava parcialmente a posição primitiva da sua construção. As três Margaridas não deixaram nenhuma lágrima escorrer, e seus rostos não perdiam seu frescor purpúreo; não... só permaneceram imóveis. Arrastaram-se até o interior da casinhola, e estenderam-se sobre a palha, uma ao lado da outra; enquanto a cadela, testemunha passiva de seus movimentos, as olhava com espanto. Repetidas vezes minha mãe as chamou; não emitiram o som de qualquer resposta. Cansadas das emoções precedentes, dormiam, provavelmente! Revirou todos os cantos da casa sem encontrá-las. Seguiu a cadela, que a puxava pelo vestido, na direção do canil. Essa mulher se abaixou e pôs sua cabeça na entrada. O espetáculo que teve a possibilidade de testemunhar, deixando de lado os exageros doentios do temor materno, só podia ser desolador, pelos cálculos do meu espírito. Acendi uma candeia, e a ofereci a ela; assim, nenhum detalhe lhe escapou. Trouxe de volta sua cabeça, recoberta de fiapos de palha, do túmulo precoce, e disse: "As três Margaridas morreram." Como não podíamos tirá-las desse lugar, pois, lembrai-vos bem disso, estavam estreitamente entrelaçadas umas às outras, fui buscar um martelo na oficina, para destruir a morada canina. Eu me pus, imediatamente, a trabalhar na obra de demolição, e os passantes puderam acreditar, por menos imaginação que tivessem, que o trabalho não fazia falta entre nós. Minha mãe, impaciente com essas demoras, todavia indispensáveis, partia suas unhas contra as tábuas. Finalmente, a operação de libertação negativa terminou; o canil desmanchado se entreabriu por todos os lados; e retiramos dos escombros, uma após outra, depois de tê-las separado com dificuldade, as filhas do carpinteiro. Minha mãe deixou o país. Nunca mais voltei a ver meu pai. Quanto a mim, dizem que sou louco, e imploro pela caridade pública. Só sei que o canário não canta mais." O interlocutor aprova em seu íntimo esse novo exemplo vindo em apoio a suas repugnantes teorias. Como se, por causa de um homem, outrora dominado pelo vinho, tivéssemos o direito de acusar a humanidade toda. Tal é, pelo menos, a reflexão paradoxal que procura introduzir em seu espírito; mas essa não pode afugentar os importantes ensinamentos da grave experiência. Consola o louco com fingida compaixão, e enxuga suas lágrimas com seu próprio lenço. Leva-o a um restaurante, e comem à mesma mesa. Vão a um alfaiate da moda, e o protegido é vestido como um príncipe. Batem à porta do zelador de uma grande mansão da rua Saint-Honoré, e o louco é instalado em um rico apartamento do terceiro andar. O bandido o força a aceitar sua bolsa, e, pegando o penico debaixo da cama, põe-no sobre a cabeça de Aghone. "Eu te coroo rei das inteligências, exclama com uma ênfase premeditada; acorrerei a teu menor chamado; enfia tuas mãos até o fundo dos meus cofres; eu te pertenço de corpo e alma. À noite, colocarás a coroa de alabastro em seu lugar ordinário, com a permissão de te servires dela; mas, de dia, desde quando a aurora iluminar as cidades, repõe-na sobre tua cabeça, como o símbolo do teu poder. As três Margaridas reviverão em mim, sem contar que também serei tua mãe." Então o doido recuou alguns passos, como se fosse tomado por um insultuoso pesadelo; as linhas da felicidade se delinearam sobre seu rosto, sulcado pelo infortúnio; ajoelhou-se, cheio de humildade, aos pés do seu protetor. A gratidão havia entrado, como um veneno, no coração do louco coroado! Quis falar, e sua língua se deteve. Inclinou seu corpo para a frente, e caiu no assoalho. O homem dos lábios de bronze se retira. O que pretendia? Conquistar um amigo a toda prova, ingênuo o bastante para obedecer à menor das suas ordens. Não podia ter encontrado melhor, e o acaso o havia favorecido. Esse que encontrou, deitado sobre o banco, não sabe mais, desde um acontecimento da sua juventude, distinguir o bem do mal. É mesmo de Aghone que ele precisava.

* * *

VI

(8) O Todo-Poderoso havia enviado à terra um de seus arcanjos para salvar o adolescente de uma morte certa. Ele mesmo será forçado a descer! Mas ainda não chegamos a esta parte da nossa narrativa, e eu me vejo na obrigação de calar a boca, pois não posso dizer tudo de uma vez só: cada truque de efeito aparecerá em seu lugar, quando

a trama desta ficção não vir nisso inconveniente algum. Para não ser reconhecido, o arcanjo havia tomado a forma de um caranguejo gigante,[7] do tamanho de uma vicunha. Mantinha-se na ponta de um rochedo, no meio do mar, esperando o momento favorável da maré para proceder à descida na margem. O homem dos lábios de jaspe, escondido atrás de uma sinuosidade da praia, espiava o animal, com um bastão na mão. Quem gostaria de ler o pensamento desses dois seres? O primeiro não se fazia segredo de que tinha uma missão difícil a cumprir: "E como triunfar, exclamava ele enquanto as ondas a engrossar batiam em seu refúgio temporário, aí onde meu senhor viu mais de uma vez a derrota da sua força e sua coragem? Eu, que não passo de uma substância limitada, enquanto o outro, ninguém sabe de onde ele vem, nem qual é seu objetivo final. A seu nome, os exercícios celestes tremem; e mais de um conta, nas regiões que acabo de deixar, que nem o próprio Satã, Satã, a encarnação do mal, é tão temível." O segundo fazia as seguintes reflexões; encontraram eco, até na cúpula celeste por elas maculada: "Tem um ar cheio de inexperiência; acertarei as contas com ele imediatamente. Veio, sem dúvida, do alto, enviado por aquele que tanto receia vir pessoalmente! Veremos logo se é tão altaneiro quanto parece; não é um habitante do abricó terrestre; trai sua origem seráfica por seus olhos errantes e indecisos." O caranguejo, que percorria com o olhar, há algum tempo, um espaço delimitado da costa, avistou nosso herói (este, então, se ergueu em toda a altura do seu porte hercúleo) e o apostrofou nos seguintes termos: "Não tentes lutar e rende-te. Sou o enviado de alguém que é superior a nós dois, para te acorrentar, e pôr os dois membros cúmplices do teu pensamento na impossibilidade de se mexer. Segurar facas e punhais entre teus dedos, é preciso que doravante isso te seja proibido, acredita-me; tanto em teu interesse como no dos demais. Morto ou vivo, eu te apanharei; tenho ordens para te levar vivo. Não me obrigues a recorrer ao poder que me foi concedido. Eu me comportarei com delicadeza; de tua parte, não me oponhas qualquer

[7] É o *crabe tourteau*, a centola, ver nota 6, deste Canto.

resistência. E assim reconhecerei, com emoção e alegria, que terás dado um primeiro passo em direção ao arrependimento." Quando nosso herói escutou essa arenga, tão profundamente impregnada de comicidade, teve dificuldade em manter a seriedade sobre a rudeza de suas feições sulcadas. Mas, enfim, ninguém se espantará se eu acrescentar que ele acabou explodindo em gargalhadas. Era mais forte que ele! Não tinha qualquer má intenção! Evidentemente, não pretendia atrair as repreensões do caranguejo! Que esforços não fez para afugentar a hilaridade! Quantas vezes não cerrou os lábios um contra o outro, para não parecer estar ofendendo seu interlocutor pasmo! Desgraçadamente, seu caráter participava da natureza da humanidade, e ele ria, assim como o fazem as ovelhas! Finalmente parou! Já não era sem tempo! Quase sufocava! O vento trouxe esta resposta para o arcanjo do rochedo: "Quando teu senhor parar de mandar caracóis e lagostins para tratar de seus negócios, e dignar-se a vir falar pessoalmente comigo, será encontrado, eu tenho certeza, um meio de acertar tudo, já que sou inferior àquele que te enviou, como o disseste tão acertadamente. Até agora, as ideias de reconciliação me pareciam prematuras, aptas a produzir apenas um resultado quimérico. Longe estou de ignorar tudo o que há de sensato em cada uma das tuas sílabas; e, como poderíamos cansar inutilmente nossas vozes, ao fazê-las percorrer três quilômetros de distância, parece-me que procederias com sabedoria se descesses da tua fortaleza inexpugnável, e ganhasses a terra firme a nado: discutiremos mais comodamente as condições de uma rendição que, por mais legítima que seja, não deixa de ser para mim, afinal de contas, uma perspectiva desagradável." O arcanjo, que não esperava essa boa vontade, tirou um pedaço da sua cabeça das profundezas da fenda, e respondeu: "Ó Maldoror, terá finalmente chegado o dia em que teus abomináveis instintos verão extinguir-se a tocha do injustificável orgulho que os conduz à danação eterna! Serei eu, pois, o primeiro a relatar essa louvável transformação às falanges de querubins, felizes por reencontrar um dos seus. Bem sabes, e não o esqueceste, que houve um tempo em que tinhas o primeiro lugar entre nós. Teu nome voava de boca em boca; és atualmente o assunto de nossas solitárias conversações. Vem, pois... vem firmar uma paz durável com teu antigo senhor; ele te receberá como a um filho pródigo, e não tomará conhecimento da enorme quantidade de culpa que tu, como uma montanha de chifres de alce erigida pelos índios, empilhaste sobre teu coração." Fala, e retira todas as partes do seu corpo do fundo da abertura escura. Mostra-se, radiante, à superfície do escolho; qual um sacerdote das religiões, quando tem certeza de trazer de volta uma ovelha desgarrada. Vai pular n'água, para dirigir-se a nado na direção do perdoado. Mas o homem dos lábios de safira calculou com muita antecipação um pérfido golpe. Seu bastão é atirado com força; após inúmeros ricochetes nas ondas, vai golpear na cabeça o arcanjo benfeitor. O caranguejo, mortalmente atingido, cai n'água. A maré traz à praia o destroço flutuante. Esperava a maré para efetuar mais facilmente sua abordagem. Pois bem, a maré chegou; embalou-o com seus cantos e suavemente o depositou na praia: não está satisfeito o caranguejo? Que mais haveria ele de querer? E Maldoror, inclinado sobre a areia da praia, recebe em seus braços dois amigos inseparavelmente unidos pelos acasos da onda: o cadáver do caranguejo e o bastão homicida! "Ainda não perdi minha pontaria, exclama ele; basta treiná-la; meu braço conserva sua força, e meus olhos sua precisão." Olha o animal inerte. Teme que lhe peçam contas pelo sangue derramado. Onde esconderá o arcanjo? E, ao mesmo tempo, pergunta-se se sua morte terá sido instantânea. Pôs às costas uma bigorna e um cadáver; encaminha-se para uma vasta lagoa, cujas margens são totalmente recobertas e como que muradas por um inextricável emaranhado de grandes juncos. Queria primeiro utilizar um martelo, mas trata-se de um instrumento leve demais, enquanto que, com um objeto mais pesado, se o cadáver der sinais de vida, poderá deitá-lo no chão e pulverizá-lo a golpes de bigorna. Não é força o que falta a seu braço, convenhamos; esta é a menor das suas dificuldades. Chegando ao lago, vê-o povoado de cisnes. Pensa que é um refúgio seguro; com a ajuda de uma metamorfose, sem abandonar sua carga, mistura-

-se ao grupo das demais aves. Observai a mão da Providência, lá onde estaríamos tentados a achá-la ausente, e fazei bom proveito do milagre de que vou falar. Negro como a asa do corvo, por três vezes ele nadou entre os palmípedes de uma brancura deslumbrante; por três vezes conservou essa cor distintiva que o fazia assemelhar-se a um bloco de carvão. É que Deus, em sua justiça, não permite que sua artimanha possa iludir nem mesmo a um bando de cisnes. Desse modo, permaneceu ostensivamente dentro do lago; mas todos se mantinham à distância, e nenhuma ave se aproximou de sua plumagem vergonhosa, para lhe fazer companhia. E, então, ele circunscreveu seus mergulhos a uma baía afastada, na extremidade da lagoa, só entre os habitantes do ar, assim como o era entre os homens! Assim se preparava para o incrível acontecimento da praça Vendôme!

***

VII

(9) O corsário dos cabelos de ouro recebeu a resposta de Mervyn. Segue nesta página singular o rastro das perturbações intelectuais de quem a escreveu, abandonado às frágeis forças da sua própria sugestão. Teria feito melhor se consultasse seus pais, antes de corresponder à amizade do desconhecido. Nenhum benefício resultará para ele de intrometer-se, como ator principal, nessa equívoca intriga. Mas, afinal de contas, foi ele quem o quis. À hora indicada, Mervyn saiu direto da porta da sua casa, seguindo pelo bulevar Sebastopol até a fonte Saint-Michel. Toma o cais dos Grands-Augustins e atravessa o cais de Conti; no momento em que passa pelo cais Malaquais, vê caminhar pelo cais do Louvre, paralelamente a sua própria direção, um indivíduo carregando um saco sob o braço, que parece examiná-lo com atenção. As névoas matinais se dissiparam. Os dois transeuntes desembocam, ao mesmo tempo, de cada lado da ponte do Carrossel. Embora

nunca se tivessem visto, reconheceram-se! Verdade, era comovente ver esses dois seres, separados pela idade, aproximar suas almas pela grandeza dos sentimentos. Ao menos, essa teria sido a opinião dos que se detivessem diante desse espetáculo, que mais de um, mesmo dotado de um espírito matemático, teria achado emocionante. Mervyn, o rosto em prantos, imaginava encontrar, por assim dizer na entrada da vida, um apoio precioso nas futuras adversidades. Estai seguros de que o outro não dizia nada. Eis o que fez: desdobrou o saco que trazia, abriu sua boca e, agarrando o adolescente pela cabeça, fez todo o seu corpo passar pelo envoltório de aniagem. Amarrou com seu lenço a extremidade que servia de entrada. Como Mervyn soltava gritos agudos, ergueu o saco, como se fosse um embrulho de roupa branca, e bateu com ele, repetidas vezes, no parapeito da ponte. Então o paciente, reparando no estalar dos seus ossos, calou-se. Cena única, que romancista algum voltará a encontrar! Um magarefe passava sentado sobre as carnes da sua carroça. Um indivíduo corre para ele, o faz parar, e lhe diz: "Aí está um cachorro fechado em um saco; está com sarna: abata-o bem depressa." O interpelado se mostra prestativo. O interpelante, ao afastar-se, repara em uma menina andrajosa que lhe estende a mão. Até onde vai o cúmulo da audácia e da impiedade? Dá-lhe uma esmola! Dizei-me se quereis que eu vos introduza, algumas horas mais tarde, à porta de um matadouro afastado. O carniceiro voltou e disse a seus companheiros, lançando por terra um fardo: "Vamos matar logo esse cão sarnento." São quatro, e cada um deles agarrou o martelo costumeiro. E, contudo, hesitavam, pois o saco se mexia com força. "Que emoção se apodera de mim?", gritou um deles baixando lentamente seus braços. "Esse cachorro solta, como uma criança, gemidos de dor, disse um outro; dir-se-ia que sabe o destino que o espera." "É seu costume, respondeu um terceiro; mesmo quando não estão doentes, como este, basta que seu dono fique alguns dias fora de casa, para que se ponham a soltar uivos que, realmente, são difíceis de suportar." "Parai!... Parai!... gritou o quarto, antes que todos os braços se levantassem em cadência para bater resolutamente, desta vez, no saco. Parai, digo-vos; há aqui um fato que nos escapa. Quem disse que este saco encerra um cão? Quero certificar-me." Então, apesar das reclamações dos seus colegas, desatou o embrulho, e dele retirou, um depois do outro, os membros de Mervyn! Estava quase sufocado pelo incômodo dessa posição. Desmaiou ao rever a luz. Alguns momentos depois, deu sinais indubitáveis de vida. O salvador disse: "Aprendei, para a próxima vez, a usar a prudência até mesmo em vosso trabalho. Por pouco deixastes de reparar, por vossa conta, que de nada serve praticar a inobservância dessa lei." Os magarefes saíram correndo. Mervyn, o coração oprimido, cheio de pressentimentos funestos, volta para casa e se tranca em seu quarto. Terei que insistir nessa estrofe? Ei! quem não irá deplorar os fatos consumados! Aguardemos o final para emitir um julgamento ainda mais severo. O desenlace vai chegar; e, nessa espécie de narrativa, em que uma paixão, seja qual for seu gênero, sendo dada, não teme qualquer obstáculo ao abrir seu caminho, não é o caso de diluir em um frasco a goma-laca de quatrocentas páginas banais. O que pode ser dito em meia dúzia de estrofes, deve-se dizê-lo, para depois calar-se.

* * *

VIII

(10) Para construir mecanicamente o miolo de um conto soporífero, não basta dissecar besteiras, e embrutecer pesadamente, em doses renovadas, a inteligência do leitor, de modo a deixar suas faculdades paralíticas pelo resto da sua vida, pela infalível lei do cansaço; é preciso, além disso, com um bom fluido magnético, deixá-lo engenhosamente na impossibilidade sonâmbula de mexer--se, obrigando-o a apagar seus olhos, contra sua natureza, pela fixidez dos vossos. Quero dizer, não para me tornar mais compreensível, mas somente para desenvolver meu pensamento que, ao mesmo tempo, interessa e enerva, através de uma harmonia

das mais penetrantes, que não creio que seja necessário, para chegar ao objetivo proposto, inventar uma poesia inteiramente à margem da marcha costumeira da natureza, e cujo hálito pernicioso pareça subverter até mesmo as verdades absolutas; mas chegar a um resultado desses (no mais, conforme às regras da estética, se pensarmos bem) não é tão fácil como se pensa: aí está o que eu queria dizer. Por isso, farei todos os meus esforços para chegar lá! Se a morte detiver a magreza fantástica dos dois longos braços dos meus ombros, utilizados no esmagamento lúgubre do meu gesso literário, quero, ao menos, que o leitor enlutado possa dizer: "É preciso fazer-lhe justiça. Ele me cretinizou muito. O que não teria ele feito, se houvesse vivido mais! É o melhor professor de hipnotismo que conheço!" Gravarão essas poucas palavras comoventes no mármore do meu túmulo, e meus manes[8] ficarão satisfeitos! — Prossigo! Havia um rabo de peixe que se remexia no fundo de um buraco, ao lado de uma bota velha. Não seria natural alguém perguntar: "Onde está o peixe? Só vejo o rabo que se remexe." Pois bem, já que, precisamente, confessávamos implicitamente não avistar o peixe, é porque na verdade ele não estava lá. A chuva havia deixado algumas gotas d'água no fundo daquela cratera cavada na areia. Quanto à bota velha, outros acharam, posteriormente, que provinha de algum abandono voluntário. O caranguejo, pelos poder divino, deveria renascer de seus átomos dissolvidos. Retirou do poço o rabo de peixe, e prometeu prendê-lo de novo a seu corpo perdido, se anunciasse ao Criador a impotência de seu mandatário para dominar as ondas enfurecidas do mar maldororiano. Emprestou-lhe duas asas de albatroz, e o rabo de peixe levantou voo. Dirigiu-se, porém, à morada do renegado, para contar-lhe o que se passava e trair o caranguejo. Este adivinhou o projeto do espião, e antes que o terceiro dia chegasse ao fim, atravessou o rabo de peixe com uma seta envenenada. A garganta do espião soltou uma débil exclamação, exalando o derradeiro suspiro antes de tocar a terra. Então, uma viga secular, colocada na cimeira de um castelo, levantou-se em toda

[8] Mantenho o vocábulo latino para divindades tutelares, domésticas, do original.

a sua altura, dando pulos, e clamou aos berros por vingança. Mas o Todo-Poderoso, transformado em rinoceronte, a informou que essa morte era merecida. A viga sossegou, foi postar-se no fundo do castelo, retomou sua posição horizontal, e chamou as aranhas assustadas, para que continuassem, como no passado, a tecer suas teias nos cantos. O homem dos lábios de enxofre ficou sabendo da fraqueza de seu aliado; por isso, ordenou ao louco coroado que queimasse a viga e a reduzisse a cinzas. Aghone cumpriu essa ordem severa. "Já que, em vossa opinião, é chegado o momento, exclamou ele, fui buscar o anel que havia enterrado debaixo da pedra, e o amarrei a uma das pontas do cabo. Aqui está o pacote." E mostrou uma grossa corda, enrolada sobre si mesma, com sessenta metros de comprimento. Seu amo lhe perguntou o que faziam os catorze punhais. Respondeu que continuavam fiéis, dispostos a tudo se necessário. O criminoso inclinou a cabeça, dando mostras de satisfação. Mostrou surpresa, e até mesmo inquietação, quando Aghone acrescentou ter visto um galo partir um candelabro em dois com seu bico, lançar sucessivamente o olhar para cada um dos pedaços, e exclamar, batendo suas asas em um movimento frenético: "Não é tão longe quanto se pensa, da rua de la Paix até a praça do Panthéon. Logo se verá a prova lamentável!" O caranguejo, cavalgando um corcel fogoso, corria a rédea solta na direção do recife, testemunha do lançamento do bastão por um braço tatuado, asilo do primeiro dia de sua descida à terra. Uma caravana de peregrinos estava a caminho para visitar esse lugar, desde então consagrado por uma morte augusta. Esperava alcançá-los, para pedir socorro urgente contra a trama que se preparava, e da qual tomara conhecimento. Vereis, algumas linhas adiante, com ajuda do meu silêncio glacial, que não chegou a tempo para contar-lhes o que lhe havia relatado um trapeiro, escondido atrás do madeirame junto a uma casa em construção, no dia em que a ponte do Carrossel, ainda com as marcas do úmido orvalho da noite, percebeu com horror o horizonte do seu pensamento alargar-se confusamente em círculos concêntricos, diante da aparição matinal do rítmico esmagamento de um saco icosaédrico, contra seu parapeito calcário! Antes de estimular sua compaixão, pela lembrança desse episódio, melhor fariam destruindo em si a semente da esperança... Para romper vossa preguiça, ponde a trabalhar os recursos da boa vontade, caminhai a meu lado, e não perdei de vista este louco, a cabeça coberta por um vaso noturno, que empurra à sua frente, a mão armada com um bastão, esse que com dificuldade reconheceríeis se eu não tomasse a precaução de vos avisar, e recordar a vossos ouvidos, a palavra que se pronuncia Mervyn. Como mudou! As mãos atadas às costas, caminha para frente, como se fosse ao cadafalso, e, contudo, não é culpado de nenhum malefício. Chegaram ao recinto circular da praça Vendôme. Sobre a cornija da coluna maciça, apoiado à balaustrada quadrada, a mais de cinquenta metros do solo, um homem lançou e desenrolou uma corda, que cai até o chão, a alguns passos de Aghone. Com o hábito, consegue-se fazer depressa qualquer coisa; mas posso dizer que ele não precisou de muito tempo para amarrar os pés de Mervyn à extremidade da corda. O rinoceronte soubera o que iria acontecer; recoberto de suor, apareceu arquejante, na esquina da rua Castiglione. Nem teve a satisfação de travar o combate. O indivíduo, que examinava os arredores do alto da coluna, armou seu revólver, apontou com cuidado e apertou o gatilho. O comodoro, que mendigava pelas ruas desde o dia em que começara aquilo que acreditava ser a loucura do seu filho, e a mãe, a quem chamavam de *a filha da neve* por causa de sua extrema palidez, adiantaram seus peitos para proteger o rinoceronte. Inútil precaução. A bala perfurou sua pele como uma verruma; poder-se-ia crer, com uma aparência de lógica, que a morte infalivelmente deveria manifestar-se. Mas sabemos que, nesse paquiderme, introduzira-se a substância do Senhor. Retirou-se desgostoso. Se não estivesse bem demonstrado que ele não se mostrara demasiadamente bondoso para com uma das suas criaturas, eu teria pena do homem da coluna! Este, com um golpe seco do punho, puxou para si a corda assim lastreada. Colocada fora da perpendicular, suas oscilações balançam Mervyn, cuja cabeça olha para baixo. Ele agarra vivamente, com suas mãos, uma longa grinalda de sempre-vivas, que une dois ângulos consecutivos da base, contra os quais bate sua testa. Arrasta consigo, pelos ares, isso que não era um ponto fixo. Depois de haver amontoado a seus pés, sob forma de elipses sobrepostas, uma grande parte da corda, de modo que Mervyn permaneça suspenso a meia altura do obelisco de bronze, o criminoso foragido faz, com a mão direita, que o adolescente tome um movimento acelerado de rotação uniforme, em um plano paralelo ao eixo da coluna, e recolhe, com a mão esquerda, os rolos sinuosos da cordoalha, que jazem a seus pés. A funda assobia no espaço; o corpo de Mervyn a segue por toda parte, sempre afastado do centro pela força centrífuga, sempre mantendo sua posição móvel e equidistante, em uma circunferência aérea, independente da matéria. O selvagem civilizado solta aos poucos, até a outra ponta, que ele segura com um metacarpo firme, o que erradamente se assemelha a uma barra de aço. Põe-se a correr ao redor da balaustrada, segurando-se no parapeito com uma das mãos. Essa manobra tem como resultado a mudança do plano primitivo de rotação do cabo, e o aumento da sua força de tensão, já tão considerável. Doravante gira majestosamente em um plano horizontal, depois de haver sucessivamente passado, em um avanço insensível, por inúmeros planos oblíquos. O ângulo reto formado pela coluna e pelo fio vegetal tem lados iguais! O braço do renegado e o instrumento assassino se confundem na unidade linear, como os elementos atômicos de um raio de luz penetrando na câmara escura. Os teoremas da mecânica permitem que eu fale assim: desgraça! sabe-se que uma força, somada a outra força, gera uma resultante composta pelas duas forças primitivas! Quem ousaria pretender que a cordoalha linear já não se teria rompido, se não fosse o vigor do atleta, se não fosse a boa qualidade do cânhamo? O corsário dos cabelos de ouro, bruscamente e ao mesmo tempo, freia a velocidade adquirida, abre a mão e solta a corda. O contragolpe dessa operação, tão contrária às precedentes, faz a balaustrada estalar em suas junções. Mervyn, seguido pela corda, parece um cometa que arrasta atrás de si sua cauda flamejante. O anel de ferro do nó corrediço, cintilando aos raios do sol, leva a completar a ilusão. No percurso da parábola, o condenado à morte fende a atmosfera até a margem esquerda, ultrapassa-a em virtude da sua força de impulsão, que suponho infinita, e seu corpo vai bater no zimbório do Panteon, enquanto a corda abraça parcialmente, com seus anéis, a parede superior da imensa cúpula. É sobre sua superfície esférica e convexa, que só se assemelha a uma laranja pela forma, que se vê, a qualquer hora do dia um esqueleto ressecado, que ficou pendurado. Quando o vento o balança, contam que os estudantes do Quartier Latin, temerosos de um tal destino, fazem uma breve oração; são rumores insignificantes, nos quais ninguém tem a obrigação de acreditar, e que só servem para amedrontar as crianças. Segura em suas mãos crispadas algo como uma grande grinalda de velhas flores amarelas. É preciso considerar a distância, e ninguém pode afirmar, apesar do atestado de sua boa visão, que se trate, realmente, dessas sempre-vivas de que vos falei, e que uma luta desigual, travada perto do novo teatro da Ópera, viu soltarem-se de um pedestal grandioso. Não é menos verdadeiro que os cortinados em forma de crescente da lua não recebem mais a expressão da sua simetria definitiva no número quaternário; ide ver pessoalmente, se não quiserdes acreditar em mim.

FIM DO CANTO SEXTO

Eu substituo a melancolia pela coragem, a dúvida pela certeza, a desesperança pela esperança, a maldade pelo bem, as queixas pelo dever, o ceticismo pela fé, os sofismas pela frieza da calma, e o orgulho pela modéstia.

ISIDORE DUCASSE

POESIAS

A Georges Dazet, Henri Mue, Pedro Zurmaran, Louis Durcour, Joseph Bleumstein, Joseph Durand;

A meus condiscípulos Lespés, Georges Minvielle, Auguste Delmas;

Aos diretores de Revues, Alfred Sircos, Frédéric Damé;

Aos amigos passados, presentes e futuros;

Ao Sr. Hinstin, meu antigo professor de retórica;

são dedicados, de uma vez para sempre, os prosaicos trechos que escreverei através dos tempos, dos quais o primeiro começa a ver a luz do dia a partir de hoje, tipograficamente falando.[1]

[1] Os personagens das dedicatórias: *Georges Dazet*, nascido em 1852, foi colega de Ducasse no Liceu de Tarbes, em 1861-1862. Morreu em 1921, tendo sido militante socialista e advogado. *Henri Mue* foi seu colega no mesmo liceu, no ano letivo de 1859-1860. Sobre *Pedro Zurmaran* apenas hipóteses: um amigo uruguaio da família, talvez. Sobre *Louis Durcour* nada se sabe. *Joseph Bleumstein*, um argentino, teria cursado o curso preparatório do Liceu de Pau em 1866. Mas, nesse caso, não podia ter sido colega de Lautréamont, que então morava em Tarbes. *Joseph Durand* é desconhecido. *Paul Lespés*, colega no Liceu de Pau, o único deles de quem se obteve um depoimento, aqui publicado: advogado e juiz, morreu aos 81 anos. *Georges Minvielle*, condiscípulo de ambos, também advogado e juiz, morreu em 1921. *Auguste Delmas* foi aluno do Liceu de Tarbes, porém duas classes à frente. *Alfred Sircos*, editor de revistas literárias na época, possível autor da notícia sobre a publicação do Canto I dos *Cantos de Maldoror* em *La Jeunesse*, em setembro de 1868. *Frédéric Damé*, outro animador cultural e escritor, editor de *L'Avenir Littéraire*. *Hinstin*, o severo professor de retórica mencionado no depoimento de Paul Lespés, lecionou em Pau entre 1863 e 1866.

I

Os gemidos poéticos deste século não passam de sofismas.

Os primeiros princípios devem estar fora de discussão.

Eu aceito Eurípides e Sófocles; mas não aceito Ésquilo.

Não demonstrai a mais elementar inconveniência e mau gosto para com o criador.

Rechaçai a incredulidade; vós me dareis prazer.

Não existem dois gêneros de poesia; só existe um.

Existe uma convenção pouco tácita entre o autor e o leitor, pela qual o primeiro se intitula doente, e aceita o segundo como enfermeiro. É o poeta que consola a humanidade! Os papéis estão arbitrariamente invertidos.

Não quero ser atingido pela qualificação de *poseur*.[1]

Não deixarei Memórias.

A poesia não é a tempestade, tampouco o ciclone. É um rio majestoso e fértil.

Foi apenas admitindo fisicamente a noite que se conseguiu que ela fosse aceita moralmente. *Ó noites de Young!*[2] quanta enxaqueca me causaste!

Só se sonha quando se dorme. São palavras como estas, sonho, o nada da vida, passagem terrestre, a preposição talvez, o tripé desordenado, que infiltraram em vossas almas essa poesia umedecida de langores, assemelhada à podridão. Ir das palavras às ideias é apenas um passo.

[1] Fiquei com a palavra do original para exibicionista.

[2] Edward Young (1863-1765), criador ou precursor do Romantismo com suas *Noites*, imitação de poemas medievais de enorme repercussão e influência na época.

As perturbações, as ansiedades, as depravações, a morte, as exceções na ordem física ou moral, o espírito de negação, os embrutecimentos, as alucinações servidas pela vontade, os tormentos, a destruição, as perturbações, as lágrimas, as insaciabilidades, as servidões, as imaginações penetrantes, os romances, o inesperado, o que não se deve fazer, as singularidades químicas do abutre misterioso que espreita a carcaça de alguma ilusão morta, as experiências precoces e abortadas, as obscuridades de carapaça de percevejo, a monomania terrível do orgulho, a inoculação dos estupores profundos, as orações fúnebres, as invejas, as traições, as tiranias, as impiedades, as irritações, as acrimônias, os insultos agressivos, a demência, o spleen,[3] os pavores calculados, as inquietações estranhas que o leitor preferiria não experimentar, as caretas, as neuroses, as fieiras sangrentas pelas quais se faz passar a lógica em situação desesperadora, os exageros, a ausência de sinceridade, as chateações, as sensaborias, o sombrio, o lúgubre, os partos piores que os assassinatos, as paixões, o clã dos romancistas de tribunal de júri, as tragédias, as odes, os melodramas, os extremos apresentados até a perpetuidade, a razão impunemente apupada, os odores de pusilanimidade,[4] as coisas insípidas, as rãs, os polvos, os tubarões, o simum dos desertos, o que for sonâmbulo, vesgo, noturno, soporífero, noctâmbulo, viscoso, foca falante, equívoco, tuberculoso, espasmódico, afrodisíaco, anêmico, caolho, hermafrodita, bastardo, albino, pederasta, fenômeno de aquário e mulher barbada, as horas saciadas do desânimo taciturno, as fantasias, as amarguras, os monstros, os silogismos desmoralizantes, as porcarias, o que é irrefletido como a criança, a desolação, esse fruto venenoso intelectual, os cancros perfumados, as coxas de camélias,[5] a culpabilidade de um escritor que rola sobre o declive do nada e despreza a si mesmo aos gritos de alegria, os remorsos, as hipocrisias, as perspectivas vagas que os trituram em suas

[3] Mantive a palavra inglesa do original, adotada pelos franceses para designar estados de melancolia (*Spleen de Paris* de Baudelaire etc.).

[4] No original, *les odeurs de poule mouillée*, odores de galinha molhada, expressão idiomática.

[5] Alusão à *Dama das Camélias* de Alexandre Dumas filho.

engrenagens imperceptíveis, os sérios escarros sobre os axiomas sagrados, a barata e suas cócegas insinuantes, os prefácios insensatos como os de Cromwell,[6] de Mlle. de Maupin[7] e de Dumas Filho, as caducidades, as impotências, as blasfêmias, as asfixias, as sufocações, as raivas, — diante desses ossários imundos, que enrubesço ao nomear, é chegado o tempo de reagir finalmente contra isso que nos choca e nos submete a si tão soberanamente.

Vosso espírito é arrastado perpetuamente para fora de seus gonzos, e é pego de surpresa na armadilha de trevas construída com uma arte grosseira pelo egoísmo e amor-próprio.

O gosto é a qualidade fundamental que resume todas as demais qualidades. É o *nec plus ultra* da inteligência. É só através dele que o gênio é a saúde suprema e o equilíbrio de todas as faculdades. Villemain[8] é trinta e quatro vezes mais inteligente que Eugène Sue[9] e Fréderic Soulié.[10] Seu prefácio para o *Dicionário da Academia* verá a morte dos romances de Walter Scott, de Fenimore Cooper, de todos os romances possíveis e imagináveis. O romance é um gênero falso, porque descreve as paixões pelo que são: a conclusão moral está ausente. Descrever as paixões não é nada; basta nascer um pouco chacal, um pouco abutre, um pouco pantera. Não aguentamos mais isso. Descrevê-las para submetê-las a uma elevada moralidade, como Corneille, é outra coisa. Quem se abstiver de fazer a primeira dessas coisas, permanecendo capaz de admirar e compreender aqueles a quem é dado fazer a segunda, ultrapassa,

[6] O romantismo francês se afirmou através de peças de teatro que rompiam com as convenções clássicas, como o *Hernani* de Victor Hugo, que originou uma enorme polêmica, a "batalha de Hernani" de 1834. *Cromwell* foi outra peça teatral de Victor Hugo cujo prefácio teve a função de manifesto romântico.

[7] *Mademoiselle de Maupin*, romance de Théophile Gautier de 1835 sobre uma aventureira do século XVIII que de fato existiu. Seu prefácio defende a "arte pela arte".

[8] Abel-François Villemain (1790-1870), autor de um *Cours de littérature française*, de 1823, reeditado e adotado, no qual certamente Lautréamont estudou. Autor prolífico, foi par da França, membro da Academia, ministro da Educação.

[9] Eugène Sue (1804-1875), o grande folhetinista, autor de romances publicados em capítulos na imprensa: *Les mystères de Paris*, *Le juif errant*, *Les mystères du peuple*, além de *Latréaumont*, o título do qual Lautréamont se apropriou para seu pseudônimo, alterando-lhe a ortografia.

[10] Frédéric Soulié (1800-1847), outro prolífico autor de folhetins.

com toda a superioridade das virtudes sobre os vícios, quem fizer a primeira.

É só por isso que, quando um professor de segunda série[11] se diz: "Nem que me fossem dados todos os tesouros do universo, eu não desejaria ter feito romances iguais aos de Balzac e Alexandre Dumas", só por isso, ele é mais inteligente que Alexandre Dumas e Balzac. Só por isso, quando um aluno da terceira série se convenceu de que não é preciso cantar as deformidades físicas e intelectuais, só por isso ele é mais forte, mais capaz, mais inteligente que Victor Hugo, se este apenas houvesse feito romances, peças de teatro e cartas.

Alexandre Dumas filho não fará, nunca, jamais, um discurso de entrega de prêmios em um liceu. Desconhece o que vem a ser a moral. Essa não transige. Se o fizesse, teria antes que riscar com um traço da sua pluma tudo o que escreveu ate aqui, a começar por seus prefácios absurdos. Que reúnam um júri de homens competentes: sustento que um bom aluno de segunda série é mais forte que ele em qualquer coisa, até mesmo na *suja* questão das cortesãs.[12]

As obras-primas da língua francesa são os discursos de entrega de prêmios dos liceus, e os discursos acadêmicos. Com efeito, a instrução da juventude talvez seja a mais bela expressão prática do dever, e uma boa apreciação das obras de Voltaire (grifai a palavra apreciação) é preferível a essas mesmas obras. — Naturalmente!

Os melhores autores de romances e de dramas desnaturariam, com o passar do tempo, a famosa ideia do bem, se os corpos docentes, conservatórios do justo, não retivessem as gerações, novas e velhas, no caminho da honestidade e do trabalho.

Em seu nome pessoal, apesar dela, mas é preciso, venho renegar, com uma vontade indômita, e uma tenacidade férrea, o passado horrendo da humanidade choraminga. Sim: quero proclamar o belo com uma lira de ouro, subtraindo as tristezas escrofulosas e as arrogâncias estúpidas que decompõem, em sua fonte, a poesia

[11] "Seconde" no original. Com a contagem dos graus ou séries ao contrário do sistema educacional francês, é a penúltima série antes do "baccalaureat", a conclusão do liceu.

[12] Outra alusão à *Dama das Camélias* de Dumas Filho.

pantanosa deste século. É com os pés que tripudiarei sobre os versos amargos do ceticismo, que não têm razão de ser. O julgamento, uma vez entrado na floração de sua energia, imperioso e resoluto, sem hesitar por um segundo nas incertezas irrisórias de uma piedade fora do lugar, fatidicamente, os condena como um procurador geral. É preciso vigiar sem trégua as insônias purulentas e os pesadelos atrabiliários. Desprezo e execro o orgulho, e as volúpias infames de uma ironia, tornada desmancha-prazeres, que tira do lugar a justeza do pensamento.

Algumas personalidades, excessivamente inteligentes, não adianta negá-lo com palinódias[13] de um gosto duvidoso, jogaram-se de cabeça nos braços do mal. É o absinto, não creio que saboroso, porém nocivo, que matou moralmente o autor de *Rolla*.[14] Ai dos glutões![15] Mal chegou à idade madura o aristocrata inglês, e sua lira se partiu sob os muros de Missolonghi,[16] depois de ter colhido apenas, durante sua passagem, as flores que exalam o ópio das sombrias prostrações.

Embora maior que os gênios ordinários, se houvesse encontrado, em seu tempo, outro poeta, dotado como ele, em doses semelhantes, de uma inteligência excepcional, capaz de apresentar-se como seu rival, ele teria sido o primeiro a confessar a inutilidade de seus esforços para produzir maldições disparatadas; e que só o bem, exclusivamente, é declarado digno, pelo clamor universal, de apropriar-se de nossa estima. Acontece que não teve alguém que o combatesse com vantagem.[17] Aí está o que ninguém disse. Coisa estranha! mesmo folheando as coletâneas e livros de sua época, nenhum crítico pensou em dar relevo ao rigoroso silogismo precedente. E só aquele que o superar poderá tê-lo inventado. A tal ponto estávamos repletos de estupor e inquietação, mais que de admiração reflexiva, diante de obras escritas por uma mão pérfida,

[13] Palinódia: modalidade de poema na qual se contradiz o que foi dito anteriormente.

[14] Alfred de Musset — ver notas 43, 44 e 45.

[15] *Gourmands* no original.

[16] Alusão à morte de Byron na Grécia, de febre, em 1824.

[17] Apenas para comentar o quanto esta afirmação é especialmente estranha, já que Byron fez parte de uma geração de poetas notáveis, inclusive Shelley e Keats.

mas que revelavam, contudo, as manifestações imponentes de uma alma que não pertence ao comum dos homens, e que se encontrava à vontade nas consequências finais de um dos dois problemas menos obscuros que interessam aos corações não solitários: o bem, o mal. Não é dado a qualquer um abordar os extremos, seja em um sentido, seja no outro. Isso explica por que, mesmo louvando, sem segundas intenções, a inteligência maravilhosa da qual ele dá provas a cada momento, ele, um dos quatro ou cinco faróis da humanidade, fazemos, em silêncio, numerosas reservas quanto às aplicações e ao emprego injustificável que dela fez conscientemente. Não deveria ter percorrido os domínios satânicos.

A revolta feroz dos Troppmann,[18] dos Napoleão I, dos Papavoine,[19] dos Byron, dos Victor Noir[20] e das Charlotte Corday[21] será mantida à distância do meu olhar severo. Esses grandes criminosos a tão diversos títulos, eu os afasto com um gesto. A quem pensam estar enganando aqui, pergunto eu com uma lentidão que se impõe? Ó discursos de galé![22] Bolhas de sabão! Fantoches de tripa! Cordéis gastos! Que venham, os Konrad,[23] os Manfred, os Lara, os marinheiros que se assemelham ao Corsário,[24] os Mefistófeles, os Werther, os Don Juan, os Fausto, os Iago, os Rodin,[25] os Calígula,[26] os Cain, os Iridion,[27] as megeras à maneira

[18] Jean-Baptiste Troppmann: autor de um crime bárbaro, de grande repercussão. Envenenou seu sócio, a viúva e os seis filhos, enterrando-os em um terreno baldio de Paris. Sua execução ocorreu em janeiro de 1870, ano de publicação das *Poesias* e da morte de Lautréamont.

[19] Outro homicida famoso, executado por matar duas crianças em 1824.

[20] O assassinato do jornalista Victor Noir pelo príncipe Pierre-Napoléon Bonaparte em 1870, episódio decisivo para a queda de Napoleão III e entrada da França em um regime republicano.

[21] Charlotte Corday (1768-1793), mártir girondina que assassinou o líder revolucionário francês Jean-Paul Marat, apunhalando-o no banho a 13 de julho de 1793.

[22] No original, *o dadas de bagne!* Qualquer tradução é aproximativa. Significa um discurso sem sentido.

[23] Konrad é o personagem rebelde de uma obra de 1833, *Dziady III*, do poeta romântico e nacionalista polonês Adam Mickiewicz (1798-1855), de considerável influência no século XIX, a quem Lautréamont voltará a referir-se nas *Poesias*.

[24] Corsário, Manfred, Lara e Don Juan são personagens byronianos, hipônimos de poemas seus. Werther e Fausto, os de Goethe. Iago, evidentemente, o do *Otelo* de Shakespeare.

[25] Vilão do *Judeu errante* de Eugène Sue.

[26] O imperador romano foi personagem-título de uma peça teatral de Alexandre Dumas.

[27] Poema do polonês Krasinski, escrito em 1845, publicado na França em 1870.

de Colomba,[28] os Ahriman,[29] os manitus maniqueus respingados de miolos que fermentam o sangue de suas vítimas nos pagodes sagrados do Hindustão, a serpente, o sapo e o crocodilo, divindades, consideradas anormais, do antigo Egito, os feiticeiros e as potências demoníacas da Idade Média, os Prometeu, os Titãs da mitologia fulminados por Júpiter, os Deuses Malvados vomitados pela imaginação primitiva dos povos bárbaros — toda a série estrepitosa dos diabos de cartolina. Com a certeza de vencê-los, agarro o açoite da indignação e da concentração ponderada, e espero esses monstros com o pé firme, como seu domador precavido.

Há escritores degradados, perigosos palhaços, farsantes aos montes, sinistros mistificadores, verdadeiros alienados, que mereceriam povoar Bicêtre.[30] Suas cabeças cretinoides, com um parafuso a menos, criam fantasmas gigantescos que descem em lugar de subir. Exercício escabroso; ginástica ilusória. Passe, pois, grotesca palhaçada. Por favor, retirai-vos de minha presença, fabricantes às dúzias de quebra-cabeças proibidos, nos quais antes eu não havia percebido, à primeira vista, como agora, a frívola chave do enigma. Caso patológico de um egoísmo formidável. Autômatos fantásticos: apontai-me, um por um, meus filhos, o epíteto que os porá em seu lugar.

Se existisse, sob a realidade plástica, em algum lugar, seriam, apesar de sua inteligência comprovada, porém enganadora, o opróbrio, o fel, a vergonha dos planetas que habitassem. Imaginai--os, por um instante, reunidos em sociedade com substâncias que seriam seus semelhantes. É uma sucessão ininterrupta de combates, como nem mesmo os buldogues proibidos na França sonhariam, nem os tubarões e os cachalotes macrocéfalos.[31] São torrentes de sangue, nessas regiões caóticas cheias de hidras e minotauros, e de onde a pomba, afugentada para sempre, foge às pressas. É um

[28] Personagem de um conto de 1840 de Prosper Merimée (1803-1870), autor de *Carmen.*

[29] O nome do princípio do mal na religião persa de Zoroastro, da qual se originou o maniqueísmo, referido logo a seguir.

[30] Bicêtre: hospício; ver nota 21 do *Canto Primeiro.*

[31] A propósito, o buldogue do C3, E2 (a história da louca), os tubarões do C2, E13 (o episódio da fêmea do tubarão) e o cachalote macrocéfalo do C4, E6 dos *Cantos.*

amontoado de bestas apocalípticas, que não ignoram o que fazem. São choques de paixões, ressentimentos e ambições, através dos alaridos de um orgulho que não se deixa ler, que se contém, e do qual ninguém consegue, nem mesmo aproximadamente, sondar os escolhos e profundezas.

Mas eles não me enganarão mais. Sofrer é uma fraqueza, quando o podemos evitar e fazer coisa melhor. Exalar os sofrimentos de um esplendor não equilibrado é demonstrar, ó moribundos dos miasmas perversos! menos resistência e coragem ainda. Com minha voz e minha solenidade das datas magnas, eu te chamo de volta a meus salões desertos, gloriosa esperança. Vem sentar-te a meu lado, envolta no manto das ilusões, sobre o tripé sensato dos apaziguamentos. Como um móvel para ser jogado fora, expulsei-te da minha morada, com um chicote de açoites de escorpiões. Se desejas que eu seja persuadido de que esqueceste, voltando a mim, as tristezas que, sob o signo dos arrependimentos, outrora te provoquei, meu Deus! leva então contigo, cortejo sublime — segurai-me, desfaleço! — as virtudes ofendidas, e suas imperecíveis correções.

Constato, com amargura, que só restam algumas gotas de sangue nas artérias de nossas épocas tísicas. Desde as lamúrias odiosas e singulares, endossadas sem um ponto de referência, dos Jean-Jacques Rousseau, dos Chateaubriand[32] e das babás de calças dos nenês Obermann,[33] através dos outros poetas que chafurdaram no lodo impuro, até o sonho de Jean-Paul,[34] o suicídio de Dolores de Veintemilla,[35] o Corvo de Allan,[36] a Comédia Infernal do

[32] François René de Chateaubriand (1768-1848), iniciador do romantismo francês com *Les Natchez*, épica idealizando índios norte-americanos, inspirada em sua viagem aos Estados Unidos na condição de aristocrata exilado, durante a Revolução Francesa. Dela faz parte *Atala*. Sua outra obra importante foi *Le génie du christianisme*.

[33] *Obermann*, de Sénancour (1770-1846), precursor do romantismo francês, publicado em 1804, é uma série de cartas de um personagem melancólico e solitário.

[34] Jean-Paul, pseudônimo de Johann Paul Friedrich Richter (1763-1825), expoente do romantismo alemão, autor de escritos satíricos, reflexões e narrativas, nas quais o mundo dos sonhos era valorizado e confundido com a realidade.

[35] Poetisa equatoriana. Nascida em 1829, suicidou-se aos 28 anos.

[36] Poe.

Polonês,[37] os olhos sanguinários de Zorilla,[38] e o imortal câncer, Uma Carcaça,[39] que outrora pintou, com amor, o amante mórbido da Vênus hotentote, as dores inverossímeis que este século criou para si, em seu propósito monótono e repugnante, o tornaram tuberculoso. Larvas absorventes em seus torpores insuportáveis!

Vamos à música.

Sim, minha gente, sou eu quem vos ordena queimar, em uma pá rubra ao fogo, com um pouco de açúcar mascavo, o pato da dúvida com lábios de vermute,[40] que, derramando, em uma luta melancólica entre o bem e o mal, lágrimas que não vêm do coração, sem máquina pneumática, faz, em toda parte, o vazio universal. É a melhor coisa que têm a fazer.

O desespero, alimentando-se preconcebidamente de suas fantasmagorias, conduz, imperturbavelmente, o literato à revogação em massa das leis divinas e sociais, e à maldade teórica e prática. Em uma palavra, faz predominar o traseiro humano nos raciocínios. Vamos, passem-me a palavra! As pessoas se tornam malvadas, repito, e os olhos adquirem a tonalidade dos condenados à morte. Não voltarei atrás no que afirmo. Quero que minha poesia possa ser lida por uma moça de catorze anos.

A verdadeira dor é incompatível com a esperança. Por maior que seja essa dor, a esperança, alta de cem côvados,[41] se eleva mais ainda. Portanto, deixem-me em paz com os que buscam. Abaixo as

[37] A *Comédia infernal* é de Krasinski, o criador de Iridion, e foi traduzida para o francês em 1870.

[38] Segundo Hubert Juin, pode tratar-se do político revolucionário espanhol Manuel Ruiz Zorrilla (1834-1895), ou do poeta e dramaturgo, também espanhol, José Zorrilla y Moral (1817-1893).

[39] O poema com esse título das *Flores do mal* de Baudelaire. A *Vênus hotentote* é sua amante Jeanne Duval.

[40] Alfred de Musset, em *La confession d'un enfant du siècle: O espírito da dúvida, suspenso sobre minha cabeça, acabava de derramar em minhas veias uma gota de veneno; o vapor me subia ao cérebro, e eu cambaleava em um começo de embriaguez doentia.* Hubert Juin observa que a palavra *canard*, pato, é utilizada para designar pasquins, e, por extensão, todos os jornais. Então, a chave dessa passagem enigmática é referir-se ironicamente aos jornalistas, preparando suas matérias durante a "happy hour", enquanto tomam seu vermute.

[41] Um côvado, medida de 66 centímetros.

patas, abaixo, cadelas ridículas, trapalhões, poseurs![42] Aquilo que sofre, aquilo que disseca os mistérios que nos rodeiam, que nada espere. A poesia que discute as verdades necessárias é menos bela que a outra, que não as discute. Indecisões sem trégua, talento mal utilizado, perda de tempo: nada será mais fácil de verificar.

Cantar Adamastor,[43] Jocelyn,[44] Rocambole,[45] é pueril. É só porque o autor espera que o leitor subentenda que perdoará a seus heróis pilantras, que ele se trai e se apoia no bem para fazer passar as descrições do mal. É em nome dessas mesmas virtudes que Frank[46] desconheceu, que nós ainda o toleramos, ó saltimbancos de mal--estares incuráveis.

Não fazei como esses exploradores sem pudor, magníficos de melancolia a seus próprios olhos, que encontram coisas desconhecidas em seu espírito e em seu corpo!

A melancolia e a tristeza já são o começo da dúvida; a dúvida é o começo do desespero; o desespero é o começo cruel dos diferentes graus da maldade. Para vos convencer, leiam a *Confissão de um filho do século*.[47] A descida é fatal, uma vez que se entra nesse declive. É certo que se chegará à maldade. Cuidado com a descida. Extirpai o mal pela raiz. Não encorajai o culto de adjetivos tais como indescritível, inenarrável, rutilante, incomparável, colossal, que mentem sem vergonha aos substantivos por eles desfigurados: são perseguidos pela lubricidade.

As inteligências de segunda ordem, como Alfred de Musset, podem impelir teimosamente uma ou duas de suas faculdades para mais longe que as faculdades correspondentes de inteligências de primeira ordem, Lamartine, Hugo. Estamos diante do

[42] Mantive a expressão em francês do original para exibicionista.

[43] Como se vê, Lautréamont conhecia *Os Lusíadas* de Camões.

[44] Personagem epônimo de Lamartine.

[45] Herói de outro mestre dos folhetins de aventura, Ponson du Terrail (1829-1871). Origem da expressão *rocambolesco* para aventuras mirabolantes. *Rocambole* começou a ser publicado em 1859.

[46] Herói de uma peça teatral de Musset, *La coupe et les lèvres*. Hubert Juin acha que também pode tratar-se de Auguste Franck (1809-1893), filósofo moralista.

[47] Narrativa autobiográfica de Alfred de Musset (1810-1857), publicada em 1836, que celebrizou a expressão *mal du siècle*.

descarrilamento de uma locomotiva sobrecarregada. É um pesadelo que sustenta a pluma. Ficai sabendo que a alma se compõe de umas vinte faculdades. E vêm me falar desses mendigos que ostentam um chapéu imponente junto com andrajos sórdidos!

Eis um meio de constatar a inferioridade de Musset diante dos dois poetas. Lede para uma jovem *Rolla*,[48] ou *As Noites, os Loucos* de Cobb,[49] ou então os retratos de Gwynplaine e de Dea,[50] ou o relato de Terameno de Eurípides,[51] traduzido em versos franceses por Racine, o pai. Ela estremece, franze os cenhos, ergue e baixa as mãos sem um objetivo determinado, como um homem que se afoga; seus olhos lançarão clarões esverdeados. Lede para ela a *Oração para todos* de Victor Hugo.[52] Os efeitos são diametralmente opostos. O gênero de eletricidade não é mais o mesmo. Ela ri às gargalhadas, pede mais.

De Hugo só permanecerão as poesias sobre as crianças, nas quais se encontra muita coisa ruim.

Paulo e Virgínia[53] fere nossas aspirações mais profundas à felicidade. Outrora, esse episódio que tresanda negror da primeira à última página, principalmente no naufrágio final, fazia-me ranger os dentes. Eu rolava sobre o tapete e desferia pontapés em meu cavalo de pau. A descrição da dor é um contrassenso. É preciso ver tudo pelo lado do belo. Se essa história fosse contada como uma simples biografia, eu não a atacaria. Ela muda imediatamente de caráter. A desgraça se torna augusta pela vontade impenetrável do Deus que a criou. Isso é querer, a todo custo, considerar apenas um lado das coisas. Ó uivadores maníacos que sois!

[48] Poema de Musset, de 1834, no qual um herói depravado é salvo pelo amor; um reflexo de sua paixão por George Sand.

[49] William Cobb: pseudônimo com o qual Jules Lermina (1839-1915) publicou seus contos fantásticos.

[50] Personagens de *O homem que ri*, romance de Victor Hugo de 1869; duas crianças, ele aleijado, ela cega.

[51] Personagem do *Hipólito* de Eurípides e da *Fedra* de Racine; anuncia a morte do herói Hipólito.

[52] Poema das *Folhas de outono*.

[53] A narrativa de Bernardin de Saint-Pierre (1737-1814).

Não renegai a imortalidade da alma, a sabedoria de Deus, a grandeza da vida, a ordem que se manifesta no universo, a beleza corporal, o amor da família, o casamento, as instituições sociais. Deixai de lado os escrevinhadores funestos: Sand, Balzac, Alexandre Dumas, Musset, Du Terrail, Féval,[54] Flaubert, Baudelaire, Leconte[55] e a *Greve dos Ferreiros*![56]

Nada transmiti aos que vos leem, a não ser a experiência que se desprende da dor, e que não é mais a própria dor. Não chorai em público.

É preciso saber arrancar belezas literárias até mesmo do seio da morte: mas essas belezas não pertencerão à morte. A morte é aqui apenas a causa ocasional. Não é o meio, é o fim, que não é mais ela.

As verdades imutáveis e necessárias, que fazem a glória das nações, e que a dúvida se esforça em vão para abalar, começaram com o início dos tempos. São coisas em que não se deveria tocar. Os que querem praticar a anarquia na literatura, a pretexto de inovar, caem no contrassenso. Não ousam atacar a Deus; atacam a imortalidade da alma. Mas a imortalidade da alma, também ela, é tão velha quanto os alicerces do mundo. Que outra crença a substituirá, se é que deve ser substituída? Não será sempre uma negação.

Se recordarmos a verdade da qual decorrem todas as outras, a bondade absoluta de Deus e sua ignorância absoluta do mal, os sofismas desmoronarão por conta própria. Desmoronará, simultaneamente, a literatura pouco poética que neles se apoiou. Toda a literatura que discute os axiomas eternos está condenada a só viver de si mesma. É injusta. Devora seu próprio fígado. Os *novissima Verba*[57] fazem sorrir soberbamente os garotos sem lenço para assoar-se da quarta série. Não temos o direito de interrogar o Criador sobre o que quer que seja.

[54] Paul Féval (1817-1887), outro popular autor de narrativas folhetinescas.

[55] Charles Marie René Leconte de Lisle (1818-1894), expoente do parnasianismo francês.

[56] Poema longo de François Coppée (1842-1908), poeta muito em voga na época, egresso do parnasianismo e que se tornou a expressão máxima do populismo literário, autor também de *Le reliquaire* e *Intimités*.

[57] Título de um poema de Lamartine.

Se sois infelizes, não é preciso dizê-lo ao leitor. Guardai-o para vós.

Se os sofismas fossem corrigidos no sentido das verdades correspondentes a esses sofismas, só a correção seria verdadeira; assim, a peça retocada desse modo teria o direito de não mais se intitular falsa. O restante estaria fora do verdadeiro, com rastros do falso, por consequência nulo e considerado, forçosamente, como não acontecido.

A poesia pessoal terminou seu tempo de malabarismos relativos e contorções contingentes. Retomemos o fio indestrutível da poesia impessoal, bruscamente interrompido desde o nascimento do filósofo fracassado de Ferney,[58] desde o aborto do grande Voltaire.

Parece belo, sublime, a pretexto de humildade ou de orgulho, discutir as causas finais, falsear-lhes as consequências estáveis e conhecidas. Desenganai-vos, pois nada existe de mais estúpido! Reatemos a corrente regular com os tempos passados; a poesia é geometria por excelência. Desde Racine, a poesia não progrediu um milímetro. Retrocedeu. Graças a quem? aos Grandes-Cabeças--Moles da nossa época. Graças aos maricas, Chateaubriand, o Moicano-Melancólico; Senancour, o Homem-de-Saias; Jean--Jacques Rousseau, o Socialista-Resmungão; Anne Radcliffe,[59] o Espectro-Maluco; Edgar Poe, o Mameluco-dos-Sonhos-de--Álcool; Mathurin[60] o Compadre-das-Trevas; Georges Sand,[61] o Hermafrodita-Circunciso; Théophile Gautier,[62] o Incomparável--Merceeiro; Leconte,[63] o Cativo-do-Diabo; Goethe, o Suicida-para-

[58] Ferney, morada de Voltaire próxima a Genebra, de 1758 até sua morte em 1778, aos 84 anos.

[59] Anne Ward Radcliffe (1764-1823) é a criadora de um tipo de narrativa de mistério, o horror gótico, fundamental para a compreensão das fontes de Lautréamont, através de obras como *O mistério do Castelo de Udolfo* e *O mistério do Castelo de Otranto*.

[60] Charles Robert Mathurin (1782-1824), outro expoente do horror gótico, principalmente com *Melmoth*, que influenciou Lautréamont e impressionou aos surrealistas.

[61] Pseudônimo de Amandine Aurore Lucille Dudevant (1804-1876), romancista, além de amante e musa de Alfred de Musset e Frédéric Chopin.

[62] Théophile Gautier (1811-1872), romancista, poeta e crítico, esteticista, formulador da teoria da "arte pela arte". Ver nota 6.

[63] Ver nota 55.

-Chorar;[64] Sainte-Beuve,[65] o Suicida-para-Rir; Lamartine, a Cegonha-Lacrimejante; Lermontov,[66] o Tigre-que-Ruge; Victor Hugo, o Fúnebre-Varapau-Verde; Misckiewicz, o Imitador-de--Satã; Musset, o Peralvilho-Descamisado-Intelectual; e Byron, o Hipopótamo-das-Selvas-Infernais.

A dúvida existiu ao longo dos tempos em minoria. Neste século, está em maioria. Respiramos a violação do dever pelos poros. Isso foi visto uma só vez; nunca mais será visto.

As noções da simples razão estão a tal ponto obscurecidas na hora presente, que a primeira coisa feita pelos professores da quarta série, ao ensinarem versos latinos a seus alunos, jovens poetas cujo lábio está umedecido pelo leite materno, é lhes revelar pelos exercícios o nome de Alfred de Musset. Ora, façam-me o favor! Os professores da terceira série, então, dão-lhes para traduzir em versos gregos, em suas aulas, dois episódios sangrentos. O primeiro é a repugnante comparação com o pelicano.[67] O segundo, a pavorosa catástrofe acontecida a um lavrador.[68] Para que encarar o mal? Não é ele minoritário? Para que mergulhar a cabeça de um colegial em questões que, por não terem sido compreendidas, fizeram que as perdessem homens como Pascal e Byron?

Um estudante me contou que seu professor de segunda série dava em sua classe, todo dia, essas duas carcaças para serem traduzidas em versos hebraicos. Tais chagas da natureza animal e humana o deixaram doente por um mês, passado na enfermaria. Como nós nos conhecíamos, pediu que eu fosse chamado por sua mãe. Relatou-me, embora com ingenuidade, que suas noites eram perturbadas por sonhos recorrentes. Acreditava ver um exército

[64] Alusão ao *Werther*, e à onda de suicídios provocada por essa narrativa.

[65] Charles Augustin de Sainte-Beuve (1804-1869), o grande crítico literário da época, fundador da crítica moderna.

[66] Mikhail Lermontov (1814-1841), poeta do romantismo russo.

[67] Ver, adiante, no depoimento de Paul Lespés, o relato do episódio da tradução do trecho de *Rolla* de Musset em hexâmetros gregos. Quanto ao pelicano de Musset, é interessante observar como aqui ele é mencionado como obsessão (ver a passagem logo adiante); e, nos *Cantos*, comparece em duas estrofes.

[68] No poema *Lettre à Lamartine*, das *Poésies nouvelles* (1836), é relatado como um camponês, voltando para sua casa, a encontra incendiada, e sua mulher morta.

de pelicanos que se abatiam sobre seu peito e o dilaceravam. Em seguida, levantavam voo rumo a uma choupana em chamas. Comiam a mulher do lavrador e seus filhos. O corpo enegrecido de queimaduras, o lavrador saía da casa e encetava um combate atroz com os pelicanos. O todo se precipitava sobre a choupana, que desabava em escombros. Da massa sublevada dos escombros — isso nunca faltava — via sair seu professor de segunda série, segurando em uma das mãos seu coração, na outra uma folha de papel, na qual se decifrava, em letras de enxofre, a comparação do pelicano e a do lavrador, assim como o próprio Musset as compôs. Não foi fácil, à primeira vista, diagnosticar seu gênero de doença. Recomendei-lhe que se calasse cuidadosamente, e que não falasse a respeito com ninguém, principalmente com seu professor de segunda série. Aconselhei à mãe que o levasse para casa por alguns dias, garantindo-lhe que aquilo passaria. De fato, tive o cuidado de estar com ele algumas horas, todo dia, e aquilo passou.

É preciso que a crítica ataque a forma, nunca o fundo de vossas ideias, de vossas frases. Arranjem-se.

Os sentimentos são a forma de raciocínio mais incompleta que se possa imaginar.

Toda a água do mar não bastaria para lavar uma mancha de sangue intelectual.[69]

[69] Hubert Juin acha que se trata de uma referência ao sangue que não se consegue lavar do *Macbeth* de Shakespeare. *Poesias I*, publicado, conforme já assinalado, em um fascículo próprio, que precedeu de alguns meses a *Poesias II*, fecha com uma nota, um *Avis*: *Esta publicação permanente não tem preço. Cada subscritor deve fixar, ele mesmo, a subscrição. Só dá, de resto, o que quiser. Às pessoas que receberem as duas primeiras remessas, pede-se que não as recusem, sob qualquer pretexto.*

II

O gênio garante as faculdades do coração.[1]

O homem não é menos imortal que a alma.

Os grandes pensamentos vêm da razão![2]

A fraternidade não é um mito.

As crianças que nascem não conhecem nada da vida, nem mesmo a grandeza.

Na desgraça os amigos aumentam.[3]

Vós que entrais, deixai todo desespero.[4]

Bondade, teu nome é homem.[5]

É aqui que habita a sabedoria das nações.

A cada vez que lia Shakespeare, parecia-me que despedaçava os miolos de um jaguar.

Escreverei meus pensamentos com ordem, por um objetivo sem confusão. Se forem justos, o primeiro que vier será a consequência dos outros. Essa é a verdadeira ordem. Marca meu objeto pela desordem caligráfica. Muito desonraria meu tema, se não o tratasse com ordem. Quero mostrar que ele é capaz disso.[6]

[1] Vauvenargues: *A razão não conhece os interesses do coração.* Aqui começam as falsificações, "correções" de outros autores, que ocupam a maior parte de *Poesias II.*

[2] Vauvenargues: *Os grandes pensamentos vêm do coração.*

[3] Vauvenargues: *A prosperidade faz poucos amigos.*

[4] Falsificação dos dizeres da *Divina comédia* de Dante, *Vós que entrais, deixai toda esperança.*

[5] Shakespeare, *Hamlet*: *Fragilidade, teu nome é mulher.*

[6] Pascal: *Escreverei aqui meus pensamentos sem ordem, e não, talvez, em uma confusão sem objetivo: é a verdadeira ordem, que marcará sempre meu objeto pela própria desordem. Honraria muito a meu tema se o tratasse com ordem, pois quero mostrá-lo incapaz disso.*

Não aceito o mal. O homem é perfeito. A alma não cai. O progresso existe. O bem é irredutível. Os anticristos, os anjos acusadores, as penas eternas, as religiões são o produto da dúvida.

Dante, Milton, descrevendo hipoteticamente as paragens infernais, provaram ser hienas de primeira classe. A demonstração é excelente. O resultado é mau. Suas obras não se vendem.

O homem é um carvalho. A natureza não conta com nada mais robusto. Não é preciso que o universo se arme para defendê-lo. Uma gota d'água não basta para sua preservação. Mesmo quando o universo o defendesse, não ficaria mais desonrado que aquilo que não o preserva. O homem sabe que seu reino não tem morte, que o universo possui um começo. O universo nada sabe; é, quando muito, um junco pensante.[7]

Eu imagino Elohim antes frio que sentimental.

O amor de uma mulher é incompatível com o amor da humanidade. A imperfeição deve ser rejeitada. Nada é mais imperfeito que o egoísmo a dois. Durante a vida, as desconfianças, as recriminações, os juramentos escritos sobre o pó pululam. Não é mais o amante de Chimène:[8] é o amante de Graziella.[9] Não é mais Petrarca; é Alfred de Musset. Durante a morte, um pedaço de rochedo junto ao mar, um lago qualquer, a floresta de Fontainebleau, a ilha de Ischia, um gabinete de trabalho em companhia de um corvo, uma câmara ardente com um crucifixo, um cemitério onde aparece, sob o clarão de uma lua que acaba por irritar, o objeto amado, versos onde um grupo de moças cujo nome não se sabe vêm passear uma por vez, e dar a medida do autor, deixam ouvir lamentações.[10] Nos dois casos, a dignidade não mais é reencontrada.

[7] Pascal: *O homem não passa de um junco, o mais frágil da natureza; mas é um junco pensante. Não é preciso que o universo inteiro se arme para esmagá-lo: um vapor, uma gota d'água bastam para matá-lo. Mas, se o universo o esmagasse, o homem ainda seria mais nobre do que aquilo que o mata, pois sabe que morre, e a vantagem que o universo tem sobre ele, o universo não a sabe.*

[8] A heroína de *Le Cid* de Corneille.

[9] A heroína da novela homônima de Lamartine.

[10] Aqui, uma série de lugares e temas do Romantismo e do século XIX: o rochedo junto ao mar é o túmulo de Chateaubriand; o lago qualquer refere-se ao antológico poema *O lago* de Lamartine; a floresta de Fontainebleau comparece em *Souvenir* de Musset e *A educação sentimental* de Flaubert; a ilha de Ischia nos poemas italianos de Byron e Lamartine; o gabinete de trabalho em companhia de um corvo é o de Poe; a câmara ardente seria de *O crucifixo*, de Lamartine; o cemitério, em inumeráveis obras: entre outras, *As noites* de Young, além de ser um chavão do horror gótico.

O erro é a lenda dolorosa.

Os hinos a Elohim habituam a vaidade a não se ocupar com as coisas da terra. Esse é o inconveniente dos hinos. Desacostumam a humanidade a levar em conta o escritor. Abandona-o. Chama-o de místico, águia, perjuro da sua missão. Não sois a pomba procurada.

Um peão poderia conseguir uma bagagem literária, dizendo o contrário do que disseram os poetas deste século. Substituiria suas afirmações por negações. Reciprocamente. Se é ridículo atacar os princípios primeiros, é mais ridículo ainda defendê-los desses mesmos ataques. Eu não os defenderei.

O sono é uma recompensa para alguns, um suplício para outros. Para todos, é uma sanção.

Se a moral de Cleópatra houvesse sido menos curta, a face da Terra teria mudado. Seu nariz não se teria tornado mais longo.[11]

As ações ocultas são as mais estimáveis. Ao ver tantas na história, muito me agradam. Não foram de todo ocultas. Foram sabidas. Esse pouco que delas apareceu aumenta seu mérito. O mais belo é não terem conseguido ocultá-las.[12]

O encanto da morte só existe para os corajosos.

O homem é tão grande que sua grandeza se mostra, principalmente, em não querer conhecer-se como miserável. Uma árvore não se conhece como grande. É ser grande conhecer-se como sendo grande. É ser grande não querer conhecer-se como miserável. Sua grandeza refuta suas misérias. Grandeza de um rei.[13]

Ao escrever meu pensamento, esse não me escapa. Essa ação faz que eu me lembre da minha força, da qual me esqueço a toda hora. Eu me instruo na proporção do meu pensamento

[11] Pascal: *O nariz de Cleópatra: se houvesse sido mais curto, toda a face da terra teria mudado.*

[12] Pascal: *As boas ações ocultas são as mais estimáveis. Ao ver algumas na história, muito me agradam. Mas, enfim, não foram de todo ocultas, já que foram sabidas; e, embora se tenha feito o possível para ocultá-las, o pouco por onde aparecem estraga tudo; pois isso é o mais belo, terem tentado ocultá-las.*

[13] Pascal: *A grandeza do homem é grande em ele conhecer-se miserável. Uma árvore não se conhece miserável. É, portanto, ser miserável conhecer-se miserável; mas é ser grande conhecer-se que se é miserável.* E também: *Todas essas mesmas misérias provam sua grandeza. São misérias de grande senhor, misérias de rei despossuído.*

acorrentado. Só tendo a conhecer a contradição do meu espírito com o nada.[14]

O coração do homem é um livro que aprendi a estimar.

Não imperfeito, não decaído, o homem não é mais o grande mistério.

Não permito a ninguém, nem mesmo a Elohim, duvidar da minha sinceridade.

Somos livres para fazer o bem.

O julgamento é infalível.

Não somos livres para fazer o mal.

O homem é o vencedor das quimeras, a novidade de amanhã, a regularidade da qual geme o caos, o sujeito da conciliação. Julga todas as coisas. Não é imbecil. Não é verme da terra. É o depositário do verdadeiro, acúmulo de certezas, a glória, não o refugo do universo. Se ele se rebaixa, eu o louvo. Se ele se louva, eu o louvo mais ainda. Eu o concilio. Acaba por compreender que é a irmã do anjo.[15]

Não há nada incompreensível.

O pensamento não é menos claro que o cristal. Uma religião, cujas mentiras se apoiam nele, pode perturbá-lo por alguns minutos, para falar desses efeitos que duram muito tempo. Para falar desses efeitos que duram pouco tempo, um assassinato de oito pessoas às portas de uma capital o perturbará — isso é certo — até a destruição do mal.[16] O pensamento não tarda a recuperar sua limpidez.

A poesia deve ter por alvo a verdade prática. Ela enuncia as relações que existem entre os primeiros princípios e as verdades secundárias da vida. Cada coisa permanece em seu lugar. A missão da poesia é difícil. Não se imiscui nos acontecimentos da política, na maneira como se governa um povo, não faz alusão aos períodos

[14] Pascal: *Ao escrever meu pensamento, ele às vezes me escapa; mas isso me faz lembrar de minha fraqueza, da qual me esqueço a toda hora; o que me instrui tanto quanto meu pensamento esquecido, pois só tendo a conhecer meu nada.*

[15] Pascal: *Que quimera é, pois, o homem! Que novidade, que caos, que sujeito de contradições! Juiz de todas as coisas, imbecil verme da terra; depositário do verdadeiro, amontoado de incertezas; glória e refugo do universo: se ele se louva, eu o rebaixo; se ele se rebaixa, eu o louvo; e eu o contradigo sempre, até ele compreender que é um monstro incompreensível.*

[16] O assassinato de uma família, cometido por Troppmann, já mencionado, cf. nota 17, *Poesias I.*

históricos, aos golpes de estado, aos regicídios, às intrigas das cortes. Não fala das lutas que o homem enceta, por exceção, consigo mesmo, com suas paixões. Descobre as leis que fazem viver a política teórica, a paz universal, as refutações de Maquiavel, os saquinhos de papel de que são compostas as obras de Proudhon, a psicologia da humanidade. Um poeta deve ser mais útil que qualquer cidadão da sua tribo. Sua obra é o código dos diplomatas, dos legisladores, dos instrutores da juventude. Não estamos longe dos Homero, dos Virgílio, dos Klopstock,[17] dos Camões, das imaginações emancipadas, dos fabricantes de odes, dos comerciantes de epigramas contra a divindade. Retornemos a Confúcio, ao Buda, a Sócrates, a Jesus Cristo, moralistas que percorriam as aldeias passando fome! De agora em diante, é preciso contar com a razão, que só opera sobre as faculdades que presidem a categoria dos fenômenos da bondade pura.

Nada é mais natural que ler o *Discurso do Método* depois de ter lido *Berenice*. Nada é menos natural que ler o *Tratado da Indução* de Biéchy,[18] o *Problema do Mal* de Naville,[19] depois de ter lido as Folhas de Outono, as Contemplações.[20] A transição se perde. O espírito se rebela diante da ferragem velha, da mistagogia. O coração fica desacorçoado diante dessas páginas que um fantoche rabiscou. Essa violência o esclarece. Fecha o livro. Derrama uma lágrima em memória dos autores selvagens. Os poetas contemporâneos abusaram de sua inteligência. Os filósofos não abusaram da sua. A lembrança dos primeiros se apagará. Os últimos são clássicos.

Racine e Corneille teriam sido capazes de compor as obras de Descartes, de Malebranche, de Bacon. A alma dos primeiros é

[17] Friedrich Gottlieb Klopstock (1724-1803), poeta alemão autor do épico *Der Messias*, bem como de poemas líricos.

[18] *L'Induction* (1869) de A. Biéchy, filósofo e educador.

[19] Jules-Ernest Naville (1816-1899), autor suíço de religião luterana, publicou seu livro sobre o mal em 1868. O poeta Paul Éluard conseguiu achar e adquiriu o exemplar de *O problema do mal* que pertenceu a Lautréamont. Naville é mencionado por Lautréamont em uma das cartas a Verboekchoven, como argumento para justificar os *Cantos*; ver nota 3 da *A Darasse*.

[20] Aqui, e em toda esta tradução, são grifados, ou não, os títulos de obras, conforme o original; ou seja, como, presumivelmente, o próprio Lautréamont o fez.

una com a dos últimos. Lamartine, Hugo, não teriam sido capazes de compor o *Tratado da Inteligência*.[21] A alma de seu autor não é adequada à dos primeiros. A fatuidade lhes fez perder as qualidades centrais. Lamartine, Hugo, embora superiores a Taine, só possuem, como ele, nada mais — é penoso admiti-lo — que faculdades secundárias.

As tragédias excitam a piedade, o terror, pelo dever. É alguma coisa. É mau. Não é tão mau quanto o lirismo moderno. A Medeia de Legouvé[22] é preferível à coleção das obras de Byron, de Capendu,[23] de Zaccone,[24] de Félix,[25] de Gagne,[26] de Gaboriau,[27] de Lacordaire,[28] de Sardou,[29] de Goethe, de Ravignan,[30] de Charles Diguet.[31] Qual escritor dentre vós, pergunto, pode erguer — o que é isso? O que são esses ruídos da contrariedade? — o peso

[21] De Taine. Esse livro foi publicado em abril de 1870. Hippolyte Adolphe Taine (1828--1893) foi historiador, crítico e filósofo de enorme influência, vinculado ao positivismo.

[22] Gabriel-Jean-Baptiste-Ernest-Wilfrid Legouvé (1807-1903), dramaturgo, romancista, membro da Academia, glória literária da época, hoje esquecido. Escreveu dramas como a aqui citada *Medeia*, bem como *Adrienne Lecouvreur*, *Bataille des dames*, etc. A menção a uma série de literatos periféricos em *Poesias II* (ver notas seguintes) é importante para a compreensão das fontes e intenções de Lautréamont. O rastreamento desses autores de terceiro escalão (ou menos) foi feito pelos organizadores das duas edições completas a que recorri, a de Hubert Juin (Gallimard, *Poésie*) e a de P.O Walzer (Gallimard, *Pléiade*).

[23] Ernest Capendu (1826-1868), dramaturgo, autor de *Les faux bonshommes*, *Les fausses bonnes femmes*.

[24] Pierre Zaconne (1817-1895), outro romancista e dramaturgo então popular.

[25] Segundo Hubert Juin, seria o padre Célestin-Joseph Félix (1810-1891), autor de tratados e coletâneas de homílias.

[26] Paulin Gagne (1808-1876) foi um excêntrico, autor de poemas de dimensões ciclópicas e pretensões enciclopédicas, que poderiam ter inspirado a Jorge Luis Borges na criação do personagem Danieri do *Aleph*: *L'Unitéide ou la Femme Messie*, poema universal em doze partes com vinte e cinco mil versos, ou *Histoire des miracles*, onde se apresenta como "candidato dos loucos, candidato universal, sobrenatural e perpétuo à Câmara dos Deputados e à Academia Francesa". Candidatou-se em várias ocasiões, organizando manifestações das quais era o único participante.

[27] Émile Gaboriau 1832-1873), autor de romances policiais, criador do Inspetor Lecoq, precursor de Holmes, Poirot e similares.

[28] Lacordaire (1802-1861), religioso dominicano, orador sacro, fundador da revista *L'Avenir*.

[29] Victorien Sardou (1831-1908), dramaturgo, autor de *Tosca* (1887), papel predileto de Sarah Bernhardt e argumento da ópera de Puccini.

[30] Gustave-François-Xavier Delacroix de Ravignan (1795-1858), pregador jesuíta, sucessor de Lacordaire no púlpito de Notre-Dame.

[31] Charles Diguet (1836-?), escritor prolífico. Segundo Hubert Juin, Lautréamont deve ter conhecido, de sua obra, uma coletânea de poemas de 1861 prefaciada por Lamartine, e textos publicados em revistas.

do *Monólogo de Augusto*![32] Os vaudevilles bárbaros de Hugo não proclamam o dever! Os melodramas de Racine, de Corneille, os romances de La Calprenède[33] o proclamam. Lamartine não é capaz de compor a Fedra de Pradon;[34] Hugo, o Venceslas de Rotrou;[35] Sainte-Beuve, as tragédias de Laharpe,[36] de Marmontel.[37] Musset é capaz de fazer provérbios. A tragédia é um erro involuntário, admite a luta, é o primeiro passo do bem, não aparecerá nesta obra. Ela conserva seu prestígio. O mesmo não acontece com o sofisma — nem com o gongorismo metafísico dos autoparodistas do meu tempo heroico-burlesco.

O princípio dos cultos é o orgulho. É ridículo dirigir a palavra a Elohim, como o fizeram os Jó, os Jeremias, os Davi, os Salomão, os Turquéty.[38] A oração é um ato falso. A melhor maneira de agradá-lo é indireta, mais conforme a nossa força. Consiste em tornar nossa raça feliz. Não há duas maneiras de agradar a Elohim. A ideia do bem é una. O que vem a ser o bem a menos, sendo-o a mais, permito que me citem o exemplo da maternidade. Para agradar a sua mãe, um filho não lhe dirá aos gritos que ela é sábia, radiosa, que ele se comportará de modo a merecer a maioria dos seus elogios. Procede de outro modo. Em lugar de dizê-lo pessoalmente, faz que seja pensado por seus atos, despojando-se dessa tristeza que infla os cães da Terra Nova. Não se deve confundir a bondade de Elohim com a trivialidade. Cada uma delas é verossímil. A familiaridade engendra o desprezo; a veneração engendra o contrário. O trabalho destrói o abuso dos sentimentos.

[32] Esse monólogo está na peça *Cinna* de Corneille.

[33] Gauthier de Costes de la Calprenède (1614-1663), autor de romances históricos e de aventuras, de avantajadas dimensões. *Cassandre* teve 10 volumes, *Cléopâtre* e *Pharamond*, 12. Escreveu também peças teatrais.

[34] Nicolas Pradon (1632-1698), dramaturgo, uma espécie de concorrente menor de Racine com a tragédia *Phèdre et Hippolyte*.

[35] Jean de Rotrou (1609-1650), dramaturgo de renome nos tempos de Richelieu.

[36] Jean-François de Laharpe (1739-1803), historiador da literatura com *Lycée ou Cours de littérature ancienne et moderne*, e dramaturgo.

[37] Jean-François Marmontel (1723-1799), amigo e discípulo de Voltaire, dramaturgo, romancista, contista e memorialista.

[38] Édouard Turquéty (1807-1867), poeta religioso, autor de *Amour et foi*, *Poésies catholiques*, *Hymnes sacrés* e *Actes de foi* etc.

Nenhum pensador crê contra sua razão.

A fé é uma virtude natural, pela qual aceitamos as verdades que Elohim nos revela através da consciência.

Não conheço outra graça além dessa de ter nascido. Um espírito imparcial acha que ela é completa.

O bem é a vitória sobre o mal, a negação do mal. Cantando o bem, o mal é eliminado por esse ato congruente. Não canto o que não se deve fazer. Canto o que se deve fazer. O primeiro não contém o segundo. O segundo contém o primeiro.

A juventude ouve os conselhos da idade madura. Tem confiança ilimitada em si mesma.

Não conheço obstáculo que supere as forças do espírito humano, salvo a verdade.

A máxima não tem necessidade de si para demonstrar-se. Um raciocínio requer um raciocínio. A máxima é uma lei que encerra um conjunto de raciocínios. Um raciocínio se completa à medida que se aproxima da máxima. Tornado máxima, sua perfeição rejeita as provas da metamorfose.[39]

A dúvida é uma homenagem prestada à esperança. Não é uma homenagem voluntária. A esperança não consentiria em ser apenas uma homenagem.

O mal se insurge contra o bem. Não pode deixar por menos.

É uma prova de amizade deixar de reparar no aumento daquela de nossos amigos.[40]

O amor não é a felicidade.

Se não tivéssemos defeitos, não sentiríamos tanto prazer em nos corrigir, em louvar nos outros o que nos falta.[41]

Os homens que tomaram a resolução de detestar seus semelhantes ignoram que é preciso começar por detestar-se a si mesmos.

Os homens que não se batem em duelo acreditam que os homens que se batem em duelo mortal são corajosos.

[39] Vauvenargues: *Uma máxima que precisa de provas não está bem desenvolvida.*

[40] La Rochefoucauld: *É uma prova de pouca amizade não reparar no esfriamento daquela dos nossos amigos.*

[41] La Rochefoucauld: *Se não tivéssemos defeitos, não teríamos tanto prazer em reparar nos defeitos dos outros.*

Como as infâmias do romance se acocoram nos mostruários! Por um homem que se perde, como um outro, por uma moeda de cem soldos,[42] às vezes parece que se mataria um livro.

Lamartine acreditou que a queda de um anjo se tornaria a Elevação de um Homem. Errou ao acreditar nisso.[43]

Para fazer que o mal sirva à causa do bem, direi que a intenção do primeiro é má.

Uma verdade banal encerra mais gênio que as obras de Dickens, de Gustave Aymard,[44] de Victor Hugo, de Landelle.[45] Com as últimas, uma criança, sobrevivendo ao universo, não poderia reconstruir a alma humana. Com a primeira, poderia. Suponho que descobriria, mais cedo ou mais tarde, a definição do sofisma.

As palavras que expressam o mal estão destinadas a vir a ter uma significação de utilidade. As ideias melhoram. O sentido das palavras participa disso.

O plágio é necessário. O progresso o implica. Segue de perto a frase de um autor, serve-se de suas expressões, apaga uma ideia falsa, substitui-a por uma ideia justa.

Uma máxima, para ser benfeita, não precisa ser corrigida. Precisa ser desenvolvida.

Ao nascer da aurora, as moças vão colher rosas. Uma corrente de inocência percorre as ravinas, as capitais, socorre a inteligência dos poetas os mais entusiastas, deixa cair proteções para os berços, coroas para a juventude, crenças na imortalidade para os velhos.

Eu vi os homens cansarem os moralistas a descobrir seus corações,[46] fazerem derramar-se sobre eles a bênção do alto. Emitiam meditações tão amplas quanto possível, faziam rejubilar-se o autor de nossas felicidades. Respeitavam a infância, a velhice, o

[42] *Cent sous* — o *sou* era uma moeda de baixo valor: cinco cêntimos, um vigésimo de libra.

[43] Em *La chute d'un ange* de Lamartine, o anjo Cédar, apaixonado por Daidha, filha de Eva, tenta salvar a humanidade mas se perde.

[44] Gustave Aymard (1818-1883), autor de romances de aventura protagonizados por índios: *Les trappeurs de l'Arkansas, L'Araucan.*

[45] Gabriel de La Landelle (1812-1886), outro autor de histórias de aventuras, especialmente marítimas; marinheiro quando jovem, articulista político de direita, organizador de antologias.

[46] Aqui, Lautréamont falsifica e inverte a si mesmo: *Eu vi, durante toda a minha vida, sem excetuar um só, os homens de ombros estreitos, a praticar atos estúpidos e numerosos...* (C1, E5).

que respira assim como o que não respira, prestavam homenagem à mulher, consagravam ao pudor as partes que o corpo se reserva de nomear. O firmamento, cuja beleza admito, a terra, imagem do meu coração, foram invocados por mim para que me designassem um homem que não se acreditasse bom. O espetáculo desse monstro, se ele se houvesse realizado, não me teria feito morrer de espanto: morre-se por mais. Tudo isso dispensa comentários.

A razão, o sentimento se aconselham, se completam. Quem só conhece um deles, renunciando ao outro, priva-se da totalidade dos socorros que nos foram concedidos para nos guiar. Vauvenargues disse: "priva-se de uma parte dos socorros".[47]

Embora sua frase, a minha repousem nas personificações da alma no sentimento, na razão, aquela que eu escolheria ao acaso não seria melhor que a outra, se as houvesse feito. Uma não pode ser rejeitada por mim. A outra pôde ser aceita por Vauvenargues.

Quando um predecessor emprega para o bem uma frase que pertence ao mal, é perigoso que sua frase subsista ao lado da outra. É melhor deixar à palavra a significação do mal. Para empregar para o bem uma palavra que pertence ao mal, é preciso ter esse direito. Quem emprega para o mal as palavras que pertencem ao bem não o possui. Não recebe crédito. Ninguém gostaria de usar a gravata de Gérard de Nerval.[48]

A alma sendo una, podem-se introduzir no discurso a sensibilidade, a inteligência, a vontade, a razão, a imaginação, a memória.

Havia passado muito tempo no estudo das ciências abstratas. A pouca gente a quem se comunica isso não era feita para me repugnar. Quando comecei o estudo do homem, vi que essas ciências lhe são próprias, que eu saía menos da minha condição ao penetrar nelas, do que os outros ao ignorá-las. Perdoei-os por não se dedicarem a

[47] Vauvenargues: *A razão e o sentimento se aconselham e se completam alternadamente. Quem só consulta um deles, e renuncia ao outro, priva-se desconsideradamente de uma parte dos socorros que nos foram concedidos para nos conduzir.* Comparando a nota ao texto, vê-se que Lautréamont altera a pontuação do trecho copiado-falsificado, substituindo conectivos por vírgulas, nesta e em outras passagens. Mantive essa pontuação incomum, evitando corrigir ou normalizar seu texto.

[48] Observação irônica: Gérard de Nerval se enforcou em 1855.

elas! Não acreditei encontrar muitos companheiros no estudo do homem. É aquele que lhe é próprio. Havia me enganado. Há mais a estudá-las do que à geometria.[49]

Perdemos a vida com alegria, desde que não se fale disso.[50]

As paixões diminuem com a idade. O amor, que não se deve classificar entre as paixões, diminui do mesmo modo. O que ele perde de um lado, ganha de outro. Não mais é severo com o objeto de seus anseios, fazendo justiça a si próprio: a expansão é aceita. Os sentidos não têm mais seu aguilhão para excitar os sexos da carne. O amor pela humanidade começa. Nesses dias em que o homem sente que se torna um altar paramentado por suas virtudes, faz as contas de cada dor que se levantou, a alma, em um recôndito do coração onde tudo parece nascer, sente algo que não palpita mais. Nomeei a lembrança.[51]

O escritor, sem separar uma da outra, pode indicar a lei que rege cada uma de suas poesias.

Alguns filósofos são mais inteligentes que alguns poetas. Spinoza, Malebranche, Aristóteles, Platão não são Hégésippe Moreau,[52] Malfilatre,[53] Gilbert[54] e André Chénier.[55]

[49] Pascal: *Passei muito tempo no estudo das ciências abstratas; mas a pouca gente com quem se pode comunicar-se a respeito me havia repugnado. Quando comecei o estudo do homem, vi que essas ciências abstratas não lhe são próprias, e que eu me afastava mais de minha condição ao penetrar nelas do que os outros ao ignorá-las; e os perdoei por não se dedicar a elas. Mas acreditei encontrar, ao menos, bastante companheiros no estudo do homem, pois esse lhe é próprio. Havia me enganado. Há menos ainda a estudá-las do que os que estudam a geometria.*

[50] Pascal: *Perdemos ainda a vida com alegria, desde que se fale disso.*

[51] Esse parágrafo é uma condensação de um poema de Victor Hugo, *Tristesse d'Olympio*, de *Les rayons et les ombres.*

[52] Hégésippe Moreau (1810-1838), poeta romântico, autor de *Contes en prose*, lembrado por ter morrido de fome, e pelo estudo que Baudelaire escreveu sobre ele.

[53] Jacques-Charles-Louis de Malfilatre(1732-1767), outro poeta que morreu desconhecido e na miséria.

[54] Nicolas-Joseph-Laurent Gilbert (1751-1780) teve uma biografia semelhante à dos dois poetas anteriores. Também morreu jovem e pobre.

[55] André Chénier, célebre poeta-mártir, guilhotinado durante o período do Terror, após a revolução francesa. P.O. Walzer observa que a mesma lista de *poetas-miséria* comporia, em uma notável sincronia, a dos criadores da *arte-hospital*, em um texto posterior de Tristan Corbière, na mesma perspectiva irônica. Mas havia aparecido antes no prefácio preparado por Théophile Gautier para *Le réve et la vie* (1855) de Gérard de Nerval, provável fonte de ambos, Lautréamont e Corbière.

Fausto, Manfred, Konrad são tipos.[56] Não chegam a ser tipos que raciocinam. Já são tipos agitadores.

As descrições são uma pradaria, três rinocerontes, a metade de um catafalco. Podem ser a lembrança, a profecia. Não são o parágrafo que estou a ponto de terminar.

O regulador da alma não é o regulador de uma alma. O regulador de uma alma é o regulador da alma, quando essas duas espécies de alma se confundem o suficiente para poderem afirmar que o regulador só é uma regulatriz na imaginação de um louco que graceja.

O fenômeno passa. Eu busco as leis.

Há homens que não são tipos. Os tipos não são homens. Não se deve deixar-se dominar pelo acidental.

Os juízos sobre a poesia têm mais valor que a poesia. São a filosofia da poesia. A filosofia, assim entendida, engloba a poesia. A poesia não poderá prescindir da filosofia. A filosofia poderá prescindir da poesia.

Racine não é capaz de condensar suas tragédias em preceitos. Uma tragédia não é um preceito. Para um mesmo espírito, um preceito é uma ação mais inteligente que uma tragédia.

Colocai uma pena de pato na mão de um moralista que seja um escritor de primeira ordem. Ele será superior aos poetas.

O amor à justiça nada mais é, na maioria dos homens, que a coragem de suportar a injustiça.[57]

Esconde-te, guerra.[58]

Os sentimentos exprimem a felicidade, fazem sorrir. A análise dos sentimentos exprime a felicidade, toda personalidade deixada de lado; faz sorrir. Os primeiros elevam a alma, dependendo do espaço, da duração, até a concepção da humanidade considerada em si mesma, em seus membros ilustres. A última eleva a alma, independentemente

[56] Manfred de Byron e Konrad de Mickiewicz são os modelos declarados do Maldoror, conforme uma das cartas de Lautréamont.

[57] La Rochefoucauld: *O amor pela justiça nada mais é, na maioria dos homens, que o medo de sofrer a injustiça.*

[58] Heráclito? Referência à guerra de Uruguai e Argentina, que marcou a infância de Lautréamont? À guerra franco-prussiana que se iniciava?

da duração, do espaço, até a concepção da humanidade, considerada em sua expressão mais elevada, a vontade! Os primeiros tratam dos vícios, das virtudes; a última só trata das virtudes. Os sentimentos não conhecem a ordem de sua marcha. A análise dos sentimentos ensina a conhecê-los, aumenta o vigor dos sentimentos. Com os primeiros, tudo é incerteza. São a expressão da felicidade, da dor, dois extremos. Com a última, tudo é certeza. É a expressão dessa felicidade que resulta, a um dado momento, de saber conter-se em meio às paixões boas ou más. Utiliza sua calma para fundir a descrição dessas paixões em um princípio que circula através das páginas: a não existência do mal. Os sentimentos choram quando é preciso, como quando não é preciso. A análise dos sentimentos não chora. Possui uma sensibilidade latente que pega de surpresa, conduz sobre as misérias, ensina a dispensar um guia, fornece uma arma de combate. Os sentimentos, sinal da fraqueza, não são o sentimento! A análise do sentimento, sinal da força, engendra os sentimentos mais magníficos que conheço. O escritor que se deixa enganar pelos sentimentos não deve ser comparado ao escritor que não se deixa enganar, nem pelos sentimentos, nem por si mesmo. A juventude se propõe a elucubrações sentimentais. A idade madura começa a raciocinar sem perturbação. Nada fazia senão sentir, pensa. Deixava vagabundear suas sensações: eis que lhes é dado um piloto. Se considero a humanidade como uma mulher, não concluirei que sua juventude está em seu declínio, que sua idade madura se aproxima. Seu espírito muda no sentido do melhor. O ideal de sua poesia mudará. As tragédias, os poemas, as elegias não mais terão a primazia. Terá a primazia a frieza da máxima! Nos tempos de Quinault,[59] teriam sido capazes de entender o que acabo de dizer. Graças a algumas cintilações, dispersas há alguns anos nas revistas, nos in-fólios, eu mesmo sou capaz disso. O gênero que empreendo é tão diferente do gênero dos moralistas, que se limitam a constatar o mal sem indicar o remédio, quanto esse último o é dos melodramas, das orações fúnebres, da ode, da estrofe religiosa. Nele não há o sentimento das lutas.

[59] No século XVII: Philippe Quinault (1635-1688) foi dramaturgo, compositor e autor dos libretos das óperas do compositor Lulli.

Elohim é feito à imagem do homem.

Várias coisas certas são contraditas. Várias coisas falsas são incontraditas. A contradição é a marca da falsidade. A incontradição é a marca da certeza.[60]

Uma filosofia para as ciências existe. Não existe uma para a poesia. Não conheço moralista que seja poeta de primeira ordem. É estranho, dirá alguém.

É uma coisa horrível sentir escorrer aquilo que se possui.[61] Só nos apegamos pela ideia de procurar se não há algo permanente.

O homem é um sujeito vazio de erros. Tudo lhe mostra a verdade. Nada o engana. Os dois princípios da verdade, razão, sentidos, além de não lhes faltar sinceridade, esclarecem-se um ao outro. Os sentidos esclarecem a razão através das aparências verdadeiras. Esse mesmo serviço que lhe prestam, recebem-no dela. Cada um toma sua desforra. Os fenômenos da alma pacificam os sentidos, provocam neles impressões que eu não garanto que não sejam desagradáveis. Não mentem. Não se enganam à vontade.[62]

A poesia deve ser feita por todos. Não por um. Pobre Hugo! Pobre Racine! Pobre Coppée! Pobre Corneille! Pobre Boileau! Pobre Scarron! Tiques, tiques e tiques.

As ciências têm duas extremidades que se tocam. A primeira é a ignorância em que se encontram os homens ao nascer. A segunda é aquela que alcançam as grandes almas. Elas percorreram o que os homens podem saber, descobrem que sabem tudo, e se reencontram nessa mesma ignorância da qual haviam partido. É uma ignorância sábia, que se conhece. Aqueles entre eles que, tendo saído da primeira ignorância, não puderam chegar à outra,

[60] Pascal: *Contradição é uma marca má da verdade; muitas coisas certas são contraditas; muitas falsas passam sem contradição. Nem a contradição não é marca de falsidade, nem a incontradição não é marca de verdade.*

[61] Pascal: *É uma coisa horrível sentir escorrer tudo aquilo que se possui.*

[62] Pascal: *O homem não passa de um sujeito cheio de erro natural e indelével sem a graça. Nada lhe mostra a verdade. Tudo o engana; esses dois princípios da verdade, razão e sentido, além de faltar sinceridade a cada um deles, enganam-se um ao outro. Os sentidos enganam a razão através das falsas aparências; e esse mesmo truque que aplicam à razão, recebem-no dela por sua vez: ela toma sua desforra. As paixões da alma perturbam os sentidos e provocam neles impressões falsas. Mentem e se enganam à vontade.*

têm algum verniz dessa ciência suficiente, fazem-se de entendidos. Esses não perturbam o mundo, não julgam pior que os outros. O povo, os hábeis, compõem o cortejo de uma nação. Os outros, que a respeitam, não são menos respeitados.[63]

Para saber as coisas, não é preciso saber o detalhe. Como esse é limitado, nossos conhecimentos são sólidos.

O amor não se confunde com a poesia.

A mulher está a meus pés!

Para descrever o céu, não se devem transportar para lá os materiais da terra. É preciso deixar a terra e seus materiais lá onde estão, afim de embelezar a terra com seu ideal. Tratar Elohim por você, dirigir-lhe a palavra, é uma palhaçada inconveniente. O melhor meio de mostrar-lhe reconhecimento não é trombetear-lhe aos ouvidos que ele é poderoso, que criou o mundo, que somos vermes em comparação a sua grandeza. Ele o sabe melhor que nós. Os homens podem dispensar-se de ensinar-lhe. O melhor meio de ser-lhe reconhecido é consolar a humanidade, entregar tudo a ela, tomá-la pela mão, tratá-la fraternalmente. É mais verdadeiro.

Para estudar a ordem, não é preciso estudar a desordem. As experiências científicas, assim como as tragédias, as estrofes a minha irmã, o galimatias[64] dos infortúnios não têm o que fazer por aqui.

Todas as leis não são boas para serem ditas.

Estudar o mal, para fazer surgir o bem, não é estudar o bem em si. Dado um fenômeno bom, buscarei sua causa.

Até o presente, descreveu-se a infelicidade para inspirar o terror, a piedade. Descreverei a felicidade para inspirar seus contrários.

[63] Pascal: *O mundo julga bastante coisas, pois está na ignorância natural, que é o verdadeiro lugar do homem. As ciências têm duas extremidades que se tocam. A primeira é a pura ignorância natural em que se encontram todos os homens ao nascer. A outra extremidade é aquela à qual chegam as grandes almas que, tendo percorrido tudo o que os homens podem saber, acham que nada sabem e se reencontram nessa mesma ignorância da qual haviam partido; mas é uma ignorância sábia, que se conhece. Aqueles entre eles que saíram da ignorância natural, e não puderam chegar à outra, têm algum verniz dessa ciência suficiente, e se fazem de entendidos. Esses perturbam o mundo e julgam mal de todo. O povo e os hábeis compõem o cortejo do mundo; aqueles o desprezam e são desprezados. Julgam mal a respeito de todas as coisas, e o mundo os julga bem.*

[64] Galimatias: discurso obscuro, arrevesado, ininteligível.

Uma lógica existe para a poesia. Não é a mesma que aquela da filosofia. Os filósofos não o são tanto quanto os poetas. Os poetas têm o direito de considerar-se acima dos filósofos.

Não preciso ocupar-me com o que farei mais tarde. Devia fazer isso que faço. Não preciso descobrir que coisas descobrirei mais tarde. Na nova ciência, cada coisa chega por sua vez, tal é sua excelência.

Há o estofo dos poetas nos moralistas, nos filósofos. Os poetas encerram o pensador. Cada casta suspeita da outra, desenvolve suas qualidades em detrimento daquelas que a aproximam da outra casta. O ciúme dos primeiros não quer reconhecer que os poetas sejam mais fortes que eles. O orgulho dos últimos declara-se incompetente para fazer justiça a cérebros mais ternos. Seja qual for a inteligência de um homem, é preciso que o procedimento de pensar seja o mesmo para todos.

Constatada a existência dos tiques, que não se espantem de ver as mesmas palavras voltarem com mais frequência do que teriam direito: em Lamartine, as lágrimas que caem das narinas de seu cavalo, a cor dos cabelos de sua mãe;[65] em Hugo, a sombra e o disforme fazem parte da encadernação.

A ciência que empreendo é uma ciência distinta da poesia. Não canto essa última. Esforço-me para descobrir sua origem. Através do timão que dirige todo pensamento poético, os professores de bilhar distinguirão o desenvolvimento das teses sentimentais.

O teorema é gozador por sua natureza. Não é indecente. O teorema não pede para servir como aplicação. A aplicação que é feita rebaixa o teorema, torna-se indecente. Chamai a luta contra a matéria, contra as devastações do espírito, de aplicação.

Lutar contra o mal é honrá-lo em demasia. Se permito aos homens que o desprezem, então que não deixem de dizer que isso é tudo que posso fazer por eles.

O homem tem certeza de não se enganar.

[65] Do poema de Lamartine *Sultão, o cavalo árabe*: *Eu vi teu olho bronzeado enternecer-se, e duas lágrimas,/ ao longo de tuas narinas, deslizaram sobre minha mão.* E do *Manuscrito de minha mãe*, no qual ela usa um véu cuja cor é menos negra que a de seus cabelos.

Não nos contentamos com a vida que temos em nós. Queremos viver na ideia dos outros com uma vida imaginária. Esforçamo-nos por parecer tal como somos. Trabalhamos para conservar esse ser imaginário, que nada mais é senão o verdadeiro. Se temos a generosidade, a fidelidade, esforçamo-nos para que não o saibam, afim de ligar essas virtudes a esse ser. Não as separamos de nós para nos juntar a elas. Somos valentes para não adquirir a reputação de não ser poltrões. Marca da capacidade que tem nosso ser de não estar satisfeito com um sem o outro, de não renunciar nem a um, nem ao outro. O homem que não vivesse para conservar sua virtude seria infame.[66]

Apesar da visão de nossas grandezas, que nos agarra pelo pescoço, temos um instinto que nos corrige, que não podemos reprimir, que nos eleva![67]

A natureza tem perfeições para mostrar que é a imagem de Elohim, defeitos para mostrar que não passa de imagem.[68]

É bom que se obedeça às leis. O povo compreende o que as torna justas. Não são abandonadas. Quando se faz depender sua justiça de outra coisa, é fácil torná-la duvidosa. Os povos não estão sujeitos a se revoltar.[69]

Os que estão no desregramento dizem aos que estão na ordem que são esses os que se afastam da natureza. Acreditam segui-la. É

[66] Pascal: *Não nos contentamos com a vida que temos em nós e em nosso próprio ser; queremos viver na ideia dos outros por uma vida imaginária, e por isso nos esforçamos para aparecer. Trabalhamos incessantemente para embelezar e conservar nosso ser imaginário, e negligenciamos o verdadeiro. E se temos, ou a tranquilidade, ou a generosidade, ou a fidelidade, esforçamo-nos para que o saibam, afim de ligar essas virtudes a nosso outro ser, e, de preferência, as desligaríamos de nós para juntá-las ao outro; e preferiríamos ser poltrões para adquirir a reputação de ser valentes. Grande marca do nada de nosso próprio ser, de não estar satisfeito com um sem o outro, de trocar com frequência um pelo outro! Pois quem não morresse para conservar sua honra, esse seria infame.*

[67] Pascal: *Apesar da vista de todas as nossas misérias, que nos tocam, que nos pegam pela garganta, temos um instinto que não podemos reprimir, que nos eleva.*

[68] Pascal: *A natureza tem perfeições para mostrar que é a imagem de Deus, e defeitos, para mostrar que não passa de imagem.*

[69] Pascal: *Seria bom que se obedecesse às leis e aos costumes, pois eles são leis, e que o povo compreendesse que está ali o que as torna justas. Desse modo, não seriam abandonadas nunca: enquanto, ao se fazer depender sua justiça de outra coisa, é fácil torná-la duvidosa; e aí está o que faz que os povos estejam sujeitos a se revoltar.*

preciso ter um ponto fixo para julgar. Onde não acharemos esse ponto na moral?[70]

Nada é menos estranho que as contrariedades que se descobre no homem. Ele é feito para conhecer a verdade. Procura-a. Quando tenta agarrá-la, ofusca-se, confunde-se de tal modo que não consegue mais disputar sua posse. Uns querem arrebatar ao homem o conhecimento da verdade, os outros querem assegurá-la a ele. Cada um emprega motivos tão díspares que destroem o espanto do homem. Não existe outra luz além daquela que se encontra em sua própria natureza.[71]

Nascemos justos. Cada um tende a si. É conforme a ordem. É preciso tender ao geral. O declive em direção a si é o fim de toda desordem, na guerra, em economia.[72]

Os homens, tendo podido curar-se da morte, da miséria, da ignorância, resolveram, para se tornar felizes, não pensar mais nisso. É tudo o que puderam inventar para se consolar de tão poucos males. Consolação riquíssima. Não chega a curar o mal. Esconde-o por algum tempo. Escondendo-o, faz que pensem em curá-lo. Por uma legítima inversão da natureza do homem, ocorre que o tédio, seu mal mais sensível, seja seu maior bem. Pode contribuir mais que todas as coisas para fazê-lo buscar sua cura. Isso é tudo. A diversão, que ele encara como seu maior bem, é seu mais ínfimo mal. Aproxima-o, mais que todas as coisas, da busca

[70] Pascal: *Os que estão no desregramento dizem aos que estão na ordem que são esses os que se afastam da natureza, e acreditam segui-la, assim como os que estão em um barco acreditam que os que estão na margem se afastam. A linguagem é igual de todos os lados. É preciso ter um ponto fixo para julgar. O porto julga os que estão em um barco; mas onde tomaremos um porto na moral?*

[71] Pascal: *Nada é mais estranho na natureza do homem que as contrariedades que se descobre com relação a todas as coisas. Ele é feito para conhecer a verdade; ele a deseja ardentemente, ele a procura; e, no entanto, quando tenta agarrá-la, se ofusca e se confunde de tal modo que não mais consegue disputar sua posse. É isso o que fez nascer as duas seitas, dos pirrônicos e dos dogmatistas, entre as quais uns quiseram arrebatar ao homem todo conhecimento da verdade, e os outros trataram de assegurá-la; mas cada um com razões tão pouco verossímeis que elas aumentam a confusão e o embaraço do homem, enquanto não há qualquer outra luz a não ser aquela que se encontra em sua natureza.*

[72] Pascal: *Nascemos pois injustos; pois cada um tende a si. Isso é contra toda ordem; é preciso tender ao geral; e o declive em direção a si é o começo de toda desordem, na guerra, na polícia, em economia.*

do remédio para seus males. Um e outro são uma contraprova da miséria, da corrupção do homem, exceto de sua grandeza. O homem se entedia, busca essa multidão de ocupações. Tem a ideia da felicidade que ganhou; tendo-a em si, busca-a nas coisas exteriores. Contenta-se. A infelicidade não está nem em nós, nem nas criaturas. Está em Elohim.[73]

A natureza nos tornando felizes em todos os estados, nossos desejos nos representam um estado infeliz. Acrescentam ao estado em que estamos os sofrimentos do estado em que não estamos. Quando chegássemos a esses sofrimentos, não ficaríamos infelizes por isso, teríamos outros desejos conformes a um novo estado.[74]

A força da razão aparece melhor naqueles que a conhecem do que naqueles que não a conhecem.[75]

Somos tão pouco presunçosos que gostaríamos de ser conhecidos pela Terra, mesmo pelas gentes que virão quando não estivermos mais aqui. Somos tão pouco vaidosos que a estima de cinco pessoas, digamos seis, nos diverte, nos honra.[76]

Pouca coisa nos consola. Muita coisa nos aflige.[77]

[73] Pascal: *Os homens, não tendo podido curar-se da morte, da miséria, da ignorância, resolveram, para se tornar felizes, não pensar mais nisso. É tudo o que puderam inventar para se consolar de tantos males. Mas essa é uma consolação bem miserável, pois não irá curar o mal, porém o esconderá simplesmente por um pouco de tempo, e escondendo-o, faz que não se pense em curá-lo verdadeiramente. Assim, por uma estranha inversão da natureza do homem, ocorre que o tédio, seu mal mais sensível, venha a ser de certo modo seu maior bem, pois pode contribuir mais que todas as coisas para fazê-lo buscar sua verdadeira cura, e o divertimento, que ele encara como seu maior bem, seja com efeito seu maior mal, porque o afasta, mais que todas as coisas, da busca do remédio para seus males. E um e o outro são uma prova admirável da miséria e da corrupção do homem, e ao mesmo tempo de sua grandeza; já que o homem não se entedia de todo, e só busca essa multidão de ocupações porque tem a ideia da felicidade que perdeu; a qual, não a encontrando em si, busca-a inutilmente nas coisas exteriores, sem nunca poder contentar-se, porque ela não está nem em nós, nem nas criaturas, mas em Deus apenas.*

[74] Pascal: *A natureza nos tornando sempre infelizes em todos os estados, nossos desejos nos representam um estado feliz, pois acrescentam ao estado em que estamos os prazeres do estado em que não estamos; e quando chagássemos a esses prazeres, não ficaríamos felizes por isso, porque teríamos outros desejos conformes a esse novo estado.*

[75] Pascal: *A fraqueza da razão aparece bem mais naqueles que não a conhecem do que naqueles que a conhecem.*

[76] Pascal: *Somos tão presunçosos que gostaríamos de ser conhecidos por toda a Terra, mesmo pelas gentes que virão quando não estivermos mais aqui; e somos tão pouco vaidosos que a estima de cinco ou seis pessoas que nos rodeiam nos diverte e nos contenta.*

[77] Pascal: *Pouca coisa nos consola porque pouca coisa nos aflige.*

A modéstia é tão natural no coração do homem que um operário tem o cuidado de não se vangloriar, quer ter seus admiradores. Os filósofos o querem. E principalmente os poetas! Os que escrevem em favor da glória querem ter a glória de haver bem escrito. Os que o leem querem ter a glória de o haver lido. Eu, que escrevo isto, me vanglorio de ter essa vontade. Os que me lerem se vangloriarão igualmente.[78]

As invenções do homem seguem aumentando. A bondade, a malícia do mundo em geral não continuam as mesmas.[79]

O espírito do maior dos homens não é tão dependente que esteja sujeito a ser perturbado pelo menor ruído do *Estrondo*[80] a seu redor. Não é preciso o silêncio de um canhão para impedir seus pensamentos. Não é preciso o barulho de uma ventoinha, de uma polia. A mosca não raciocina bem agora. Um homem zumbe a seus ouvidos. É o bastante para torná-la incapaz de um bom conselho. Se eu quiser que ela possa encontrar a verdade, afugentarei esse animal que mantém sua razão em cheque, perturba essa inteligência que governa os reinos.[81]

O objeto dessa gente que joga o jogo de palma[82] com tanta aplicação do espírito e agitação do corpo é vangloriar-se com seus amigos que jogou melhor que um outro. É a fonte de sua dedicação.

[78] Pascal: *A vaidade é tão ancorada no coração do homem que um servente, um ajudante, um gatuno se vangloriam e querem ter seus admiradores, e até os mais filósofos o querem. Os que escrevem contra a glória querem ter a glória de haver bem escrito; os que leem querem ter a glória de haver lido; e eu, que escrevo isto, talvez tenha essa vontade; e talvez os que me lerem também a terão.*

[79] Pascal: *As invenções do homem seguem aumentando de século em século. A bondade e a malícia do mundo em geral continuam as mesmas.*

[80] Estrondo, em francês *tintamarre*. Lautréamont fez um jogo de palavras ao escrever essa palavra em maiúscula e grifo: *Tintamarre* era o nome de um pasquim, publicação humorística independente, de oposição, criada em 1843.

[81] Pascal: *O espírito do maior homem do mundo não é tão independente que não esteja sujeito a ser perturbado pelo menor estrondo que se fizer a seu redor. Não é preciso o barulho de um canhão para impedir seus pensamentos: basta o ruído de uma ventoinha ou de uma polia. Não vos espanteis se ele não raciocinar bem agora, uma mosca zumbe a seus ouvidos: é o bastante para torná-lo incapaz de um bom conselho. Se quiserdes que ele consiga encontrar a verdade, afugentai esse animal que mantém sua razão em cheque, e perturba essa poderosa inteligência que governa as cidades e os reinos.*

[82] O *jeu de paume*, aqui traduzido como jogo de palma, jogo com raquetes precursor do tênis, parecido também com a pelota basca.

Há os que suam em seus gabinetes para mostrar aos sábios que resolveram uma questão de álgebra até então insolúvel. Outros se expõem a perigos para gabar-se de uma posição conquistada, menos espiritualmente a meu ver. Os últimos se matam para fazer notar essas coisas. Não é para se tornarem menos sábios. É principalmente para mostrar que conhecem sua solidez. Esses são os menos tolos do bando. São-no conhecendo isso. Pode-se achar dos demais que não o seriam, se não tivessem esse conhecimento.[83]

O exemplo da castidade de Alexandre não fez mais castos do que o de sua embriaguez fez temperantes. Não se tem vergonha de não ser tão virtuoso como ele. Acredita-se não estar, de fato, nas virtudes do comum dos homens, ao ver-se nas virtudes desses grandes homens. Ligamo-nos a eles pela extremidade pela qual eles se ligam ao povo. Por elevados que sejam, estão unidos ao resto dos homens por algum lugar. Não estão suspensos no ar, separados da nossa sociedade. Se eles são maiores que nós, é por terem pés à mesma altura que os nossos. Estão todos no mesmo nível, apoiam--se sobre a mesma terra. Por essa extremidade, estão tão elevados quanto nós, quanto as crianças, um pouco mais que as bestas.[84]

O melhor meio de persuadir consiste em não persuadir.[85]

[83] Pascal: *Qual pensam que seria o objeto dessa gente que joga o jogo de palma com tanta aplicação do espírito e agitação do corpo? É vangloriar-se no dia seguinte, com seus amigos, que jogou melhor que um outro. Eis a fonte de sua dedicação. Assim os outros suam em seus gabinetes, para mostrar aos sábios que resolveram uma questão de álgebra não resolvida até então. E tantos outros se expõe aos maiores perigos para se vangloriar em seguida de um posto que teriam tomado; também tolamente, a meu ver. E, finalmente, os outros se matam para observar todas essas coisas, não para se tornar mais sábios, mas apenas para mostrar que conhecem a vaidade: e esses são os mais tolos do bando, pois o são conhecendo isso; no lugar que se poderia pensar ser dos outros, que não o seriam, se tivessem esse conhecimento.*

[84] Pascal: *O exemplo da castidade de Alexandre não fez tantos castos quanto o de sua embriaguez fez destemperados. Não é vergonhoso ser tão virtuoso quanto ele, e parece desculpável não ser mais vicioso que ele. Acredita-se não estar de fato nos vícios do comum dos homens ao ver-se nos vícios desses grandes homens; e, contudo, não se dá atenção a serem eles, nisso, iguais ao comum dos homens. Ligamo-nos a eles pela extremidade pela qual eles se ligam ao povo; pois, por mais elevados que sejam, estão unidos aos menores dos homens por algum lugar. Não estão suspensos no ar, separados da nossa sociedade. Não, não; se eles são maiores que nós, é por eles terem a cabeça mais elevada; mas eles têm os pés tão em baixo quanto os nossos. Estão todos no mesmo nível, e se apoiam sobre a mesma terra; e por essa extremidade estão tão baixos quanto nós, quanto os menores, quanto as crianças, quanto as bestas.*

[85] O título de um dos trechos das *Pensées* de Pascal é *Da arte de persuadir.*

O desespero é o menor dos nossos erros.[86]

Quando um pensamento se oferece a nós como uma verdade que corre pelas ruas, ao nos darmos ao trabalho de desenvolvê-lo verificamos que é uma descoberta.[87]

Pode-se ser justo, não sendo humano.[88]

As tempestades da juventude precedem os dias brilhantes.[89]

A inconsciência, a desonra, a lubricidade, o ódio, o desprezo dos homens têm seu preço em dinheiro. A liberalidade multiplica as vantagens das riquezas.[90]

Aqueles que têm probidade em seus prazeres, têm-na sinceramente em seus negócios. É a marca de uma natureza pouco feroz, quando o prazer torna humano.[91]

A moderação dos grandes homens apenas limita suas virtudes.[92]

É ofender aos humanos fazer-lhes elogios que alargam os limites de seus méritos. Muita gente é suficientemente modesta para não se incomodar que os apreciem neles.[93]

É preciso esperar tudo, nada temer do tempo, dos homens.[94]

Se o mérito, a glória não tornam infelizes os homens, isso a que chamam infelicidade não merece seus lamentos. Uma alma se permite aceitar a fortuna, o repouso, se é preciso sobrepor-lhes o vigor de seus sentimentos, o ímpeto de seu gênio.[95]

[86] Vauvenargues: *O desespero é o maior dos nossos erros.*

[87] Vauvenargues: *Quando um pensamento se oferece a nós como uma profunda descoberta, e nos damos ao trabalho de desenvolvê-lo, verificamos com frequência que é uma verdade que "corre pelas ruas".*

[88] Vauvenargues: *Não se pode ser justo se não se for humano.*

[89] Vauvenargues: *As tempestades da juventude estão rodeadas de dias brilhantes.*

[90] Vauvenargues: *A consciência, a honra, a castidade, o amor e a estima dos homens têm seu preço em dinheiro: a liberalidade multiplica as vantagens das riquezas.*

[91] Vauvenargues: *Aqueles a quem falta a probidade nos prazeres, só a simulam em seus negócios: é a marca de uma natureza feroz, pois o prazer não torna humano.*

[92] Vauvenargues: *A moderação dos grandes homens apenas limita seus vícios.*

[93] Vauvenargues: *É ofender por vezes aos homens fazer-lhes elogios, pois esses marcam os limites de seu mérito: pouca gente é bastante modesta para sofrer sem dor que sejam neles apreciados.*

[94] Vauvenargues: *É preciso tudo esperar e tudo temer do tempo e dos homens.*

[95] Vauvenargues: *Se a glória e o mérito não tornam felizes os homens, isso a que chamam de felicidade merecerá seus lamentos? Uma alma um pouco corajosa se dignaria aceitar, ou a fortuna, ou o repouso do espírito, ou a moderação, se fosse preciso sacrificar-lhe o vigor de seus sentimentos e baixar o ímpeto de seu gênio?*

Apreciamos os grandes desígnios, quando nos sentimos capazes de grandes sucessos.[96]

A reserva é o aprendizado dos espíritos.[97]

São ditas coisas sólidas quando não se procura dizer coisas extraordinárias.[98]

Nada que seja verdadeiro é falso; nada que seja falso é verdadeiro. Tudo é o contrário do sonho, da mentira.

Não se deve crer que aquilo que a natureza torna amável seja vicioso. Não há século, povo, que tenha estabelecido virtudes, vícios imaginários.[99]

Não se pode julgar a beleza da vida, a não ser por aquela da morte.[100]

Um dramaturgo pode dar à palavra paixão uma significação de utilidade. Não é mais um dramaturgo. Um moralista dá a qualquer palavra uma significação de utilidade. Ainda continua moralista!

Quem examinar a vida de um homem, nela encontrará a história do gênero. Nada pôde torná-lo mau.[101]

Será preciso que eu escreva em versos para me separar dos outros homens? Que a caridade se pronuncie!

O pretexto daqueles que fazem a felicidade dos outros é querer seu bem.[102]

A generosidade se compraz com a felicidade dos outros, como se fosse responsável por ela.[103]

A ordem domina no gênero humano. A razão, a virtude não são as mais fortes nele.[104]

[96] Vauvenargues: *Desprezamos os grandes desígnios quando não nos sentimos capazes de grandes sucessos.*

[97] Vauvenargues: *A familiaridade é o aprendizado dos espíritos.*

[98] Vauvenargues: *São ditas poucas coisas sólidas quando se procura dizer coisas extraordinárias.*

[99] Vauvenargues: *Não se deve crer tranquilamente que aquilo que a natureza fez de amável seja vicioso: não há século ou povo algum que não tenha estabelecido virtudes e vícios imaginários.*

[100] Vauvenargues: *Não se pode julgar a vida senão por uma mais falsa das regras, que é a da morte.*

[101] Vauvenargues: *Quem examinar a vida de um só homem, nela encontrará a história do gênero humano, que a ciência e a experiência não puderam tornar bom.*

[102] Vauvenargues: *O pretexto ordinário daqueles que fazem a infelicidade dos outros é querer seu bem.*

[103] Vauvenargues: *A generosidade sofre com os males dos outros, como se fosse responsável por eles.*

[104] Vauvenargues: *Se a ordem domina no gênero humano, é uma prova de que a razão e a virtude são nele as mais fortes.*

Os príncipes fazem poucos ingratos. Eles dão tudo o que podem.[105]

Pode-se amar de todo o coração aqueles em quem se reconhece grandes defeitos. Seria impertinente crer que só a imperfeição tem o direito de nos agradar. Nossas fraquezas nos ligam uns aos outros, tanto quanto poderia fazê-lo aquilo que não é a virtude.[106]

Se nossos amigos nos prestam serviços, pensamos que eles o devem a nós a título de amigos. Nem pensamos que eles nos devem sua inimizade.[107]

Aquele que houvesse nascido para comandar, comandaria até mesmo no trono.[108]

Quando os deveres nos esgotaram, acreditamos ter esgotado os deveres. Dizemos que tudo pode preencher o coração do homem.[109]

Tudo vive pela ação. Daí, comunicação dos seres, harmonia do universo. Essa lei tão fecunda da natureza, achamos ser um vício no homem. É obrigado a obedecer-lhe. Não podendo subsistir no repouso, concluímos que está em seu lugar.[110]

Sabe-se o que são o sol, os céus. Temos o segredo de seus movimentos. Na mão de Elohim, instrumento cego, força insensível, o mundo atrai nossas homenagens. As revoluções dos impérios, as faces dos tempos, as nações, os conquistadores da ciência, tudo isso vem de um átomo que rasteja, que não dura mais que um dia, destrói o espetáculo do universo em todas as eras.[111]

[105] Vauvenargues: *Os príncipes fazem muitos ingratos, porque não dão tudo o que podem.*

[106] Vauvenargues: *Pode-se amar de todo o coração aqueles em quem se reconhece grandes defeitos. Seria impertinente crer que só a perfeição tem o direito de nos agradar; nossas fraquezas nos ligam às vezes uns aos outros, tanto quanto poderia fazê-lo a virtude.*

[107] Vauvenargues: *Se nossos amigos nos prestam serviços, pensamos que eles o devem a nós a título de amigos, e nem pensamos que eles não nos devem sua amizade.*

[108] Vauvenargues: *Aquele que houvesse nascido para obedecer, obedeceria até mesmo sobre o trono.*

[109] Vauvenargues: *Quando os prazeres nos esgotaram, acreditamos ter esgotado os prazeres; e dizemos que nada pode preencher o coração do homem.*

[110] Vauvenargues: *O fogo, o ar, o espírito, a luz, tudo vive pela ação: daí a comunicação e aliança de todos os seres; daí a unidade e harmonia do universo. Contudo, essa lei da natureza, tão fecunda, achamos ser um vício no homem; e, por ele ser obrigado a obedecer-lhe, não podendo subsistir no repouso, concluímos que está fora de seu lugar.*

[111] Vauvenargues: *Ó sol, ó pompa dos céus! quem sois? Nós surpreendemos o segredo e a ordem de seus movimentos. Na mão do Ser dos seres, instrumentos cegos e fontes de energia talvez insensíveis, o mundo, sobre o qual reinais, mereceria nossas homenagens? As revoluções dos*

Há mais verdades que erros, mais boas qualidades que más, mais prazeres que dores. Gostamos de controlar o caráter. Elevamo--nos acima de nossa espécie. Enriquecemo-nos com a consideração com que a cumulamos. Acreditamos não poder separar nosso interesse daquele da humanidade, não falar mal do gênero sem nos comprometer. Essa vaidade ridícula encheu os livros de hinos em favor da natureza. O homem está em desgraça entre aqueles que pensam. São os que o acusarão de menos vícios. Quando não esteve ele em condições de reerguer-se, de fazer que lhe sejam restituídas suas virtudes?[112]

Nada está dito. Chegamos cedo demais, pois há mais de sete mil anos existem homens. No que diz respeito aos costumes, bem como no restante, o menos bom é retirado. Temos a vantagem de trabalhar depois dos antigos, os hábeis dentre os modernos.[113]

Somos suscetíveis de amizade, de justiça, de compaixão, de razão. Ó meus amigos! o que é então a ausência de virtude?[114]

Enquanto meus amigos não morrerem, não falarei da morte.[115]

impérios, as diversas faces dos tempos, as nações que dominaram e os homens que fizeram o destino dessas mesmas nações, as principais opiniões e os costumes que partilharam a crença dos homens na religião, nas artes, na moral e nas ciências, tudo isso, o que pode parecer? Um átomo quase invisível, que se chama homem, que rasteja, e que não dura mais que um dia, abarca de certo modo com um olhar o espetáculo do universo em todas as eras.

[112] Vauvenargues: *Há talvez tantas verdades entre os homens quanto erros, tantas boas qualidades quanto más, tantos prazeres quanto dores; mas nós gostamos de controlar a natureza humana, para tentar nos elevar acima de nossa espécie, e para nos enriquecer com a consideração da qual tentamos despojá-la. Somos tão presunçosos que acreditamos poder separar nosso interesse pessoal daquele da humanidade, e falar mal do gênero humano sem nos comprometer. Essa vaidade ridícula encheu os livros dos filósofos de invectivas contra a natureza. O homem agora está em desgraça entre todos os que pensam, e são os que acusarão de mais vícios; mas talvez ele esteja a ponto de reerguer-se, e de fazer que lhe sejam restituídas todas as virtudes.*

[113] La Bruyère: *Tudo está dito, e viemos tarde demais, há mais de sete mil anos que há homens, e que pensam. No que diz respeito aos costumes, o mais belo e o melhor é retirado. Nada fazemos senão recolher o que deixaram os antigos, e os hábeis dentre os modernos.*

[114] Vauvenargues: *Somos suscetíveis de amizade, de justiça, de compaixão, de razão. Ó meus amigos! o que é então a virtude?*

[115] Vauvenargues: *É uma máxima inventada pela inveja, e adotada com demasiada ligeireza pelos filósofos, que não se deve louvar os homens antes de sua morte. Digo, ao contrário, que eles devem ser louvados, quando o merecem; e é enquanto o ciúme e a calúnia, animados contra sua virtude, se esforçam para degradá-los, que é preciso ousar prestar-lhes testemunho. São as críticas injustas cujo risco é preciso temer, e não os louvores sinceros.*

Estamos consternados por nossas recaídas, por ver que nossas infelicidades nos puderam corrigir de nossos defeitos.[116]

Só se pode julgar a beleza da morte por aquela da vida.[117]

Os três pontos finais me fazem dar de ombros de piedade. Será necessário isso para provar que se é um homem de espírito, ou seja, um imbecil? Como se a clareza não valesse o mesmo que o vago, a propósito de pontos!

FIM DE POESIAS I E II[118]

[116] Vauvenargues: *Estamos consternados por nossas recaídas, e por ver que nossas infelicidades não nos puderam corrigir de nossos defeitos.*

[117] Vauvenargues: *Não se pode julgar a vida por uma regra mais falsa que a morte.*

[118] A edição original de *Poesias* ainda tem uma lista oferecendo outras publicações: *Mélodies Pastorales*, de Thalès Bernard, *Concours Poètiques de Bordeaux*, por Évariste Carrance, *La Revue Populaire*, *Le concours des muses*, um "jornal dos poetas", assim como uma história da literatura contemporânea na província, em dois volumes, por Théodomire Geslain, e mais dois jornais, *L'Homme* e *La Voix du Peuple*, este publicado na Sicília. Além disso, informa que essa edição (das *Poesias*) é uma publicação permanente, que não tem preço, o qual é fixado por seu subscritor, pedindo-se às pessoas que receberem as duas primeiras remessas que não as recusem, sob qualquer pretexto. Portanto, uma publicação periódica. Há ainda a identificação do editor, no rodapé: Paris, imp. Balitout, Questroy et Cie., 7, rue Baillif. No único exemplar disponível da primeira edição de *Poesias*, essas duas inserções estão no final de *Poesias I*, por um erro de encadernação.

CARTAS

1

A UM CRÍTICO[1]

Paris, 9 de novembro de 1868

Senhor,

Teria a bondade de fazer a crítica desta brochura[2] em seu estimável jornal. Por circunstâncias independentes de minha vontade, não pôde sair no mês de agosto. Sai agora na livraria do Petit Journal, e na passagem Européen, em Weil e Bloch. Devo publicar o 2º canto no final deste mês, por Lacroix.

Receba, senhor, minhas atenciosas saudações.

O Autor

[1] Esta carta não tem assinatura. Foi descoberta em um exemplar da edição isolada do *Canto primeiro*, de 1868, e publicada em 1938. Não se sabe quem é seu destinatário.

[2] É o exemplar da edição de agosto de 1868 do *Canto primeiro*, no qual foi encontrada mais tarde a carta.

2

A VICTOR HUGO[1]

Paris, 10 de novembro de 1868

Senhor,

Envio-lhe 2 exemplares de uma brochura que, por circunstâncias que independeram da minha vontade, não pôde sair no mês de agosto. Sai agora, em dois livreiros do bulevar, e eu me decidi a escrever a uma vintena de críticos, para que façam a crítica. Contudo, no mês de agosto, um jornal, *La Jeunesse*, havia falado dela! Vi ontem, no correio, um garoto que segurava entre suas mãos o *Avenir National* com seu endereço, e então resolvi escrever-lhe. Há 3 semanas remeti o 2º canto ao Sr. Lacroix, para que o imprima com o 1º. Eu o preferi aos outros porque vi seu busto em sua livraria, e sabia que era seu livreiro. Mas, até agora, ele não teve tempo de ver meu manuscrito, por estar muito ocupado, disse-me; e, se puder me escrever uma carta, tenho certeza de que, mostrando-a, ele se tornaria mais disposto e leria o quanto antes os dois cantos, para mandá-los à impressão. Faz dois anos nutro a vontade de ir vê-lo, mas não tenho o dinheiro.

[1] Esta carta foi descoberta só em 1980, entre as páginas da edição do *Canto primeiro* que Lautréamont efetivamente havia enviado a Victor Hugo, e que permaneceu em seu acervo. Foi publicada pela primeira vez e comentada em 1983. Um detalhe de especial interesse: esta carta tinha a marca que Victor Hugo utilizava para a correspondência respondida. Portanto, ele atendeu ao pedido de Lautréamont, e pode ser, até mesmo, que isso explique porque Lacroix e Verboekchoven se houvessem disposto a publicá-lo (para depois se arrependerem, escondendo a edição).

Há 3 erros de impressão, aí estão:

página 7 linha 10: Em lugar de: *si ce n'est ces larmes*, é preciso ler si ce n'est *ses*

pg. 161. 12. *Mais l'homme lui est plus redoutable*, é preciso l'*Océan*

p. 28. a antepenúltima. Em lugar de *il est brave* é preciso *il est beau*.[2]

Aí está meu endereço:

Sr. Isidore Ducasse
rue Notre-Dame-des-Victoires,
23 Hôtel: *à l'union des nations*

O senhor não acreditaria o quanto tornaria feliz um ser humano, se me escrevesse algumas palavras. Poderia prometer-me, além disso, um exemplar de cada uma de suas obras que fará saírem no mês de janeiro?[3] E agora, chegado ao final da minha carta, encaro minha audácia com mais sangue-frio, e estremeço por haver-lhe escrito, eu, que ainda não sou nada neste século, enquanto o senhor, o senhor é nele o Todo.

Isidore Ducasse

[2] Essas gralhas, erros de impressão, foram corrigidas nas edições subsequentes. Vão em francês, caso contrário o trecho não faria sentido.

[3] Refere-se às reedições anunciadas de *Travailleurs de la mer* (*Trabalhadores do mar*) e *L'Homme qui rit* (*O homem que ri*).

3

A DARASSE[1]

22 de maio de 1869

Senhor,

Foi ontem mesmo que recebi sua carta datada de 21 de maio; era a sua. Pois bem, saiba então que não posso, infelizmente, deixar passar a ocasião de apresentar-lhe minhas desculpas. Eis o motivo: porque, se me houvesse anunciado, outro dia, na ignorância do que pode acontecer de desagradável nas circunstâncias em que minha pessoa se encontra, que os fundos se esgotariam, eu me haveria impedido de tocá-los; mas, certamente, teria sentido tanta alegria em não escrever essas três cartas[2] quanto o senhor a teria sentido em não as ler. O senhor pôs em vigor o deplorável sistema de desconfiança vagamente prescrito pela esquisitice de meu pai; mas adivinhou que minha dor de cabeça não me impediu de considerar com atenção a deplorável situação em que me colocou, até agora, uma folha de papel de carta vinda da América do Sul, cujo principal

[1] Outra carta sem assinatura manuscrita, descoberta e publicada por Léon Genonceaux, que preparou a edição de 1890 dos *Cantos*. Pode ter chegado a suas mãos através do genro de Darasse, Henry Dosseur. Jean Darasse era o "banqueiro", procurador do pai de Lautréamont, François Ducasse, e de outros franceses radicados no Uruguai e Argentina. Merece especial atenção, pelo tom sarcástico, que apresenta continuidade com os *Cantos*, e pode estar revelando aspectos da personalidade do próprio Ducasse, e seus hábitos, inclusive a referência a não sair de casa, e às dores de cabeça.

[2] Essas cartas anteriores se perderam.

defeito era a falta de clareza; pois nem considero o quanto soam mal certas observações melancólicas, que se perdoam facilmente a um velho, e que me pareceram, à primeira leitura, ter o ar de lhe impor, no futuro, talvez, a necessidade de sair de seu papel estrito de banqueiro, diante de um cavalheiro que vem habitar a capital...

... Perdão, senhor, tenho um pedido a fazer-lhe: se meu pai enviar outros fundos antes do 1º de setembro, época na qual meu corpo fará uma aparição diante da porta de seu banco, teria a bondade de informar-me? Quanto ao restante, estou em casa a qualquer hora do dia; mas precisará apenas escrever-me uma palavra, sendo então provável que eu a receba quase tão imediatamente quanto a senhorita que puxa o cordão da campainha, ou até antes, se me encontrar no saguão...

... E tudo isso, repito-o, por uma bagatela insignificante de formalidade! Tudo isso a troco de nada,[3] que grande negócio: após muita reflexão, confesso que me pareceu preenchido por uma notável quantidade de importância nula...

[3] No original, *Présenter diz ongles secs au lieu de cinq*, mostrar ou apresentar dez unhas secas no lugar de cinco, expressão sem sentido ao pé da letra, e cuja interpretação é controvertida.

4

A [?][1]

Paris, 23 de outubro. — Permita-me, em primeiro lugar, explicar-lhe minha situação. Cantei o mal como o fizeram Mickiewicz, Byron, Milton, Southey, A. de Musset, Baudelaire, etc. Naturalmente, exagerei um pouco o diapasão, para criar algo novo, no sentido dessa literatura sublime que canta o desespero apenas para oprimir o leitor, e fazê-lo desejar o bem como remédio. Assim pois, é sempre, no fim de contas, o bem que se canta, apenas por um método mais filosófico e menos ingênuo que a antiga escola, da qual Victor Hugo e alguns outros são os únicos representantes ainda vivos. Venda, eu não o impeço: o que devo fazer para tal? Apresente suas condições. O que eu desejaria é que a divulgação seja feita junto aos principais críticos.[2] Só eles julgarão, em primeira e última instância, o começo de uma publicação que só verá seu fim, evidentemente, mais tarde, quando eu tiver visto o meu. Assim,

[1] Esta e as duas cartas seguintes de Lautréamont estão assinadas. Não têm destinatário, e sua data está incompleta, sem o ano (certamente 1869). Estavam no exemplar dos *Cantos* que pertenceu a Poulet-Malassis. Há controvérsia quanto ao seu destinatário. Para Steinmetz, na edição Flammarion, foram inequivocamente para Poulet-Malassis. Hubert Juin, na edição de bolso da Gallimard, afirma que não pode haver dúvida quanto a seu destinatário ser Verboekchoven, o parceiro de Lacroix; mas, diferindo nisso de P.O. Walzer na edição Pléiade, edita o nome do destinatário entre colchetes. Lautréamont tentar iniciar negociações com Poulet-Malassis para que este comercializasse a edição, até então encalhada no depósito de Lacroix e Verboekchoven, é uma hipótese que faz sentido.

[2] Em francês, *lundistes*, críticos semanais de rodapé, publicados às segundas-feiras, como nos *Lundis de Sainte-Beuve*, o principal crítico literário de então.

pois, a moral do fim ainda não está pronta. E, contudo, já existe uma imensa dor a cada página. Será isso o mal? Não, com certeza. Eu lhe serei reconhecido, pois, se a crítica for favorável, poderei, nas edições seguintes, suprimir alguns trechos demasiado fortes. Assim, o que desejo, acima de tudo, é ser julgado pela crítica, e, uma vez conhecido, isso caminhará sozinho. A suas ordens,[3]

I. Ducasse

Sr. I. Ducasse, rue du Faubourg-Montmartre, nº 32.

[3] Esta carta e a próxima terminam com a abreviatura *T.A.V.*, de *Tout à vous* ou *Trés à vous*, fórmula anacrônica que traduzi por *A suas ordens*, pois *Todo seu* não caberia.

5

A [?]

Paris, 27 de outubro. — Falei a Lacroix, conforme suas instruções. Ele lhe escreverá necessariamente. São aceitas suas condições: que eu o faça meu vendedor, o Quarenta por % e o 13º ex. Já que as circunstâncias tornaram a obra digna, até certo ponto, de figurar vantajosamente em seu catálogo, creio que pode ser vendida um pouco mais caro, não vejo inconveniente nisso. No mais, desse lado os espíritos estarão melhor preparados que na França para saborear essa poesia de revolta. Ernest Naville (correspondente do Instituto da França) deu, ano passado, citando os filósofos e os poetas malditos, conferências sobre *O problema do mal*,[1] em Genebra e em Lausanne, que devem ter deixado seu rastro nos espíritos, por uma corrente imperceptível que se alarga cada vez mais. Em seguida, ele as reuniu em um volume. Eu lhe enviarei um exemplar. Nas edições seguintes, ele poderá falar de mim, pois retomo com mais vigor que meus precursores essa tese estranha, e seu livro, que saiu em Paris, pelo livreiro Cherbuliez, correspondente da Suíça Romana e da Bélgica, e em Genebra na mesma livraria,

[1] *O problema do mal*, de Ernest Naville, foi publicado em 1868. Nessa obra não são mencionados poetas, porém apenas filósofos. É curiosa a expressão "poetas malditos", anterior a seu uso por Verlaine, que a tornou famosa (ao publicar sua *Antologia dos poetas malditos*). A tese, meio gnóstica, certamente herética, de que o excesso do mal pode levar ao bem, que Lautréamont acreditou ter visto em Naville, pode ser uma justificativa para os exageros dos *Cantos*, ou uma orientação filosófica na qual realmente acreditava. O exemplar de *O problema do mal* que pertenceu a Lautréamont, com uma anotação irônica de seu próprio punho, acabou chegando — milagres do alfarrabismo, acaso objetivo dos surrealistas — às mãos de Paul Éluard.

fará que eu seja conhecido, indiretamente, na França. É questão de tempo. Quando me enviar os exemplares, fará que eu receba 20, bastarão.

A suas ordens,

I. Ducasse

6

A [?]

Paris, 21 de fevereiro de 1870

Senhor,

Tenha a bondade de enviar-me *O suplemento às poesias de Baudelaire.*[1] Envio-lhe incluso neste 2 francos, o preço, em selos postais. Desde que seja o quanto antes, pois precisarei dele para uma obra da qual falo abaixo.

Tenho a honra, etc.

I. Ducasse,
Faubourg Montmartre, 32.

Lacroix cedeu a edição, ou o que fez ele? ou então, o senhor a recusou? Ele nada me disse. Não o vi desde então. — Sabe, reneguei meu passado. Canto apenas a esperança; mas, para isso, é preciso antes atacar a dúvida deste século (melancolias, tristezas, dores, desesperos, relinchos lúgubres, maldades artificiais, orgulhos pueris, maldições engraçadas, etc., etc.). Em uma obra que levarei a Lacroix nos primeiros dias de março, eu separo as mais belas poesias de Lamartine, de Victor Hugo, de Alfred de Musset, de Byron e

[1] É o *Complemento às* Flores do mal *de Charles Baudelaire*, ed. Michel Lévy, Bruxelas, 1869. Lautréamont deve tê-la recebido, e aproveitou essa leitura para *Poesias I*.

de Baudelaire, e as corrijo no sentido da esperança; indico como deveriam ter sido feitas. Corrijo ao mesmo tempo 6 trechos dos piores de meu bendito alfarrábio.

7

A DARASSE[1]

Paris, 12 de março de 1870

Senhor,

Deixe-me retomar de um pouco acima. Fiz publicar uma obra de poesia por M. Lacroix (B. Montmartre, 15). Mas, uma vez impressa, recusou-se a fazê-la vir a público, porque a vida era pintada sob cores demasiado amargas, e ele temia o procurador geral. Era algo no gênero do Manfred de Byron e do Konrad de Mickiewicz, mas, contudo, bem mais terrível. A edição custou 1.200 f., dos quais forneci 400. Mas tudo foi por água abaixo. Isso me abriu os olhos. Eu me dizia que, já que a poesia da dúvida (dos volumes de hoje não sobrarão mais de 150 páginas) chegou a tal ponto de desespero melancólico e maldade teórica, por consequência ela é radicalmente falsa; e pela razão de que *nela se discutem os princípios, e que não se deve discuti-los*: isso é mais que injusto. Os gemidos poéticos deste século não passam de sofismas horrendos. Cantar o tédio, as dores, as tristezas, as melancolias, a morte, a sombra, o sombrio, etc., é só querer, a qualquer preço, encarar o avesso pueril das coisas. Lamartine, Hugo, Musset metamorfosearam-se voluntariamente em mulherzinhas. São as Grandes-Cabeças-Moles da nossa época.

[1] Esta carta, que contém assinatura de Lautréamont, foi publicada em fac-símile na edição dos *Cantos* preparada por Genonceaux em 1890.

Sempre choramingar! Eis por que mudei completamente de método, para cantar exclusivamente *a esperança*, A CALMA, *a felicidade*, O DEVER. É assim que reato com os Corneille e os Racine a corrente do bom senso e do sangue-frio, bruscamente interrompida desde os "poseurs" Voltaire e Jean-Jacques Rousseau. Meu volume só estará terminado em 4 ou 5 meses. Mas, enquanto isso, eu gostaria de enviar a meu pai o prefácio, que conterá 60 páginas; em Al. Lemerre.[2] Assim, ele verá que trabalho, e me enviará a soma total para o volume a ser impresso mais tarde.

Venho, senhor, perguntar-lhe se meu pai lhe disse que me entregasse dinheiro, além da mesada, nos meses de novembro e de dezembro. E, nesse caso, eu precisaria de 200 fr., para a impressão do prefácio, que eu poderia enviar, então, a 22, a Montevidéu. Se ele nada disse, teria o senhor a bondade de me escrever?

Tenho a honra de saudá-lo.

I. Ducasse,
15, rua Vivienne.

[2] Lemerre foi um editor de prestígio. Não se sabe se Lautréamont chegou a falar com ele, e o "prefácio" (as *Poesias*) acabou saindo pela gráfica Balitout, Questroy et Cie.

UM DEPOIMENTO[1]

[1] Paul Lespés, colega de Isidore Ducasse no Liceu de Pau, tem seu nome entre os que estão na dedicatória de *Poésies* (ver a nota 1 de *Poesias*). Foi o único de quem se obteve um depoimento, publicado por François Alicot no *Mercure de France* de 1 jan. 1928, depois reproduzido, entre outros lugares, no livro de Marcelin Pleynet e nas duas edições Gallimard que utilizei. É um testemunho de valor evidente, embora não possa ser inteiramente tomado ao pé da letra, pois, como bem observa Pleynet, passados sessenta e poucos anos, Lespés deve ter misturado suas lembranças com uma imagem de Lautréamont filtrada pela leitura dos *Cantos de Maldoror*, talvez contaminada pela mitificação de que foi objeto. Mesmo assim, a visão de Lautréamont como excêntrico, no limiar da loucura, encontra apoio neste depoimento. Permite enxergar o adolescente mergulhado em livros, ao mesmo tempo questionando a retórica e os cânones acadêmicos. Um dos episódios relatados, o da leitura da composição na aula de retórica, pode ser uma gênese dos *Cantos*.

LEMBRANÇAS DE PAUL LESPÉS

O senhor Paul Lespés, que foi seu condiscípulo no Liceu de Pau, guardou uma lembrança muito precisa de Isidore Ducasse. Resolvemos interrogá-lo para trazer ao conhecimento do autor, de sua formação intelectual e de sua obra, uma contribuição quase tão precisa quanto aquela que interessa a suas origens e sua estada na França.

"Conheci Ducasse no Liceu de Pau, no ano de 1864, disse-nos ele. Estava comigo e com Minville na classe de retórica e no mesmo curso. Ainda vejo esse rapaz grande, magro, as costas meio curvas, a tez pálida, os cabelos compridos caindo atravessados sobre a testa, a voz meio estridente. Sua fisionomia nada tinha de atraente.

Habitualmente, era triste e silencioso, como se estivesse dobrado sobre si mesmo. Por duas ou três vezes, falou-me com uma certa animação dos países de além-mar onde se levava uma vida livre e feliz.

Com frequência, na sala de estudos, passava horas com os cotovelos apoiados na carteira, mãos na cabeça e olhos fixos em um livro clássico que não lia; via-se que estava mergulhado em um devaneio. Eu achava, com meu amigo Minville, que ele sentia saudades, e que a melhor coisa que seus pais poderiam fazer seria trazê-lo de volta a Montevidéu.

Durante a aula, parecia às vezes interessar-se vivamente pelas aulas de Gustave Hinstin, brilhante professor de retórica, antigo discípulo da escola de Atenas. Apreciava muito Racine e Corneille e, principalmente, o *Édipo Rei* de Sófocles. A cena em que Édipo, finalmente sabendo a terrível verdade, solta gritos de dor e, os olhos arrancados, maldiz seu destino, parecia-lhe muito bela. Lamentava, contudo, que Jocasta não houvesse levado o horror trágico a seu cúmulo, matando-se diante dos espectadores!

Ele admirava Edgar Poe, cujos contos havia lido antes mesmo de sua entrada no Liceu. Enfim, vi em suas mãos um volume de poesias, *Albertus*, de Théophile Gauthier, que lhe havia sido passado, creio, por Georges Minville.

Nós o tínhamos, no Liceu, por um espírito fantasioso e sonhador, mas no fundo um bom rapaz, não ultrapassando, então, o nível médio de instrução, provavelmente em virtude de um atraso em seus estudos. Certo dia, mostrou-me alguns versos a sua maneira. O ritmo, até onde fui capaz de julgar em minha inexperiência, parece-me um pouco estranho, e o pensamento, obscuro.

Ducasse tinha uma aversão particular pelos versos latinos.

Hinstin nos deu, certo dia, para traduzir em hexâmetros, a passagem relativa ao pelicano em *Rolla* de Musset. Ducasse, que estava sentado atrás de mim, no banco mais alto da classe, praguejou a meu ouvido contra a escolha de um tal tema.[1]

No dia seguinte, Hinstin comparou duas composições, classificadas como as melhores, com as dos alunos do liceu de Lille, onde havia lecionado retórica antes.

Ducasse manifestou vivamente sua irritação:

— Para que tudo isso? disse-me. É feito para se desgostar do latim.

Havia, creio, coisas que ele não queria entender, para não perder nada de suas antipatias e desprezos.

Muitas vezes queixou-se a mim de enxaquecas dolorosas que, ele mesmo o reconheceu, não deixavam de influenciar seu espírito e seu caráter.

Durante a canícula os alunos iam banhar-se no curso d'água do bois-Louis. Era uma festa para Ducasse, excelente nadador.

[1] É o episódio que reaparece, elaborado e ampliado, no final de *Poesias I*.

— Precisaria muito, disse-me ele certo dia, refrescar meu cérebro doente com mais frequência nesta água de nascente.

Todos esses detalhes não têm grande interesse, mas há uma lembrança que acho necessário recordar. Em 1864, perto do fim do ano letivo, Hinstin, que já havia repreendido Ducasse com frequência por aquilo que ele chamava de seus excessos de pensamento e de estilo, leu uma composição do meu colega.

As primeiras frases, muito solenes, imediatamente excitaram sua hilaridade, mas ele logo se zangou. Ducasse não havia mudado seus modos, mas os havia agravado singularmente. Nunca havia soltado antes as rédeas de sua imaginação desenfreada a tal ponto. Não havia frase onde o pensamento, de certa forma feito de imagens acumuladas, de metáforas incompreensíveis, não fosse, além do mais, obscurecida por invenções verbais e formas de estilo que nem sempre respeitavam a sintaxe.

Hinstin, puro clássico, cuja fina crítica não deixava escapar qualquer falta de gosto, acreditou tratar-se de uma espécie de desafio lançado ao ensino clássico, uma brincadeira de mau gosto com o professor. Contrariando seus hábitos indulgentes, deixou Ducasse de castigo. Essa punição feriu profundamente nosso colega; queixou-se amargamente para mim e meu amigo Georges Minville. Não tentamos fazê-lo entender que havia ultrapassado todas as medidas.

No liceu, em retórica como em filosofia, Ducasse não revelou, que eu saiba, qualquer aptidão especial pelas matemáticas e pela geometria, cuja beleza encantadora celebra com entusiasmo nos *Cantos de Maldoror.* Mas gostava muito de história natural. O mundo animal excitava vivamente sua curiosidade. Eu o vi admirar demoradamente uma joaninha de um vermelho vivo que havia achado no parque do liceu durante o recreio do meio-dia.

Sabendo que Minville e eu havíamos sido caçadores desde a infância, indagava-nos às vezes sobre os hábitos e as migrações dos diversos pássaros na região dos Pirineus, e sobre as particularidades de seu voo.

Tinha o espírito atento da observação. Por isso, não me surpreendi ao ler no início do primeiro e do quinto canto de *Maldoror* as notáveis descrições do voo dos grous e principalmente das andorinhas, que ele havia estudado bastante.

Nunca voltei a ver Ducasse desde minha saída do liceu, em 1865.

Alguns anos depois, porém, recebi em Bayonne os *Cantos de Maldoror*. Este foi, sem dúvida, um exemplar da primeira edição, a de 1868. Nenhuma dedicatória. Mas o estilo, as ideias estranhas às vezes se entrechocando como um emaranhado, me fizeram supor que o autor só podia ser meu antigo colega.

Minville me disse que também havia recebido um exemplar, sem dúvida enviado por Ducasse."

Perguntamos ao senhor Lespés se *Os cantos de Maldoror* não haviam sido constituídos, em parte, por um desejo de brincadeira estudantil, se não eram uma mistificação.

"Não creio, respondeu-nos.

No liceu, Ducasse relacionava-se mais comigo e com Georges Minville do que com os demais alunos. Mas sua atitude distante, se posso empregar essa expressão, uma espécie de gravidade desdenhosa e uma tendência a considerar-se um ser à parte, as questões obscuras que nos apresentava à queima-roupa, às quais nos era embaraçoso responder, suas ideias, as formas de seu estilo do qual nosso professor Hinstin relevava o exagero, enfim, a irritação que ele às vezes manifestava sem um motivo sério, todas essas esquisitices nos inclinavam a crer que seu cérebro carecia de equilíbrio.

A loucura se manifestou inteiramente em um discurso onde ele aproveitou a oportunidade para acumular, com um luxo apavorante de epítetos, as mais horríveis imagens da morte. Só havia ossos partidos, entranhas penduradas, carnes sangrentas ou se desmanchando. Foi a lembrança desse discurso que me fez, anos depois, reconhecer a mão do autor dos *Cantos de Maldoror*, embora Ducasse nunca me houvesse feito qualquer alusão a seus projetos poéticos.

Ficamos convencidos, Minville e eu, assim como outros colegas, que Hinstin se havia equivocado ao infligir a Ducasse a punição por seu discurso.

Não havia sido uma brincadeira de mau gosto com o professor. Ducasse ficou profundamente ferido pelas censuras de Hinstin e por essa punição. Estava convencido, creio, que havia feito um excelente discurso, cheio de ideias inovadoras e de belas formas de estilo. Sem dúvida, ao comparar *Os cantos de Maldoror* e as *Poesias*, pode-se supor que Ducasse não tenha sido sincero. Mas se ele o foi no liceu, como o acredito, por que não o haveria de ser mais tarde, quando se esmerou em ser poeta em prosa, e, em uma espécie de delírio da imaginação, convenceu-se talvez que conduziria ao bem, pela imagem do deleitar-se no mal, as almas desiludidas com a virtude e a esperança.

No liceu, considerávamos Ducasse um excelente rapaz, mas um pouco — como diria? — maluco. Não era sem moral; nada tinha de sádico.

Lembro-me bem do julgamento humorístico feito por meu amigo Georges Minville, espírito muito fino, amável, poeta nas horas vagas. Cada um de nós havia recebido um exemplar da primeira edição do *Maldoror*. Você se lembra de seu discurso? disse-me ele. Havia uma aranha no assoalho, mas ela cresceu muito!!!"

Para o senhor Lespés e para G. Minville — morto em Pau em 1923 — a imaginação e originalidade do estilo de Ducasse deviam-se a uma constituição cerebral particular.

Para o senhor Lespés, não é difícil reconhecer as influências que atuaram sobre Ducasse. Foram, independentemente dos clássicos e de Gauthier, já citados, Shakespeare, Shelley, "que ele saboreou", pois Ducasse falava bem o inglês e, sem dúvida, o espanhol, como todos os sul-americanos — e principalmente Byron, que foi certamente seu grande inspirador.

"Acha, perguntamos finalmente ao senhor Lespés, que, como disse Soupault no prefácio da última edição de *Maldoror*, houve identidade entre seu colega e o agitador revolucionário retratado por Jules Vallés em *L'Insurgé*?"[2]

"Tudo o que posso dizer a respeito é que o Ducasse que eu conheci se exprimia sempre com dificuldade, e às vezes com uma espécie de rapidez nervosa.

Certamente, nunca foi um orador capaz de sublevar as massas e nunca, no liceu, falou em política ou em revolução social.

O retrato que Vallés faz do agitador Ducasse não me parece de uma semelhança perfeita, embora lembre alguns traços da fisionomia de meu colega. Este não escanchava nem as pernas, nem os braços, e tinha cabelos mais para o castanho que para o ruivo."

(...)

[2] A suposição de que Isidore Ducasse havia participado da Comuna de Paris, de 1871, como herói revolucionário, chegou a ser adotada e sustentada por Soupault. Como essa possibilidade foi logo descartada, e sua discussão não apresenta mais interesse, suprimi trechos do texto de Alicot que a questionam.

Este livro foi composto em Times e League Gothic pela *Iluminuras* e terminou de ser impresso em Janeiro de 2018 nas oficinas da *Meta Brasil Gráfica*, em Cotia, SP, sobre papel off-white 80 gramas.